THE PERFECT POISON
by Amanda Quick
translation by Kanako Takahashi

禁じられた秘薬を求めて

アマンダ・クイック

高橋佳奈子［訳］

ヴィレッジブックス

すばらしき義理の姉、ウェンディ・ボーンに捧げる。
愛情と〝アメリオプテリス・アマゾニエンシス〟という
名前を考えてくれたことへの感謝をこめて。
バーバラ・ナップに。
さまざまなことへの深い感謝をこめて。
何よりもマーカス・ジョーンズ氏に紹介してくれたことに対して。
おふたりに衷心よりの感謝を捧げる。
十九世紀の植物学というすばらしい世界への扉を開いてくれたことに。

禁じられた秘薬を求めて

おもな登場人物

ルシンダ・ブロムリー	毒物を感知できる女性
ケイレブ・ジョーンズ	調査会社ジョーンズ・アンド・カンパニーの設立者
ゲイブリエル・ジョーンズ	ケイレブのいとこ
エドマンド・フレッチャー	超能力を持つ奇術師
パトリシア・マクダニエル	ルシンダのいとこ
ヴィクトリア	縁結びの専門家。レディ・ミルデン
スペラー	警部
キット・ハバード	超能力を持つ少年
ベイジル・ハルシー	科学者
アリスター・ノークロス	ハルシーに協力する超能力者
アイラ・エラベック	アリスターの父親

1

ヴィクトリア女王朝後期……

ルシンダは死んだ男から数フィート離れたところで足を止め、優美な内装の書斎全体に高まる強い緊張の渦を無視しようとした。

警官にも悲しみに暮れる遺族たちにも、自分の素性はよくわかっているはずだ。みな隠しきれない恐怖と不気味なものへの興味が入り交じった目を向けてくる。そんな目で見られても、ルシンダには彼らを責められなかった。かつて驚愕《きようがく》すべき殺人事件にかかわるぞっとするような記事を新聞に書き立てられた女として、自分は上流階級では歓迎されない存在だったからだ。

「こんなこと、信じられませんわ」未亡人になったばかりの魅力的な女性が甲高い声を発した。「スペラー警部、どうしてあんな女をこの家に連れていらしたんです?」

「長くはかかりませんから」スペラーはそう言ってルシンダのほうへ顔を向けた。「お考えを教えていただけますかな、ミス・ブロムリー」

ルシンダは努めて冷静でおちついた顔を作った。きっとこの一家はあとあと、わたしのことを氷のように冷たい顔をしていたと友人や知り合いたちにひそひそと話すにちがいない。新聞やゴシップ紙に書かれているとおりだったと。

じつのところ、自分がこれからやろうとしていることを考えただけで、ルシンダは骨まで凍りそうになっていた。家の温室で、愛する植物の香りや色やエネルギーに囲まれているほうがずっとよかった。しかし、なぜか自分でも説明できないながら、スペラー警部のためにときおりはたしている仕事には惹かれるものがあった。

「もちろんです、警部」彼女は答えた。「そのためにわたしはこちらへうかがったわけでしょう？　お茶によばれたわけじゃないのは断言できますわ」

未亡人のオールドミスの姉が息を呑んだ。ハンナ・ラズボーンと紹介された、いかめしい顔つきの女性だ。

「あきれたわ」ハンナが強い口調で言った。「礼儀の感覚を持ち合わせていないの、ミス・ブロムリー？　紳士が亡くなっているのよ。あなたにできるのは、礼儀をつくしてできるだけ急いでこの家から帰ることだわ」

スペラーは口を閉じていてくれと懇願するようにルシンダにひそかに目配せした。ルシンダはため息をつき、口を閉じた。スペラーの捜査を邪魔したり、今後助言の依頼を躊躇《ちゅうちょ》されるようなことをしたりするつもりはなかったからだ。

一見しただけでは、スペラーの職業は誰にもあてられないだろう。穏やかで陽気な顔にふさふさとしたひげを生やし、てっぺんが禿《は》げた白髪頭《しらが》のでっぷりと太った男性。そうした見かけにだまされて、みな青緑色の目に洞察力あふれる知的な鋭い光があることに気づかないのだ。

彼という人間をよく知らなければ、殺人事件の現場のどんな小さな手がかりも見逃さない能力を彼が備えているとは想像もつかないことだろう。それは超常的な能力だった。しかし、彼の能力には限界があった。毒殺に関してははっきりそうとわかるものしか感知できないのだ。

フェアバーンの遺体は花柄の大きな絨毯《じゅうたん》の中央に横たえられていた。スペラーは前に進み出て、誰かが死体にかぶせたシーツを引きはがした。

レディ・フェアバーンはまたわっと泣き出した。

「こんなこと、ほんとうに必要ですの？」としゃくりあげながら訊く。

ハンナ・ラズボーンが妹を腕に抱いた。

「よし、よし、アニー」と小声で言う。「気を鎮めるのよ。わかっているでしょう、あなたの神経はとても繊細なんだから」

部屋にいた三人目の家族、ハミルトン・フェアバーンは、形のよい顎《あご》を引きしめ、口のまわりにいかめしい皺《しわ》を寄せた。年のころ二十代半ばの彼はフェアバーンの前妻とのあいだの息子だった。スペラーによると、スコットランド・ヤードの刑事を呼ぼうと主張したのはハミルトンだった。しかし、ルシンダという名前を聞いて彼はぎょっとした。それでも、邸宅への彼女の出入りを拒否できたのに、そうはしなかった。おそらく、こんな悪名高い女を家に招き入れる代償を払ってでも、捜査を進めてほしかったからだろう。

ルシンダは死者と遭遇すると必ず襲われる不快な感覚に身がまえながら死体に近づいた。どれほど心の準備をしていても、床に横たわる死体を見下ろしたときにざわつくように心に広がった虚無の感覚を完全になくすことはできなかった。フェアバーンが生前どんな人物で何をしていたにしろ、そうしたものの痕跡は消えていた。

しかし、死因を探る手がかりとなる証拠の痕跡はまだ残っているはずだった。そのほとんどについてはスペラーも感知できるはずだ。しかし、毒が使われた徴候が多少でもあれば、それを探りあてるのはルシンダの役目だった。毒性の物質の超常的な痕跡は死体だけでなく、死の場面で故人が触れたすべてのものに残っていた。

もっと不愉快でもっとずっとはっきりした証拠が見つかることもよくあった。経験から言って、毒を服用して死んだ人はたいていの場合、息を引きとる前に激しい症状を見せるものだ。もちろん、必ず例外はある。長期にわたり、ゆっくりと確実に砒素《ひそ》を摂取すれば、ふつうは死ぬ前にそれほどひどい症状を見せることはない。

しかし、フェアバーン卿が死ぬ前に吐き気に襲われた痕跡はなかった。死因は脳卒中か心臓麻痺《まひ》と考えることもできただろう。フェアバーン家のように上流社会に属する一族は、ほとんどの場合、そうした死因を受け入れ、殺人事件として捜査されることで必然的に注目を集めるのを避けようとするものだ。ハミルトン・フェアバーンがスコットランド・ヤードに通報しようと思ったのは不思議だったが、どうやら彼自身、疑いを抱いているようだ。

目に見える手がかりにしばらく注意を集中させたが、ほとんど何もわからなかった。死んだ男の肌は灰色に変わっている。開かれたままの目は虚空を見つめていた。唇は最後の息を吸うために開かれたままだ。妻よりも少なくとも二十は年上のようだが、金持ちのやもめが再婚する場合にはよくあることだ。

ルシンダはわざとゆっくりと薄い革の手袋をはずした。死体にさわらなくてもいい場合もあったが、じかに触れることで、さわらなければわからなかったかすかなエネルギーの残滓《ざんし》を感じとることができるのだ。

レディ・フェアバーンとハンナ・ラズボーンがまたショックを受けて息を呑むのが聞こえた。ハミルトンは口を引き結んでいる。三人の目が自分の指輪に注がれているのがルシンダにはわかった。婚約者を殺した毒薬を隠すのに使ったとゴシップ紙が書き立てた指輪だ。

ルシンダは身をかがめ、指先で死者の額に軽く触れた。それと同時に超常的な感覚を研ぎ澄ました。

かすかではあるが、すぐに書斎の空気が変わった。大きなポプリの壺から発せられているにおいが重々しい波のように覆いかぶさってくる。乾燥させたゼラニウムやバラの花びら、クローヴ、オレンジの皮、オールスパイスとスミレのにおい。

背の高いふたつの堂々たる花瓶に活けられたバラの色が劇的に濃くなり、言い表しようのない奇妙な色になった。花びらはまだ生き生きとしていてヴェルヴェットのようだったが、腐臭を発しているのがはっきりとわかった。切り花で部屋を飾ろうと思う人の気持ちは理解できなかった。ほんのしばらくは美しく見えるかもしれないが、花はいわば死にかけているわけだから。ルシンダが思うに、切り花があってしかるべき場所は墓地のみだった。植物や花やハーブの効能を保ちたいと思うなら、乾かせばいいのだ。ルシンダは苛立《いらだ》ちを覚えた。

正面がガラスになっている栽培容器に入れられて悲しげに見える薄っぺらなシダは死にかけていた。その非常に繊細で小さなトリコマネス・スペシオスムがあとひと月生きられるかどうかはわからなかった。ルシンダは救い出してやりたいという衝動と闘わなければならなかった。田舎の邸宅で、応接間にシダを置いていない家などほとんどないのだからとみずからに言い聞かせる。そのすべてを救うわけにはいかない。シダを愛好する風潮はここ数年高まっていた。愛好者を言い表すことばまである――シダマニア。

長年の訓練のおかげで部屋の植物のエネルギーや色へと逸れそうになる気持ちを集中させるのは簡単だった。ルシンダは死体に注意を向けた。不快なエネルギーのかすかな痕跡が超常感覚に震えを走らせた。独自の超能力のおかげで、ルシンダはどんな種類の毒も感知できた。毒の成分のエネルギーがあたりへどのようにしみ出しているかによってわかるのだ。しかし、ほんとうに専門家と言えるのは、植物から作られた毒の分野だった。

スペラーの疑いどおり、フェアバーンが毒を呑んだことはすぐにわかった。驚いたのは、非常にめずらしい種類のシダの痕跡がかすかに感じられたことだ。動揺を覚え、冷たいものが背筋を這《は》うのがわかる。

ルシンダは分析に集中している振りをして、必要以上にほんの少しだけ長く死体に触れていた。じっさいはその時間を利用して息を整え、神経を鎮めようとしていたのだ。おちつくのよ。感情をあらわにしてはならない。

自分を抑えることができるようになったと確信が持てると、背筋を伸ばしてスペラーのほうを見やった。

「お疑いのとおりでした」専門家らしく聞こえるようにと願いながら声を出す。「亡くなる少し前に非常に毒性の強い何かを食べるか飲むかしたんです」

レディ・フェアバーンは貴婦人らしく苦悶の叫びをもらした。「恐れていたとおりですわ。愛する夫はみずから命を絶ったんです。どうしてわたしをこんな目に遭わせることができたのでしょう？」

そう言って優雅に気を失ってみせた。

「アニー！」

そう叫んでハンナが妹のそばに膝《ひざ》をつき、腰につけた飾り袋から小瓶をとり出した。栓を引き抜くと、レディ・フェアバーンの鼻の下で瓶を振って気つけ薬を吸わせた。気つけ薬はすぐさま効果を発揮した。未亡人は目をしばたたいた。

ハミルトン・フェアバーンの表情が憤怒のあまり険しくなった。「父が自殺したというんですか、ミス・ブロムリー？」

ルシンダは超常感覚を閉じ、大きな絨毯越しに彼に目を向けた。「ご自分で服毒したとはひとことも言っていませんわ。服毒が偶然なのか、故意によるものなのかは警察が判断することです」

ハンナはルシンダに怒りに煮えたぎったまなざしを向けた。「なんの権利があって、フェアバーン卿の死が毒によるものだと言うんですの？　あなたはお医者様じゃないでしょう、ミス・ブロムリー。まったく、あなたが何者か、わたしたちみんなよくわかっているのよ。よくもこの家に足を踏み入れて、非難のことばを吐き散らしたものね」

ルシンダはかっとなった。相談役を引き受けていて不快なのは、こうした目に遭うことだ。ゴシップ紙が近年過度にあおりたてるせいで、世間は毒への強い恐怖にとらわれている。

「わたしは非難しにこちらに参ったわけではありません」ルシンダは冷静な声を保とうとしながら言った。「スペラー警部が考えを聞きたいとおっしゃるから来たまでです。わたしの考えは申し上げましたから、よければ失礼させてもらいます」

スペラーが前に進み出た。「外の馬車のところまで送りましょう、ミス・ブロムリー」

「ありがとうございます、警部」

ふたりは書斎から玄関の間に出た。そこで家政婦と執事が待っていた。どちらも見るからに不安そうな顔をしている。大勢いるはずのほかの使用人たちは見えないところに慎ましく控えていた。ルシンダにはふたりの気持ちが理解できた。毒が使われたとなれば、まず使用人に疑いの目が向けられることが多かったからだ。

執事は急いで扉を開けに行った。ルシンダは玄関から外の石段へと出た。スペラーがそのあとにつづいた。外はあたり一面灰色だった。夕方までまだ間のある時刻だったが、濃くただよう霧が広場のまんなかにある小さな公園を覆い、反対側にあるいくつかの高級な邸宅も見えなくしていた。ルシンダの私用の馬車が通りで待っていた。お抱え御者のシュートがそのそばの手すりにもたれて立っている。彼女に気づくと、手すりから離れ、馬車の扉を開けた。

「この件に関してはあなたのお立場でなくてよかったと思いますわ、スペラー警部」ルシンダは静かに言った。

「つまり、毒だったわけですな」スペラーが言った。「思っていたとおりだ」

「残念ながら、砒素のような単純なものではありませんわ。ミスター・マーシュの検査で証明することはできないでしょう」

「砒素を検知する検査があることを世間一般に知られたせいで、近年砒素があまり使われなくなったのは残念と言わざるをえませんな」

「お気を落とさないで。昔から毒としては使いやすいものですし、誰にでも手にはいるという理由だけでも、人気は衰えないでしょうから。それに、忍耐強く長い時間かけて投与されれば、死にいたる病気の症状ととりちがえられることもよくありますし。結局、フランス人が砒素を代々の授かり物の粉と呼んだのも、理由のないことではありませんわ」

「まさしく」スペラーは顔をしかめた。「その方法で何人の老親や、生きていると不都合な配偶者があちらの世界へ急いで送りこまれたものか、想像するしかありませんね。ところで、砒素じゃなかったら、なんでしょうな？　苦いアーモンドのにおいもしなければ、青酸カリのほかの徴候も見られなかった」

「きっと植物から採取された毒ですわ。もちろんご存じでしょうけど、非常に毒性の強いヒマの実から作られたものです」

スペラーは額に縦皺を寄せた。「ヒマの実の毒の場合、命を奪われる前にひどく具合が悪くなるものだと思っていましたが。フェアバーン卿にはそういった様子はなかった」

ルシンダは慎重にことばを選んだ。スペラーにはなるべく真実に近い説明をしなければならない。「毒を調合したのが誰にしろ、ヒマの危険な特性を純化して、きわめて毒性が強く、効果がすばやく現れる毒を作ったにちがいありません。フェアバーン卿の心臓は、体に毒を吐き出そうとする暇も与えず、止まったんです」

「驚嘆している口ぶりですね、ミス・ブロムリー」スペラーは濃い眉根を寄せた。「きっとそういった毒を調合するのに必要な技術は並外れたものなんでしょうな」

一瞬、観察眼の鋭さに超常的な力を持つ警部の目が光った。その光はすぐさま失せ、警部の顔は柔和で少しばかりまぬけそうな仮面に覆われた。しかし、ルシンダには自分がおおいに気をつけなくてはならないことがわかっていた。

「きわめて並外れたものです」ときっぱりと言う。「天才的な能力を持った科学者や化学者のみがそうした毒を調合できたはずです」

「超能力を持った？」スペラーが静かに訊いた。

「おそらく」ルシンダはため息をついた。「正直に言います、警部。こんな調合の毒には今までお目にかかったことがないんです」

「なるほど」スペラーはあきらめた様子だった。「まあ、せいぜい、薬屋めぐりからはじめるしかないんでしょうな。薬屋では毒物が闇でさかんに取引されているのがつねですから。未亡人になりたいご婦人が毒物を購入するのもきわめて容易だ。夫が命を落としたら、誤ってのことだと主張できる。ネズミを退治するために手に入れたのだと。夫がたまたまそれを呑んでしまったのは不運だったというわけだ」

「ロンドンには何千もの薬屋がありますわ」

スペラーは鼻を鳴らした。「薬草と市販薬のみを扱っている店もありますしね。しかしたぶん、この近くの店にかぎれば、かなりしぼられるはずです」

ルシンダは手袋をはめた。「では、この件は殺人事件だと？　自殺ではなく？」

スペラーの目にまた鋭い光が浮かんで消えた。「殺人でまちがいないでしょう」と小声で言う。「勘でわかります」

ルシンダは身震いした。彼の勘についてはみじんも疑わなかった。

「喪服姿のレディ・フェアバーンはとても魅力的だとみな思わずにいられないことでしょうね」とルシンダは言った。

スペラーはかすかにほほ笑んだ。「私も同じことを考えていましたよ」

「夫人が夫を殺したと?」

「不幸せな若い妻が自由と富を求めて自分よりずっと年長の夫に毒を盛るのはめずらしいことじゃない」スペラーは一度か二度身を揺らした。「しかし、あの一家の場合、ほかの可能性もあります。まずは毒の出どころを見つけなくては」

ルシンダは身の内側がこわばるのを感じた。必死で顔に不安の色が出ないようにする。

「ええ、そうですね。幸運を祈りますわ、警部」

「今日は来てくれて助かりました」スペラーは声をひそめた。「フェアバーンの家で無礼な応対をされたこと、謝ります」

「それは警部のせいじゃありませんわ」ルシンダはかすかにほほ笑んでみせた。「そういうことにわたしが慣れっこだってこと、警部もご存じのはずです」

「だからといって、耐えやすくなるものでもない」スペラーの表情が柄にもなく険しいものになった。「ときおり、私の手伝いをしてくださる際に、ああいった無礼に遭遇するのをいとわないでいてくださることで、なおさら恩に着ますよ」

「ばかなことをおっしゃらないで。わたしたち、願いは同じでしょう。殺人者に世間を大手を振って歩いてほしくないと思っている。でも、残念ながら、今回は毒の種類を見きわめるのは警部のお仕事ですわ」

「そのようですな。では、ご機嫌よう、ミス・ブロムリー」

スペラーはルシンダが上品な小ぶりの馬車に乗りこむのに手を貸し、扉を閉めて一歩下がった。ルシンダは座席のクッションに背中をあずけ、マントをきつく体に巻きつけて窓の外の霧に目を向けた。

毒にシダの痕跡を感知したせいで、ひどく狼狽《ろうばい》していた。父が死んで以来はじめてといっていいほどに。イングランドじゅうを探しても、アメリオプテリス・アマゾニエンシスはひとつしかない。先月まで、わたしの温室で育っていたものだ。

2

劇場の正面に貼られた色鮮やかなポスターで彼は〝アメージング・ミステリオ、鍵の達人〟と告知されていた。本名はエドマンド・フレッチャーといい、自分がステージ上で驚《アメージング》くべき能力を発揮しているわけでないことは自分でよくわかっていた。自分の能力は鍵のかかった家があれば、霧のように誰にも気づかれることなくなかにはいることができるというものだ。そしていったんなかにはいれば、どれほど巧妙に隠してあっても、家の所有者の貴重品を探しあてることができる。つまり、泥棒稼業の才能を持っているというわけだ。問題は、まっとうな仕事につこうとまたも自分が決心していることだった。その試みはこれまで何度となく同じ失敗をくり返したのと同様に、挫折《ざせつ》しかけていたが。

最初から観客は多くなかったが、週を追うごとにその数は少なくなっていた。今夜は小さな劇場の四分の三ほどが空席だった。この調子でいくと、月はじめに支払う家賃のために、すぐにまっとうでないほうの仕事に戻らなければならないだろう。

犯罪は割に合わないと言われるが、奇術師の仕事よりずっともうかるのはたしかだった。

「お集まりのみな様にごまかしのないことをおわかりいただくために、どなたか手を貸していただけますかな？」エドマンドは大声で言った。

退屈しきった沈黙が広がるばかりだった。が、やがて手がひとつすばやく上がった。

「ごまかしがないことを私がたしかめよう」二列目にすわっていた男が言った。

「ありがとうございます」エドマンドはステージに上がる階段を示した。「こちらのスポットライトがあたっているところに来ていただけますか」

太った体にまるで合わないスーツを着たその男は、階段からステージにのぼった。

「お名前は？」とエドマンドが尋ねた。

「スプリッグズ。何をしたらいいんだね？」

「この鍵をお持ちください、ミスター・スプリッグズ」エドマンドは重い鉄の塊を差し出した。「私が檻《おり》のなかにはいりましたら、扉に鍵をおかけください。今の説明でおわかりでしょうか？」

男は鼻を鳴らした。「わからなくてもどうにかできるさ。進めていいぞ。なかにはいってくれ」

手伝いを申し出た観客が奇術師に指図するのはいい徴候とは言えないかもしれないとエドマンドは思った。

檻のなかにはいり、鉄の棒越しに静まり返った観客を見やる。道化になった気分だった。

「鍵をおかけになって結構です、ミスター・スプリッグズ」と声をかける。

「ようし、じゃあ」スプリッグズは扉を勢いよく閉めると、大きな鍵穴に古臭い鍵を入れてまわした。「しっかりと鍵はかかったぞ。そこからあんたが出られるかどうか、拝見しようじゃないか」

観客席の椅子がぎしぎしと鳴った。観客たちは苛立ちを強めていた。エドマンドもそれを意外とは思わなかった。観客たちが見せ物にこれだけの時間がかかっていることをどう思っているのかはわからなかった。多くの観客が途中で席を立ったことで多少察しはついたが、自分から見ても、この見せ物はだらだらと長引いていた。

再度、一番後ろの列にひとりですわっている観客に目が吸い寄せられる。壁の燭台《しょくだい》のほの暗い明かりに照らされ、通路側にすわっているその人物は黒い影にしか見えなかった。顔立ちも影になっていてわからない。しかしその人物には、どこかぼんやりと危険なところがあった。脅威を感じると言ってもいいほどのものが。エドマンドがどんな入れ物から脱出しても喝采することはなかったが、不満や苛立ちの声をもらすこともなかった。ただそこにじっと身動きもせずに静かにすわり、舞台の上で行われていることをつぶさに見つめていた。

かすかな不安がまたエドマンドの全身に走った。債権者の誰かがしびれをきらし、金を回収するためにきわめて危険な人物を送りこんできたのかもしれない。もしくは……さらに心騒がす考えが浮かんだ。スコットランド・ヤードの並外れた慧眼《けいがん》の持ち主が、ジャスパー・ヴァインの死体が発見された現場で何か自分につながるものを見つけたのかもしれない。そう、だからこそ、どんなにみすぼらしい劇場でも、暗い路地へとつながる裏口を備えているのだ。

「紳士淑女のみな様」エドマンドは抑揚をつけてそう言うと、大げさな手振りで蝶ネクタイを直し、そこに隠してあった金属片を手に持った。「とくとご覧あれ。これから指で触れるだけでこの扉の鍵を開けてみせます」

彼は感覚を研ぎ澄ませると同時に、鍵穴に手で軽く触れた。檻の扉は大きく開いた。

ぱらぱらと気のない拍手が起こった。

「大道芸人でも、もっとおもしろい奇術を見せるぞ」二列目にいた男が叫んだ。

エドマンドはそのことばは無視し、スプリッグズに深々とお辞儀をした。「ご親切にお手伝いいただき、ありがとうございました」それから身を起こしてポケットから時計をとり出し、スプリッグズの前にぶらさげて見せた。「きっとこれはあなたのだと思いますが」

スプリッグズはぎょっとしてエドマンドの手から時計を奪った。「よこせ」

それから急いで階段を降り、大股で劇場を出ていった。

「あんたはただの着飾ったすりだ」と誰かが叫んだ。

状況は悪くなる一方だった。ショーを終える頃合だ。エドマンドは舞台の中央に移動し、自分がスポットライトの中心に来るようにした。

「さて、ご同輩」と呼びかける。「そろそろお別れの時間です」

「さっさと消え失せろ」と誰かが叫んだ。

エドマンドは深々とお辞儀をした。

「金を返せ」と男が叫んだ。

野次を無視してエドマンドはマントの端をつかんで高く持ち上げ、黒いサテンの襞《ひだ》と襞を合わせて自分の姿を観客から見えなくした。それからまた感覚を研ぎ澄ませ、さらなるエネルギーを産み出すと、最後の奇術を披露した。

マントは床に落ち、舞台の上には誰の姿もなかった。

ようやく観客は驚いてはっと息を呑んだ。野次や不満の声が突然やんだ。エドマンドはすりきれた赤いヴェルヴェットの幕の反対側から耳を澄ましていた。観客の注意を惹きつけるこうした派手な奇術をもっと見せるべきなのだ。ただ、それにはふたつ問題があった。第一に、観客に感銘を与えるような手のこんだ大がかりな演出には金がかかった。第二に、自分にはそうした芸人気質は備わっていなかった。あまり目立たずにいることを好む人間で、スポットライトやそれを浴びることなど大嫌いだったのだ。衆目を一身に集める立場に置かれると、なんともおちつかない気分にさせられた。認めるんだな、フレッチャー、あんたは生まれながらに舞台に立つんじゃなく、罪を犯す人間なんだ。

「ここへ戻ってきて、奇術の種を明かしてみせろ」誰かが幕の向こうから叫ぶのが聞こえてきた。

観客たちのあいだにさざなみのように広がった驚嘆のつぶやきは、即座に不満げな声に変わった。

「半人前の奇術さ」男が責めるように言った。「やつにはそれがせいぜいだ」

エドマンドは楽屋に向かってあとずさりしはじめた。劇場の持ち主のマーフィーが暗がりに立っていた。足もとには丸々とした小さな飼い犬、ポムが控えている。飼い主も飼い犬も額が広く、つぶれた鼻をしており、気味が悪いほどよく似ていた。ポムは歯をむき出し、激しいうなり声をあげた。

「むずかしい観客でね」とエドマンドは言い訳した。

「客たちを責めることはできないな」マーフィーはポムのうなり声にそっくりの声で言った。赤ら顔を不愉快そうにしかめている。「できる奇術師ってのは鍵のかかった檻から逃げたり、手錠をはずしたりできるものだ。あんたが最後にやった奇術もそれほど悪くはないが、さして独特とも言えない、そうだろう？　大奇術師ケラーや偉大なるロレンゾも毎晩姿を消している。それだけじゃなく、ほかのものを消すことも多い。若くて魅力的なご婦人とかな」

「魅力的な若いご婦人を雇ってくださいよ。そうしたら、消してご覧にいれますから」エドマンドは応じた。「このことは前にも話し合ったことがあるでしょう、マーフィー。客をもっと派手に驚かせようとするなら、小道具に金をかけたり、かわいい助手を雇ったりしなきゃならない。あなたが払ってくれる金では、とてもそんな余裕はないですよ」

ポムは歯をむき出してうなった。マーフィーも同様だった。

「あんたにはすでに払いすぎているほどだ」マーフィーはぴしゃりと言った。

「辻馬車の御者をしたってもっと稼げますよ。そこをどいてください、マーフィー。飲み物がほしいんだ」

エドマンドは通路を先へ進み、楽屋代わりに使っている小さなクローゼットへ向かった。マーフィーがせかせかとあとをついてくる。ポムの爪が木の床にこすれる音が聞こえた。

「ちょっと待ってくれ」マーフィーが言った。「話し合わなきゃならない」

ポムが甲高い声で吠えた。

エドマンドは歩みを遅くしなかった。「悪いけど、あとで」

「くそっ、今すぐだ。あんたとの契約は打ち切りにする。今夜が最後の舞台だ。荷物をまとめて出ていってくれ」

エドマンドは唐突に足を止め、踵《きびす》を返した。「ぼくを馘《くび》になんてできないぞ。契約を交わしてるんだから」

ポムが急いで足を止めてあとずさった。マーフィーはぴんと背筋を伸ばしたが、その禿げた大きな頭はエドマンドの肩と同じ高さだった。「契約には、夜ごとの見物料が三日つづけて一定の金額に達しなかったら、契約を反故《ほご》にできるという条項がある。念のために言っておくが、見物料は二週間以上も最低額を下まわっている」

「あなたが奇術の見世物をどう宣伝していいか知らないのはぼくのせいじゃない」

「あんたが三流の奇術師なのはおれのせいじゃないしな」マーフィーは鋭く言い返した。「いくつか物を金庫に入れて消したり戻したりするのも結構だが、そういうのはもうえらく時代遅れなのさ。大衆は新しくてもっと謎めいた驚きを望んでいる。あんたが空中浮遊するような奇術を望んでいるんだ。最低でも、あの世から霊を呼んでくるような技をね」

「ぼくは霊媒を名乗ったことは一度もない。奇術師なんだから」

「奇術師と言っても、できる奇術はほんのいくつかしかないじゃないか。たしかに、手先の早業は見事なもんだ。でも、それだけじゃ昨今の観客は物足りなく思うものさ」

「あと幾晩かやらせてくださいよ、マーフィー」エドマンドは苛々と言った。「何かご希望に添えるようなすごいものを思いつくから」

「ふん。先週も同じことを言ってたじゃないか。あんたに才能がないのは気の毒に思うよ、フレッチャー。でも、これ以上チャンスをやる余裕はないんだ。おれにも支払わなければならない勘定があり、養わなければならない妻子がいるんだからな。今この場をもって、契約は打ち切りだ」

つまり、また犯罪者に逆戻りというわけだ。いいさ、多少危険はともなうものの、今よりも金はもうかる。舞台でおそまつな奇術を見せて解雇されるのもいやだが、泥棒にはいったところをつかまり、刑務所に送られるのもいやだ。それでも、家宅侵入の技を行使することには、どこかぞくぞくするものがある。法律を守っていては味わえない類いのものだ。

エドマンドはゆっくりと感覚を研ぎ澄まし、静かなエネルギーであたりを満たした。マーフィーにはそれを感じとれるほどの超常感覚は備わっていなかったが、どれほどぼんくらで苛立った劇場主であっても、多少の直感というものは持ち合わせているものだ。

「明日朝までには出ていきますよ」エドマンドは言った。「さあ、犬を連れて向こうへ行ってください。さもないと両方とも消してしまいますよ。永遠に」

ポムは警戒して甲高く鳴き、マーフィーの後ろに隠れた。マーフィーの口ひげがぴくりと動き、目が見開かれた。彼は急いで一歩下がり、ポムを踏んづけた。犬は哀れな声を出した。飼い主も同様だった。

「おい、いいか、脅そうったってそうはいかないぞ」マーフィーは口ごもった。「警察を呼ぶからな」

「心配要りませんよ」エドマンドが言った。「あなたなんか消してやろうとする労力にも値しない。ところで、犬を連れて失せる前に、見物料の分け前をもらいましょうか」

「何を聞いていたんだ？　今夜はもうけなどなかった」

「観客は三十人はいましたよ。遅く来て後ろのほうの列にすわった人も含めて。契約書によれば、入場料として集めた額の半分をもらえるという話だった。ごまかすつもりなら、こっちが警察を呼びますよ」はったりの脅しにすぎなかったが、ほかにどうしていいか思いつかなかった。

「気がついてなかったなら教えてやるが、客のほとんどはあんたの見世物が終わる前に帰っちまってたよ」マーフィーは言い張った。「払い戻し金はかなりの金額になった」

「あなたが一ペニーでも払い戻したはずはないな。あなたほど金に抜け目のない商売人はいないんだから」

マーフィーは怒りに顔を真っ赤にしたが、ポケットに手をつっこむと、金をとり出した。それを慎重に数えると、しぶしぶ半分を差し出した。

「受けとれよ」不満そうに言う。「あんたが消えてくれるなら払う価値はある。持ち物をちゃんと全部持っていけよ。置いていったら、もらっちまうからな」

マーフィーはポムを抱き上げ、脇に抱えると、劇場の正面にある自分の事務所へ向かった。

エドマンドは楽屋に行き、ガスランプをともすと、すばやく金を数えた。クラレットをもう一本買うぐらいは充分あり、残った金で明日の食べ物を買うこともできる。しかし、犯罪社会の一員としての暮らしをすぐにも再開しなければならないのはまちがいない。遅くても明日の夜には。荷造りしたら、劇場からは裏口から出たほうがよさそうだ。最後列にいた知らない男が正面入口で待ちかまえているといけない。

エドマンドはドレッシング・テーブルの下から傷だらけのスーツケースをとり出すと、そのなかに数少ない身のまわりの品々を放りこんだ。派手なサテンのケープは舞台に置いてきたままだ。それについてはあきらめなければ。もう必要となることもないのだから。それでも、四苦八苦しているほかの奇術師に売りつけることはできるかもしれない。

楽屋のドアをノックする音がして、エドマンドは身動きをやめた。最後列の男だ。彼の直感は能力と密接に結びついていた。こうした状況で直感がはずれたことはない。

「ちくしょう、マーフィー、明日の朝までには出ていくって言っただろう」エドマンドは大声で応えた。

「別の仕事に興味はないかい?」

男の声は低く、洗練されていた。その響きには冷静な自制心とむき出しの力が感じられた。借金の集金人のようではなかったが、そう思ってもエドマンドはなぜかとくに安堵《あんど》は感じなかった。

彼は感覚を鋭くし、スーツケースを拾い上げてそっとドアを開けた。廊下の男はガスランプの弱い明かりがぎりぎり届かないところに立っていた。そのすらりと引きしまった人影にはどこか捕食動物を思わせるものがあった。

「いったいあなたは誰です?」エドマンドは尋ねた。相手を牽制しようとする試みだった。

「きっときみを雇うことになる人間だ」

もしかしたら犯罪者としての暮らしは今しばらく延期できるかもしれない。

「奇術師を雇いたいというのかい?」エドマンドは訊いた。「偶然だが、ちょうど体が空いたところだ」

「奇術師は要らない。奇術師は観客を驚かせるために手先の早業を見せたり小道具を使ったりする。私が必要としているのは、ほんとうに鍵のかかった部屋に出入りできる超常的な能力の持ち主だ」

エドマンドは警戒して身をこわばらせた。

「なんの話をなさってるのかわからないな」と彼は言った。

「きみは見世物の奇術師じゃない、ミスター・フレッチャー。ごまかしに頼る必要はないんだろう?」

「おっしゃっている意味がわかりませんね」

「きみはきわめて並外れた超能力を持っている。複雑きわまりない鍵のかかった扉さえも通り抜ける能力だ。それに、そうするあいだ、まわりの目をそらさせるようなちょっとした幻覚も生み出すことができる。きみはじっさいに壁を通り抜けているわけじゃないが、そういう離れ技ができると人に思わせることができるんだ」

「あなたは誰だ?」エドマンドは驚きを隠そうとしながら訊いた。

「私の名前はケイレブ・ジョーンズ。最近、ジョーンズ・アンド・カンパニーという小さな調査会社を設立してね。非常に個人的で極秘の事項について調査の依頼を受けている。それで、ときおり特殊な能力を持つ相談役の手助けが必要だと思うようになった」

「相談役?」

「目下、きみの並外れた能力を必要とするような調査を行っているところなんだ、ミスター・フレッチャー。報酬ははずませてもらう、約束するよ」

「お名前はジョーンズとおっしゃいましたね。そう聞いてぴんとくるものがある。アーケイン・ソサエティと何かつながりが?」

「そのつながりが自分で望む以上に強いときがあるのはたしかだな」

「ぼくに何をしてほしいというんです?」

「しっかりと鍵がかけられ、警備も固い建物に忍びこむのに手を貸してほしい。なかにはいったら、ある古代の遺物を盗むことになる」

おやおや。エドマンドは脈が速くなるのを感じた。

「犯罪者の暮らしは避けたいと思っていたんですがね」と彼は言った。

「どうして避けたいと思うんだ?」ケイレブ・ジョーンズはひどくまじめな顔で訊いた。

「つまるところ、それを仕事にする能力に恵まれているというのに」

3

超常的な問題を解決する調査会社を運営するうえで、避けては通れない、はなはだ不愉快な事柄は、そこに必ず顧客というものが存在するという点だ。

ケイレブは辻馬車から降り、ランドレス・スクエアの十二番地の正面の石段をのぼった。それから重い真鍮《しんちゅう》のノッカーを持ち上げて、何度か下ろした。

興味深く、やりがいのある職業ではあったが、顧客の存在だけが大きな難点だった。持ちこまれた難題にパターンを見つけ、答えを得ることにはいつも夢中になった。それにとりつかれているようだと言われることもある。調査の業界ではまだ新顔だったが、すでにこの仕事がおおいなる刺激をもたらしてくれるものであることはわかっていた。最近、心を悩ませている別の問題から、ありがたくも気をそらしてくれるものでもあった。

しかしながら、会社に問題の解決を依頼してくる個々人とやりとりするのを避ける方法はなかった。顧客たちは大げさに騒ぎ立てるのがつねだった。感情的になることもあった。調査の契約を結ぶと、調査の進捗《しんちょく》状況を求める伝言をしつこく送ってきた。答えをもたらすと、それに対する反応はふたとおりだった。半分は怒りに駆られる。もう半分は泣き崩れる。どちらにしても、満足してくれることはめったになかった。それでも、悲しいかな、顧客というものはこの仕事になくてはならないものらしい。

少なくとも、今回面談しようとしている顧客候補は、どこからどう見てもふつうの人間ではなかった。調査の依頼をしようと彼の会社に接触してくる顧客に対しては、必ずや嫌悪感を抱かずにいられなかったが、今回は妙に不安な気持ちを抑えられなかった。

もちろん、依頼書を開けて見たとたん、知っている名前であることに気づいた。ルシンダ・ブロムリー。ゴシップ紙ではルクレツィア・ブロムリーとあだ名をつけられていたその女性は、悪名高きアーサー・ブロムリーの娘だった。優秀な植物学者だったブロムリーは稀少なめずらしい植物を求めて、世界のはてを旅してまわっていた。妻と娘が同行することもよくあった。アメリア・ブロムリーは四年前に亡くなったが、ルシンダは父との旅をつづけていた。

そうした探検旅行は一年半前に突然終わりを告げた。ブロムリーの長年の仕事仲間、ゴードン・ウッドホールが砒素中毒によって命を落とし、死体となって発見されたのだ。そのすぐあとにアーサー・ブロムリーが自殺した。ふたりの男が仲たがいしていたという噂《うわさ》がロンドンじゅうの新聞の一面に載った。

しかし、そうした殺人と自殺にかかわる見出しも、それから一ヵ月もたたないうちに、ルシンダ・ブロムリーの婚約者であるイアン・グラッソンという若き植物学者が毒殺されているのが見つかったという記事ほど、大衆の関心を惹きはしなかった。

　その事件はグラッソンの死の直前に起こった出来事に関する薄汚い噂によってより注目を浴びることになった。カーステアズ植物公園の人気《ひとけ》のない庭の片隅から、ルシンダがボディスをなかばはだけたまま、駆け出していくのが目撃されたということだった。そしてそのすぐあとに、同じ場所からグラッソンがズボンのボタンをはめながら出てきたらしい。数日後、グラッソンは棺《ひつぎ》のなかで眠ることになった。

　新聞に載っていた身の毛もよだつような記事によると、ルシンダが婚約者に毒入りのお茶を飲ませたということだった。その記事では、彼女はいつも身につけている指輪に毒を隠し持っていたとされていた。

　グラッソンが毒殺されてから、新聞はルシンダにルクレツィアの名前を贈った。数多《あまた》の人々を毒殺したと言われている悪名高きルクレツィア・ボルジアにちなんだ名前だった。言い伝えによると、その貴婦人は毒を指輪に隠していたそうだ。

　扉が開いた。いかめしい顔をした家政婦が、銀器でも盗みに来たのかと疑うような目を向けてきた。

「ミス・ブロムリーにお会いしに来た」ケイレブはそう言って家政婦に名刺を渡した。「お待ちいただいているはずだが」

　家政婦は不審そうに顔をしかめて名刺をためつすがめつしていたが、やがてしぶしぶ後ろに下がった。

「ええ、ミスター・ジョーンズ。こちらへどうぞ」

ケイレブは床に大理石のタイルを張った玄関の間へ足を踏み入れた。額に金メッキをほどこした大きな鏡が、凝った象嵌《ぞうがん》模様の脇卓の上の壁にかかっている。脇卓の上に載っている、来客の名刺を置く銀の盆には何も載っていなかった。

応接間に通されると思っていたのだが、家政婦は家の奥へと進み、本や地図や地球儀や書類がひしめき合うように置かれた書斎へと導いた。

書斎の奥まで行くと、家政婦はフレンチドアを開いた。ケイレブの目の前に大きな温室が現れた。ガラスと鉄でできたしゃれた温室のなかは青々とした緑のジャングルだった。湿ったあたたかい空気が書斎へと流れこみ、肥沃《ひよく》な土とみずみずしい植物の豊かな香りを運んできた。

温室からは別の種類のものも流れこんできた。ケイレブはかすかながらまちがいなく超常的なエネルギーと思われるものを感じた。それが驚くほど刺激的な感覚をもたらした。温室の空気が強壮剤のように超常感覚を目覚めさせた。

「ミスター・ジョーンズがおいでです、ミス・ブロムリー」家政婦が温室の奥にまで届くほどの大声で来客を告げた。

うっそうと茂る緑が濃すぎて、長く垂れた紫のランの陰から姿を現すまで、庭作業用のエプロンと革の手袋をつけた女がそこにいることにケイレブは気づかなかった。ひそかに全身に興奮の波が走り、筋肉や腱《けん》を引きしめた。説明できない、焦れるような感覚が広がる。〝鼓舞〟ということばが心に浮かんだ。

自分が何を期待していたのかはわからなかったが、それがなんであれ、ルシンダ・ブロムリーには際立ったものがあった。その姿にケイレブは虚をつかれた。

評判からして、邪悪な心を隠すために魅力的で洗練された仮面をつけた、物腰のやわらかい世慣れた女性を想像していたのだった。ルクレツィア・ボルジアもそういう女だったと言われている。

しかし、ルシンダはどちらかと言えば心ここにあらずで、妖精の国の女王で学者肌のティテーニアといった様子だった。その髪は赤々と燃える夕日を思い出させた。ふわふわとした赤い巻き毛をピンとふたつのリボンで押さえようとしていたが、あまりうまくいっていなかった。

知性が顔立ちを際立たせている。そうでなければ、まあまあ魅力的という程度の顔だろう。ケイレブは目を離したくないと思った。彼女は光る金縁眼鏡のレンズ越しに彼をじっと見つめた。その目の色は深みのある、魅惑的なブルーだった。

簡素なグレーのドレスの上にたくさんのポケットがついた長い革のエプロンといういでたちで、片手には園芸用のはさみを握っている。長く鋭い刃のついたそのはさみは、鎧《よろい》をつけた騎士の持つ、奇怪な中世の武器さながらだった。彼女は同じように危険そうに見える道具をいくつもひもで体に吊るしていた。

「ありがとう、ミセス・シュート」ルシンダは言った。「書斎にお茶をお願い」

声には妖精っぽさはまったくないなと、ケイレブは愉快に思った。小妖精《エルフ》がかき鳴らすべルのような神経に障る甲高い声を出す女が多いが、彼女の声はあたたかく、たしかで、きっぱりしていた。女は見えないオーラのようにエネルギーを醸し出している。超能力を備えた女だとケイレブは確信した。

強い超能力を持つ女にはほかにも会ったことがある。アーケイン・ソサエティの上層部ではめずらしいことでもない。しかし、ルシンダのエネルギーには自分の内部で呼応するものがあり、それは目新しく、妙におちつかない気分にさせるものだった。ケイレブは女にもっと近づきたいという衝動と闘わなければならなかった。

「お茶をご用意します」シュート夫人はそう言って踵を返し、入口の向こうへ戻った。

ルシンダはケイレブに冷ややかながら礼儀正しい笑みを浮かべてみせた。警戒しているのがわかる笑みだ。使いを送って彼を呼び寄せたのが正しいことだったのかどうか、確信が持てないでいるのだ。予約を入れてから、ためらいを感じる顧客は多い。

「今日、足を運んでいただいたことにお礼を申し上げますわ」彼女は言った。「とてもお忙しくていらっしゃるにちがいないのに、ミスター・ジョーンズ」

「いや、別にたいしたことはありません」しなければならないほかの差し迫った仕事や責任は山ほどあったが、心のなかでそれを脇に追いやった。「お力になれるとすれば光栄です」顧客にそんなことを言ったのははじめてのことだった。これからもそんなことばを口にすることはないだろう。

「書斎に行きましょうか？」

「おおせのままに」

ルシンダは汚れのついたエプロンのひもをほどき、頭から脱いだ。ポケットにはいったさまざまな形の道具や器具が音を立てた。ケイレブは彼女が厚手の園芸用手袋を脱ぐのを見守った。新聞で読んだとおり、指輪をしているのがわかる。金に繊細な模様をほどこし、ダークブルーの石と琥珀《こはく》を飾った太い指輪だ。古い指輪のようで、ルネッサンス調にも見える。たしかに小さな隠し場所がありそうなほどの大きさだ。ケイレブは興味を惹かれた。

ルシンダは彼の前で足を止め、問うようなまなざしをくれた。

ケイレブは自分が彼女を見つめながら、行く手をふさぐように突っ立っているのに気づいた。そこで、とてつもない意志の力を駆使して気を引きしめ、彼女が書斎にはいれるように脇に退いた。彼女が脇を通り過ぎるときに、意識して超常的な感覚を高め、まわりの空気をかき乱すほど勢いのあるエネルギーをたのしんだ。ああ、そうだ、たしかに超能力を持つご婦人だ。

ルシンダは散らかったマホガニーの机の奥に席をとり、向かい合う椅子をケイレブに示した。

「おすわりください、ミスター・ジョーンズ」

互いの関係をはっきりさせようとしているわけだ。ケイレブはおもしろがるように胸の内でつぶやいた。主導権を握るのは自分であり、優位な立場を確保するつもりだと態度ではっきりと示している。ことばに出されたわけではないそのかすかな挑戦は、彼女が醸し出すオーラと同じぐらい刺激的だった。

ケイレブは示された椅子に腰を下ろした。「お手紙では、急を要する案件とのことでしたが」

「そうです」ルシンダは机の上に置かれた吸いとり紙の上できつく手を組み合わせ、彼に揺るがないまなざしを向けた。「ついこのあいだフェアバーン卿が亡くなったことはお聞きになってらっしゃいますか？」

「朝刊に載っていた気がします。たしか、自殺だった」

「おそらくは。まだそうと決まったわけではありませんが。ご遺族は、少なくともご遺族のひとりは、フェアバーン卿の息子さんですが、スコットランド・ヤードに捜査を依頼しています」

「それは知らなかった」ケイレブは言った。

「当然ながら、ご遺族は捜査を依頼したことは秘密にしておきたいとお思いです」

「どうしてあなたがそれをご存じなんです？」

「捜査を受け持っている警部に意見を聞かれたからです。多くの案件について、ミスター・スペラーの相談役を務めています」

「スペラーなら知っています。アーケイン・ソサエティの一員だ」

「そのとおり」ルシンダは彼に挑むようにかすかな笑みを浮かべてみせた。「わたしもそうなんです、ミスター・ジョーンズ」

「それはそうでしょう。ソサエティの人間でなければ、ジョーンズの調査会社をご存じのはずはない。私に連絡をとる方法はもちろん」

ルシンダは顔を赤らめた。「ええ、もちろんです。すみません。わたし、たまに少し弁解がましくなってしまうようで」そう言ってせき払いをした。「うちの家族は悪い評判を立てられているものですから。きっとお聞きになったことがおありでしょうけど」

「いくつか噂は聞きました」ケイレブは抑揚のない声で言った。

「きっとそうでしょうね」組み合わせた彼女の指がこわばり、関節が白くなるほどに力がこめられた。「そうした噂はあなたがわたしの依頼を受けるかどうか決めるうえで影響しますか？」

「影響するとしたら、私がここへうかがうことはなかったでしょう。それは自明の理だと思うが、ミス・ブロムリー。あなたもきっとお気づきのはずだが、アーケイン・ソサエティの決まりは、一般社会の決まりと必ずしも同じとは言えない」ケイレブはそこで一瞬間《ま》を置いた。「私にしても同様だ」

「そうですか」

「私についての噂も聞いたことはあるはずだが」

「ええ、ありますわ、ミスター・ジョーンズ」彼女は静かに認めた。「それも今日こうしてお越しいただいた理由のひとつですの。何よりも、あなたは謎めいたことにおおいに関心がおありだという噂でしたので」

「それが短所だと言われるほどに。しかし、自己弁護させてもらえれば、非常に興味深い謎にしか関心はない」

「ええ、まあ、わたしが今置かれている状況が興味深いと思っていただけるかどうかはわかりませんけど、ひどく気にかかるのはたしかです」

「その謎についてもう少し詳しく話してもらえませんか?」

「ええ、もちろんです」彼女は背筋を伸ばし、優美な肩を怒らせた。「ご存じかもしれませんが、わたしには植物に関する超能力がある程度備わっています。とくに、毒を感知できるんです。その毒が薬草や植物から作られたものだとすると、その毒に含まれる自然の成分を正確に言いあてることができます」

「フェアバーン卿が毒殺されたと?」

ルシンダはゆがんだ笑みを浮かべてみせた。「どうやら、あなたはすぐに妥当な結論に達する方のようですね。そう、彼が命を危険にさらすような何かを飲んだことはたしかです。唯一の問題はそれが自殺なのか、他殺なのかということですわ。正直に申し上げて、スペラー警部が他殺であると証明するのはむずかしいと思っています」

「砒素や青酸カリによる毒殺のように、たとえ有力な証拠があったとしても、毒による他殺を証明するのがむずかしいのはよく言われていることです。事故であるとか、被害者がみずから命を絶ったと陪審員を納得させるのはとてもたやすい」

「ええ、わかっています。でも、酌むべき事情があれば――」彼女は唐突にことばを止めた。

「どうしてこの件の成り行きにそれほどの関心をお持ちなんです、ミス・ブロムリー？　それが他殺であるかどうか決めるのはスペラーの責任で、あなたに関係はないはずだが」

ルシンダは見るからに自分を奮い立たせようとするように、深々と息を吸った。気を張りつめているのを隠そうと努めているが、ケイレブにはオーラがはっきりと目に見えるかのように、彼女の発するエネルギーを感じとれた。彼女はフェアバーンの一件の結果を気にしているだけではない。恐怖に駆られているのだ。

「昨日、スペラー警部に呼ばれてフェアバーン家のタウンハウスで遺体を検分したときに――」彼女はゆっくりと口を開いた。「たしかだったのは――」

「遺体を検分した？」

ルシンダは問うように眉根を寄せた。「ええ、もちろん。それ以外にどうやって毒によるものかどうか判断できるというんです？」

ケイレブはぎょっとした。「なんてことだ。思いもよらなかったな」

「何が思いもよらなかったんです？」

「スペラーがたまにあなたに意見を聞いているとさっきおっしゃっていたが、そのためにあなたがじかに被害者の死体を調べなければならないとは思わなかった」

ルシンダは眉を上げた。「わたしがどんなふうに意見を述べていると思っていたんです？」

「おそらく、深く考えてもみなかったんだな」ケイレブは認めた。「ただ、スペラーがあなたのところへ証拠を持ちこんでいるんだろうと勝手に推測しただけで。毒のはいっていたカップとか、被害者の衣服とか」

「わたしがスペラー警部のためにしていることが淑女にふさわしくない仕事だとお思いなのはわかります」

「そんなことは言っていない」

「言わなくてもわかります」ルシンダは言い訳をしようとするケイレブを手を振って止めた。「そんなふうに考えるのはあなただけじゃありませんから。スペラー警部以外はみんな、わたしのしていることを認めてくれないんです。じっさい、スペラー警部だって完全に認めているわけじゃないと思いますけど、彼は仕事熱心なので、わたしが力になれることについては喜んでそれを利用しようとしているわけです」

「ミス・ブロムリー――」

「わたしの一族にまつわるどこか異常な逸話からして、わたしは人に認めてもらえないことには慣れっこになっているんです」

「くそっ、ミス・ブロムリー、勝手に私の考えを代弁しないでくれ」ケイレブは気がつく前に立ち上がって机に手をついていた。「あなたについて自分がどう判断するかは自分で決めるつもりだ。そう、警察に手を貸すうえで、あなたが被害者の死体をじかに見なきゃならないと聞いて、驚いたのはたしかですよ。そういったことがふつう、淑女にはめずらしい仕事であることはあなたも認めるところでしょう」

「そうですか？」ルシンダは組んでいた手をほどき、すばやく椅子に背をあずけた。「でしたら、大勢の家族のなかで、重い病気にかかって死んでいく人の最期を見届ける責任をふつう誰が負っているとお考えなんです？　最期を迎えるのに病院へは行かない人がほとんどです。たいていみな自宅で亡くなりますけど、ベッドの脇で最期をみとるのは女ですわ」

「殺された人間の話をしているのであって、自然に死んだ人のことは関係ない」

「死因のむごさに差があるとお考えですの？　そうだとしたら、あまり死者の検分に呼び出されたことがないんですね。これだけは言えますけど、いわゆる自然死というもののほうが、毒を盛られたり、頭に銃弾をくらったりするすばやい死よりも、ずっと恐ろしく、痛みをともない、長引くこともあるんです」

「まったく、こんなばかばかしい議論をしているなど、信じられないな。あなたの仕事について議論しに来たわけじゃない、ミス・ブロムリー。呼ばれたから来たんだ。仕事にとりかかったほうがよさそうだな」

彼女は彼に冷たい目をくれた。「言い争いをはじめたのはそちらですわ」

「たしかにね、ちくしょう」

彼女は目をしばたたき、顎をつんと上げた。「淑女の前でいつもそんなことばづかいをなさるの？　それとも、今目の前にしている淑女に対しては、そんな派手なことばをつかっても大丈夫だとお思いになったの？」

ケイレブは苦笑いした。「すまない、ミス・ブロムリー。ただ、正直、ご婦人が殺人事件の現場で助言を求められていると知って驚き、少々荒っぽいことばづかいになってしまったわけだ」

彼女はひどく冷たい笑みを返した。「わたしがちゃんとした淑女ではないとほのめかしていらっしゃるの？」

ケイレブは唐突に身を起こし、振り返って窓辺へ寄った。「こんな奇妙な会話を交わしたのは久しぶりだ。しかも、まるで無意味だしね。今日ここへ私を呼んだ理由を話してくれさえすれば、どうにか話も進められるはずだ」

ドアを強くノックする音がして、ケイレブのことばはさえぎられた。振り返ると、お茶のトレイを持った家政婦が立っていた。シュート夫人は彼を怖い目でにらみつけた。無言ながら、加熱した議論を立ち聞きしていたことを隠そうともしない態度だ。

「ありがとう、ミセス・シュート」客と口論していることをおくびにも出さずに、ルシンダはなめらかな口調で言った。「トレイはテーブルの上に置いていってくれればいいわ。自分で注ぐから」

「かしこまりました」

再度感心しないという目をケイレブに向けると、家政婦は部屋を出て静かにドアを閉めた。

じっさい、自分のことばづかいはぎょっとするほど失礼だった。が、応接間での礼儀作法にすぐれていると言われたことがないのもたしかだ。社交にともなう細々《こまごま》したことにあまり我慢もできなかった。それでも、相手がどんな社会的地位や生い立ちのご婦人であれ、その前で毒づくほど礼儀を失うこともふつうはなかった。

ルシンダは立ち上がり、ソファーのところへ行って腰を下ろした。ティーポットを手にとる。

「ミルクとお砂糖でいいですか？」彼女は言い争いなどなかったかのように、おちついた穏やかな様子で訊いた。それでも頬は赤く染まり、目には攻撃的な光が宿っている。

何をしても無駄なら、カップにお茶を注げ。ケイレブは胸の内でつぶやいた。

「どちらもなしで」まだ少しぶっきらぼうな声で彼は答えた。

それから、ルシンダから新たに発せられた明るいエネルギーを分析しようとした。それほど強いわけではないが、少しエネルギー量は増した気がした。

「またおすわりになってくださってもいいんですけど」彼女は言った。「話すことはまだ山ほどあるんですから」

「私のことばづかいを聞いてなおも私を雇おうとは驚きですね」

「お帰りくださいと言える立場にないようですから」彼女は優美な手つきでお茶を注いだ。「あなたのやってらっしゃることは特殊で、わたしはそれを必要としているんです」そう言ってポットを置いた。「ですから、あなたに頼むよりほかないようですわ」

ケイレブは笑いたい気分ではなかったのだが、自分の口の端が上がるのを感じた。カップとソーサーを受けとると、肘つき椅子に腰を下ろした。

「それで、私のほうはあなたの仕事を受けるしかないわけだ、ミス・ブロムリー」と彼は言った。

「そんなことはありませんわ。あなたに調査の仕事を依頼したいというわたしの要望を断りたいとおっしゃるなら、それはあなたの自由ですから。きっとわたしに法外な料金を請求するんでしょうけど、そんなお金をあなたが必要としないことぐらい、お互いわかっているわけですし」

「金が理由なら断ることもできる」彼も認めた。「しかし、この件は断れませんね」

口へと持ち上げようとしたカップをルシンダは途中で止め、目をみはった。「でも、まだ何を調査していただきたいのかお伝えしていませんわ」

「それは関係ない。案件自体に興味を惹かれたわけではないですからね、ミス・ブロムリー」ケイレブはお茶を飲んでカップを下ろした。「あなたに興味を覚えたんだ」

ルシンダは動かなかった。「いったいなんの話をしているんです?」

「あなたもきっとお気づきだろうが、あなたはきわめて変わったご婦人だ。あなたのような方にはこれまで会ったことがない。あなたは――」ケイレブは正しいことばを探そうと、そこで間を置いた。「興味深い方だ」魅力的というほうが真実に近かったことだろう。「だから、あなたが調査したがっている謎も同様に興味深いものにちがいないというわけです」

「そうですか」興味深いと言われて喜んでいる顔ではなかった。侮辱されたという顔でもなかったが。あえて言えば、あきらめた顔をしていた。少しばかりがっかりしたのだろうが、それはうまく表に出さずにいた。「変わったお仕事に就かれているわけですから、それもわからないではありませんわ」

ケイレブは彼女の言い方が気に入らなかった。「どういう意味です?」

「あなたは謎に惹きつけられずにいられない方なんですわ」ルシンダはカップをそっとソーサーに戻した。「今はあなたにとってわたしが謎というわけです。一般社会に受け入れられるような女らしい振る舞いをしていないということで、わたしに興味を惹かれているんです」

「そういうことじゃない」ケイレブは苛立って言った。が、そこでことばを止めた。ある意味彼女の言うこともあたっていると気がついたからだ。たしかに自分にとってこの女は謎だ。探ってみたいと思わせる謎。「正確にはちがう」

「いいえ、正確にそういうことだわ」彼女は言い返した。「でも、わたしが注いだお茶を飲んでくださっているから、そのことであなたを責めようとは思いません」

「いったいなんの話をしているんです?」

ルシンダはまた冷ややかな笑みを浮かべてみせた。「わたしとお茶を飲む勇気のある紳士はとても少ないんです、ミスター・ジョーンズ」

「どうしてこのお茶を飲みたくないと思う男がいるのかわからないな」彼はかすかな笑みを

かべた。「とてもおいしいお茶だ」

「わたしの婚約者の命を奪った毒は、わたしが注いだお茶に入れられていたという噂があるんです」

「多少の危険をともなわない人生などあるかな?」ケイレブはまたごくりとお茶を飲み、カップを下ろした。「さて、私に調査してもらいたいという案件についてだが、詳細を説明してもらえますか? もしくは、もう少し言い争いをつづけたいと? まあ、別につづけても私はかまわないが。こうして議論するのもいい刺激になる」

ルシンダはしばし彼を見つめた。眼鏡の奥の目からは内心の思いは読みとれなかった。やがて彼女は噴き出した。舞踏会でよく聞くくすくす笑いでも、世慣れた女の誘うような低い笑い声でもなかった。心底おかしくてたまらないというような、女らしい笑い声だった。彼女はカップを下ろしてナプキンで目をぬぐわなくてはならなかった。

「すばらしいわ、ミスター・ジョーンズ」ルシンダはようやくことばを発した。「噂を聞いて想像していたとおり、変わった方なのね」そう言ってナプキンを丸めると、真面目な顔になった。「あなたのおっしゃるとおりですわ。そろそろ本題にはいらないと。さっきも言いましたが、スペラー警部に呼ばれて、わたしはフェアバーン卿の死体を検分したんです」

「それで、フェアバーンが毒によって死んだと結論を出した」

「ええ。スペラー警部にもそのように言いました。さらに、その毒のもととなっているのがヒマという植物であることも説明しました。ただ、今回の件にはいくつか異常な点があったんです。ひとつは、毒を盛ったのが誰であれ、その人物は植物と化学の専門知識に非常に長《た》けているにちがいないということ」

「どうしてそう言えるんです？」

「きわめてうまく調合された、毒性の強い、即効性の毒の作り方を知っているからですわ。フェアバーン卿は吐き気を覚える暇もなく命を落としたんです。植物性の毒の場合、きわめてめずらしいことですわ。ふつう被害者の体には、数多くの明らかな徴候が現れるものなんです。きっと詳しく説明する必要はないですわね」

「痙攣《けいれん》、嘔吐《おうと》、下痢」ケイレブは肩をすくめた。「そのぐらいはわかっているから、それ以上、具体的に説明してもらう必要はありませんよ」

ルシンダはまた目をしばたたいた。それが虚をつかれたときの彼女の癖であることがケイレブにもわかりつつあった。ささやかな癖だが、わかりやすいものだ。

「たしかに」と彼女は言った。

「毒の即効性から、それが科学者か化学者によって調合されたものだと思ったわけですか？」彼は訊いた。

「ええ、そうです。あなたもきっとご存じでしょうけど、薬屋で手にはいる毒薬の材料は数多くあります。さほど苦労せずとも砒素や青酸カリも買えますし。よく出まわっているぞっとするような売薬に何がはいっているかなんてわからないものですわ。でも、フェアバーン卿の命を奪うのに使われた毒は、それほど楽に手にはいるものじゃありませんでした。調合するのも簡単ではありませんし」

ケイレブの超常感覚がすばやく働き出した。「つまり、その毒は薬屋の奥の部屋ではなく、どこかの研究室で作られたものだと?」

「それだけじゃないんです、ミスター・ジョーンズ。フェアバーン卿の命を奪った毒を調合したのが誰かもわかっているつもりです」

ケイレブは動かなかった。目は彼女に釘づけにしたままだ。ルシンダ・ブロムリーを言い表すのに、興味深いというだけでは不足だ。魅力的ということばでも足りないぐらいだ。

「どうしてそれがわかったんです、ミス・ブロムリー?」彼は訊いた。

ルシンダは深々と息を吸った。「フェアバーン卿の命を奪った毒には、ヒマが調合されているのに加え、別の成分も調合されているのに気づいたんです。それはわたしの温室で栽培されていたきわめてめずらしいシダから抽出した成分です。毒殺者が先月、それを盗むためにわが家を訪ねてきたのはたしかです」

それを聞いてケイレブは突然、調査依頼の真の目的を理解した。

「ちくしょう」彼は小声で言った。「スペラーにはその訪問者のことや、シダを盗まれたことは話してないんでしょうね?」

「ええ。フェアバーン卿が飲んだ毒にアメリオプテリス・アマゾニエンシスを感知したことは話していません。きっと単純明快な結論に達せざるをえなくなるでしょうから」

「つまり、あなた自身が毒を調合したという結論に」とケイレブは言った。

4

彼のオーラには不安になるほどの緊張感があった。ルシンダは彼が温室にはいってきた瞬間にそれを感じとっていた。もっと弱い人間がそんな不安定なエネルギーを持っていたら、精神をかなりひどく病んでしまったことだろう。強い意志の力を持つケイレブ・ジョーンズは、その調和のとれないエネルギーを無意識に統制しているにちがいない。自分のまわりに奇妙で不健全なオーラが脈打っていることを彼自身はわかっているのだろうか。

綿密な調査を行うにあたって問題になるというのでないかぎり、彼の超常感覚の状態など、知ったことではない。ルシンダは自分にそう言い聞かせた。調査の妨げにはならないだろうと直感は告げていた。オーラには異常なエネルギーの波形以上に、彼の決意と強固な意志が強く現れていた。ケイレブ・ジョーンズはいったんとりかかったら、どれほどの代償を支払うことになるにせよ、最後までやり遂げる人間だ。

こうして彼と会うことになるのは避けたかったのだが、ほかの選択肢を思いつけなかった。自分は最悪の状況に置かれ、問題は超常的な能力にかかわるものだ。つまり、超能力者に対処できる調査会社に依頼しなければならないということだ。知っている唯一の会社は最近設立されたばかりのジョーンズの調査会社だった。

不運にも、その会社とかかわりを持つということは、誰もが風変わりで危険ですらあると評する一族、ジョーンズ家の一員とやりとりしなければならないということだ。アーケイン・ソサエティは秘密主義で有名な組織で、創設者の子孫で力を持つジョーンズ一族の人間がつねにその中心にいた。噂では、彼らは非常にうまくソサエティの――そして彼ら自身の――暗い秘密を守る役目をはたしているということだった。

ケイレブ・ジョーンズは真実に到達する仕事に怖くなるほど長けているにちがいなかった。ジョーンズ家の誰もが、それぞれさまざまな強い能力を有していると言われていて、ケイレブもそのふつうならざる仕事において、その能力を発揮しているはずだった。

驚きだったのは、彼が温室にはいってきたときに、自分が身震いするほどの強烈な好奇心を感じたことだ。じっさい、どうしようもなく魅せられたと言ってもいい。今全身に走るぞくぞくするような小さな震えは、不安になるほどに官能的なものと言えた。その感覚は心を騒がせ、混乱させた。無垢《むく》な十八の乙女なら抱いてもおかしくない感情かもしれないが、二十七歳の世慣れた女が抱くにはふさわしくなかった。

まったく、わたしは誰から見ても売れ残りの独身女性よ。それにこの人はジョーンズ家の人間だわ。いったいわたしったらどうしてしまったの？

ケイレブ・ジョーンズには驚くほどの強さだけでなく、厳しく陰鬱《いんうつ》な雰囲気もあった。まるで知力と能力を振りしぼって人生を吟味した結果、自分が得られる喜びは少ないことがわかったが、それでもあきらめるつもりはないとでもいうようだった。彼がソサエティの創設者であるシルヴェスター・ジョーンズの直系の子孫だと知らなかったとしても、ケイレブが強い能力を持っていることはわかったことだろう。

彼のなかではほかにも熱く燃えているものがあった。強すぎるほどの集中力と何がなんでも目的をはたそうとする心。それはルシンダが思うに、諸刃の剣と言っていいものだ。経験から言って、理知的に何かに集中する能力と不健康な強迫観念のあいだには、ごく細い境界線しかないことが多い。ケイレブもその一線を越えてしまったことが一度ならずあるのではないかと思われた。その事実と、彼の乱れたオーラの波形は不安を呼び起こしたが、今のルシンダには選択の余地はほとんどなかった。自分が殺人の罪を着せられないためには、ジョーンズ家の人間に力を貸してもらうしかないのだ。

ルシンダは目に見えないコルセットでもしめるようにひそかに気を引きしめ、計画を先に進めることにした。

「あなたに今日おいで願った理由はこれでおわかりですわね、ミスター・ジョーンズ」彼女は言った。「わたしのシダが盗まれた一件について調査していただきたいんです。誰が盗んだのかわかったら、その人がフェアバーン卿の命を奪った毒を調合した人間であることもわかるはずです。その人物を見つけ、確固たる罪の証拠とともにスペラー警部に引き渡していただきたいんです」

ケイレブの眉が上がった。「すべてあなたの名前を出さずにということですね、きっと？」

ルシンダは顔をしかめた。「え、ええ、もちろん。だからこそ、あなたのような人を雇って内密に調査を行ってもらうわけでしょう？　こういったことにおいて秘密厳守は当然だわ」

「そのようですね」

「ミスター・ジョーンズ」

「まだ私的な調査会社をはじめて間もないが、私が従わなければならない決まりが数多くあると顧客たちが考えているのはわかりましたよ。そう思われるのはうんざりして腹が立つことだが」

ルシンダはぞっとした。「ミスター・ジョーンズ、身分を偽って今日ここへいらしたというのなら、ソサエティの新しい会長のところへ直接行って、あなたの会社についてできるかぎり強硬に苦情を言わせてもらいますわ」

「今はゲイブを悩ませないほうがいいでしょうね。理事会を再編成するので手一杯なんだから。どうやら、いまだに錬金術にこだわっているよぼよぼのばかどもを一掃できると本気で信じているみたいでね。そのなかには、排除されるとなったら危険な存在になりかねない人間も何人かいると警告してやったんだが、彼はソサエティを新たな世紀へとつなげるためには、民主主義の要素が必要だと言い張っているわけです」

「ミスター・ジョーンズ」ルシンダは厳しい声を出した。「あなたに依頼する件について話し合おうとしているんですけど」

「たしかに。どこまで話しましたっけ？　ああ、そうだ、秘密厳守」

「ええ、それで？　この件に関するすべてを秘密にしてくださると約束するおつもりはありますの？」

「ミス・ブロムリー、あなたには意外かもしれないが、私はほぼすべてのことについて秘密を守っている。社交的な人間じゃないんでね。私を知っている誰かに訊いてもらってもいい。応接間で交わされる会話は大嫌いなんだ。噂話というのは情報の宝庫だから、いつも耳を傾けてはいるが、噂話に引き入れられることはない」

ルシンダにもそれは容易に信じられた。「そうですか」

「秘密は守るとお約束する」

全身に安堵が広がる。「助かります」

「例外はあるが」

ルシンダは凍りついた。「それはなんですの？」

「アーケイン・ソサエティの会員であれば、誰でも私の会社を利用できるが、私の第一の責任はソサエティの秘密を守ることにある」

ルシンダは苛々とそのことばを払いのけた。「ええ、ええ、それはあなたの会社の設立を宣言したときに、ゲイブリエル・ジョーンズがはっきりさせていましたわ。お約束します。

わたしの問題はアーケイン・ソサエティの秘密とはなんの関係もないと。これは単なる植物の盗難と殺人の問題ですもの。わたしの唯一の目的は、自分が刑務所にはいらないですむようにするということだけです」

彼の目がおもしろがるような冷たい光を帯びた。「賢明な目的ですね」彼はそう言って優美な仕立ての上着の内ポケットから小さな手帳と鉛筆をとり出した。「盗難について話してください」

ルシンダはカップとソーサーを脇に置いた。「ひと月ほど前、ドクター・ノックスという人物が訪ねてきたんです。父の旧友から紹介を受けたと言っていましたわ。ミスター・ジョーンズ、あなたと同じように、わたしも社交には熱心じゃありません。でもときに、自分と同じぐらい植物に興味を持っている人との交流をたのしむことはあります」

「ノックスはたぶん、めずらしい植物に深い関心を持っていたんでしょうね？」

「ええ。それで、わたしの温室を見せてほしいと言ってきたんです。父の本や論文はすべて読んだと言って。とても熱心で、知識も豊富でしたから、断る理由は見あたりませんでした」

ケイレブは手帳から目を上げた。「よく人に温室を見せるんですか？」

「いいえ、もちろん、見せません。キュー王立植物園やカーステアズ植物公園というわけじゃないんですから」

忘れかけていた怒りが全身に走った。ルシンダはどうにかそれを表情に出さずにすんだが、顎がわずかにこわばった。観察眼の鋭いミスター・ジョーンズはそのかすかな動きに気づいただろうか。

「なるほど」と彼は言った。

「とにかく、父が亡くなり、婚約者が亡くなってからは、見せてほしいと言ってくる人もずいぶんと少なくなりました。それだけはたしかです」

彼の顔に同情のようなものが浮かんだ気がしたが、それはすぐさま消えた。きっと見まちがいね。ルシンダは胸の内でつぶやいた。どう転んでも、ケイレブ・ジョーンズにそんな繊細な感情があるはずはない。

「話をつづけてください、ミス・ブロムリー」彼はうながした。

「ドクター・ノックスとわたしは温室で二時間過ごしました。まもなく、彼が薬草にとくに興味を抱いていることがあきらかになりました」

ケイレブはまた書く手を止め、彼女に探るような鋭い目を向けた。「ここで薬草を育てていると？」

「それがわたしの専門分野ですから、ミスター・ジョーンズ」

「それは知らなかったな」

「両親はどちらも才能ある植物学者でしたが、母がもっとも関心を抱いていたのが植物の薬としての効能の研究でした。そうした研究への興味をわたしは母から受け継ぎました。母が亡くなってからも、わたしは父の植物採集の旅に同行しつづけました。ドクター・ノックスの注意を惹いた植物はとても特殊なシダで、最後にアマゾンに行ったときに見つけたものです。それをわたしは母にちなんでアメリオプテリス・アマゾニエンシスと名づけました。母の名前がアメリアだったからです」

「そのシダの発見者はあなただと？」

「正確にはちがいます。アマゾンに住む少人数の種族の人々が発見者とされるべきでしょう。でも、旅から戻ってきてから、本や論文を調べたんですけど、そのシダについて言及されているものはありませんでした。わが家の蔵書がかなりの数になるのはたしかですが」

ケイレブは考えこむような顔で本のつめこまれた棚を眺めた。「そのようですね」

「その種族の祈禱《きとう》治療師がシダをわたしに見せてくれて、その効能を説明してくれたんです。彼女の種族の人々がそれをなんと呼んでいるかも教えてくれましたが、翻訳すると、〝秘密の目〟というような名前でした」

「そのシダはどんなふうに使われるんです？」

「そう、その種族はある種の宗教的な儀式に使っていました。でも、ドクター・ノックスは宗教に関心のある人には見えませんでした。南アメリカの人里離れた村で暮らす小さな種族しか行っていない聖なる儀式を見たことがあるとも思えませんし。そう、ミスター・ジョーンズ、彼はわたしのシダを使って即効性があり、味やにおいのしない毒を作ったんです」

「その村の儀式で使われていたときに、シダにどんな効能があるのかあなたは知っていたんですか？」ケイレブは訊いた。

その質問はルシンダには驚きだった。たいていの人は遠く離れた場所に住む人々の信仰のことなど、即座に頭から払いのけてしまうものだからだ。

「その種族の祈禱治療師によれば、そのシダを煎じたものは、各々のいわゆる秘密の目を開くことができるそうです。シダを煎じたものを飲めばそうなると、村人たちが信じているのはたしかですが、宗教とはそういうものでしょう？　信仰がすべてなんです」

「祈禱治療師が秘密の目を開くと言ったときに、それがどういう意味だったか、何かお考えは？」

盗難に対してよりも、シダの効能そのものに対する彼の予期せぬ強い関心に、ルシンダは不安を感じはじめた。ケイレブ・ジョーンズについて耳にした噂のなかには、彼が単なる変人以上の人間かもしれないと思わせるものもあったのだ。

もうお帰りくださいと言うには遅すぎる。ルシンダは胸の内でつぶやいた。すでに秘密を話してしまった。いずれにしても、彼のほかに頼める人もいない。ロンドンには超能力を持っていると自負する人間が大勢いる。超能力が大流行であるのはたしかだ。しかし、アーケイン・ソサエティに属する良識ある人間ならば、そういう自称超能力者のおおかたが詐欺師かペテン師であることを知っている。ケイレブ・ジョーンズの能力を自分が喉から手が出るほどに必要としているのはまちがいない。

「祈禱治療師の信仰に関して詳しい振りはしませんわ」ルシンダは慎重に言った。「でも、彼女によると、村人たちの言う〝秘密の目〟とは、あなたやわたしなら〝幻覚〟と呼ぶものだそうです」

ケイレブ・ジョーンズは不安になるほどに黙りこんだ。

「あの野郎か」発した声は背筋が寒くなるほど低かった。「ベイジル・ハルシー」

ルシンダは彼にとがめるような目をくれた。「また紳士らしからぬことばづかいですね、ミスター・ジョーンズ？　そう、イギリス以外の地にも、超能力について把握している人間がいるなんてすごい驚きじゃありません？　超常的な側面を持つのはわたしたちだけじゃないってことですわ」

ルシンダはそこで唐突にことばを止めた。火山が噴火するような勢いでケイレブが椅子から立ち上がったからだ。彼はソファーにすわっているルシンダのところまで来て彼女を立たせ、自分の腕のなかに引き入れた。

「ミス・ブロムリー、きみがどれほど役に立ってくれたか、きみにはわからないだろう。そう、感謝のキスをしてもいいぐらいだ」

ルシンダはぎょっとするあまり、淑女らしく抗議の声をあげることもできなかった。唇からは驚きの小さなかすれた声のようなものが漏れたが、次の瞬間には彼の口に口をふさがれ、ふたりのまわりに熱いエネルギーが燃え立ちはじめた。

5

ルシンダには直感でわかった。すばやく奪われたこのキスに意味はないのだと。見るからに自制心の塊のようなミスター・ジョーンズがまるで説明のつかない興奮にとらわれてとっさにとってしまった行動にすぎない。それでも、こんな礼儀に反する振る舞いをされて、心底驚愕すべきだとはわかっていた。

キスを奪うなどという行為は、混み合った舞踏場から夜の闇に沈んだ庭でのあいびきにこっそり忍び出た無垢な乙女や大胆不敵な愛人につけこむ、恥知らずな男たちのすることだ。きちんとした既婚者からは、そうしたキスは不義の関係の兆しとみなされる。

紳士にそんな途方もない振る舞いを許す女を言い表すことばがある――尻軽女。

ああ、でも、わたしはもっとひどいことばで呼ばれてきた。ルシンダは胸の内でつぶやいた。

いずれにしても、これは愛し合うふたりがひそかに情熱のひとときを持っているというのとはちがう。激しい情熱に身をまかせることなどめったにない男が、つかのま彼らしくない衝動に駆られたというだけのこと。

キスははじまったときと同じく突然終わり、互いのあいだにつかのまの気まずさを残すだけに思われた。しかし、錬金術師の釜のなかで鉛が金に変わるように、混迷したその一瞬に、抱擁は驚きから身を焼くほど熱いものに変わった。

ルシンダの腕をつかむケイレブの手がふいにきつくなったと思うと、彼はさらに彼女を引き寄せ、キスを深めた。しっかりと口をふさぐ口はあたたかく、魅惑的だった。まるで暗く危険な約束を秘めた抗《あらが》いがたい媚薬《びやく》を差し出されているかのように。

脳裏に驚くほどはっきりとある情景が浮かび、全身に震えが走った。どこかで扉が開き、ありえないほど生気に満ちた風変わりな植物や花や薬草でいっぱいのすばらしい庭が目の前に現れたのだ。それはこれまで夢のなかにしか存在しなかった庭だった。あふれるほどのエネルギーと生気に満ちた世界であり、謎と魅力にあふれた場所。

最初の驚きが消えると、うっとりするほど心を騒がす熱波が襲ってきた。新たに経験することになった感覚は、その全身に広がるぞくぞくするような熱さだけではなかった。超常的なものも、肉体的なものも、すべての感覚が突然ありえないほどに激しく燃え立ちはじめたのだ。ルシンダは自分の感覚のすべてが火花を散らしてケイレブ・ジョーンズに反応するのを感じた。

ケイレブはルシンダには理解できないことばをつぶやいた。夜に属することばにちがいない。昼日なかに発せられるには刺激的すぎることば。彼の息が荒くなる。唇で唇を開かれ、またもうっとりするような興奮の波が全身に走った。やがて、彼の手が動いて彼女の体にまわされ、ルシンダは彼の硬い体にしっかりと押しつけられる格好になった。

恐れからではなく、期待によって、今や体はぶるぶると震えていた。驚くほど魅惑的なエネルギーを発する、野生の緑に満ちた魔法の庭が手招きしている。ルシンダはケイレブの首に腕をまわし、さらに強く身を押しつけ、ふたりをとり巻く危険なエネルギーの流れに身を沈めた。

つまり、これが情熱なのね。ルシンダは胸の内でつぶやいた。ああ、なんてこと。こんなの想像したこともない。

ケイレブに荒々しいと言ってもいいほど強く引き離され、ルシンダは思わず一歩下がった。

「ちくしょう」ケイレブは信じられないという目で彼女を見つめた。少し前に欲望にとらわれていたとしても、今はそれを片鱗《へんりん》すらも見せていない。鉄の自制心が牢につけられた鉄の棒のように彼をとり囲んでいる。「すまない、ミス・ブロムリー。自分がどうしてしまったのかわからない」

ルシンダがことばを発せられるようになるまでしばらく時間がかかった。

「気にしないでくださいな」と、ようやくの思いでことばを押し出す。世慣れた女らしい、何気なさを装いながら。「侮辱しようとなさったわけじゃないことはわかりますから。仕事への熱意に急に襲われたせいであるのは明らかだわ」

しばしの間があった。ケイレブは彼女から目を離そうとしなかった。

「仕事への熱意?」妙に抑揚のない声でくり返す。

ルシンダは自分の眼鏡が曲がっているのに気がついた。それを直すのに夢中の振りをする。「もちろん、よくわかっていますから」

「そうかい?」ケイレブは愉快そうではない声を出した。

「ええ、ほんとうに。こういったことは一度ならず経験ずみです」

「そうなのか?」興味を惹かれた様子だ。

「そう、神経に影響をおよぼすものですわ」

「何が神経に影響をおよぼすと?」

ルシンダはせき払いをした。「突然仕事への熱意に襲われることですわ。そう、あなたのように見るからに自制心の強そうな人でも圧倒されてしまうことはありうることです」ルシンダは机の奥へ行き、まだ息を整え、脈を鎮めようとしながら、倒れるように椅子に身を沈めた。「たぶん、その、少し前にわたしが思いもよらぬ手がかりを提供したことで、興奮がゆきすぎてしまったんですわ。きっと調査もうまくいくんじゃないかしら」

不安になるほど長いあいだ、ケイレブは身動きしなかった。立ったまま、ダーウィンの書斎で未知の生物に出会ったとでもいうように、彼女を見つめている。

ルシンダがそれ以上じろじろ見られることに耐えられないと思ったところで、彼はフレンチドアのほうを振り返り、その向こうのうっそうとした緑に視線を向けた。

「とても見識にあふれた意見だね、ミス・ブロムリー」彼は言った。「そう、たしかに手がかりを与えてくれたよ。こういうつながりを二カ月近くも探しつづけていたんだ」

ルシンダはまた机の上で手を組み、乱れた心を多少おちつかせようとした。まだ官能的なエネルギーが部屋に渦巻いているのを感じとれる気がした。明らかにキスの刺激が強すぎたせいだ。

「今回のことが、ベイジル・ハルシーって名前の人と関係があるんですか？」

「それはたしかだ。ただ、確認のために、ノックスと名乗っていた男の風貌について教えてもらえるかな？」

「小柄な人でしたわ。髪はほとんどなかった。かなりよれよれの格好で無精ひげも生えていました。シャツに薬品のしみがついていたのを覚えていますわ。それから、眼鏡をかけていた」そこでルシンダは言いよどんだ。「なんだかクモみたいな感じでした」

「クモみたい？」

「とても大きな昆虫を思わせる風貌だったんです」

「私が聞いていた風貌とたしかに一致するな」満足して力のはいった声になっている。

「説明してくださるとありがたいわ、ミスター・ジョーンズ」とルシンダは言った。

ケイレブは彼女のほうに顔を向けた。また外見も物腰も冷たく見えるほどにおちついて決然としている。しかし、その裏に獲物を見つけた喜びがうかがえた。

「話せば長くなる」彼は口を開いた。「あまり詳しく話す時間はないんで、大まかな説明で満足してもらわなければならないが、二カ月ほど前、悪魔のように賢く、超常的な能力も備えたドクター・ベイジル・ハルシーという科学者が、アーケイン・ソサエティに多大な問題をもたらしてくれた。人も殺された。きみも新聞で真夜中の怪物の記事を読んだことはあると思うが？」

「ええ、もちろん。ロンドンじゅうの人が新聞に載るその恐ろしい事件に注目していましたわ。怪物が死んだという記事が載って、ほっとしたものです」ルシンダはそこでことばを止め、記憶の底をさらった。「でも、ドクター・ハルシーについては何も書かれていなかったはずですけど」

「真実は新聞に書かれているよりも、さらには、スコットランド・ヤードが知ったことよりもずっと複雑だった。ハルシーが関係していたという私のことばは信じてもらっていい。残念ながら、逮捕される前に彼は逃げてしまった。私はその行方を追っていたんだが、足どりは途絶えてしまっていた。ついさっきまでは」

「ハルシーを見つけるのはきっと警察の仕事でしょうに」

「やつを見つけて犯した罪の証拠を手に入れるまでは、警察に引き渡しても意味はない」ケイレブは言った。「しかし、たとえやつを見つけたとしても、法の裁きを受けさせるだけの証拠が手にはいらないかもしれない」

「その場合、いったいどうするおつもりですの？」ルシンダは当惑して訊いた。

ケイレブは感情をかけらものぞかせない目で彼女を見つめた。「絶対に何か手は考える」

また全身に震えが走った。今度は情熱とは関係のない感覚だった。ルシンダはハルシーに関する計画についてはあまり追及しないほうがいいだろうと考えた。それはアーケイン・ソサエティの問題だ。わたしにはわたしの問題がある。たぶん、話題を変えたほうがいいだろう。

「どうしてこのドクター・ハルシーはわたしのシダを盗もうと思ったんでしょう?」彼女は訊いた。

「彼の興味を惹く植物だったというだけだろう。ハルシーの専門は夢の研究だ。少し前にやつは命にかかわるほど危険な悪夢を生み出す薬を調合した。それを呑まされた人間のほとんどが亡くなるほどに」

ルシンダは身震いした。「なんて恐ろしい」

「ハルシーが姿を消してから、やつの手帳が見つかり、それによってやつがしばらく前から夢に夢中だったことが明らかになった。夢のなかでは、ふつうの世界と超常世界の境目がほとんどないほどに薄いとやつは確信したわけだ。やつの目的はその状態をどうあやつったらいいか、その方法を知るということだ。しかし、ドクター・ハルシーの一番の問題は金銭的なものらしいということもわかった」

「どういう意味ですの?」

ケイレブは部屋を行ったり来たりしはじめた。じっと考えこむ顔になり、険しい顔立ちに深い皺が刻まれる。「ハルシーについてのすべての事実が、やつの貧しい出自を示している。社会的なつながりも、資産と呼べるものも何もないことも。設備の整った研究所をつくるには金がかかるわけだが」

「言いかえれば、彼は研究に資金を出してくれる人を必要としている」

ケイレブは肩越しに振り向いた。ルシンダの出した結論を聞いて喜んでいるように見える。まるでわたしが賢い子供か頭のよい愛玩犬で、なんらかの試験に合格したとでもいうようね。なんとも腹が立つ。

「そのとおり」ケイレブは行ったり来たりをつづけた。「しかし、最後に彼に金を出した人物は夢の研究にとくに関心があるわけではなく、別の目的があった。その連中が彼を雇ったのは、創設者の秘薬の製法を再現させるためだった」

ケイレブは足を止め、彼女をじっと見つめた。なんらかの反応を期待しているのは明らかだった。ルシンダは何を期待されているのかわからず、何も言わずにうなずいた。

「つづけてください」と礼儀正しくうながす。

ケイレブは顔をしかめた。「驚かないんだね、ミス・ブロムリー」

「驚くべきですの？」

「ソサエティのほとんどの会員が創設者の秘薬の製法は錬金術師のシルヴェスターにまつわる単なる伝説だと思っているからね」

「そういう秘薬に使われる成分について、両親が何度か推測し合っていたのを覚えています。それってそんなに妙ですか？　もし創設者の秘薬がほんとうに存在したなら、植物の成分が使われたはずで、うちの両親は才能ある植物学者だったんですから。興味を抱いたとしても当然のはずですわ」

「ちくしょう」ケイレブは苛立って声を荒らげた。「ソサエティのもっとも暗く、もっとも秘められた秘密といってもこんなものだ」

ルシンダは乱暴なことばへの謝罪を待ったが、今回は謝罪のことばはなかった。ごくふつうの礼儀正しさに欠けるケイレブの態度にこっちが慣れたほうがよさそうだ。

「なぐさめになるかどうかわかりませんが、両親は結局、どんな製法の秘薬であれ、超常的な能力を高める作用があるとすれば、きわめて危険で、その作用を予測できないものだと結論づけました」ルシンダは言った。「超常感覚について充分わかっていないので、人間のそうした側面を下手にいじることはできないということです」

「きみのご両親はとても賢明だったんだな」ケイレブは言った。ひとことひとことに深い感情がこもっている。

「うちの両親はシルヴェスターがそういう秘薬を作り出すという目的をはたしたかどうかも疑わしいと思っていました。結局、彼は十六世紀後半の人間で、当時はまだみんな錬金術を信じていたわけですから。現代科学の恩恵を受けたはずはありませんし」

「残念ながら、きみの両親はまちがっていた」ケイレブは苦々しい口調で言った。「シルヴェスターはたしかにそういう秘薬の製法を産み出したんだ。その忌まわしい薬には力があったが、ブロムリー夫妻が思っていたように、ひどい副作用もあった」

驚いてルシンダはしばし彼を見つめた。「ほんとうですの?」

「ああ」

「今おっしゃった副作用って?」突然興味を惹かれ、思わずルシンダは訊いた。結局自分は植物学者なのだ。

ケイレブは部屋の奥で足を止め、ルシンダに目を向けて言った。

「何よりも、その薬には強い中毒性があった。その効用についてはシルヴェスターの古い日誌と、秘薬を再現しようとした人間が遺した書きつけから、わずかなことしかわかっていない」

「その薬を調合しようと試みたのはハルシーが最初じゃないんですか?」

「残念ながら、ちがう。少し前に、ジョン・スティルウェルという男が製法に従って実験を行った。その過程でその男は命を落とした。彼が遺した日誌や書きつけはソサエティの新しい会長が押収した」

「あなたのいとこのゲイブリエル・ジョーンズね」

それを認めるようにケイレブはうなずき、話をつづけた。「そうした記録はアーケイン・ハウスの大金庫におさめられている。私もそれをよく調べてみたが、いくつか明らかになったことがある。スティルウェルによると、その薬を服用しはじめると、やめることができなくなるそうだ。やめれば、おそらく正気を失ってしまう」

「たしかに何よりも危険な毒薬だわ」ルシンダは今耳にした話についてよく考えた。「でも、効用はあるとおっしゃるの?」

ケイレブは言いよどんだ。真実を否定したがっているように見える。

「まちがいなく」しばらくして答えが返ってきた。「どの程度、どのぐらいの期間その効用がつづくかはまったくわかっていないが。その薬を服用した人間で、役に立つ情報をもたらすほど長く生きた人間がいないものでね」

ルシンダは指で椅子の肘かけを軽く叩いた。「つまり、あなたがじかにご存じの方ではってことね」

ケイレブは探るように鋭い目を彼女に向けた。「気を悪くしないでもらいたいんだが、ミス・ブロムリー、今の状況から言って、それはかなり奇妙な発言だと思うが」

「創設者自身はどうですの? シルヴェスター・ジョーンズは?」

ケイレブは最初はぎょっとした顔になったが、やがて、ルシンダが驚いたことに、じっさいかすかな笑みを浮かべさえした。とても魅力的な笑みだった。もっと頻繁にそういう顔をしないのは残念なことだ。しかし、今はふつうおもしろいはずのない殺人やそれにまつわる話をしているのだった。

ケイレブは部屋を横切って彼女の机の前まで来て足を止めた。「ジョーンズ家の秘密をお話しするよ、ミス・ブロムリー。秘薬そのものがわが祖先の命を奪ったにちがいないとわれわれはみな確信している。しかし、当時すでに彼は老人で、自然死ではなかったと証明できるものは何もない」

「ふうん」

「死に直面した老錬金術師がその秘薬を服用していたことはわかっている。何十年か寿命を長くできると期待してね。これだけは言えるが、その目的ははたされなかった。ただ、その秘薬によって彼が命を落としたのかどうか、たしかなことは言えない」

「ふうん」

「きみがこのことに関心を持った様子なのが心配になってきたよ」ケイレブはそっけなく言った。「たぶん、言っておいたほうがいいと思うんだが、今話している問題は、アーケイン・ソサエティの会長と理事会がソサエティにおいてもっとも固く守られてきた秘密とみなしている事柄だ」

「脅してらっしゃるの、ミスター・ジョーンズ？　もしそうなら、怯《おび》えるべきはあなたのほうよ。今のわたしにとっては、会長や理事会の不興を買う以上に、刑務所に入れられる可能性のほうが心配なんですから」

ケイレブの口の端がまた上がった。目におもしろがるような光が宿る。「ああ、そのようだね」

「ハルシーについてですけど」ルシンダはうながした。

「そう。ハルシーね。さっきも言ったように、やつは自分の研究にとりつかれたようになっている。古い研究室は壊してやったんだが、前にやつの研究に資金を提供していたエメラルド・タブレット学会の第三分会《サード・サークル》の連中はもはや金を出せない状況にある。しかし、やつがそう長くおとなしくしているとは思えない。そういう人間ではないからね」

ルシンダはハルシーの以前の出資者の身に何があったのだろうと考えたが、訊かないほうが賢明だと判断した。

「彼が別の資金提供者を見つけたとお思いですの？」と代わりに訊く。

「もしくは、秘薬の調合を試みていた誰かがやつを見つけたか」

ルシンダは理解した。「新たに資金を提供してくれる人をつかまえるためなら、ハルシーは悪魔に魂を売ることも辞さないというわけですね」

「ハルシーは現代的な科学者かもしれないが、手帳を読むと、魂の奥底では錬金術師のような思考をしているのはたしかだ。黄金を手に入れるために悪魔と取り引きするような人間もいるということだ。ハルシーは設備のそろった研究所と引きかえなら、魂を売ることだろう」

「ハルシーの行方を追ったのに、足どりを見失ったとおっしゃいましたね」

ケイレブは苛立ちを表すように首の後ろをこすった。「ハルシーの手帳には、やつが実験に使ったためずらしい薬や香料や薬草が数多く羅列してあった。遅かれ早かれやつが必要とする材料を手に入れはじめるのではないかと考えて、ロンドンの薬屋や薬草商には目を配ってきた。しかし、それはうちのような小さな組織の力のおよぶ範囲をはるかに超えた任務だった。この街に薬や薬草や香料を売る店がどのぐらいあるか想像がつくかい？　文字どおり、何百とある。何千とあるかもしれない」

ルシンダは悲しげな笑みを浮かべた。「最近、似たような話をスペラー警部としたばかりですわ。その数は数千です。それに、売薬取扱い業者も忘れてはなりません。そのなかには、めったに手にはいらない、新しいアヘンチンキや媚薬を売る商人たちもいます。薬草医は言うまでもなく」

ケイレブの顎がこわばった。「きみもきっと想像がついたと思うが、これまでのところ、ハルシーへとつながるような薬の買い方をする客を見つける幸運には恵まれなかった」

「このドクター・ハルシーがわたしのシダを盗んだ人物だと確信なさった理由はなんです？」

「藁《わら》にもすがる思いでいるからかもしれないが、今回のことには非常に納得いく説明をつけられる気がするんだ。きみのシダを盗んだのが誰であれ、その超常的な効力を知っていたはずだ。また、科学的な知識も豊富だったにちがいない。可能性から言って、今ロンドンでそういう説明にあてはまる人物がさほど大勢いるはずはない。おまけに現れた時期もぴったりだ。ハルシーが姿を消してから八週間以上が過ぎていて、やつも別の資金提供者に自分を売りこむに充分な時間があったはずだ」

「たぶんそうなんでしょうね」

ケイレブは懐中時計をとり出し、時間をたしかめて眉根を寄せた。「くそっ」

「今度はなんですの、ミスター・ジョーンズ？」

「きみにはもっと訊きたいことがたくさんあるんだが、ミス・ブロムリー、それは明日まで待たないといけないようだ。今夜、別件できわめて重要な案件にあたらなくてはならなくてね。その準備をしておかなければ」ケイレブは懐中時計をポケットに戻した。「その一件に片がついたら、ハルシーのことだけに集中できる」

そう言って礼儀正しく別れの挨拶をしようともせずにドアへ向かいかけた。

はっと気づいたことがあって、ルシンダは勢いよく立ち上がった。「ちょっと待ってくださいな、ミスター・ジョーンズ」

ケイレブは力強い手をドアノブにかけて振り向き、問うように眉を上げた。「なんです、ミス・ブロムリー？」

「とても大切なことをはっきりさせておきましょう」ルシンダはきっぱりと言った。「わたしはシダの盗難の調査にあなたを雇うつもりです。あなたの追っている科学者のハルシーがそれを盗み、フェアバーン卿の命を奪った毒薬を調合した犯人だというなら、それはそれでいいわ。でも、秘薬を調合しようとしている頭のおかしな錬金術師をつかまえるためにあなたを雇うんじゃないってことははっきりさせておきたいんです。あなたの仕事はあくまでわたしが刑務所にはいらなくていいようにすることよ。おわかりいただけているかしら？」

ケイレブははじめて満面の笑みを彼女に向けて言った。

「ええ、もちろん、ミス・ブロムリー」

それからドアを開けた。

「もうひとつ、頻繁に、あいだを開けずに進捗状況を報告してくださるようお願いするわ」

ルシンダは彼の背中に呼びかけた。

「ご心配なく、ミス・ブロムリー。またご連絡しますよ。それもすぐに」

そう言って彼はドアから廊下へ出た。

ルシンダの心は沈んだ。最悪だわ。

ケイレブ・ジョーンズに関するかぎり、必ずアーケイン・ソサエティの利益が優先されるのだけはまちがいない。殺人の罪を着せられるのをどうしても避けたいという自分の思いと、ハルシーをつかまえようとするケイレブの計画がうまく噛み合うように祈るしかないわけだ。彼がふたつの目的のひとつを選ばざるをえなくなったら、自分があとまわしにされるのはまちがいなかった。

6

修道服のフードを目深にかぶった男たちから立ちのぼる忌わしい興奮のにおいはあまりに濃く、古代の石室のなかの空気を重苦しくするように思われた。ランタンが作る揺れる影は、ケイレブの鋭くなった感覚には呼吸する生き物のように感じられた。実体を持つかのように一定の調子で鼓動しながら、差し出された生き血を吸おうと待ちかまえている異様な捕食動物。

意志の力でケイレブは怪物の幻を心から追い出した。容易なことではなかったが。ほかの人にはつながりのない偶然にしか思えないところに、危険なエネルギーのパターンと暗いつながりを見分ける能力が彼に備わった力だった。それは呪いでもあった。いくつかのぼんやりとした徴候や手がかりをもとに、直感的に結論を導き出す能力はたしかに役に立つが、そこにはありがたくない副作用もあった。最近ケイレブは、問題の解決をはかる際に心のなかに作り上げる目もくらむほどの多元的な迷路が、みずからの強い能力が生み出したものというよりも、熱を持った脳が作り出した鮮明な幻なのではないかと不安になりつつあった。

陣取った二列目からは祭壇と奥のカーテンが閉められたアーチ型の入口がよく見えた。両手足を縄でくくられた十二、三歳の少年が石板の上に横たえられている。少年は目を覚ましていたが、恐怖のせいか、アヘンを与えられているのか、ぼうっとした様子だった。おそらくアヘンを与えられているのだろうとケイレブは考えた。ささやかな慈悲がかけられていることはありがたかった。少年は身に迫った危険を理解できるほど意識がはっきりしていないようだ。

こんなやり方で対処したくはなかったのだが、その日の夕方、情報提供者から伝言を受けとったときには、ほかの計画を立てるには遅すぎたのだった。救出を試みるのにぎりぎり足りるだけの時間しか残されていなかった。

こういう狂信者集団が存在するという噂をはじめて聞いたのはほんの数日前のことだった。これを創設した男が強い能力を持ち、危険なほどに常軌を逸していると知って、ケイレブはすぐにゲイブに相談した。警察に引き渡すだけの証拠がないという点でふたりの意見は一致した。少なくとも、深刻な罪が犯されないうちは。そこでジョーンズの調査会社が行動を起こすしかないということになった。

フードをかぶって最前列にすわっている男たちから低い祈りの声が聞こえはじめ、それが二列目、三列目へと即座に広がっていった。でたらめなラテン語にときおり効果をねらってギリシャ語をさしはさんだ祈りだ。いっしょに立って祈っている男たちがじっさいにその意いるのはみな二十歳に満たないミサに参加しているのはみな二十歳に満たないような若者たちで、そのなまりから言って、下層階級の者ばかりだった。

ほかの者たちといっしょに部屋へはいるときに、頭数はざっと数えてあった。祭壇の前に五つの列に分かれて十五人がすわっている。石の厚板の両端にさらにふたり。ひとりはもうひとりよりも背が高く、よりがっしりした体形をしていた。若者ではなく、大人の男だ。狂信者集団の指導者とそのとりまきはまだ姿を現していなかった。

荒々しい祈りの声はじょじょに力強く大きくなっていった。ケイレブはカーテンの閉まった入口を見つめながら、ぼんやりとそれを翻訳していた。

……大いなるチャランよ、ああ、魔力を持つ魂よ。真の道をたどる者たちに約束された力を求む……

……暗闇の力を自在にあつかうわれらが指導者、チャランの僕《しもべ》を称えよ。

アーチ型の入口にかけられた黒いヴェルヴェットのカーテンが突然開いた。大きすぎるたっぷりした灰色のローブに身を包んだ若者がおごそかな足どりで部屋にはいってきた。若者は両手で宝石のついた短剣の柄をつかんでいる。ランタンの明かりが少し大きくなったように思われた。その光が恐ろしい武器に反射して光った。ケイレブの感覚に超常的な力があたって音を立てた。

まちがいない。この連中は古代エトルリア人の狂信者集団によって使われていた短剣を見つけたのだ。かつて存在したとされるいまわしい超常的な力を持った古代の遺物。

静けさが広がった。部屋のなかに立ちこめた邪悪な欲望の胸の悪くなるようなエネルギーが濃くなる。ケイレブは手をローブの襞のあいだにすべりこませ、拳銃のにぎりをつかんだ。これだけ大勢の屈強な若者たち相手では銃もあまり役に立たないだろう。一発か二発発射しても、すぐに多勢に無勢で圧倒されてしまうにちがいない。分別を失うほど指導者に心酔しきっているこの男たちは、彼のためならみずからの命を差し出すことだろう。それだけでなく、今夜、狂信者集団の指導者に催眠術をかけられているも同然の不幸な貧しい少年たちを銃で撃つのだけは避けたかった。

「チャランの僕をその目にし、信頼の証《あかし》を見せよ」短剣を捧げ持つ少年が少しかすれた声で言った。「今宵、ヴェールの奥から歩み出て大いなる力を呼び起こしてくれることだろう」

入口にもうひとり人影が現れた。背が高くやせた体を黒いローブで包んでいる。指には大きな指輪が光っていた。フードのせいで顔は隠れている。

立っている二列目からも、その男が不吉な暗いエネルギーに包まれているのをケイレブは感じた。

信者たちはひざまずいた。ケイレブもしぶしぶそれに従った。

チャランの僕は短剣を手に持つ少年に目を向けた。

「いけにえの準備はいいか?」

「はい」少年は答えた。

いけにえの少年は薬によるぼうっとした状態から覚めつつあった。

「なんだ、これは?」不明瞭な声で彼はつぶやいた。「いったいぼくはどこにいるんだ?」

「静かに」短剣を捧げ持った少年が命じた。

いけにえの少年はまだ状況が呑みこめず、何度かまばたきした。「アーニー、きみなのかい? そんなばかげたローブを着て何をしてるんだ?」

「静かに」アーニーが甲高い声を出した。ひどく怯えているような若い声だ。

「もういい」指導者が命令を発した。「さるぐつわと目隠しをしておくべきだったな。いけにえはチャランの僕の顔を見てはならないのだ」

何においても有能な使用人を手に入れるのはむずかしいものだとケイレブは胸の内でつぶやいた。共感を覚えそうになるほどだった。自分も過去数年のあいだに数えきれないほどの家政婦を馘にしてきた。

「かしこまりました」アーニーは急いで言った。「おっしゃるとおりにいたします」

彼は手に持った短剣をどうしていいかわからず、そこでためらったが、やがてそれを祭壇に置いた。

「短剣はこっちによこせ」チャランの僕は命じた。

祭壇の脇にいたフードをかぶったふたりの信者のうち、背の高いほうが短剣を手に受けとって指導者に渡そうとでもするようにわずかに動いた。その手が短剣に触れたと思うと、短剣をとりまくエネルギーがかすかにぼやけ、短剣が霧に包まれたかのようになった。次の瞬間には、その古代の遺物は跡かたもなく消えていた。

しばらく誰も動かなかった。チャランの僕を含む誰もがみな、身動きせずに直前まで短剣が置かれていた場所を見つめていた。ケイレブは全員が当惑しているその瞬間を利用して立ち上がった。すばやく祭壇に近づく。

チャランの僕はまだ当惑したまま目を上げ、ケイレブが近づいてくるのに気づいた。それからようやく、状況が複雑になったことを理解したような顔になった。

「おまえは誰だ？」彼は叫び、悪魔を払うように片手を上げてあとずさった。

ケイレブは拳銃を見せた。「今宵の儀式にはささやかな変更があったようだな」

チャランの僕は拳銃をじっと見つめた。「いや。ありえない。おまえが私に害をおよぼすことをチャランが許すはずはない」

祭壇に横たえられていた少年がふらふらと身を起こした。手足をくくっていた縄は切られている。

「なんなの、いったい？」と少年は言った。

背の高い信者の手にまた短剣が現れた。

「ここを出るぞ」ケイレブは明るい声で宣言した。

背の高い信者は少年を肩に担ぎ上げると、カーテンの下がった入口から部屋の外へ出た。

「止めろ」チャランの僕が叫んだ。

フードをかぶった何人かがわれ先に入口へと向かい、激しいもみ合いとなった。

石にあたってガラスが割れる音がした。ランタンのひとつが床に落ちたのだとケイレブにはわかった。シューッという不気味な音がした。近くにあったローブに火がつき、炎が高々と上がった。

「火事だ」ひとりの少年が叫んだ。

部屋じゅうに恐怖に駆られたかすれた叫び声が響きわたり、石の壁にこだました。怯えた信者たちがふたつしかない出口に殺到し、靴やブーツの音が大きく鳴り響いた。

恐怖に駆られて逃げ惑う若者たちのエネルギーがケイレブのなかに流れこんだ。その衝撃はすさまじく、彼は思わず床に投げ出されていた。銃が手から離れて床をすべった。

「ちくしょう」ケイレブは小声で言った。よくない兆しだ。

どうにか立ち上がったところで、チャランの僕がカーテンの下がった入口へと突進していくのがわかった。ケイレブは飛びかかって相手のフードをつかみ、強く引っ張った。

チャランの僕は倒れず、よろめいて祭壇に寄りかかった。フードがはずれ、三十代はじめぐらいの鷲鼻《わしばな》の顔が現れた。彼はローブの襞のなかに手をつっこみ、拳銃をとり出した。

「くそっ」男は大声を出した。「チャランの僕の邪魔をするとどうなるか教えてやる」

男は引き金を引いたが、正気を失っており、体勢も均衡を失っていた。当然ながら、弾丸は大きくはずれた。男がもう一度引き金を引く前にケイレブが飛びかかっていた。

ふたりは骨があたるような音を立てて硬い石の床に思いきり倒れこんだが、全身を覆うたっぷりしたローブがまともに石の床にあたる衝撃をやわらげてくれた。燃え上がる炎の明かりでケイレブには敵の拳銃が床に転がっているのが見えた。

狂信者集団の指導者は悪魔にとりつかれた人間さながらに反撃してきた。しかし、その戦法にはまるで技がなかった。ただひたすらついたり、なぐりかかったり、叫んだりしているだけだ。奇妙な呪いのことばも数多く吐いている。

「おまえはチャランの地獄の業火で焼かれることだろう、不信心者め」

「チャランの力にかけて、おまえに死を命じる」

この男はほんとうにおかしくなっているのだとケイレブは胸の内でつぶやいた。狂信者集団の指導者にみずからを祭りあげた危険な犯罪者というだけではない。チャランの僕は理性を失った自分の心が産み出した魔の神を本気で信じているのだ。

「ここから脱出しなければ」ケイレブは男の混乱した頭にいくばくか残っているであろう正気に訴えかけようとした。

「チャランだ」指導者は突然炎に魅せられたようになり、どうにかひざまずこうとした。

「チャランが降臨なされた」燃え上がる炎の明かりに照らされた男の顔には畏怖《いふ》の念と恍惚《こうこつ》とした驚きが浮かんでいた。「おまえの手から私を引き離すためにいらしてくださったのだ。さあ、悪魔に仕える者を襲った代償を魂で払うといい」

火は布をかけたテーブルにまで達していた。黒い布にはすぐに火がついた。濃い煙が部屋じゅうに充満する。指導者は燃え盛る火に心を奪われたようになっていた。

ケイレブは銃を拾い上げ、銃の握りを相手の後頭部に思いきり振り下ろした。

指導者は前に倒れた。

ケイレブは銃をポケットにしまった。なるべく煙を吸わないように低い姿勢をとりながら、大きなハンカチをとり出し、それで鼻と口をふさいだ。すばやくあたりを見まわすと、部屋には自分たちふたりしか残っていなかった。

再度チャランの僕のフードをつかむと、それを引っ張って石の床の上で意識を失った男を引きずった。

ケイレブは黒いヴェルヴェットのカーテンの奥へと荷物を運んだ。入口の奥の空気は部屋のなかよりもだいぶましだったが、通路に明かりはなかった。暗闇が垂れこめている。

ケイレブはハンカチを放り、片手で石の通路の壁を探った。後ろではまた大きなシューッという音がして、ヴェルヴェットのカーテンが火に包まれた。彼は振り返らなかった。古い石と新鮮な空気を手がかりに、狂信者集団の指導者を引っ張って通路の奥へと向かった。

前方に暗闇を押し分けるようなランタンの明かりが見え、しばしの後に人影が現れた。まぶしい黄色の光が見慣れた顔を照らし出している。

「ここできみに遭遇するとはな、いとこ殿」とケイレブが言った。

「いったいどうしてこんなに時間がかかった?」ゲイブリエル・ジョーンズが手を伸ばし、気を失っている男を運ぶのに手を貸した。「フレッチャーと少年といっしょに出てくるという計画だったはずだ」

「この男を失いたくなかったんでね」ケイレブはきれいな空気を思いきり吸った。「そうしたら、ちょっとした火事騒ぎが起こってしまった」

「ああ、それは見ればわかるさ。こいつは誰なんだ?」

「本名はまだわからない。チャランの僕と名乗っている。誰であれ、すっかりおかしくなってしまっているのはたしかだ。フレッチャーと少年は無事なのか?」

「ああ。外でわれわれを待っている。スペラーと何人かの警官たちもいっしょにな。警官たちは狂信者集団の信者たちを何人か逮捕していたよ」

「信者たちを逮捕しても意味はないな。みな若くてだまされやすい下層階級の少年たちだ。魔の神の力にどういう信仰を抱いていたにせよ、きっとそれもたった今失われたことだろうし」

通路から出ると、怯えた信者が何人かとかなりの数の警察官たちが、狂信者集団が寺とみなしていた古い宿屋の廃屋の裏庭に集まっていた。騒然とした情景をランタンが照らし出している。

エドマンド・フレッチャーが急いでケイレブのもとへ寄ってきた。そのすぐ後ろに救助された少年もいる。

「大丈夫ですか?」エドマンドが訊いた。

全身から歓喜に満ちた興奮のエネルギーを発している。ケイレブにはそれが、危険と隣り合わせだったことであとになって感じる興奮と自分の能力を最大限活用できたことへの高揚感が結びついたものであるとわかった。彼自身、同じような感覚に包まれつつあったからだ。

　こうした極度の興奮を経験するのははじめてではなかった。理解できないのは、自分がなぜ突然ルシンダ・ブロムリーのことを思い出したかだった。

「大丈夫さ」ケイレブは答えた。咳をしながらも、エドマンドの肩を叩く。「きみはあそこですばらしい仕事をしてくれた。あれだけ鍵のかかった扉があったというのに、注意を惹くことなく私をなかに引き入れてくれ、少年を無事外へ連れ出してくれた。すばらしい見せ物だったよ」

　エドマンドはにやりとした。「また仕事をさせてもらえますかね？」

「心配するな。ジョーンズの調査会社がときおりきみのような能力の持ち主を必要とするのは絶対だ」

　少年がケイレブを見上げた。「すみませんが、ミスター・フレッチャーとあなたの調査会社について話していたんですが、とてもおもしろいお仕事みたいですね。ぼくの技を必要とすることはありませんか？」

　ケイレブは少年を見下ろした。「きみの名前は？」

「キットです。キット・ハバード」

「きみはどんな技をもっているんだね、キット・ハバード？」

「そう、ここにいるミスター・フレッチャーのように物を消してみせることはできません」

キットはまじめな顔で答えた。「でも、物を見つけるのがうまいんです」

「うまいとは？」

「この一年かそこらで身についた技なんです。それまでは今のようにその技を使うことはできませんでした」

強い超能力はたいていの場合、思春期に現れ出すものだ。

ケイレブはゲイブと目を見交わした。最近までアーケイン・ソサエティの会員資格は、両親のどちらかが会員であるか、結婚相手が会員であるかにかぎられていた。何世紀にもわたってこうした組織を存続させるには、世間から秘密にしておくことが非常に重要だったからだ。過去の時代には、超能力を持っていると明かせば、魔術師と糾弾されたものだ。危険にさらされたそうした過去のせいで、ソサエティはたとえ能力を持っていて社会的地位が高くても、外部の人間を積極的に会員にしようとはしなかった。

しかし、世のなかは変わりつつある。今は現代的な時代で、新しいソサエティの会長は非常に現代的な考え方をする人間だ。

ゲイブは少年をじろじろと眺めた。「それはとても興味深い能力だな、キット」

キットはエドマンド・フレッチャーがまだ手に持っている宝石のついた短剣を身振りで示した。

「ミスター・ハッチャーのためにその短剣を見つけたのもぼくなんです」

全員が目を覚ましかけている狂信者集団の教祖に目を向けた。

「それがやつの名前か？」ケイレブが訊いた。「ハッチャー？」

「アーニーがそう呼んでいました」キットが答えた。「そう、アーニーは彼に仕えているんです。その短剣をミスター・ハッチャーのところへ持っていったら、これまで見たこともないほどの大金をもらえるってアーニーに言われて。それで、彼のために短剣を見つけてやったんです。それはスキッドモア・ストリートの古い家のなかにありました。家の持ち主はずっと前に死んでいて、誰も地下室を片づけなかったんです。それで、目が覚めたら、石の板の上に寝かされていて、アーニーにその短剣を頭につきつけられていたというわけです」

「きみの能力についてもっと詳しく聞きたいな、キット」ケイレブが言った。「きみのような能力を持つ若者はうちの会社できっと役に立ってくれるだろうから」

キットはにやりとした。「報酬ははずんでもらえるんですか?」

「うんとはずむさ。ここにいるミスター・フレッチャーに訊いてみるといい」

エドマンドは笑い声をあげ、キットの髪をくしゃくしゃにした。「ジョーンズの調査会社のためにひとつ仕事をすると、何カ月か家賃が払え、残りの金でお母さんに新しいきれいなボンネットを買ってやれるぐらいさ」

「母ちゃんもそれはありがたいと思うだろうな」キットははしゃいだ声で言った。

「それよりも、とんでもない犯罪に手を染めたと思うんじゃないかな」ケイレブは言った。

「それもあながちまちがってはいないかもな」

暗闇からスペラーが現れ、ゲイブに会釈した。

「ご忠告したほうがいいと思うのですが、街にすでに噂が出まわっているようです」と彼は言った。「すぐにも新聞社の連中が現れることでしょう。一日かそこらでこの一件は新聞をにぎわすことになるでしょうよ。避けられるものならば、ソサエティやジョーンズの名前を出したくないとお思いでしょうから」

現代的な時代でも、まだ新聞を相手にするときには気をつけたほうがいいのはたしかだとケイレブは胸の内でつぶやいた。

「ありがとう、警部」ゲイブは言った。「ジョーンズの調査会社の人間はとっくにここから立ち去るべきだったようだ」それから、キットとエドマンドに目を向けた。「きみたちふたりもいっしょに来てくれ。宿へ連れていくよ。たぶん、キットのお母さんは少なからず息子の身を案じているだろうしな」

キットはハッチャーを見やった。「この人はどうなるんです？ 刑務所に入れられるんですか？」

ハッチャーはその瞬間を選んだようにスペラーに向かってぶつぶつと何か言いはじめた。「チャランが救いに来てくださった。偉大なる炎の嵐を巻き起こして。しかし、あの世から来た亡霊が恐れ多くもチャランの邪魔をした」そう言ってケイレブに目を向けた。その目は怒りに熱っぽくぎらつき、大きく見開かれていた。「恐怖に震えるといい、亡霊め。おまえはすぐに悪魔の怒りを思い知ることになろう」

スペラーはキットに目を向けた。「この紳士はすぐにも精神病院に入れられる可能性のほうが大きいと思うね」

ケイレブの体を震わせた激しいエネルギーは消え失せ、身も凍るような寒気《さむけ》にとって代わられていた。

「死よりも辛い運命だな」彼は静かに言った。

7

ケイレブは明かりの消えている家の玄関の間にそっとはいり、二階にのぼった。踊り場に達すると、廊下を渡り、書斎兼研究室の扉の鍵をはずした。なかにはいると、ガスランプに火をつけ、広々とした部屋を見まわした。そこは状況や気分次第で逃げ場ともなり、彼だけの地獄ともなる場所だった。最近はあの世のものに思えることが多くなってきていた。

ソサエティが収集した超常的な遺物の大半は、田舎の人里離れたところにあるアーケイン・ハウスという邸宅におさめられていた。しかし、ソサエティが創設された一六〇〇年代後半にまでさかのぼる、ソサエティに関する古代の記録の多くはここに置かれていた。ジョーンズ家の彼の家系が、何代にもわたってそうした記録の管理を担ってきたのだ。

シルヴェスター・ジョーンズの個人的な日誌を含むそうした記録のなかでももっとも貴重なものは、古い家の石の壁に作りつけられた大きな金庫に保管されていた。

書斎とつづきになっている研究室には最新の設備が整っていた。ケイレブは超能力に恵まれた科学者ではなかった。真の能力は別の分野にあったが、膨大な数の実験を行う能力は備わっていた。作業台に並ぶさまざまな器具や設備の使い方も熟知していた。

昔から超常的な謎に惹きつけられずにはいられなかった。しかしこのところ、かつては強い知的な興味にすぎなかったものが、近い親戚や友人たちが不健康な強迫観念とみなすものへと変わってしまっていた。

血筋のせいだと噂されてもいた。ジョーンズ家の同世代の親戚のなかで、彼こそが賢くはあるが危険なほどに変人だったシルヴェスターの血を真に受け継ぐ人間だと言われていたのだ。禁じられた知識を得たいという創設者の欲望が、ケイレブの家系に受け継がれていき、肥沃な土にまかれた暗い種が根を生やすのを待っているのではないかと心配されていた。

その危険な植物は世代ごとに必ず花を咲かせたわけではないとも言われていた。一族に伝わる話では、シルヴェスターのあとは、ケイレブの曾祖父のエラズマス・ジョーンズにたった一度だけ現れたのだった。エラズマスはケイレブと同じ超能力を持っていた。しかし、結婚して息子を授かって二年もしないうちに、彼は急に奇行に走ることが多くなった。急速に正気を失っていき、ついにはみずから命を絶ってしまった。

ジョーンズ一族の誰もが、ケイレブに変化が現れたのは、シルヴェスターの墓を見つけ、そこで錬金術の秘密が書かれた日誌を発見してからだと思っている。しかし、真実を知っているのは彼と彼の父親だけだった。ジョーンズ一族のように強い超能力を持った、親戚の数の多い一族内でも、固く守っていれば、秘密を守ることは可能なのだ。

ケイレブは古い革表紙の本がつまった本棚の迷路を通り抜け、火のついていない暖炉の前で足を止めた。暖炉の前には簡易ベッドと椅子が二脚置かれている。彼はたいていはここで眠り、食事もここでとった。たまの客をもてなすのもここだった。ほかの部屋を使うことはめったになかった。家の家具のほとんどにはほこりよけの覆いがかけられている。

小さなテーブルにはデキャンタとふたつのグラスが載っていた。ケイレブはグラスにブランデーをなみなみと注ぐと、窓辺へ寄り、真夜中の暗闇を見つめた。

思いは別の真っ暗な夜へと戻っていた。誰もが父が臨終を迎えると信じていた晩へ。ファーガス・ジョーンズはまわりにいたケイレブ以外の全員を――看護師も親戚たちも使用人たちもみな――下がらせた。

「近くにおいで、息子よ」ファーガスは弱々しくかすれた声で言った。

ベッドの足もとに立っていたケイレブは父のそばに寄った。突然父が病に倒れたことでまだ呆然《ぼうぜん》としたままだった。三日前までは父は健康で元気な六十六歳の男だった。関節が若干痛むと言って鎮痛剤を呑む以外は、弱っている兆しをまったく見せていなかったのだ。ジョーンズ家の家系に数多くいる狩猟者の能力を持つ父は、いつも元気いっぱいで、ケイレブの祖父と同じように、八十代後半まで長生きするように思えた。

ケイレブはゲイブに力を貸して創設者の秘薬の製法の盗難事件を調査しているときに、父が突然肺の伝染病にかかって倒れたので来てほしいという伝言を受けとったのだった。調査はいとこにまかせ、彼は急いで家族の田舎の邸宅へと戻った。

不安ではあったが、じつを言えば、父は回復するだろうと思っていたのだった。カーテンをしっかり閉めたおごそかな雰囲気の家に足を踏み入れ、医者が苦々しい顔で診断を述べるのを聞いてはじめて、状況がどれほど深刻なものになっているか理解したのだ。

昔から父とは親密だった。ケイレブが二十一歳のころに母のアリスが乗馬中の事故で早世してからはとくにそうだった。ファーガスは再婚せず、ケイレブは夫婦のあいだに生まれた唯一の子供だった。

暖炉には火がたかれていて、病室を暑すぎるほどにあたためていた。さわると全身が火のように熱かったのに、ファーガスが寒いと言いつづけていたからだ。そんな異常な寒気《さむけ》は死が迫っているたしかな徴候だと、訳知り顔の陰気な看護師からケイレブは聞かされていた。

積み重ねた枕に身をあずけたファーガスは息子へと目を上げた。その日はほとんどずっと意識が混濁した状態だったが、熱を帯びた目は澄んでいた。彼はケイレブの手をつかんで小声で言った。

「言っておかなければならないことがある」

「なんです？」ケイレブがうながした。父の熱い手をしっかりとにぎる。

「私はもう長くない、ケイレブ」

「いいえ」

「正直に言って、私は卑怯者《ひきょう》のままこの世を去るつもりでいた。真実をおまえに告げられるとは思えなかったからな。しかし、結局、おまえに知らせないまま逝くことはできないとわかった。とくにささやかな望みがあるかもしれない以上――」

全身に震えが走るほどの咳のせいでことばが途切れた。発作がおさまると、父は静かに横たわり、空気を求めてあえいだ。

「どうか無理をなさらないでください」ケイレブは懇願した。「体力を保っておかなくては」

「体力などどうでもいい。自分の臨終のときなんだから、望むとおりに残された精力を使うだけだ」

ケイレブは打ちひしがれてはいたが、かすかな笑みを浮かべた。父の声にいつもと同じ荒々しくきっぱりとした響きがあることが妙に心強かったからだ。ジョーンズ家の男はみな戦士だった。

「わかりました」と彼は答えた。

ファーガスは目を細めた。「おまえとアリスは私の人生に授けられたふたつの大きな祝福だった。私がおまえたちといっしょに過ごす時間を神に与えられてありがたいとずっと思ってきたことを、おまえにも知ってもらいたい」

「あなたを父に持てて、私は誰よりも幸運です」

「おまえのことについて真実を話したら、残念だが、きっとおまえは私が父であることを幸運とは思わなくなる」ファーガスは痛みに目を閉じた。「そう、おまえの母親には言えなかった。彼女への気遣いだ。アリスはおまえが直面することになる危険を知らずにこの世を去った」

「いったいなんの話をしているんです？」おそらくファーガスはまた幻覚を見ているのだ。

「まだおまえに真実を話すことをためらう気持ちがある」ファーガスは小声で言った。「しかし、おまえは私の息子であり、おまえのことはよくわかっている。こんな重大な秘密を私が隠していたとなれば、死ぬまでおまえは私を呪うことだろう。いずれにしても、これから耳にすることのせいで、私を憎むことになるのはまちがいないが」

「あなたが何を告白しなければと思っているにせよ、私があなたを憎むことはありえないと約束できます」

「話を聞いてから判断したほうがいいな」また激しい咳がファーガスを襲い、ことばが途切れた。彼は何度かあえぎ、しばらくしてようやく呼吸できるようになった。「おまえの曽祖父のエラズマス・ジョーンズに関することだ」

「彼がどうしたというんです？」そう言いながらも、これから何を耳にすることになるのか察知して、冷たいものが背筋を這い降りる気がした。

「おまえの能力は彼のものと非常によく似ている」

「それは知っています」

「彼がおかしくなってしまい、自分の書斎と研究室に火をつけて窓から飛び降り、命を絶ったことも知っているだろうな」

「私も同じ運命をたどるとお思いなんですね？」ケイレブは静かに言った。「それを告げようとしてらっしゃるんですか？」

「おまえの曽祖母は夫がおかしくなったのは彼の能力のせいだと確信していた。最後の日誌にそう書かれていたからな」

「エラズマス・ジョーンズが日誌をつけていたとは初耳です」

「それは彼が一冊を残してみな火にくべてしまったからだ。彼は自分の能力を利用して行った膨大な研究が無意味だと思いこんでしまったのだ。しかし、一冊だけは残しておいた。結局、彼はまだエラズマス・ジョーンズなのだから、自分の秘密をすべて消してしまうことができなかった」

「その日誌はどこに？」

ファーガスは部屋の奥へ顔を向けた。「私の金庫の隠し扉の奥だ。彼が日誌といっしょにとっておいた小さな手帳もはいっている。彼の息子、つまりおまえのお祖父さんが臨終のときに私にくれた。だから今度は私がおまえに遺す番だ」

「中身は読んだんですか？」

「いや。おまえのお祖父さんもそうだ。読むことはできなかった」

「どうしてです？」

ファーガスは苦しそうに鼻を鳴らした。「エラズマスはシルヴェスターの魂を受け継ぐ者だった。大昔の祖先と同じく、日誌を書くのに独自の暗号を産み出したんだ。その手帳のほうも暗号で記されている。おまえのお祖父さんも私も、たとえ一族のなかに暗号を解読できそうな人間がいたとしても、ほかの誰にもそれを見せる勇気がなかった。そこに書かれているかもしれない秘密を恐れたからだ」

「どうしてあなたとお祖父さんは日誌と手帳をとっておいたんです？」

ファーガスは目を上げた。熱を帯びた目は驚くほどしっかりしていた。「なぜなら、日誌の最初のページはわかりやすい英語で書かれていたからだ。エラズマスは自分の息子と未来の子孫にあててことばを遺していた。そこにはこう書かれていた。将来、シルヴェスターの能力を持つ男の子孫が現れるまで、日誌と手帳を保管せよと」

「私のような子孫が」

「そう、残念だが。エラズマスはその手帳に自分が正気をとり戻す秘訣が書かれていると信じていた。彼はその秘訣を見つけるのが間に合わず、自分を救うことができなかった。そして将来、自分と同じ能力を受け継ぐ人間も同じ危機にさらされると確信していた。子孫には、その忌わしい手帳に書かれている謎を解き明かして、自分と同じ運命をたどらずにすむようにと願っていた」

「その手帳とはなんなんです？」ケイレブが訊いた。

「エラズマスによると、シルヴェスターが最後に遺した手帳だそうだ」

ケイレブは父のベッドのそばに明け方まで付き添った。ファーガスは曙光《しょこう》が射しはじめるころに目を開けた。

「どうしてここはこんなに暑いんだ？」彼はうなった。暖炉で赤々と燃える火をにらみつける。「いったい何をするつもりだ？　家を燃やすつもりか？」

ぎょっとしてケイレブはひと晩を過ごしたすわり心地のよい椅子から立ち上がった。父の目を見下ろすと、もはや熱っぽい光はなかった。危機は去ったのだ。父は生きつづけることになった。生まれてはじめて感じるほどの安堵が全身に広がった。

「おはようございます」ケイレブは言った。「ここ数日、あなたは少々みんなを怯えさせていたんですよ。ご気分はどうです？」

「疲れた」ファーガスは顎に生えた灰色の無精ひげを片手でこすった。「しかし、結局生き延びることになったようだな」

ケイレブはほほ笑んだ「そのようですね。腹は減っていますか？　お茶とトーストを持ってこさせましょう」

「それと卵とベーコンもな」とファーガスは言った。

「もちろん」ケイレブはベッドのそばに下がっているヴェルヴェットのベルひもに手を伸ばした。「ただ、あなたがふつうに朝食を食べられると看護師を納得させなければならないかもしれませんが。ここだけの話、看護師は少々威圧的な女です」

ファーガスは顔をしかめた。「期待に添えなくてがっかりするだろうな。夜明けまでには私がくたばるにちがいないと思っていたんだから。金を払って看護師のことは別の死にかけた気の毒なやつのところへ追い払ってくれ」

「そうしましょう」ケイレブは約束した。

8

ケイレブはグッピー・レーンでつや光りする小さな黒と栗色の馬車を見つけた。シュート夫人の言ったとおりの場所だ。朝の光のなか、そのあたりには誇りをもって仕事に励む人々が行きかっているように思えた。ランドレス・スクエアからいくらも離れていないのだが、社会的地位という意味ではかなり遠い世界と言えた。いったいルシンダはここで何をしているのだ？

御者の帽子をかぶり、ケープのついた外套《がいとう》に身を包んだやせた男が小さな家の正面につけられた鉄の柵にもたれていた。ケイレブは辻馬車から降りようとして顔をしかめた。痛めた肋骨がその小さな動きにも抗議の声をあげたのだ。彼は御者に料金を払い、柵にもたれている男に歩み寄った。

「ミスター・シュートか？」

「ええ」シュートはわずかに目を細めてケイレブを見つめた。「シュートです」

「ミセス・シュートからここの住所をもらった」ケイレブは言った。「ミス・ブロムリーを探しているんだが」

シュートは家の玄関のほうへ顎をしゃくった。「このなかにいますよ」そう言って懐中時計をとり出し、時間をたしかめた。「もう一時間になる。もう少しかかるかもしれない」

ケイレブは家の扉をじっと見つめ、「社交で訪問しているのか？」と感情を表さない声で訊いた。

「社交とは言えないでしょうね。あの家のなかで仕事をしているわけですから」

「そうなのか？」

「今朝ここへいらしたのは、ミス・ブロムリーのようなご婦人がこの界隈《かいわい》になんの用があるのか興味を惹かれたからというわけですな」

「きみは鋭いな、ミスター・シュート」

「それで、もしかしたら危険な目に遭っているかもしれないと思ったわけでしょう？」

「思わなかったと言ったら嘘になる」もちろん、彼女が誰かとあいびきしているというもうひとつの可能性もある。何とはっきりわからない理由ながら、その可能性も心を騒がせた。

「家内と私はこの界隈で育ったんです」シュートは通りに面した小さな家々の並びに目を向けた。「家内の伯母があそこの五番地で暮らしていましてね。裕福な家で四十年近くも働いてから引退したんですが、雇い主が亡くなったときに、遺産を受け継いだ方々が年金もなしに使用人を解雇したんですよ。それで、ミス・ブロムリーが家賃を払ってくれています」

「なるほど」とケイレブは言った。

「この通りの端にいとこもふたり住んでいるんですが、ミス・ブロムリーがご自宅のメイドとして雇ってくださっています。われわれ夫婦には息子がひとりおりまして、妻とふたりの幼い子供と隣の通りで暮らしています。息子は印刷の仕事をしています。ミス・ブロムリーの父上が何年か前にその仕事を見つけてくださったんです」

「だんだん事情がわかりかけてきたよ、ミスター・シュート」

「孫たちは学校に通っています。ミス・ブロムリーが援助してくださっているので。今の時代、教育こそが出世するための唯一確実な方法だとおっしゃって」

「どうやら、彼女は進んだ考えのご婦人のようだな」

「ええ」シュートは広い肩越しに後ろの家の扉を親指で示した。「私の姉の娘とその家族がここに住んでいるんです」

「きみの言いたいことはわかったよ、ミスター・シュート。ミス・ブロムリーの身の安全についての私の心配は無用だった。ここにいても彼女の身に危険はない」

「このあたりで暮らす人間は、髪の毛一本でもミス・ブロムリーを傷つけようとするやつがいたら、まるで躊躇《ちゅうちょ》することなく、そいつの肝臓を切り刻み、死体を川に放りこんでやろうと思っていますよ」シュートの目がわずかに鋭くなった。「けんかですか？」

「昨日の晩、ささやかな口論に巻きこまれてね」ケイレブは答えた。長い外套の襟を立てることであざのできた目のまわりを隠そうと精一杯努めていたのだったが、それにも限界があったようだ。

シュートは動じる様子もなくうなずいた。「きっと敵のほうがひどくやられたんでしょうな」

「おそらく。やつは精神病院に送られることになった」

「けんかにしてはふつうの決着じゃありませんな」

「ふつうのけんかではなかったからな」

シュートは探るような目をくれた。「そうでしょうね」

小さな家の扉が開き、入口にルシンダが姿を見せた。手袋をはめていない手に大きな革のかばんを持っている。ケイレブのほうに背中を向けたまま、彼女は着古したドレスとエプロンを身に着けた女に向かって話しつづけていた。

「食べ物を食べさせようと無理にしなくていいから」ルシンダは言った。「大事なのは、一時間に何度か煎じ薬を呑ませるのを忘れないことよ」

「そのようにします」女は約束した。

「こういうおなかの病気のときには、子供たちってすぐに脱水症状を見せるの。でも、煎じ薬を呑ませつづければ、きっとトミーは一日か二日でよくなるわ」

「どうお礼を言っていいかわかりません、ミス・ブロムリー」女の顔には疲労と安堵の表情が浮かんでいた。「あなたに連絡する以外にどうしていいかわからなくて。医者はこんな界隈には来てくれないでしょうし」女の口がゆがんだ。「どういうものかおわかりでしょう。

わたしたちには治療費を払うお金がないと思われるんです。結局、トミーは骨を折ったわけじゃありませんしね。たぶん、何か悪い物を食べたんです。ここの人間ならみんな、そういうときには医者よりもあなたのほうがずっと頼りになるとわかっているんです」

「トミーはよくなるわ。きっと大丈夫。煎じ薬をあげつづけて」

「そうします、ミス・ブロムリー。ご心配なく」女は外に身を乗り出してシュートに手を振った。「おはよう、ジェッド叔父さん。ベス叔母さんにもよろしくね」

シュートは手すりから身を起こした。「言っておくよ、サリー」

ルシンダは入口のところで振り向き、はじめてケイレブに気がついた。

「いったい、ここで何をしてらっしゃるんです、ミスター・ジョーンズ？」

「調査の進捗状況を報告し、いくつか質問しようとお宅に八時にうかがったんだが――」彼は答えた。「留守だったのでね」

「あら、まあ」びっくりした様子で彼女は彼をじっと見つめた。「朝の八時にいらしたんですか？ そんな時間に仕事をする人間なんていませんわ」

「きみはしているようだが」ケイレブは彼女が出てきた家を顎《あご》でしゃくった。

「ここでわたしがした仕事はまったくちがう種類のものだわ」

ケイレブは彼女が持っていた黒いかばんをとった。驚くほど重かった。「きみが留守とわかって、探しに行こうと思ったんだ。毎日報告してほしいと言い張っていたのは自分でも覚えているだろう？」

「毎日ということばをつかったのは覚えていないわ」彼女は言った。「たしか、定期的に頻繁にと言ったはずよ」

「私は〝定期的に頻繁に〞というのが毎日という意味だと受けとったわけだ」

彼女は縁にリボンのついた小さな帽子の縁越しに彼を見上げた。「毎朝八時に訪ねてきてほしいという意味でないのはたしかだわ。そんなの、とんでもないことですもの」そこで突然彼女はことばを止め、眼鏡のレンズの奥の目をみはった。「何があったんです、ミスター・ジョーンズ？　事故にでも遭ったの？」

「似たようなことだ」

ケイレブは彼女に手を貸して優美な馬車に乗せると、動きに気をつけながら、自分も馬車に乗った。それでも、その動きのせいで痛めた肋骨にまた痛みが走った。ルシンダがそれに気がついたのがわかる。

「家に帰ったら、痛みを抑えるものをさしあげますわ」彼女は言った。

「悪いね」彼はかばんを馬車の床に置いた。「とても助かるよ。鎮痛剤を呑んだんだが、あまり効かなくてね」

小さな馬車の革の座席は体の大きな彼を運ぶようにはできていなかった。ケイレブは恐る恐るルシンダの反対側に腰を下ろした。ズボンが彼女のドレスの襞に触れるのは防ぎようがなかった。一度大きく馬車が揺れれば、彼女を膝の上に乗せることになってしまうかもしれない。もしくは、自分が彼女の上に覆いかぶさる格好になるか。そう考えただけで血が熱くなる気がして、肋骨の痛みを忘れた。

「痛み止めに加えて、別の煎じ薬もさしあげますわ」とルシンダが言った。

ケイレブは顔をしかめた。「なんのために？」

「あなたのオーラに乱れがありますから」

「昨日の晩、あまり眠れなかったからさ」

「わたしが感じるオーラの乱れは睡眠とは無関係です。超常的な能力になんらかの問題があるせいです。わたしの煎じ薬がそれを緩和すると思いますわ。昨日あなたがお帰りになってから調合したんです」

ケイレブは肩をすくめ、窓の外へ目を向けた。「あなたはこの界隈ではちょっとした有名人のようだね、ミス・ブロムリー」

「つまり、上流の社交界で頂戴している評判とはちがう意味でということですね？」ルシンダは家の入口のところで手を振っている女にほほ笑みかけた。ケイレブのほうに向き直ったときにはその笑みは消えていた。「グッピー・レーンに住む人たちが、わたしのことを毒を盛る人間ではないと信頼してくれているのはたしかですわ」

「私もそうだ」疲れきっていてけがも痛み、挑発に乗る気分ではなかった。

「そのようですね」ルシンダは少し気をゆるめた様子で言った。「それで、どんな報告をしていただけるんでしょう？」

ルシンダがかすかに発する魅惑的な香りと超常感覚を恍惚とさせるようなエネルギーのや

さしい波形以外のことに注意を向けるにはかなりの努力が必要だとケイレブは悟った。これだけ近くにすわっていると、ふだんは整然とした思考に心騒がすほどの影響をおよぼされた。眠りが足りないせいだと彼は自分に言い聞かせた。

もしくは、もっと簡単に説明できるかもしれない。女性との親密な交わりによる解放が癒しとなってくれることもあるのだが、ずいぶんと長いことそうした関係を持っていなかった。ある魅力的な未亡人との生ぬるい関係に終止符を打ってから数ヵ月がたっている。そうした関係の場合たいていそうだが、それが終わったときにはどこかほっとしたものだ。

それでも、そうしたときおりの肉体的欲求のはけぐちを自分が欲していることを、昨日ルシンダにキスしたいという衝動に負けるまで意識せずにいたことは奇妙だった。ほとんど抑えきれないほどの衝動がまた自分を硬くしていることもやはり不可解だった。ほんとうにもっと睡眠が必要なようだ。

「ミスター・ジョーンズ?」ルシンダがどこか鋭い口調で呼びかけてきた。

ケイレブは自制心を無理にも働かせた。「昨日も言ったように、きみが依頼してきた調査に全精力を傾ける前に、ひとつ片づけなければならない案件があったんだ。その仕事に昨晩片をつけたわけだ」

彼女は興味を惹かれたように目を輝かせた。「うまく片がついたんでしょうね?」

「ああ」

ルシンダは彼の顔をまじまじと見つめた。「そのあざはそのもうひとつの案件のせいなんですね？」

「少々面倒な展開になったものでね」ケイレブは認めた。

「殴り合いになったんですの？」

「そんなようなことだ」

「まったく、何があったんです？」

「言ったように、その仕事には決着がついた。それで今朝は、きみのシダの盗難についての調査計画を練ったというわけだ」

「昨晩は何時にベッドにはいったんです？」とルシンダは訊いた。

「は？」

「どのぐらい眠ったんです？」

「二時間ぐらいだろう。時計はたしかめなかった。それでその計画についてだが――」

「その前の晩はどのぐらい睡眠をとったんです？」

「いったいどうしてそんなことを訊きたがるんだ？」

「昨日お話ししたときに、あなたがその前の晩、あまり寝てらっしゃらないのは明らかでした。オーラでそれがわかりました」

ケイレブは苛立《いらだ》ちはじめた。「私のオーラに乱れがあるのがわかったようだね」

「そうです。だからこそ、夜ゆっくりと寝られないんですわ」

「言ったように、別の案件にとり組んでいたんだ。重大な局面を迎えていたせいで、最近眠る時間があまりなかっただけだ。よければ、いくつか質問させてもらいたいんだが、ミス・ブロムリー」

「朝食は？」

「なんだって？」

「朝食は召し上がったんですか？」

「コーヒーをね」ケイレブは目を細くした。「それと、新しい家政婦が今朝玄関を出たところでマフィンを持たせてくれた。ちゃんとした食事をとる時間がなかったから」

「あなたのような体格をした人にとっては、ちゃんと朝食をとるのはとても大事ですわ」

「体格？」

ルシンダは咳払いをした。「あなたはたくましく頑健な男性だわ、ミスター・ジョーンズ。体だけじゃなく、精神的にも。たくさんのエネルギーが必要なのよ。よく眠ってちゃんと朝食をとることが健康のために絶対に必要だわ」

「いい加減にしてくれ、ミス・ブロムリー。朝の八時にきみを見つけに来たのは、私の睡眠や食生活についてお説教を受けるためじゃない。よかったら、きみの失われたシダに話を戻そうじゃないか」

ルシンダは狭い座席に背筋を伸ばしてすわり、膝の上で手を組んだ。

「ええ、もちろん」と言う。「結構よ。どうして朝の八時にこうしていらっしゃることになったのかしら？」

ケイレブは思わず自己弁護したくなる奇妙な衝動を抑えきれなかった。「ミス・ブロムリー、調査にとりかかったら、訪問にふさわしい時間などというような、世間一般の決まりにしばられているわけにもいかないんだ」自分がつっけんどんな言い方をしているのはわかっていたが、かまわずつづけた。「私のやり方について謝るつもりはない。どんな仕事を請け負ったとしても、それが私のやり方なのだから。しかし、昨日も言ったが、この調査は私にとってもソサエティにとっても、非常に重要なものだ。自分なりのやり方でやらせてもらう」

「そう、あなたはドクター・ノックスにとても興味を持っているとはっきりおっしゃいましたものね」ルシンダは冷ややかに言った。「いいでしょう、何をお知りになりたいんです？」

「昨日、きみはハルシーについて――」

「ノックス」

「混乱を防ぐために、ノックスのことはハルシーと呼ぼうじゃないか。少なくとも、そのふたつの名前を同じ人間が使っているのではないと証明するものが手にはいるまでは」

ルシンダは興味津々の顔で彼をじっと見つめた。「あなたはノックスがこれまで探してらしたドクター・ハルシーだと確信してらっしゃるのね？」

「ああ」

「あなたの能力によってそう確信できるの？」

「私は事実と事実を結びつける能力を持っている」とケイレブは言った。自分の超能力がどんなふうに働くのか説明してほしいと言われるたびに感じる苛立ちに襲われる。くそっ、それがわかれば苦労はしない。彼は胸の内で毒づいた。「それが私の超能力なんだ、ミス・ブロムリー。結びつかないように思われる事実のあいだにつながりを見つける能力さ」

「そう。それがまちがっていることはないんですの？」

「あってもごくまれなことだ。私の能力はそういうものなんだ」

ルシンダはうなずいた。「わかったわ。つづけてくださいな」

「ハルシーはきみの父上の古い知り合いの紹介を受けてきたと言ったね」

「ローバック卿です。植物に長年興味を抱きつづけていた年輩の紳士ですわ。残念ながら、ここ数年はすっかりぼけてしまいましたけど」

「ローバックはシダの超常的な性質と、それがきみの温室にあることを知っていたのかい？」

「知っていたとしたら、どうやって知ったのかは見当もつきませんわ。前にも言ったように、父とミスター・ウッドホールとわたしが最後の旅行から戻るときに、ほかの多くの興味深い植物といっしょにシダを持ち帰ったんです。それは一年半ほど前のことです。気の毒なローバック卿はそのころにはすでにぼけてしまっていました。家から出ることもなくなって。もちろん、わたしの温室を訪ねていらしたこともありません。いいえ、わたしのシダについて知っていたはずはないと思います」

「それでも、一カ月後、ハルシーがきみの温室にそのシダがあることを知った。その植物の特殊な性質を見抜くのは専門家にしかできないというのはほんとうかい？」

「専門家なら誰でもいいというわけじゃありませんわ」ルシンダは答えた。「超能力を持った専門家じゃないと」

「だったら、超能力を持ったほかの誰かがそのシダを目にしたにちがいない。それで、そのことをハルシーに伝えた」

「そう、最近何人かに温室を見せたのはたしかですわ」

ケイレブは顔をしかめた。「何人か？」

「昨日も言ったように、父が亡くなってからはあまり訪ねてくる人もいなくなって。最近訪ねていらした人たちなら、全員の名前がわかりますわ」

「ハルシーが訪れる直前に温室を見てまわった人たちだけでいい」

「でしたら、ほんの数人です」

「すばらしい」ケイレブは手帳と鉛筆をとり出した。「現状について、理解できないことがあるんだが、ミス・ブロムリー」

ルシンダはかすかな笑みを浮かべた。「あなたにも理解できないことがあるとお聞きするのは驚きですわ、ミスター・ジョーンズ」

ケイレブはそのことばは無視してわずかに眉根を寄せた。「きみの温室には驚くほど多種多様な異国のめずらしい植物が収集されている。なぜもっと訪ねてくる人がいないんだい？」

「毒のからんだ噂を流されると、社交生活にどれほどの影響があるものかは驚くほどですわ」

「社交のための訪問が減るのはわかる。しかし、多少なりとも植物学をかじった人間なら、きみの温室を見たいという思いには抗いがたいんじゃないかな」

ルシンダは考えこむようなまなざしを彼に向けた。

「誰もがみなあなたのように、理性と感情を切り離せる能力に恵まれているわけじゃないって思ったことはありませんか？」

「よく思うよ、ミス・ブロムリー」ケイレブは答えた。「正直、それが調査の仕事をむずかしくする要因のひとつであるのはたしかだ。物事のつながりを見抜き、直感的に結論に達することはできるが、個人の行動の理由を必ずしも説明できないことはある。くそっ、金で私を雇った顧客に答えを提供したときに、どういう反応が返ってくるかはまるで予測もつかない。そう、どれだけ多くの顧客が怒り狂うか知ったら、きみも驚くだろうよ。私も驚くほどだから」

彼女の口の端がわずかに上がった。「ええ、あなたが感情というものを面倒な要因だとみなしているのはわかるわ」

「さて、きみの評判についての話はまたの機会にしなくてはね。今はハルシーのことに話を戻そう」

「今なんておっしゃったの、ミスター・ジョーンズ？」

「今はハルシーのことに話を戻さなければならないと言ったんだ」

「ええ、それは聞こえたわ。でも、いったいどうしてあなたがわたしの評判について気にしようと思うのかしら?」

「興味深い問題だからさ」ケイレブは辛抱強く答えた。

9

シュートがランドレス・スクエアに馬車を停めるころには、ルシンダはノックスから温室を見せてほしいと頼まれる直前の数週間に温室を見に来た数人の名前をケイレブに言い終えていた。

ケイレブは窓の外へ目を向けた。「きみは自分で思っている以上に活発な社交生活を送っているようだぞ」

ルシンダは彼の視線を追って外へ目を向けた。簡素な薄茶色の旅行用ドレスに身を包んだきれいなブロンドの若い女性が目にはいった。貸し馬車からちょうど降りたとうとしている。御者が大きなトランクと格闘していた。

「いとこのパトリシアだわ」ルシンダは声をあげた。「ひと月わが家に滞在することになっているんです。到着は午後のはずだったのに。早い列車がつかまったんだわ」

「ミス・パトリシア」シュートが御者台から声をかけた。「ロンドンへようこそ。またお会いできて光栄です」

「わたしもまたあなたに会えてうれしいわ、シュート」パトリシアが答えた。「久しぶりね。うちの両親があなたとあなたのご家族によろしくと言っていたわ」

「ありがとうございます」

十二番地の扉が開いて、シュート夫人が現れた。

「ミス・パトリシア」と大声で呼びかける。「またおいでくださってとてもうれしいですわ」

「ありがとう、ミセス・シュート」パトリシアが言った。「こんなふうにふいをついてしまってごめんなさい。今日の午後まで着く予定じゃなかったのに」

シュート夫人はほほ笑んだ。「何を言っているんですか。もう何日も前にお部屋の用意はできていますよ」

ケイレブは馬車の扉を開き、足で蹴《け》って踏み台を下ろした。小さな馬車から慎重に自分の体を下ろすと、振り向いてルシンダに手を差し出した。

「ルーシー」パトリシアが駆け寄ってきた。

ルシンダは両手を開いていとこを抱きしめた。「パトリシア、また会えてとてもうれしいわ。ずいぶんと久しぶりよね」そう言って一歩下がった。「ミスター・ジョーンズを紹介するわ。ミスター・ジョーンズ、こちらいとこのミス・パトリシア・マクダニエルです。超常的な古代の遺物の研究について多少なりともご存じなら、彼女のお父様の名前はきっと聞いたことがあるはずよ」

ケイレブはパトリシアの手に礼儀正しく顔を寄せ、ルシンダを驚かせた。たいていいつも洗練された礼儀作法など放棄しているように見える彼だったが、その気になれば、それなりの作法を見せられるのは明らかだった。

「お会いできて光栄です、ミス・マクダニエル」ケイレブはそう言ってパトリシアの手袋をはめた手を放した。「察するに、お父上はハーバート・マクダニエル氏ですか？」

パトリシアはえくぼを浮かべてみせた。「ソサエティの考古学者のことはよくご存じのようですね」

「アーケイン・ソサエティの一員であり、かつマクダニエル氏ほどもすばらしい考古学者であれば、存じあげないはずはない」ケイレブは答えた。「最近、ソサエティの収集物のひとつに加わったエジプトの墓の文字板に関する論文には感銘を受けました。古代エジプトの宗教の超常的な側面にすばらしい洞察を加えている」

ルシンダは誇らしそうにほほ笑んだ。「あなたもお聞きになっていると思うけど、理事会の命を受けて、パトリシアの両親がアーケイン・ハウスにあるソサエティの博物館でエジプトの遺物を分類する仕事に就くのよ」

「マクダニエル氏とその夫人がすぐにその作業にとりかかることになっているとゲイブから聞いた気がするよ。そろそろ収集品を分類・整理してもいいころあいだからね」

「パトリシアもその作業に加わる予定なの」ルシンダは言った。「昔のことばを解読する能力を持っているから」

「アーケイン・ハウスではそうした能力をおおいに必要としている」ケイレブは言った。

「ロンドンにはどのぐらい滞在するおつもりです?」

パトリシアはほほ笑んだ。「夫を見つけるまでですわ」

ルシンダは口を開いたが、ことばを口に出すまでにしばらくかかった。

「え?」耳障りな声が出る。

「ママとパパが結婚すべきだって言うのよ」パトリシアは答えた。「わたしもそう思う。無駄にできる時間もないし」

生まれてはじめて、ルシンダは気つけの塩がほしいと思った。ケイレブのことも、シュート夫妻のことも、貸し馬車の御者のことも頭から消え去った。彼女は不安を募らせながらパトリシアをじっと見つめた。

「あなた、身ごもっているのね」あえぐような声がもれた。

10

「あなたのこと、こんなに驚かせてしまってすまないわ、ルーシー」パトリシアはサイドボードに置かれた銀の大皿から卵料理のお代わりをよそいながら言った。「ほんとうにごめんなさい」

「笑うのをやめてくれたら、謝罪のことばもすなおに聞けるけどね」ルシンダは苦々しい顔で言った。「あなたのせいで神経がおかしくなりそうだったわ」

「ばかなことを言わないで」パトリシアは言った。「あなたはそんな弱い人間じゃないじゃない。身ごもったわたしが喉から手が出るほどに夫をほしがって現れたんだとしても、きっとすぐに誰か見つくろってくれたはずよ。そうじゃありませんか、ミスター・ジョーンズ？」

「ミス・ブロムリーが請け負っている仕事以上に能力のある人であるのはたしかだね」ケイレブはトーストにバターを塗りながら言った。

ルシンダは長いテーブルの反対側にいる彼をにらみつけた。彼を朝食に招待したのが失敗だったのはまちがいないが、そうしないわけにはいかない状況だった。彼は鉄の意志をもって、疲労や、昨晩の活躍によって負った傷や、オーラの奇妙な乱れを抑えつけようとしているようで、食べ物と睡眠を必要としているのはたしかだった。そこで食べ物を提供することにしたのだ。治療師としての本能のせいでそうせずにいられなかった。

それでも、朝食への招待を彼が断るのではないかと期待はしたのだが、驚いたことに、彼女と食事をするのはよくあることだとでもいうように、気軽に誘いを受けたのだった。今彼はテーブルの上座につき、陽光が燦々《さんさん》と射しこむ朝の間を男らしいオーラで満たしながら、長いこと飢えつづけていたとでもいうように、せっせとスクランブルエッグとトーストを口に運んでいる。

きっと近所で噂《うわさ》になるわとルシンダは胸の内でつぶやいた。でも、すでにこれだけ悪い噂が広まっているのだから、謎の紳士の訪問など、ささいなことにすぎない。

「こういうことって軽々しく口にすべきじゃないのに、もうたくさんよ」ルシンダはきっぱりと言った。「話題を変えたほうがいいわ。なんでもいいから。ささやかな冗談はもうこのへんで終わりにしていいでしょう、パトリシア」

「じつを言うと、冗談じゃないのよ、ルーシー」

「どういうこと？」とルシンダは訊いた。

パトリシアは料理を山と載せた皿をテーブルに運んで腰を下ろした。「軽々しく口にすべきでない状況について、これ以上誤解を招いてあなたをからかうつもりはないけど、夫を見つけに来たというのはほんとうなの。それにはひと月で足りると思うんだけど、どうかしら?」

ルシンダはコーヒーカップをとり落としそうになった。テーブルの端ではケイレブが卵を呑みこみ、興味津々の目でパトリシアを見つめている。

「どんなふうにそれを成し遂げようと思っているんだい?」真に興味を惹かれた様子で彼は訊いた。

「そう、もちろん、いとこのルシンダと同じやり方で」パトリシアは自分のカップにコーヒーを注いだ。「とても理にかなったうまい方法でしたもの」

ケイレブはルシンダに目を向けた。

「最悪の方法よ」ルシンダは突然怒りに駆られてぴしゃりと言った。「きっとあなたも忘れてはいないと思うけどね、パトリシア。わたしは幸せな結婚ができなかったばかりか、婚約者が毒のせいで命を落とし、みんなにわたしが彼を殺したと思われているのよ」

「そう、計画したとおりに物事が運ばなかったのはたしかね」パトリシアはなぐさめるように言った。「でも、だからって、そのやり方がまちがっていたというわけじゃないわ」

ケイレブはその話題にすっかり夢中になったように見えた。「そのやり方というのを教えてくれないか、ミス・パトリシア」

「じっさい、とても単純なやり方でしたわ」パトリシアの口調が熱を帯びた。「ルーシーは自分が夫に求める資質を箇条書きにして父親に渡したんです。それで、彼女の父親が知り合いの紳士やその息子たちのなかで、ルーシーの条件に一番見合った男性は誰か判断したわけです」

「父とわたしが選んだ候補がイアン・グラッソンだったの」ルシンダは冷ややかに言った。「結局、けっして満足できる相手じゃないことがわかったけど」

「わかるわ」パトリシアはひるまなかった。「でも、問題は条件をひとつ書き忘れたせいだと思う」

「何を？」

「超常的な能力の適合性よ」パトリシアは控え目ながら自信を持って言った。「それが条件から欠けていたせいだわ」

「それで、その条件に見合うかどうか、どうやって評価したらよかったの？」ルシンダが訊いた。

「そう、それが問題ね」パトリシアは言った。「あなたにはできなかったでしょうね。じっさい、あなたはそっちの方面では目がきかないから。でも、うちの母が言っていたわ。今はソサエティにも縁結びの専門家がいて、そのあたりが合っているかどうか判断できるそうよ」

ケイレブはうなずいた。「レディ・ミルデンだ」

ルシンダとパトリシアはそろって彼に顔を向けた。

「ご存じなの？」パトリシアは興奮して訊いた。

「もちろん。いとこのサディアス・ジョーンズの大伯母だ」ケイレブは眉根を寄せた。「つまり、私とも親戚ということになるが、どういうつづき柄になっているかはわからない」

「ご紹介いただけませんか?」とパトリシアが訊いた。

ケイレブは燻製のサーモンを食べた。「今日伝言を送りますよ。あなたが力を借りたいと言っていると」

パトリシアは興奮に顔を輝かせた。「ご親切いたみいります」

ルシンダは居心地悪そうに身動きした。「パトリシア、それがいい考えかどうか確信が持てないわ」

「私にはこのうえなく健全な考えに思えるが」そう言ってケイレブがパトリシアに目を向けた。「きみが結婚相手に求める条件は?」

「じつは、単純にルシンダの望んだことと同じにしようと思って」パトリシアは答えた。「それに超能力の適合性を加えるつもりです」

「ミス・ブロムリーがあげたもともとの条件にはどんなものがあったんだい?」ケイレブが訊いた。

「そうね、何よりも、花婿候補は女性も男性と同等であることについて、現代的な考えを持っていること」パトリシアが答えた。

ケイレブはうなずいた。まるで異存はないという顔だ。

「つづけて」と彼は言った。

「わたし自身と同じような知的興味を持っていること」パトリシアはつづけた。「結局、お互いいっしょにいる時間が長いわけだから。夫とは考古学についてだけじゃなく、物事の超常的な側面についても語り合えるのがいいわ」

「理にかなっている」ケイレブも同意した。

「もちろん、肉体的にも精神的にも健康であること」

「子孫をつくる話をしているわけだから、当然の条件よ」ケイレブがわずかに顔をしかめたのに気づいてルシンダが急いで口をはさんだ。

「わたしの能力について寛容な人でなくちゃならないし」パトリシアが言った。「残念ながら、妻が強い超能力を持っていることに我慢できる男の人ばかりじゃないから」

「だったらおそらく、ソサエティ内で相手を探すのが一番だろうね」とケイレブが言った。

「わたしもそう思います」パトリシアも言った。「それに、最後にこれも大事なことだけど、前向きで陽気な性格の人でなくてはならない」

「そう、当然よ」ルシンダが言った。「それは言うまでもないことだわ」

ケイレブの顔から興味津々の表情が失われていた。険しい顔になっている。「ほかの条件については理解できるが、どうして前向きで陽気な性格が重要なんだ？」

「重要です」ルシンダがそっけなく言った。「明白なことだと思うわ。好ましい気性であることは夫には必須ですもの。鬱々と暗い気分でばかりいるような人に耐えるなんて考えただけで、利口な女性だったら、一生独身でいようと決心するはずよ」

ケイレブの顎がこわばった。「男だってたまには暗い気分におちいってもいいはずだ」

「それはそうよ」ルシンダは言った。「でも、重要なのは、〝たまに〟ということ。しじゅうそんな態度をとられるのに女が耐えなきゃならないなんていうのはおかしいわ」

「正しい夫を選ぶことで、はじめから問題を避けるのが一番よ」パトリシアが言った。「陽気で前向きな性格は絶対に必要不可欠な条件だわ」

「ふん」ケイレブは不機嫌そうに卵に注意を戻した。

彼が暗い気分におちいったことがルシンダにははっきりとわかった。そこでパトリシアに目を向けた。「超能力の適合性という条件を付け加えたのはすばらしい考えだわ。それに、縁結びの専門家を雇うのも賢いわね。でも、あなたが直面する大きな障害はこのわたしだと思うわ」

パトリシアは目を丸くした。「どういうこと?」

ルシンダはため息をついた。「あなたもあなたのご両親も去年はほとんどをイタリアかエジプトで過ごしていたでしょう。父とその相棒とわたしの婚約者が亡くなってから、わたしの置かれた状況ががらりと変わってしまったことがあなたにはわかっていない。毒についての噂は知っているはずだけど」

「その噂が何?」パトリシアが訊いた。「あなたの友達や近所の人がそんなばかげたことを本気で信じているなんて言わないでよ」

「残念ながら、信じている人がほとんどよ」ルシンダはさりげなく言った。「さらには、これだけは言えるけど、わたしの親戚であるかぎり、レディ・ミルデンはあなたを顧客にはしないでしょうよ。この家にまつわる悪い噂を乗り越えようなんて試みは、縁結び人には荷が重すぎるもの」

ケイレブはスクランブルエッグから目を上げた。「きみはレディ・ミルデンを知らないからね」

11

「ルーシー、わたし、ミスター・ジョーンズのことをとても気に入ったわ」パトリシアはジギタリスの台の前で足を止めた。「でも、変わった人であるのはまちがいないわよね？」

「変わった人なんて言い方じゃ生ぬるいわね」ルシンダが言った。ふたりは温室の伝統的な薬草を集めた一画にいた。母はそれを〝薬の園〟と呼んでいたものだ。「でも、それもあの人のめずらしい超能力のせいだと思うわ」

「たぶんね」パトリシアはしゃがんで解熱作用のあるナツシロギクを眺めた。

「彼の能力はとても強力なんだと思う」ルシンダはそう言って、軽いやけどや傷の手当てに使うアロエの前で足を止めた。「そういう力を制御するには強い自制心が必要だわ。それだけ強い自制心が奇行や奇癖を生むのよ」

ケイレブは一時間前に煎じ薬を携えて帰っていった。それからパトリシアはトランクの荷ほどきを監督するためにいったん二階に上がったが、戻ってくると、温室を見てまわりたい

と言ったのだった

「多少奇行に走ったとしても当然のことだわ」パトリシアは背の高いカノコソウの薄いピンクの花を見ようと近寄った。「パパが言うの。制御できない強い超能力を持つ人は、その能力に押しつぶされる危険にさらされているって」

「それはソサエティではよく知られたことだわ。たぶん、そうなる危険もないわけじゃないんでしょうね」ルシンダはアマドコロの楕円形の大きな葉を指でなぞった。「わたしの分野でも、ときどき、超常感覚が変調をきたしているせいで精神的に不安定な人に遭遇することがあるもの。そういう人がたいていの場合、強力な能力の持ち主であるのはわたしにもわかったわ」

パトリシアは上品にせき払いした。「ジョーンズ家にまつわる噂があるわよね。多少なら風変わりなのは血筋にちがいないわ。つまるところ、ソサエティの創設者の子孫なんだから」

「ええ、わかってるわ、パトリシア。でも、ケイレブ・ジョーンズが精神的に少し不安定な人だと思っているなら、まちがいよ」なぜ自分がケイレブを弁護しなければと思ったのか自分でもわからなかったが、ルシンダはそうせずにいられない気がした。「並外れた強い能力を制御している複雑な人間ではあるけどね。妙な態度をとるとあなたが思ったとしたら、それはそのせいよ」

「今朝、顔にあざがあったのもそのせいなの?」パトリシアはよどみなく問いを口にした。

「ミスター・ジョーンズは昨日の晩、何かの事故に巻きこまれたのよ。わたしが彼に渡した煎じ薬のひとつは青あざに効くはずよ」もうひとつの煎じ薬を彼に渡した理由については言わないでおこうとルシンダは思った。ケイレブ・ジョーンズは自分のオーラに奇妙な乱れがあることについて、誰彼かまわず話題にされるのを喜ばないだろう。

「そう」パトリシアはオトギリソウの黄色い花のそばへ移った。「もう結婚していてもいい年頃よね。まだ独身でいるのは変だと思わない？」そう言って慎み深く問いかけるような顔で目を上げた。「まだ独身なのよね？」

「ええ、そうよ」ルシンダは眉根を寄せてそのことをよく考えながら答えた。「理由については見当もつかないわ」

「どんなに変わった人であっても、ジョーンズ家の人間には変わりないわ」パトリシアは背筋を伸ばして指摘した。「莫大な財産を受け継ぐ人間で、錬金術師のシルヴェスターまでさかのぼれるほどの血筋。彼の年でそんな条件の持ち主だったら、とっくの昔に結婚していたはずよ」

「ミスター・ジョーンズはそれほど年じゃないわ」ルシンダは鋭く言い返した。しかし、パトリシアの言うことがあたっているのはたしかだ。ケイレブもうそれほど長く結婚をあと延ばしにはできないはずだ。彼のような立場の紳士は、自分の家族に対する責任をはたさなければならないのだから。

どうしてそう考えると気が滅入るのかしら？　ルシンダにはわからなかった。

「そろそろ四十になるはずよ」とパトリシア。

「まさか。たぶん、三十代なかばよ」

「三十代後半」

「結婚相手としては年をとりすぎているっていうの？　ばかばかしい。ミスター・ジョーンズが男盛りなのは明らかよ」

「それはあなたがそう思っているだけのことって気がするわ」パトリシアはひどくまじめな顔で言った。

「あなたはまだ十九だものね、パトリシア。わたしの年になるまで待ってごらんなさい。三十代の紳士がまったくちがって見えるわよ」

「あなたが年をとってるって言いたかったわけじゃないのよ」パトリシアは赤くなってくるりと体をまわした。「赦して、ルーシー。そういう意味で言ったんじゃないのはわかってるでしょう」

「もちろんよ」ルシンダは笑った。「気にしなくていいわ。ひどく気持ちを傷つけられたわけじゃないから」そこでことばを止め、眉を上げる。「そうなると、ミスター・ジョーンズは年をとりすぎているから、あなたの花婿候補には入れなくていいってことかしら？」

パトリシアは鼻に皺《しわ》を寄せた。「もちろんよ」

「きっとわかっていると思うけど、上流社会では、あなたの年のご婦人たちが父親と言ってもおかしくない年の殿方と結婚することも多いのよ。ときには相手が祖父ぐらいの年齢のこともあるわ」

パトリシアは身震いした。「ありがたいことに、ママもパパも現代的な考えの人だから、わたしに好きでもない人との結婚を無理強いすることは絶対にないわ」そう言って後ろで手を組み、ニガヨモギの茂みをしげしげと眺めた。「ミスター・ジョーンズとは知り合ってどのぐらいなの？」

あれこれあったせいで、ケイレブと知り合いになったいきさつを説明する機会がなかったことにルシンダは気がついた。自分が殺人事件の容疑者にされそうになっていることを教えるべきかどうか考える。

今の窮状については黙っているのが一番かもしれない。少なくともしばらくのあいだは。ほんとうのことを告げても、パトリシアを不安がらせ、夫を見つけるという計画から注意をそらすことになってしまうだけだ。

「ミスター・ジョーンズとはつい最近知り合ったばかりよ」とルシンダは答えた。

「二、三週間前ぐらい？　最近の手紙に彼のことは書かれてなかったもの」

「出会ってから今日で二日目よ。どうして訊くの？」

「え？」パトリシアは心底驚いた顔で振り向いた。「知り合って二日なのに、朝食の席にいっしょにつくの？」

「それは、彼が昨日の晩あまりよく寝てなくて、今朝は朝食も食べていなかったから。たぶん、気の毒に思ったからよ」

パトリシアは目をわずかに大きくし、それから噴き出した。「まったく、あなたには驚かされるわ」

「何がそんなにおもしろいの？」

「彼のこと、ひと晩じゅう起こしておいたわけでしょう？」パトリシアはウィンクをした。「わたしが思っていた以上にあなたって現代的な考え方をするのね。うちの母は知ってるの？　きっと知らないわね」

「誤解よ」ルシンダはいとこの反応に当惑して言った。「昨日の晩、ミスター・ジョーンズを忙しくさせていたのはわたしじゃないわ。夜明けまで別の案件にかかわっていたそうよ」

パトリシアはくすくす笑いをやめた。「ミスター・ジョーンズがほかの誰かともかかわっているっていうの？　誰かと彼を共有するなんてこと、どうしてできるの？」

「まあ、彼はその道の専門家だから」ルシンダは指摘した。「今もたくさんの案件をかかえているはずよ。わたしの仕事にばかりかかりきりにさせるわけにはいかないわ」

「仕事？」パトリシアは声を張り上げた。「お金を払っているっていうの？」

ルシンダは眉根を寄せた。「ええ、もちろん」

「それってちょっと、その、おかしくない？」

「どこが？」

パトリシアは両手を広げた。「だって、そういう男女関係にお金がからむ場合、男の人が女の人に払うものだと思っていたから。その逆じゃなくて。でも、よく考えてみると、男女平等の現代的な考え方からして――」

「男女関係？」ぞっとしてルシンダはまたもや失神しそうになった。

「ミスター・ジョーンズとわたしはそういう関係じゃないわ。まったく、パトリシア、どうしてそうだと思ったの？」

「そうねえ」パトリシアはそっけなく言った。「早朝に馬車で彼といっしょに戻ってきたせいでもあるわね。ふたりがどこか人目につかないところで夜を過ごしたんじゃないかと考えても不思議はないわ」

「まったくの誤解よ」

「それに、あなたは彼を朝食に招待した。ほかにどう考えられるっていうの？」

ルシンダは背筋を伸ばしていとこに冷ややかな目をくれた。「あなたの想像はまったくのはずれよ。ミスター・ジョーンズは仕事のことで今朝グッピー・レーンまでわたしを探しに来たの。ここへ戻る馬車のなかで話をしたわ。それで、彼が前の晩寝ていなくて朝食も食べていないことを知って、食事に誘わなくちゃと思ったの。それだけのことよ」

「どうして？」パトリシアが訊いた。

「何がどうして？」

「どうして彼を食事に誘わなくちゃと思ったの？　あの人はジョーンズ家の人でしょう。山ほどの使用人が厨房で彼のために食事の用意をしようと待ちかまえているにちがいないわ」

その理にかなった質問がルシンダを必要以上に悩ませた。どうしてわたしはケイレブを朝食に誘ったのだろう？「あの人、見るからに自分の健康に気をつけていないようだから」と答える。「あの人が健康で仕事ができる状態でいてくれることがわたし自身にとって重要なの」

「どうして？」パトリシアがまた訊いた。

ルシンダは両手を上げた。ケイレブに依頼した仕事について内緒にしておこうと思っても無理のようだ。「わたしが刑務所送りにならないようにしてくれるのは彼しかいないから。たぶん、絞首刑の縄に吊るされずにすむようにしてくれるのも彼だけよ」

12

ベイジル・ハルシーが作ったばかりの秘薬を水飲み皿に入れようとしていると、研究室の扉が開いた。突然邪魔がはいったことに驚いて手が動き、床に薬を何滴か落としてしまった。檻《おり》の鉄格子の向こうからは六匹のネズミが彼を見つめていた。ガスランプの明かりに照らされて、その邪悪な目が光っている。

「いったいなんだ?」ハルシーは怒り狂って叫んだ。

招かれもしないのに研究室へはいってきた間の悪い人間を叱責《しっせき》してやろうと振り返ったが、勢いよく部屋にはいってきたのが誰かわかって怒りを呑みこまざるをえなかった。

「ああ、あなたでしたか、ミスター・ノークロス」ハルシーは小声で言った。鼻に載せた眼鏡を直す。「薬屋が薬草を運ばせるのに使う不良少年のひとりかと思ったもので」

新たな資金提供者も、これまでの資金提供者たちと同じく傲慢《ごうまん》で、創設者の秘薬にとりつかれたようになっていた。みな同じだな、とハルシーは胸の内でつぶやいた。金と地位のある連中は秘薬がもたらしてくれるはずの力にしか興味がない。化学にどれほどの不思議と謎がともなうものか、まったくわかっていないのだ。乗り越えるべき困難があることもわかっていない。

残念ながら、ハルシーが興味を抱いているような科学的実験に資金を提供しようと言ってくれる金持ちの紳士はそうそう見つからなかった。二カ月前、第三分会《サード・サークル》がつぶれてから、資金提供者が見つからない時期があった。実験の設備や何冊かの貴重な手帳はソサエティによって壊されるかとり上げられるかしていた。二度とエメラルド書字板《タブレット》学会とはかかわりたくないと思っていたのだが、自分の独特の才能に進んで金を払おうとするのは、その学会の会員しかいないようだった。

「ケイレブ・ジョーンズが今朝ルシンダ・ブロムリーのもとを訪れたことがわかった」アリスター・ノークロスが言った。

ふたりのあいだの空間でエネルギーが不穏に震えた。ハルシーは即座に不安に駆られた。アリスター・ノークロスは正常とはけっして言えない人間だ。今、薬によって能力を高めた彼は、きわめて恐ろしい存在だった。

見かけにはこれといって目立つところはなかった。女性に受けるような顔立ちをしてはいたが、女っぽく感じられるほどきれいな顔ではなかった。茶色の髪は流行の髪型に整えてあり、優美な仕立ての上着とズボンがしなやかで筋肉質の体を強調している。近くに寄ってよく見なければ、彼が精神的に不安定であることはわからないだろう。

心臓が大きく鼓動し、ハルシーは無意識に一歩下がった。檻に思いきり背中をぶつける。檻は大きな音を立てた。爪の生えた小さな足が急いで逃げる音が背後から聞こえてきた。眼鏡をはずすと、ハルシーはしみのついたハンカチをポケットからとり出した。眼鏡を磨くことで気をおちつけられることもよくあったからだ。

ノークロスは檻をにらみつけると、目をそらした。ネズミが好きではないのだ。おそらく、容易に怯えさせることができないからだろうとハルシーは思った。もしくは、残忍な衝動を持つという点で、多少ならず自分と共通するものがあるからかもしれない。

ハルシーは眼鏡を鼻に戻し、冷静な態度を保とうと努めた。

「わからないのですが」彼は口を開いた。何か重要なことを見逃しているのではないかというやな疑いが芽生えた。その感覚は気に入らなかった。「それが何か問題でも?」

「ばかめが。今回のことにケイレブ・ジョーンズがからんでくるなど、おまえの失態だぞ」

不安がハルシーの心に広がった。それと同時に怒りにも駆られた。

「な、なんの話をなさっているのか見当もつきませんが」思わず口ごもる。「あなたの学会がジョーンズの注意を引いたとしても、私を責めることはできませんよ。何が起こったにしても、私はかかわっていないと断言できます」

「ジョーンズが第七分会《セヴンス・サークル》の存在にまだ気づいていないのはたしかだ。われわれはそのまま気づかれずにいるようにするつもりでいる。そのための手立てが講じられることになる」

「ほう、どんな手立てを?」ハルシーはこれまでになくびくびくしながら訊いた。自分の能力はセヴンス・サークルにとっては非常に役に立つものだが、サード・サークルとの短い付き合いのあいだにひとつ心に焼きつけられたことがあるとすれば、それはエメラルド・タブレット学会は失敗や重大な過ちをけっして赦さないということだった。

「それはおまえには関係ない」ノークロスは答えた。「しかし、ケイレブ・ジョーンズの問題に関してはおまえに責任があることは覚えておけ。ぼくがここへ送られたのは、おまえの不注意な行動にサークルの会長がきわめて気分を害していると伝えるためだ。ぼくの言っている意味がわかるか、ハルシー？」

「ジョーンズがミス・ブロムリーを訪ねたからといって、ど、どうして私が責められなくちゃならないんです？」ハルシーは当惑して訊いた。

「彼女の温室からあの忌わしいシダを盗んだのがおまえだからだ」

「いったいそれがジョーンズとどんな関係が？　私がそのシダを盗《と》ったのは一カ月も前ですよ。ミス・ブロムリーがそれに気づいているかどうかも疑わしいところです。一カ月前に彼女がミスター・ジョーンズに調査を依頼しなかったのはたしかですし」

「ジョーンズがブロムリーとかかわりを持つようになった理由は正確にはわからないが、会長はあのシダと関係があるのではないかと思っておられる。それ以外につながりはないからな」

ハルシーは作業台の上の入れ物にはいっているシダをちらりと見やった。みずみずしい緑の茎から細い葉がいくつも伸びている。興味をかきたてられる超常的な特性を持つ、非常にすばらしく、めずらしい種類のシダだった。これまでの実験から、このシダを使えば、夢の研究も次の段階へと進める可能性があった。ブロムリーの温室にあのまま置いておいたら、耐えがたい無駄となっていたことだろう。

「私がシダを盗ってきたこととどんな関係があるのかほんとうにわかりませんな」ハルシーは相手をなだめるように言った。「おそらく、ジョーンズは個人的にブロムリーに関心を抱いたんでしょう」

「やつはジョーンズ家の一員なんだぞ。あの地位と立場の人間が、悪名高き毒殺者の娘を個人的に訪ねる理由はないはずだ。娘も父親の轍《てつ》を踏んでいるという噂もあるしな。われわれが知るかぎりでは、上流社会の人間でミス・ブロムリーを訪ねる者はいない。彼女に会おうとするのは、親戚か、何人かの勇気ある植物学者だけだ」

「た、たぶん、ジョーンズは彼女の温室を見たかったのでしょう」ハルシーは期待をこめて言った。「ソサエティの誰もが知っていることですが、彼は幅広い知識の持ち主で、科学に興味も抱いている」

「科学的な興味からケイレブ・ジョーンズがルシンダ・ブロムリーを訪ねたというのなら、なんとも驚くべき偶然だな。われわれのような能力の持ち主がそういう偶然についてどう思うかはおまえにもよくわかっているはずだ」

「あの温室にはさまざまな植物がひしめいていた。たとえ万が一、シダが盗まれたことにミス・ブロムリーが気づいたとしても、それを探すのに私的な調査員まで雇うのはどう考えても変ですよ。ジョーンズがそんなばかげた案件を引き受けたと考えるとさらに変だ。結局、単なる植物にすぎず、ダイヤモンドのネックレスというわけではないんですから」

ノークロスはガスランプが光と影を交互に投げかけるなかを歩み寄ってきた。「おまえの身のためにそれがあたっているといいな。あのシダはおまえに直接つながり、おまえはぼくたちにつながっているのだから」

ハルシーは身震いした。「ジョーンズがわれわれのつながりを見つけることは絶対にないと保証しますよ。ミス・ブロムリーを訪ねたときにはちがう名前を使いましたしね。私の素性は彼女には知る由《よし》もない」

ノークロスの口が嫌悪に曲がった。「おまえはばかだな、ハルシー。実験とネズミに戻るといい。おまえが引き起こした問題はぼくがどうにかする」

ハルシーのなかで怒りが湧き起こり、一瞬恐怖を抑えつけた。彼は背筋をぴんと伸ばした。「ばかとは心外ですな。超常的な化学の研究の分野では、私に匹敵する人間はイギリスじゅうを探してもひとりもいませんよ。ひとりもね。そう、私と張り合おうとするなら、ニュートンがもうひとり必要でしょうな」

「ああ、わかっているさ、ハルシー。その事実があるからこそ、今のところおまえは救われているんだ。これだけは言えるが、もうひとりニュートンがいたら、そう、おまえの技や能力を備えている人間がほかにいたら、会長は即座におまえの処刑を命じるだろうさ」

ハルシーは愕然として彼を見つめた。

ノークロスはポケットから金の嗅ぎ煙草入れを出し、優美な手つきでふたを開けると、中身をつまみ上げた。慣れたやり方ですばやく粉を鼻から吸うと、ゆっくりとぞっとするような笑みを浮かべた。

「わかったかな、ハルシー？」彼はひどくやさしい口調で訊いた。

強いエネルギーの波がハルシーにものすごい力でぶつかり、すでに弱っていた神経を揺さぶった。彼は今や怯えているというよりは、恐怖に麻痺《まひ》したようになっていた。ノークロスの超能力の攻撃を受けて、脈が速まり、ひどく不規則になったせいで、自分が気を失うのではないかと思った。呼吸しようとあえいだが、部屋の酸素がすべて失われてしまったかのように思えた。

まるで恐ろしい夜の魔物と対決しているかのようだった。悪夢が生み出した怪物。理性では、目の前に立っているのは吸血鬼でもなければ、超自然的な化け物でもないとわかってはいた。ノークロスがその異常な能力を使って相手の心をかきまわしているだけなのだと。しかし、そうとわかってはいても、恐怖の感覚をやわらげることにはならなかった。

もはや体を支えきれず、ハルシーは膝《ひざ》をついて前後に体を揺らしはじめた。鋭く甲高い叫び声が聞こえ、それが自分の喉から出ていることに気がついた。

「質問をしたんだが、ハルシー」

ハルシーは答えなければならないとわかっていながら答えられなかった。口を開けても出てくるのは意味のない音でしかなかった。

「え……ええ」とどうにか答える。

その反応に満足したらしく、ノークロスはまたかみそりのように鋭い笑みを浮かべてみせた。その口もとに犬歯が現れないことにハルシーはぼんやりと驚きを感じていた。心が麻痺するほどの恐怖がじょじょに薄れていくのがわかる。また呼吸ができるようになっていた。

「いいだろう」ノークロスはそう言って嗅ぎ煙草入れをポケットにしまった。「ぼくの言ったことをきちんと理解したと信じるぞ。立つんだ、ばかめが」

ハルシーは作業台の端につかまって立ち上がろうとした。容易なことではなかった。立ち上がっても、ふたたび倒れないように作業台につかまっていなければならなかった。

ノークロスはドアを出て穏やかに抑えた力でそれを閉めた。それはそれで少し前に彼の目に燃えていた、獲物を前にした荒々しいけだものの興奮と同じぐらい神経に障った。

ハルシーは脈が鎮まるまで待ち、それから椅子に腰を下ろした。

「大丈夫だ」と声に出して言う。「出てきていいぞ。帰ったから」

ドアが勢いよく開いた。バートラムが恐る恐る部屋にはいってきた。見るからに震えている。

「ノークロスは正気じゃない」バートラムが小声で言った。

「ああ、わかってるさ」ハルシーは痛む頭をもんだ。

「ジョーンズがシダと父さんを結びつけないように手立てを講じるって言ってたけど、どういう意味だと思う?」

ハルシーは息子に目を向けた。バートラムは二十三歳のときの自分そっくりだった。息子は息子なりにすばらしい能力に恵まれていた。ただ、彼の超能力と興味は自分とは多少ちがっている。ふたりの能力がまったく同じということはないのだ。しかし、研究においては互いによく補い合っていた。バートラムは研究の助手として理想的だった。いつの日か息子は超能力の謎を大胆に解き明かすことだろう。ハルシーは父親として誇りを感じた。

「どういう意味かはわからんね」ハルシーは答えた。「重要なのは、どんな手立てであれ、われわれの身に影響がおよばないということだ」

「どうしてそうわかるの?」

「およぶのだとしたら、もうわれわれはふたりとも死んでいるだろうからな」

ハルシーは弱々しく椅子から立ち上がり、檻のところへ戻った。ネズミがじっと見つめてくる。先週死んだ六匹のかわりに手に入れたネズミだった。ハルシーはフラスコを手にとり、中身を水飲み皿に全部空けた。喉の渇いたネズミたちが大急ぎで飲みに寄ってきた。

「資金提供者ってみんなあんなに支離滅裂なの?」とバートラムが訊いた。

「経験から言って、答えはイエスだな。おかしい連中ばかりだ」

13

レディ・ミルデンのヴィクトリアは厳粛でありながら、とても洗練されて見えた。銀灰色の髪を優美なシニョンに結い、美しい襞のついた、紫がかった灰色の高価なドレスに身を包んでいる。

彼女が縁結びの仕事に熱意はもちろん、陸軍元帥にも匹敵するほどの固い決意をもってのぞんでいるのは明らかだった。ルシンダとパトリシアは彼女の新しいタウンハウスの小ぢんまりした書斎に招き入れられた。

「要望を箇条書きにしたものには感銘を受けたわ」ヴィクトリアはパトリシアに向かって言った。「経験から言って、ここまで論理的に結婚にとり組もうとする若い人はほとんどいないから」

「ありがとうございます」パトリシアは答えた。「もともとそうすることを思いついたのはルーシーなんです」

「そうなの？」ヴィクトリアはルシンダに考えこむような目をくれ、また要望書に目を戻した。「そう、よく考えて作ったものであるのはたしかね。あなたが超能力の適合性が重要であることに気がついたのはとくにうれしいわ」

「それがとても重要だと母が言うので」

「あなたのお母様はとても賢い方なのね」ヴィクトリアは紙を下ろし、眼鏡をはずした。「その点にもっと注意を払う夫婦が増えるといいんだけど。結婚生活が幸せなものになるかどうかの鍵になるんだから。ふつう以上の能力を持つ人たちにとってはとくにね」

「ひとつはっきりさせたいことがあるんですけど」ルシンダが言った。「超能力の適合性って正確にはどういうものですの？」

ヴィクトリアは専門家らしい雰囲気を身にまとった。「誰しもが独特のエネルギーの波形を生み出していることはよくご存じよね」

「ええ、もちろん」ルシンダは言った。「あなたもオーラを読めるんですか？」

「ほんのわずかにね」ヴィクトリアは言った。「ある種の周波数がわかるの。親密な関係がうまくいくかどうかには、その周波数こそが大事なのよ」

パトリシアは興味津々でわずかに身を乗り出した。「どんなふうに？」

「とても単純なことよ」ヴィクトリアは答えた。「ふたりの周波数がうまい具合に共鳴しなかったら、そのふたりが真に親密になり、幸せになるのは絶対に無理だわ。ふたりのエネルギーがうまく共鳴するものかどうか判断するのがわたしの能力よ」

「ご自分の仕事にそんな科学的な分析をされているなんてすばらしいことですわ、レディ・ミルデン」パトリシアが言った。

「ただ、それにも問題があって――」ヴィクトリアはつづけた。「ふたりがうまくいくかどうか見極めるために質問票を送ったり、それぞれに直接会って話を聞いたりすることはできるんだけど、それでも、ふたりがいっしょにいるところを見なければ、エネルギーがうまく共鳴するかどうかたしかな判断ができないのよ」

「どんな手順になるんです？」ルシンダは興味を惹かれて訊いた。

「まずはパトリシアのために候補者を何人かあげるわ」ヴィクトリアは目の前に置いた紙を人差し指でつついた。「もちろん、この要望書を念頭に置いてね。でも、これだけは言っておかなきゃならないけど、このすべてを満たす人間を見つけるのは不可能かもしれないわ」

はじめてパトリシアは不安そうな顔になった。「その条件のどれについても妥協できるかどうかわかりません。どれもとても重要な条件だから」

「不安に思う必要はないわ」ヴィクトリアは言った。「周波数が充分調和していたら、多少の妥協はできるとわかるから」

パトリシアはすっかり安心した顔にはならなかった。「どんなふうに候補者を決めるんです？」

ヴィクトリアは片手でファイルのはいった棚の長い列を示した。「こういう相談業をはじめると広告してからというもの、ソサエティの会員からの申しこみが殺到していて、文字どおり、溺《おぼ》れそうなぐらいなの。記録を調べて、条件にぴったりだとわたしが思う若い殿方を選び、あなたとの面談を手配するわ」

「なんだか長くかかりそうですね」パトリシアは言った。「一カ月で婚約したいと思っていたんですけど」

「あら、問題ないと思うわよ」ヴィクトリアはにっこりした。「経験から言って、エネルギーがうまく共鳴するふたりがじっさいに会えば、お互いすぐに惹かれ合うことになるから」そう言って貴婦人らしく鼻を鳴らした。「まあ、そうやってすぐに惹かれたことを、本人たちが自分にも相手にも認めようとしないこともあるけどね」

「きっと正しい候補者に会えば、すぐにそうとわかると思いますわ」とパトリシアは言った。

「それに、親たちがあれこれの理由で花嫁候補や花婿候補が気に入らず、結婚を邪魔しようとすることもあるしね」ヴィクトリアは言った。「うまくふたりの縁を結ぶためには、かなりの骨折りが必要なことも多いの」

「うちの両親は結婚に関してはとても現代的な考え方なんです」パトリシアは保証した。「さっきも言いましたように、ロンドンに来てあなたに相談するように勧めてくれたのは母ですから」

「それは聞いておいてよかった」ヴィクトリアは言った。「幸先いいわね」

ふと、ルシンダの心に浮かんだことがあった。「うまく共鳴し合うふたりが別の相手とすでに結婚していたとしたらどうなるんです？」

ヴィクトリアは舌打ちした。「それはとても悲しい状況だけど、わたしにはどうすることもできないわね。残念だけど、超能力の適合性よりも、お金の問題や立場的な理由で結婚する人がとても多いからこそ、問題もよく起こるのよ。だから、不義の関係があたりまえになるんだわ」

「あら」ルシンダは静かに言った。「たしかに、情事にふける人がたくさんいることの説明にはなりますね」

「花婿候補の紳士とはどんな形で会わせていただけるんですか？」とパトリシアが訊いた。

「顧客を数多くの候補者に紹介するとても有効な方法はすでにいくつも存在しているわ」ヴィクトリアは保証した。

「どんな方法ですか？」とルシンダが訊いた。

「もちろん、伝統的な方法よ。舞踏会や、パーティーや、オペラの鑑賞や、講義や、展覧会の催しや、お茶会などといった方法。何世代にもわたって、人々はそうやって紹介し合ってきたのよ。もちろん、わたしも顧客といっしょにそういう場に行って、出会う人たちのエネルギーの型を見極めるというところはちがうけど」

ルシンダは凍りついたようになった。「残念ながら、舞踏会やパーティーへ行くのは問題外ですわ」

ヴィクトリアはルシンダに目を向けた。「どうしてかしら」

「レディ・ミルデン、正直に申し上げます。パトリシアのために舞踏会やパーティーを開くお金ならありますが、うちの家族にまつわる悪評についてはきっとご存じでしょう。あなたの花婿候補がわたしからの招待を受けるはずはありませんわ。社交ということになると、わたしはなんの役にも立たないんです」

「ええ、ミス・ブロムリー、悪い噂のことはよく知っていますよ。でも、あなたのいとこがぴったりのお相手を見つけるためなら、多少残念な噂があっても、それに邪魔されてはだめだと思うわ」

「残念な噂？」ルシンダは自分の耳が信じられなかった。「レディ・ミルデン、毒殺とか、自殺と言われているわたしの亡くなった父についての噂の話をしているんですよ。噂はすべて根も葉もないものであるのはたしかです。それでも、悪い噂で汚された評判は容易にきれいにはなりませんわ。社交界がどういうものかはおわかりだと思いますが」

「アーケイン・ソサエティの社交界がどういうものかはわかっているわ」ヴィクトリアは穏やかに答えた。「これだけはたしかだけど、そこではジョーンズ家の一員からの招待は無視できないのよ」

「おっしゃってる意味がわかりません」ルシンダは当惑しきって言った。

「たまたまだけど、今週末にソサエティの重要な集まりがあるの」ヴィクトリアは言った。「うちの息子と義理の娘が、わたしの甥《おい》っ子のサディアス・ウェアときれいな婚約者のリオーナ・ヒューイットの婚約を祝う大きなパーティーを開くのよ。ソサエティで高い地位にある会員が大勢参加するわ。新しい会長とその妻もね。ミス・パトリシア、あなたとわたしが選んだ花婿候補の紳士たちも招待客に含まれるよう、わたしが手配するわ」

「なんてこと」ルシンダはヴィクトリアの大胆さに畏敬の念を抱き、小声で言った。

パトリシアはといえば、レディ・ミルデン、突然ためらいを見せた。「講義とか展覧会の催しとかならよさそうですけど、社交の面ではわたし、ほとんど経験がないんです」

「びくびくする必要は全然ないわ」ヴィクトリアは保証した。「わたしがそばで一から教えてあげるから。すべてわたしの仕事の一部よ」

「でも、あなたといっしょにいたら、わたしが夫探しをしているってみんなに知られてしまうわ」パトリシアが指摘した。「そうなると、ちょっと格好悪くないかしら?」

「まったく心配要らないわ」ヴィクトリアは言った。「慎重に行うこともわたしの仕事なんだから。これはほんとうだけど、わたしはソサエティの重要な集まりにはすべて招待されているの」彼女はウィンクした。「舞踏会に来る顧客はあなたひとりじゃないし」

「わたしは参加しないほうがいいと思います」ルシンダは多少ならず失望を覚えながら言った。「わたしが参加したら、噂と憶測を呼ぶだけですから。パトリシアの姓はマクダニエルです。わたしがいっしょにいなければ、ほかの参加者にわたしの親戚だと気づかれずにすむでしょう」

「ばかなことを言わないで、ミス・ブロムリー」ヴィクトリアは老眼鏡をかけ直し、ペンに手を伸ばした。「社交界に関するかぎり、臆病風を吹かせてはだめよ。弱者は踏みつけにされるのがおちなの。強く、大胆で、とても賢い者だけが生き残るのよ」

不安を感じながらも、ルシンダは噴き出しそうになった。「まるでミスター・ダーウィンの理論を引用しているようなおことばですね」

「地球上のすべての生物については言えないけれど――」ヴィクトリアはペンをインク壺にひたしながら言った。「そのミスター・ダーウィンの理論が上流の社交界にぴったりあてはまるのはまちがいないわね」

ルシンダはしばし彼女をじっと見つめた。「あなたの驚くべき作戦を実行に移せるかもしれないほんとうの理由は、わたしたちがジョーンズ家からの支援を得られるからだという気がするんですけど」

ヴィクトリアは老眼鏡の縁越しにルシンダに目を向けた。「アーケイン・ソサエティ内では、ジョーンズ家が決まりを作るのよ、ミス・ブロムリー」

「それで、ソサエティの外では？」とルシンダは訊いた。

「ソサエティの外でも、ジョーンズ家は自分たちが作った決まりに従っているわ」

14

翌朝、ルシンダとパトリシアが朝食の席につこうとしたところで、玄関の扉をノックする音がした。シュート夫人はコーヒーのポットをテーブルに置き、玄関の間のほうへとがめるような目を向けた。

「こんな時間にいったい誰でしょうね」とエプロンで手を拭きながら言う。

「たぶん、誰かが病気でルーシーの助言が必要なのよ」パトリシアがトーストに手を伸ばしながら言った。

シュート夫人は怖い顔で首を振った。「近所の人間がミス・ブロムリーを呼びに来るときには、必ず裏口にまわりますからね。誰が来たのか見てきましょう」

彼女は顔をしかめたまま朝の間を出ていった。

パトリシアがほほ笑んだ。「今玄関に立っている人は運が悪いわね。気の毒に」

「そうね。でも、朝の八時半に人の家の玄関の扉をノックするんだからしかたないわ」ルシンダはそう言って新聞に手を伸ばした。〈ザ・フライング・インテリジェンサー〉紙の見出しを見て息を呑む。「なんてこと。パトリシア、これを聞いて――」

そこで聞き慣れた男性の低い声が聞こえてきて、彼女はことばを止めた。

「ミスター・ジョーンズの声ね」パトリシアが興奮して目をきらりと光らせて言った。「何かわかったことがあったんだわ。フェアバーン卿を毒殺した犯人が誰か判明したのよ」

「そうかしら」ルシンダは新聞を下ろし、心に広がる期待のさざなみを抑えようとした。「温室を訪ねてきた人全員から話を聞くには時間が足りなかったはずだもの」

ケイレブが部屋の入口に現れた。「きみの言うとおりだ、ミス・ブロムリー。温室の訪問者にはまだ話を聞いている途中だ。おはよう、ご婦人方。おふたりとも今日はとてもお元気そうだ」そう言って強く興味を惹かれた顔で調理した卵や焼いたタラの載った皿を眺めた。

「朝食のお邪魔をしたかな?」

もちろん、朝食の邪魔をしたわと、ルシンダは胸の内でつぶやいた。探偵なのだから、明々白々なことを察知することもできるはずだ。彼の顔をよくよく見たルシンダは、前の日よりはずっと休養がとれた顔をしていることにほっとした。傷痕はまだありありと残っているが、それほど痛そうには見えない。彼のオーラの乱れもいくらかましになっているのもありがたいと思った。煎じ薬が効いたのだ。

「ご心配なく」ルシンダは急いで言った。「何かわかったことがあっていらしたんでしょう?」

「残念ながら、調査にあまり進展はない」ケイレブは光る銀色のコーヒーポットを、めずらしい美術品であるかのようにまじまじと見つめた。「ただ、新たに訊きたいことができてね。きみに答えてもらえるんじゃないかと思ったんだ」

「もちろんです」とルシンダは答えた。ふと、彼が空腹そうに見え、眉根を寄せる。「朝食は召し上がったんですか？」

「その暇がなくて」ケイレブの答えは少々早すぎた。「新しい家政婦はまだ私の日課を把握していなくてね。まあ、みんなそうなんだが」

パトリシアは当惑した顔になった。「みんなって？」

「家政婦たちさ」ケイレブはルシンダが思うに、こっそり悪さをする子供のような物腰で食べ物が並べられている場所へ向かった。「私の日課を把握してくれたためしがない。ほしいときに朝食が用意できていたことは一度もないんだ。どうせミセス・パーキンスも、これまでの家政婦と同様にすぐに辞表を出すだろうがね」そう言って敬うような表情でタラを眺めた。「とてもうまそうだ」

いっしょにどうぞと誘う以外にしようがないわねとルシンダは胸の内でつぶやいた。

「ごいっしょにどうぞ」とそっけなく声に出して言う。

予期せぬことに、ケイレブが笑みを浮かべた。それによって顔立ちがまったくちがうものになった。ルシンダははっと息を呑んだ。はじめて会ったときから彼にはうっとりさせられてきたのだったが、彼が女を魅了できる男であることにそのとき突然気がついた。それはなんとも心乱されることだった。イアン・グラッソンにだまされていたことを知って以来、男性にたぶらかされることは二度とないと思っていたのだったが。

「ありがとう、ミス・ブロムリー。そうさせてもらうよ」

そう答えてケイレブは皿を手にとり、疑いが芽生えるほどにいそいそと食べ物をとりはじめた。昨日の朝帰るときに、彼はいつも朝食は何時にとるのかと訊いていた。次に訪ねてくるときには朝食の邪魔をしたくないのだろうと思って八時半と答えたのだった。背の高い時計に目をやると、八時三十二分だった。偶然じゃないわね。ルシンダは声に出さずにつぶやいた。ケイレブ・ジョーンズはそういうまちがいを犯す人間ではない。

パトリシアは必死で笑いをこらえようとしていた。ルシンダは抑えつけるようにいとこをにらみ、それからケイレブに目を向けた。

「どうやらお宅では使用人ががらりと交替するようですね、ミスター・ジョーンズ?」ルシンダは冷ややかに言った。

「それほど大勢の使用人は要らないからね」彼は皿に卵を大盛りにした。「あの家に住んでいるのは私だけだから。部屋のほとんどは使われていない。必要なのは家政婦と庭の手入れをしてくれる人間だけだ。仕事に集中しようとしているときに、まわりで大勢が駆けずりまわっているのはごめんだね。気が散る」

「そうですか」ルシンダは抑揚のない声で言った。今や彼女も笑いをこらえるのに必死だったからだ。

「わからないんだが——」ケイレブはテーブルに来て席についた。「家政婦というのは列車と同じだな。来たと思ったら去っていく。一ヵ月しかもたない。もって二ヵ月だ。それから辞めたいと言ってくる。家政婦を紹介してくれる代理人に伝言を送り、新しい家政婦を送ってほしいといつまでも頼みつづけてばかりなんだ。まったくもって不愉快としか言いようがないね」

「何が一番不満なのかしら?」とルシンダは訊いた。

「家政婦が辞めたいと言ってくることさ」

「わたしは家政婦の気持ちのことを言っているのよ。どうしてそんなふうにみんながみんな辞めたいと思うのかしら?」

「理由はいくらでもあるだろうさ」ケイレブは曖昧《あいまい》な言い方をした。卵を頬張ると、うまそうに咀嚼《そしゃく》し、呑みこむ。「何人かは私が夜遅く書斎や研究室のなかを歩きまわっている音を聞くと不安になると言っていた。まるで家のなかを幽霊がうろついているように聞こえるそうだ。もちろん、幽霊なんてばかばかしいものは存在しないわけだが」

「たしかに」ルシンダは小声で言った。

「私がときおり行う実験が怖いと言ってきた家政婦もいた。多少閃光《せんこう》粉を使ったからといって、誰かに害をおよぼすわけでもないのに」

「害をおよぼすと思われてきたのはたしかだわ」ルシンダは言った。「閃光粉を調合するのに危険な薬品を混ぜ合わせた写真家たちが深刻な事故を何度も引き起こしてきたんですもの」

ケイレブは苛立ったまなざしを彼女に向けた。「私はまだ家を焼いたりはしていないさ、ミス・ブロムリー」

「それはよかったですね」

ケイレブは朝食に注意を戻した。「たいていの場合、家政婦から一番よく聞く不満は私の日課についてだ」

「日課を決めてらっしゃるの？」ルシンダは礼儀正しく訊いた。

「もちろん、決めているさ。とりかかっている調査次第でそれが毎日変わるからといって、私が悪いわけじゃない」

「ふうん」

そろそろ別の話題に移るころあいだと思ったらしく、パトリシアがすばやく口をはさんできた。

「ルーシーは新聞の見出しを読み上げようとしていたところだったんです」と言う。

「何が書いてあったんだい？」そう訊いて、ケイレブはルシンダが手に持っている新聞をちらりと見やった。紙名を目にすると、嫌悪もあらわに首を振った。「なるほどね。〈ザ・フライング・インテリジェンサー〉か。そんなでたらめな新聞で何を読んだとしても信じてはいけない。刺激的なことを書いて売り上げを伸ばしている新聞だ」

「たぶんそうでしょうね」ルシンダは見出しに目を向けた。「でも、これがなんとも奇妙な犯罪について書かれた、ぞっとするような記事であるのはあなたも認めざるをえないでしょうよ。聞いてくださいな」

そう言って声に出して読みはじめた。

精霊によってはばまれた人間のいけにえ

——ギルバート・オトフォード

あの世からの目に見えない手によって、身の毛もよだつような狂信的な儀式が阻止され、罪のない幼い少年の命が救われた。その場に居合わせた者たちは、記者にぞっとするような経験を語ってくれた。

本紙の読者諸兄には信じがたく思われることだろうが、警察によると、悪魔的な力を信仰する奇妙な狂信者集団が数週間にわたり、ロンドンの中心街で恐ろしい儀式を行っていたそうである。

今週の火曜日の晩、この狂信者集団は街で拉致した少年をいけにえに捧げるつもりだった。しかし、目撃者によると、驚いたことに、あの世からもたらされた目に見えない超常的な力が、最後の最後に儀式を邪魔していけにえに捧げられた少年の命を救ったということである。

狂信者集団の教祖はみずからをチャランの僕《しもべ》と呼んだ。警察の調べでは、ローン街に住むウィルソン・ハッチャー氏という人物だった。いけにえに捧げられた少年はその場から間一髪で逃れた恐怖から、取材には応じられなかった。

警察はハッチャー氏を含め、大勢の信者を逮捕したが、当局によると、ハッチャー氏は正気を失っているそうである。

記者が情報提供者から内密に聞いた話では、儀式のいけにえとして捧げられた少年は精霊ではなく、超常的な事件の調査にあたっている、ある秘密組織の会員によって救い出されたという噂もあるそうだ……

「ほう」ケイレブはトーストにかぶりつきながら言った。「ゲイブは気に入らないだろうな。しかし、多少噂が立つのはしようがない」

ルシンダは新聞を下ろした。

「昨日は水曜日の朝だったわ」と言う。

「ああ、そうだね」ケイレブは目の前にカップといくつかの銀器を置いてくれたシュート夫人にほほ笑みかけた。「ありがとう、ミセス・シュート。今朝のタラはすばらしいできだ」

「お気に召していただけて光栄ですわ」ほほ笑みながら、シュート夫人は厨房へとつづく扉の向こうへ戻った。

パトリシアがケイレブに目を向けた。「新聞記者がアーケイン・ソサエティについての噂を耳にしたかもしれないことがどうしてそんなに気になるんです、ミスター・ジョーンズ？」

「アーケイン・ソサエティの理事たちは、ソサエティがゴシップ紙のネタにはならないほうがいいと思っているからね」ケイレブは壺からジャムをすくいとった。「私もそう思う。ただ、超常的なことについて研究する秘密組織の存在について多少噂が立ったからといって、それがそれほどの害をおよぼすものとも思わないが。結局、ロンドンには超常的なことを研究する団体や組織が山ほどあるわけだし。もうひとつ増えたからといって、それがなんだというんだ?」

「この一件のせいで火曜日の夜眠れなかったんですね?」ルシンダは新聞を人差し指でたたいた。「幼い少年の命を救った〝あの世からの見えない手〟ってあなたのことだったんだわ。だからこそ、胸にけがを負い、目のまわりを黒くすることになった」

「たしかにその場には居合わせたが、ひとりではなかった」ケイレブはトーストにジャムを塗った。「並外れた能力を持つフレッチャーという若い紳士が私をなかに入れてくれ、キットを祭壇から奪い、儀式の行われた部屋から連れ去ったんだ。私は警察が突入してくるまで教祖が逃げないようにそこにいただけだ。コーヒーをまわしてもらえるかな、ミス・ブロムリー?」

「どうやってその紳士はそんな驚くような手柄を立てることができたんですの?」パトリシアが訊いた。

「超常的なエネルギーを使って人の目をそらせる能力の持ち主なんだ。ある意味、物や自分自身をも人の目の前から消せるというわけだ。少なくとも短いあいだなら。おまけに、鍵を開けるのが非常にうまい。要するに、究極の奇術師というわけだ」ケイレブは考えこむようにしてそこで間を置いた。「ただ、理由があって、舞台に立つとあまりうまくいかなかった。おそらく、注目を浴びると居心地が悪くなるんだろうな」

「ほんとうに物を消すことができるんですか?」パトリシアが訊いた。「へえ、それって驚きだわ」

「たぶん、姿を消せると言われているシダの種をポケットに入れているのよ」ルシンダがそっけなく言った。

パトリシアは顔をしかめた。「でも、シダの種なんてものはないのよ。シダは胞子で再生するんですもの」

「あら、でも、昔の人は植物はみな種から芽を出すものだと信じていたのよ」ルシンダが言った。「シダには種が見つからなかったから、見えない種があるんだと決めつけたわけ。それが誇張されてシダの種を身につけていれば、自分の姿も見えなくなると信じたの。シェイクスピアの『ヘンリー四世』に出てくる台詞を思い出してみて」

「〝おれたちにはシダの種があるから――〟」ケイレブは卵を頬張ったまま引用した。「〝出歩いても人に見つからない〟」

パトリシアは興味を惹かれたようだった。「このミスター・フレッチャーってとってもおもしろそうな紳士ね。今はあなたの会社で働いているんでしょう、ミスター・ジョーンズ?」

「たまに仕事を依頼するだけだよ」ケイレブは自分のカップにコーヒーを注いだ。「彼からほかの収入源を奪いたくはない」

ルシンダはまだまわりが黒い彼の目をじっと見つめた。「調査員の仕事をしていて危険にさらされることは多いんですの？」

「これだけは言えるが、私だって毎晩狂信者集団を率いているおかしなやつとなぐり合いして過ごしているわけじゃない」

ルシンダは身震いした。「そうじゃないことを祈りますわ」

「ふつうはもっとましなことをして過ごしているさ」とケイレブが付け加えた。

「その一件にかかわることになったのはどうしてですか？」とパトリシアが訊いた。

ケイレブは肩をすくめた。「これまでずっとゲイブは、超能力を持つ、とくに危険な犯罪者たちをどうにかするのはソサエティの義務だと理事会を説得してきた。警察が必ずしもそういう悪党どもをうまく懲らしめられるとはかぎらないと恐れているからだ」

「たぶん、そのとおりなんでしょうね」そう言ってルシンダは自分のカップにコーヒーのおかわりを注いだ。「それに、最近世間で超常的なことが大流行しているのを考えれば、超能力を持つ悪人が新聞に載りはじめたりしたら、困ったことになるわ。好奇心や興味が恐怖や騒動に変わるのもあっというまよ」

ケイレブは食べ物を口に入れたまま彼女に訝《いぶか》しげな目を向けた。

ルシンダは眉を上げた。「なんですの？」

ケイレブは食べ物を呑みこんだ。「今のことばはゲイブが言ったそのままだったからね。

ゲイブもきみもそういったことには似たような見解を持っているらしい」

「その狂信者集団の教祖はどんな能力を持っていたんですか？」とパトリシアが訊いた。

「ハッチャーは催眠術としか言えないようなやり方で他人を惹きつけ、だまし、あやつる能力を持っていた。厳密に言えば、催眠術師の能力とは別ものだがね」ケイレブは答えた。

「おそらくはったりをきかせた似非《えせ》催眠術師といったものだった。彼が街の不良少年たちを自分の狂信者集団に誘いこもうとしはじめたせいで、私の注意を惹いたんだ」

「どうしてミスター・ハッチャーの能力を過去のものとして話されるんです？」ルシンダが訊いた。

ケイレブの顔がふいに険しくなった。「今やその能力を自分以外の人間には使えなくなったようだからさ」

パトリシアは目をみはった。「どういう意味ですの？」

「自分自身がこれまで信者たちに用いていただましの技の犠牲者になったんだ」ケイレブは説明した。「もともと心の不安定な人間であったのはまちがいないが、火曜の晩の一件で、教義としてみずからが産み出した幻想に深く沈みこんでしまった。今は自分がこの世とあの世を隔てる壁を突き崩すのに成功したはいいが、その結果、意のままになる悪魔を呼び出すかわりに、自分を滅ぼす暗い力を招いてしまったと信じている」

「ぞっとするような方法で正義が為されたのね」パトリシアがささやくように言った。

「そう」ケイレブは突然抑揚のない声で言った。「そう言っていいだろうね」

彼はコーヒーを飲み、テーブルの反対側の壁にかかった鏡に別の次元を見通すような目を向けた。そこに何を見ているにしても、気分を高揚させるものでないのはたしかね、とルシンダは胸の内でつぶやいた。心の奥深くで直感がささやく声がした。彼は自分もハッチャーがおちいったのと同じ運命をたどるのではないかと恐れている。でも、そんなことはばかげたことだわ。パトリシアに前に言ったように、ケイレブは自分の能力を完全に制御している。

それでも、超常感覚を完全にあやつれる人間などいるのだろうか?

ルシンダは新聞をテーブルに置いた。「あなたの質問ですけど、ミスター・ジョーンズ」ときっぱりと言う。

ケイレブは鏡からはっと注意を戻した。なんであれ、暗い考えがしばし彼を内にこもらせていたのはたしかだ。彼はまた鋭い顔に戻ってルシンダに注意を向けた。

「昨日きみが名前を書いてくれた三人の植物学者と話をした。ウィークスと、ブリックストーンと、モーガンだ。みなハルシーのような人物とは知り合いではないと答えた。おそらく嘘は言っていないと思う」

「そうでしょうね」ルシンダも言った。「そうなると、ハルシーの訪問の一週間ほど前に訪ねてきた薬屋のミセス・デイキンしか残りませんね」

「ああ、そうだ」ケイレブはポケットから手帳を出して開いた。「今日彼女と話すつもりだ。ちょっと興味を惹かれることがあってね」

「何に興味を惹かれたんです？」

「ただの勘だ」

ルシンダはほほ笑んだ。「つまり、あなたの超能力が働いたってわけですね」

ケイレブはひと口でトーストを半分食べた。「それもある。記録も調べたんだが、彼女はソサエティの会員ではなかった。しかし、きみに似た能力の持ち主という可能性はあると思うかい？」

「ええ、きっと」ルシンダは答えた。「わたしほど強い能力じゃないでしょうけど。ここにいるあいだに、なんらかの超能力を持っている可能性があるのは感じたわ。ただ、わたしの言うことがわからない振りはしていたけれど」

「気づいていないのかもしれないな」ケイレブは言った。「それほど強くない能力の持ち主は多くが自分の能力を当然のものとして受け入れ、ごくふつうのことだと考えている。そういう能力がとくに強かったり、異常だったり、気に障ったりしてはじめて、疑いを抱くというわけだ」

「ええ、そうでしょうね」

ケイレブは上着の内ポケットに手を入れ、鉛筆をとり出した。「そう、おそらくミセス・デイキンもなんらかの能力を持っているんだろう。ほかに何かわかったことは？」

「残念ながらあまりありません。温室を見たいと伝言をよこしたときには、一度しか会ったことのない相手だったから。年齢は四十代後半ぐらい。自分でミセス・デイキンと名乗ったけど、話を聞いていると、店の階上《うえ》の部屋でひとり暮らしをしている感じだったわ」

ケイレブはそれを聞いて目を上げた。「結婚している感じではなかったと?」

ルシンダは答えを考えながらためらった。「はっきりは言えません。そう、ただの印象ですから。ご主人は亡くなっているのかもしれないし。ただ、喪に服している感じはありませんでした。でも、ここに来たときに一度、息子さんのことを言っていたのはたしかです。結婚せずに子供を持ったご婦人がミセスを名乗るのはよくあることですわ」

「薬屋の商売はうまくいっているのかい?」

「たしかなことは言えません。お店を訪ねたことがないから。でも、身なりはきちんとしていたし、かなり高そうなカメオのネックレスもしていたわ。たぶん、とてもうまくいっているんじゃないかしら」

「話は合ったのかい?」

「これまで会ったなかで一番気が合った人とは言えないわ」ルシンダはそっけなく言った。「共通点は薬草の薬としての成分にお互い興味があるという、それだけだし」

「きみの温室でどんな植物が育っているのか、どこで知ったのかな?」

パトリシアはその質問に驚いて彼に目を向けた。「植物学を研究している人間なら誰でもルーシーがどんな植物を育てているか知っていますわ、ミスター・ジョーンズ。繁盛している薬屋がうちのいとこが何を育てているか知っていても、別におかしいことじゃありません。それを見たいと思うのはもちろん」

「どうやら、ミセス・デイキンは薬屋の商売をはじめて久しいようだが」そう言ってケイレブはルシンダに目を戻した。「以前接触してきたことは？」

「ないわ」ルシンダは答えた。「訪ねてきたのは一度だけです」

「正確に訪ねてきた日にちは？」とケイレブは訊いた。

ルシンダは顔をしかめた。「そう訊かれるんじゃないかと恐れていたんです。正確な日にちは答えられないから。日記に何か書いたのはたしかだけど。言えるのは、彼女が訪ねてきたのがハルシーの訪問のすぐ前だったってことよ」

「あのシダは見せたのか？」

「ええ、薬屋なら興味を持つと思われるほかのたくさんの植物と同じようにね。でも、彼女はわたしのアメリオプテリス・アマゾニエンシスに特別興味を抱いたようには見えなかった」

パトリシアがコーヒーカップを下ろして言った。「たぶん、興味があるのをわざと隠していたのよ」

「どうしてそんなことをするの？」ルシンダが訊いた。

奇妙な熱がケイレブの目に宿った。「ハルシーとつながっているからだ」彼はひどく小さな声で言った。「彼がきみのシダに興味を持つとわかったんだ。いや、むしろ、彼に送りこまれたにちがいないな」

「ほんとうにそう思います？」とパトリシアが訊いた。

「彼女が訪ねてきたのは、サード・サークルが消滅した時期と重なる。ハルシーは資金提供者を探していて、夢の研究をふたたびはじめようと躍起になっていた。おそらく、デイキンをここに送りこんだのは、ある種の偵察のようなものだったんだろう。自分の研究に使える薬草や植物を探して数多くの植物園をまわらせていたんだ」ケイレブはルシンダに目を向けた。「しかし、きみの集めた植物に彼はとくに興味を持った」

「どうして？」とパトリシア。

「ハルシーはソサエティの会員だからさ」ケイレブは説明した。「きっとミス・ブロムリーの両親がただの植物学者じゃなく、超能力を持った植物学者であったことを知っているんだろうな。まずまちがいなく、この温室に集められた植物のなかに超常的な性質のものがあると踏んだんだろう。しかし、まずはデイキンを送りこんで植物を調べさせた。必要なければ、ここへ訪ねてくる危険を冒したくはなかったからだ。ソサエティが自分を探しているのをわかっているにちがいない」

ルシンダはそれについて考えた。「ミセス・デイキンからわたしが集めた植物のなかに超常的な性質のシダがあると聞いて、そのシダが役に立つものかたしかめ、どうにかして盗み出す方法を考えようと温室を見せてくれと言ってきたのね」

ケイレブは今や確信を持ってうなずいた。「それが真実のようだな」

「それで、次にどうなるの？」とパトリシアが訊いた。

ケイレブは手帳を閉じた。「このすばらしい朝食をすませたらすぐに、ミセス・デイキンに会いに行ってくる」

「わたしもいっしょに行くわ」とルシンダが言った。

ケイレブは眉根を寄せた。「いったいどうしていっしょに来たいと？」

「ミセス・デイキンはあなたと話をするときに少しおちつかない思いをするかもしれないから。わたしが同席すれば、そんな気持ちをなだめる役に立つわ」

「つまり、私のせいで彼女がびくついてしまうと言うのかい？」

ルシンダは最高に愛想のよい笑顔を彼に向けた。「安心してくださいな。洗練された社交術とか、人好きのする性格とか、そういうこととはまったく関係ありませんから。ただ、最近なぐり合いをしたばかりに見える紳士の顔を見て、不安を感じるご婦人もいるということです」ルシンダは意味ありげにせき払いをした。「なぐり合いをしたのはたしかですしね」

ケイレブの額の皺が深くなった。「そんなこと、考えもしなかったな」

「つい最近、乱暴なことにかかわった痕跡は無視できないわ」ルシンダはなめらかな口調でつづけた。「あなたは信じないかもしれないけれど、そういったことにとても驚いてしまう弱い神経の持ち主がいるのはたしかよ」

ケイレブは鏡をまたちらりと見やり、あきらめて息を吐いた。「きみの言うとおりかもしれないな。きみが簡単に神経をいためつけられてしまう女性でなくて幸いだったよ、ミス・ブロムリー」

15

狭い通りは霧に包まれていた。馬車のなかからでは、看板の名前はもちろんのこと、暗くなった店の並びを見分けることもむずかしかった。ケイレブの全身に期待が走った。今日ここで何か非常に重要なものを見つけることになる。それを感じることができた。

「こんな霧のなかでは、二ヤード先も見えないぐらいだな」彼はルシンダに言った。

彼女は彼に目を向けた。「そのほうがいいとお思いなんでしょう」

「われわれがドアを開けて店のなかにはいるまで、ミセス・デイキンはわれわれに気づかないだろうからね」

「彼女が今回のことにかかわっていると確信してらっしゃるのね？」

「ああ。そしてそれが正しければ、われわれを警戒してしかるべきだ。私は見知らぬ人間で、しかも顔になぐられた痕がある。シダの盗難にかかわっているとすれば、きみのことも警戒するだろう」

「でも、あなたがまちがっていて、彼女は無関係だとしたら？」

「だったら、われわれの質問に答えるのになんのためらいも感じないはずだ。とくにきみが同席して私が裏社会の人間ではないと保証してくれるならね」

ケイレブは扉を開け、馬車の踏み台を蹴り下げると、必要以上に痛めた肋骨を揺らさないように気をつけながら馬車から降りた。ルシンダの煎じ薬のおかげでけがはかなりよくなっていたが、まだあちこち痛むところはあった。

答えが見つかるかもしれないと思うと、さらに傷が癒される気がした。獲物を追うぞくぞくするような冷たい感覚が血管のなかを駆けめぐる。ルシンダを助け下ろすために手を伸ばすと、彼女も興奮に気を張りつめているのがわかった。まわりでエネルギーが脈打っている。同じ感覚を分け合っている親密感が刺激的だった。彼女も同じように惹かれるものを感じているのだろうかとケイレブは考えた。

ルシンダは帽子のヴェールを引き下げて顔を隠すと、手袋をはめた手を彼にあずけた。彼はその手をにぎり、彼女の女らしい骨細の手の感触をたのしんだ。手袋の布越しに指輪の輪郭もわかった。踏み台でよろめかないためにその手に若干力が加わると、その力の強さにケイレブは驚いた。温室で植物の世話をしているせいだなと彼は胸の内でつぶやいた。見た目よりも強い女性なのだ。

ふたりは店の戸口へと歩み寄った。窓から明かりはもれていなかった。

「今日のような霧の日にはなかなかの明かりはつけるものと思うわよね」ルシンダは言った。

「なかは真っ暗闇にちがいないもの」

「ああ」とケイレブも言った。冷たい確信が亡霊のように背筋を撫でた。「たしかに真っ暗闇だろうな」死の暗さだと超常感覚がささやいた。

ケイレブは扉を開けようとしたが、鍵がかかっていた。

「閉まっているわ」ルシンダががっかりして言った。「時間の無駄だったわね」

「必ずしもそうともかぎらないさ」ケイレブは外套のポケットから小さな鍵開けの道具をとり出した。

ルシンダは突然はっと息を呑んだ。「なんてこと、まさか店のなかに押し入るつもりじゃないでしょうね」

「窓に『閉店』の表示がないからね」ケイレブは言った。「きみは彼女と同業者の知り合いだ。ミセス・デイキンが事故に遭ったんじゃないかとか、具合が悪くて倒れているんじゃないかとか、心配になってたしかめになかにはいったと言えば、説明はつく」

「でも、何かあったかもしれないと思わせるものは何もないわ」

「何事も慎重にしないといけないからね。薬屋というのは危険な場所だ」

「でも……」

ケイレブは扉を開けると、彼女が言い終える前に彼女の腕をつかんでなかへ引き入れ、扉を閉めた。

「まあ、ちょっと鍵をこじ開けてなかへ押し入ったとしても、フェアバーン卿毒殺の罪で逮捕される危険と比べれば、たいしたことないかもね」ルシンダは言った。その声はいつもよりもわずかに細く、少々甲高かったが、充分冷静だった。

「その意気だ、ミス・ブロムリー」彼は言った。「どんなことにもいい面を探せというのが私の口癖だ」

「これまであなたがそんなことを口にしたことなんて一度もないって気がするんですけど、ミスター・ジョーンズ」

「陽気で前向きな気性のわれわれは、いつもそういうばかばかしいことばかり言っているものさ」

ヴェールのせいでケイレブにはルシンダの目は見えなかったが、彼女らしいすべてを見通すようなまなざしでじっと見られているのは感じとれた。

「興奮しているのね?」と彼女は言った。

ケイレブはレンガの壁に叩きつけられたような気がした。肺から空気がなくなる。なんてことだ。知り合った当初から、彼女がふつうとはちがう女性であることはわかっていた。その彼女にしても、それはひどく単刀直入な質問だった。

「え?」それ以上気の利いたことばが浮かばず、彼は言った。

「あなたの超常感覚よ」ルシンダは穏やかに説明した。「興奮しているでしょう。あなたのまわりでエネルギーが渦巻いているのがわかるわ」

「私の感覚ね。たしかに。興奮している。そういう言い方もできるな」ケイレブは店のなかを調べるほうに神経を集中させせた。「ふつうはそういうことばは使わないが、充分あたっている。それなりには」

「どんなことばを使うほうがお好みですの？」

「増すとか、高まるとか、開くとか、熱くなるとか」

「熱くなる。ふうん。たしかに、自分の能力を最大限用いようとするときに感じるものを言い表すにはぴったりね。熱っぽい感覚はありますもの。歩いたり、走ったり、うんと速く階段をのぼったりしたときに感じるのと同じような熱だわ。超能力を使うと熱を感じるし、脈拍も速くなるわ。内なる熱のせいで汗をかく人だっているかもしれない」

肉欲の熱のせいで汗ばむ彼女の魅惑的な体が脳裏に浮かび、ケイレブ自身の脈拍も急速に速まった。

「エネルギーはエネルギーだからね」彼はつぶやくように言った。「どういう領域でそれが発せられようとも」

「それが肉体に影響をおよぼすなんて考えたことがなかったわ」

ケイレブは自分の顎がこわばるのを感じた。「ミス・ブロムリー、非常に興味深い議論だが、別のときにつづけたほうがいいんじゃないかな。気が散るからね」

「ええ、もちろんそうね。ごめんなさい」

ケイレブは店の内部に注意を戻した。店のなかは陰になった場所がどんよりとした暗闇に沈み、霧に包まれた窓の外と同じく何も見えなかった。あたりには乾燥させた薬草や香料や花の香りが濃くただよっている。もっと刺激の強い薬品のにおいもした。

「ああ、なんてこと」ルシンダが小声で言った。「わたしのシダ」

「え？　どこに？」

「おそらく、ミセス・デイキンがこの場所で毒を作ったのよ」彼女は肩をこわばらせた。

「わたしのシダを使って毒を」

「たしかか？」

「感じられるの」ルシンダは店のなかへゆっくりと歩み入り、正面のカウンターの奥にはいった。「この後ろに痕跡があるわ」

ケイレブは彼女を見つめた。「フェアバーンを殺したのと同じ毒薬かい？」

「ええ」ルシンダは引き出しや棚を開けはじめた。「でも、その毒をここに置いてはいないと思う。そう、かすかに痕跡がわかるだけだから。ここでは以前、別の種類の毒も売られていたわ。それも感じとれる」

「彼女の店が繁盛していた理由もそれで説明できるわけだ」

ケイレブは店のなかを調べはじめた。通常の五感とはちがう感覚を用い、五感だけでは不可能と思われるやり方で詳細を感じとっていく。透明なレンガを積み重ねるように、心のなかで多次元の迷路をつくり上げていくのだ。

「何を探してらっしゃるの？」とルシンダが訊いた。

「何か」彼はうわの空で答えた。「詳細を。奇妙に思われる要素や正しいと感じられる要素を。悪いね、ルシンダ、自分の能力をどう説明していいかわからないんだ」

「わたしたちがこの店にいるあいだにミセス・デイキンが戻ってきたらどうします？」ルシンダは不安そうに訊いた。

「戻ってはこない」

「どうしてそんなに確信を持って言えますの？」

ケイレブは領収書の束をめくった。「ミセス・デイキンが生きているとは思えないからさ」

「亡くなっていると？」

「その答えがイエスである可能性は九八パーセントだね」

「なんてこと。どうしてそれがわかるの？」ルシンダは帽子の縁にヴェールを巻き上げ、心底不思議そうな顔で彼を見つめた。「この部屋の何があなたに彼女が死んでいると告げているんです？」

「邪悪な力とひどい暴力行為によって残された超能力の残滓《ざんし》のようなものがあるんだ」

「それで、それを感じとれると？」

「それも私の能力の一部だからね」ケイレブは引き出しを開け、書類の束をとり出した。

「まあ、見方によっては呪いと言ってもいい」

「そう」ルシンダはやさしく言った。「世のなかにこれだけ暴力的なことがあふれていることを思えば、辛い能力にちがいないわね」

彼はカウンター越しに彼女を見つめた。彼女に軽蔑《けいべつ》されるかもしれないとわかっていても、真実をすべて話してしまいたい思いに駆られる。「こういうときに高揚感としか言いようのない気分を経験すると言ったら、きみはきっと驚くだろうね」

ルシンダはたじろぎもしなかった。「わかるわ」

ケイレブはしばし彼女をじっと見つめるしかなかった。きっとはっきり聞こえなかったのだろう。

「わかるとは思えないんだが、ルシンダ」

「あなたの反応に妙なところは少しもないわ。あなたは自然に超常感覚を使っているだけよ。誰かの心を治したり、命を救ったりする煎じ薬を調合できたときには、わたしも同じような満足を感じるもの」

「きみとちがって、私の仕事は人の命や心を救うものじゃないんでね」彼は言った。「暴力的な力によって投げかけられた謎を解くのが仕事だ」

「それで、その過程で命を救っているじゃないの」彼女は言い張った。「狂信者集団に拉致された幼い少年を救ったように」

ケイレブはそれにどう反応していいかわからなかった。「これだけはたしかだが、暴力を加えようと考えてここへやってきた人間が誰であれ、それをしっかりはたしたと確信してここをあとにした」

「それもわかるの？」

「ああ」

ルシンダは彼が引き出しからとり出した書類の束に目を向けた。「そこに何があったの？」

「領収書さ。最新のものは昨日の日付になっている。今日の分はない」ケイレブは領収書を引き出しに戻し、カウンターの後ろの棚に置いてあった新聞を手にとった。「この新聞も昨日のだ。昨日のどこかの段階でこの店のすべてが中断された」

「ミセス・デイキンが単に急いで逃げ出したわけじゃないのはたしかなの？」

彼はキャッシュ・レジスターを開け、ひとつかみの紙幣と硬貨をとり出した。「店から逃げたなら、きっとその日の利益を持っていったはずだ」

ルシンダは真剣な顔で金を見つめた。「そうね」驚愕《きょうがく》の表情がよぎる。「彼女がまだここにいるとおっしゃるの？」

ケイレブはきちんとラベルを張られて並べられた小さな薬品の瓶を調べた。「二階にいるのはまちがいない」

「階上《うえ》に死んだご婦人がいるとわかっているのに、こうして何事もないかのように店のなかで手がかりを探しているってこと？」

はじめて、ルシンダは真に衝撃を受けた声になった。いや、憤怒に駆られた声だ。

ケイレブはわずかに眉根を寄せて彼女を見つめた。「それが私の仕事のやり方だ。まずは全体像をつかみたいと思う。死体については適当なときに検分する——」

「いい加減にして」ルシンダは階段へ向かった。「すぐに死体のところへ行くわ。言っておくけど、まずは死んだ人をどうにかしなければ。手がかりは逃げたりしないんだから」

「どうしてだ？」ケイレブはぽかんとした顔で訊いた。「女はもう何時間も前に死んでいる。おそらくは夜のうちに。死体を見つけるのが数分遅れたからといって、何もちがいはない」

しかし、ルシンダは両手でスカートをつまみ上げ、すでに階段をのぼりかけていた。裾《すそ》につけられた泥除けの襞《ひだ》が階段にこすれて音を立て、ヒールの高いブーツをちらりと見せている。

「それは良識と敬意の問題よ」彼女はきっぱりと言った。

「ふうん」ケイレブも彼女のあとに従った。「そういうふうには考えたことがなかったな」

「そうでしょうね。証拠や手がかりを集めることばかり考えているんですもの」

「それが私の仕事なんだ、ルシンダ」それでも、ケイレブは彼女のあとから階段をのぼりはじめた。死体をひとりで見つけさせたくなかったからだ。無意識に重要な証拠を台なしにしてしまうかもしれない。

「ほんとうにこの家でミセス・デイキンの死体が見つかるとお思いですの？」踊り場にたどり着くと、ルシンダは訊いた。

「死体は隠すのも運ぶのもむずかしい。なぜ殺人者が犯罪の現場から被害者をわざわざ運び出さなきゃならない？」

「被害者？」彼女は手袋をはめた手をドアノブにかけて足を止めた。「だったら、これは殺人事件だとおっしゃるの？」

すけど」

「まあ、そう、当然ながら。彼女が殺されたという話をしていたんじゃなかったかい?」ノブにまわした手に力が加わった。「自分で命を絶ったのかもしれないと思っていたんですけど」

「自殺? どうして彼女が自殺しなきゃならない?」

「罪の意識から? 彼女が売ったと思われる危険な毒物のせいで」

「見たところ、毒物を扱うようになって久しいようだ。この二十四時間のあいだに突然後悔に襲われたとは考えにくいね」

ケイレブの心に不安が募った。ルシンダは急にひどく妙な心持ちになってしまったようだ。これから死体に直面するという事実のせいかもしれない。いや、それだけではない、と彼は胸の内でつぶやいた。ほかにも何かある。強い感情について言い表すのは不得手だったが、強い感情に出くわせば、必ずそうと気づいた。冷ややかでおちついた顔はしているものの、彼女は動揺していた。

彼はノブに手を伸ばし、手袋をはめた彼女の手を包みこむようにした。「どうしたんだ? 何が問題なんだ?」

ルシンダは彼を見上げた。その目には恐怖がありありと浮かんでいた。「ミセス・デイキンがわたしのせいで殺されたとしたら、ケイレブ?」

「ちくしょう。つまり、それが問題なんだな」ケイレブは手袋をはめた自分の両手で彼女の顔をはさみ、目と目を合わさせた。「よく聞くんだ、ルシンダ。この部屋の内部で何があったにせよ、きみのせいではない。私の想像どおり、ミセス・デイキンが死んでいるとしたら、それは彼女が毒薬作りにかかわっていたせいだ」

「もしかしたら彼女は、わたしがめずらしいシダを持っているとドクター・ハルシーに告げるという失敗を犯したせいで、何も知らずに巻きこまれただけかもしれないわ」

「やめるんだ、ルシンダ。ミセス・デイキンがどんな人間であったにせよ、何も知らなかったはずはない。きみ自身、彼女が毒を売買するようになって久しいと言っていたじゃないか」

「この店で毒を売っていたのが彼女じゃなかったとしたら？　たぶん、従業員とか？　店で何が行われていたか、ミセス・デイキンが知らなかった可能性だってあるわ」

「知っていたさ」

「彼女は薬屋だったのよ。病を癒す真の能力を持った女性だった。きっと彼女は――」

「古いことわざにもあるだろう。よく効く薬には毒がある。毒を扱う商売はきっともうけもよかったはずだ。欲深さのせいで手を出したとしたらよく理解できるね」

やさしくではあるがしっかりと、彼は彼女の手をノブから引き離し、自分でドアを開けた。死臭が外へもれてきた。

「ああ、なんてこと」ルシンダはマントのポケットから刺繍《ししゅう》のはいった上品なハンカチをとり出し、鼻と口にあてた。「あなたのおっしゃったとおりね」

ケイレブもにおいをなるべく嗅ぐまいとハンカチをとり出した。残念ながら、何をしても超常感覚への衝撃はやわらぎようがなかった。死体からはもはやオーラもエネルギーも発せられていなかったが、死という行為が部屋に痕跡を残していた。

じっさいに暴力が加えられた形跡はなかった。床の上の女性はただ倒れただけに見えた。しかし、目と口は大きく開かれ、顔が恐怖に凍りついているのがわかる。

「ミセス・デイキンよ」ルシンダが静かに言った。

「毒か？」とケイレブが訊いた。

ルシンダは死んだ女のそばへ寄った。しばしじっと死体を見下ろす。超常的な波形がさざめくのがわかった。彼女がみずからの感覚を鋭くしているのだ。

「いいえ」彼女は確信を持って言った。「でも、外傷もどこにもないわ。おそらく、脳卒中か心臓発作を起こしたんだと思う」

「少々都合がよすぎるとは思わないかい？」

「そうね。でも、自然死でないとしたら、どうやって死んだの？」

「わからないが、殺されたのはたしかだ。さらには、彼女はみずから殺人者をこの部屋に招き入れた」

「あなたの超能力でそれが感じとれるの？」畏怖《いふ》の念もあらわに彼女は訊いた。

「ちがう。押し入った形跡がないことから推理できるだけだ」

「そう。たしかにおっしゃる意味はわかるわ。もしかして、相手は愛人だった？」

「もしくは、商売仲間か。調査員になってまだまもないが、どちらも裏切る可能性があるのはわかった」

超常感覚を鋭くし、彼は部屋をすばやく、手際よく調べた。目の端でルシンダがベッドサイドのテーブルに近寄り、写真立てにはいった写真を手にとるのが見えた。

「息子さんにちがいないわね」と彼女は言った。「訪ねてきたときに言っていた。どこか見覚えのある顔だわ」

ケイレブは身を起こし、写真をじっと見つめた。写っているのは二十代前半の若い男だった。黒っぽいスーツを着てかしこまっている。髪の生え際はすでに後退をはじめていた。写真に写るときのお決まりで、じっとレンズのほうを見つめている。

「知っている人間かい？」とケイレブが訊いた。

「いいえ。ただ、はじめて写真を見たときに、一瞬、この人に似ている誰かに会ったことがある気がしたの」ルシンダは首を振って写真立てをテーブルに戻した。「たぶん、母親に似ているところがあるのに気づいただけのことよ」

ケイレブはデイキンにちらりと目を向けた。「母親にはあまり似ていないようだが、きっと外見にどこか似ているところはあるだろうな」

「ええ」ルシンダは彼が小さな机の引き出しを開けるのを見守った。「何か手がかりになりそうなものはあった？」

「請求書や、彼女に薬草や薬品を供給していた会社への手紙があるだけだ」彼は別の書類の束を調べた。「個人的なものは何もないな」そう言って引き出しを閉めようとして手を止めた。引き出しの裏に小さな紙がたくしこんであったのだ。ケイレブはその紙を引っ張り出した。

「それは?」とルシンダが訊いた。

「番号がいくつか書いてある。金庫を開ける番号のようだな」

「金庫なんてないわ」ルシンダが言った。

ケイレブの感覚に確信が走った。「この部屋のどこかにある」

まもなく金庫は見つかった。小さなベッドの頭板の陰に隠してあったのだ。紙に書かれた番号に合わせると、金庫はすぐに開いた。なかには手帳と三つの小さな包みがはいっていた。

ケイレブはエネルギーがまた燃え立つのを感じ、誰のエネルギーか直感的に認識した。ルシンダだ。

彼女は手を伸ばしてケイレブの腕に手をかけた。「気をつけて。その包みには毒がはいっているわ。フェアバーン卿の命を奪ったのと同じ毒よ」

ケイレブはそのことばに疑問を投げかけなかった。満足感が心に広がる。

「ミセス・デイキンが何も知らずに巻きこまれたはずはないと言っただろう」そう言って彼は手帳を手にとり、すばやくめくった。

「それは?」彼の肩越しにのぞきこんでルシンダが訊いた。「書いてあることばには意味があるようには見えないわ」

「暗号だ」ケイレブは不可解なことばをしばらくじっと眺めていたが、やがてかすかな笑みを浮かべた。すぐにもパターンが見えたのだ。「とても単純な暗号だ。毒の売買に関するミセス・デイキンの記録を見つけたらしい。スペラーも喜ぶな。この手帳の情報があれば、フェアバーンの一件だけでなく、ほかの多くの事件にも幕引きができるだろうから」

「いったいどうしてミセス・デイキンはそんな取引の記録をとっておいたのかしら。危険な証拠なのに」

また確信が感覚を揺らした。「その危険な証拠が商売からあがる利益以上にもうかると思ったにちがいないな」

「どういうこと？」

ケイレブは手帳を掲げてみせた。「この手帳はすばらしい強請《ゆすり》の種となる」

「なんてこと。ミセス・デイキンは二重に利益があがるようにしていたのね。まずは毒を売って利益をあげ、次にそれを使った人からお金を強請っていた」

「どこまでも商売人だったということさ」

16

三日後の深夜一時、ルシンダはヴィクトリアとともにヴェルヴェットのクッションのついたベンチに腰を下ろしていた。ベンチはきらびやかな舞踏場を見晴らすバルコニーに置いてあった。

ふたりはいっしょに華やかな光景を眺めていた。ミスター・サディアス・ウェアとその婚約者リオーナ・ヒューイットの婚約披露パーティーは最高潮を迎えていた。しかし、ルシンダとヴィクトリアがそうして見つめているのは主賓のふたりではなかった。

「ふたりいっしょにいると、とてもすてきに見えるわね」ヴィクトリアはオペラグラス越しに目を凝らして言った。「でも、残念ながら、このふたりの縁組は論外よ。若いミスター・サットンではうまくいかないわ」

「残念ですわ」ルシンダが応じた。「とても感じのよい紳士のようなのに」

「それはそうよ」ヴィクトリアはオペラグラスを下ろし、グラスからシャンパンを飲んだ。

「ただ、あなたのいとこには合わないってだけのことよ」

「ここから見ただけでそこまでのことがわかりますの？」

「この距離からだと、ふたりのあいだに渦巻くエネルギーの波形がぼんやりわかるだけよ。でも、それだけでも、彼がぴったりの相手じゃないとははっきり言える」ヴィクトリアは小さな手帳に小さな印をつけ、軍人のような正確な手つきでまたオペラグラスを目にあてた。

ルシンダもその視線の先を追った。眼下には優美に着飾った数多くの男女がいた。パトリシアと結婚相手にはふさわしくないとされたミスター・サットンも、ワルツの官能的な調べに乗って踊っている。チュールのついた淡いピンクのサテンのドレスに身を包んだパトリシアは、無垢《むく》であると同時に魅惑的にも見えた。ピンクの手袋で腕を包み、髪には繊細なピンクの花飾りをあちこちに差している。

ルシンダは自分がいとこととはまったくちがって見えることをよくわかっていた。自分を見ても、無垢ということばは浮かばないはずだ。ヴィクトリアが紹介してくれたドレスの仕立て屋は、彼女にコバルトブルーのシルクのドレスを選んだ。赤い髪とブルーの目にはぴったりですわ、とマダム・ラフォンテインは並外れてひどいフランス風のアクセントで言った。そのフランス語もパリではなく、港町で使われているもののようだった。

ドレスは襟ぐりを大胆に低くしてあり、ルシンダが思うに、かなり思いきって肩と胸を露出したものになっていた。マダム・ラフォンテインは襟ぐりを半インチすらも高くすることを拒んだ。ヴィクトリアも仕立て屋に賛成だった。悪い評判を振り払う秘訣は、わざとそれを見せびらかすようにすること、と彼女はルシンダに言った。勇ましくならなきゃだめよ。

ルシンダは世慣れた女として振る舞うことが噂を払拭する正しい方法かどうか確信が持てなかったが、縁結びに関してはヴィクトリアがどうすればいいかよく心得ているのは否定できなかった。パトリシアのダンスカードはすっかり埋まっていた。舞踏会が終わるころには、疲弊しきってしまうことだろうとルシンダはかすかにほほ笑みながら思った。彼女のダンス用の靴は底に穴が開いてしまうかもしれない。ダンスフロアから離れるたびにパトリシアはレモネードを何口か飲む暇すらないぐらいで、若い男性が次は自分の番だと現れるのだった。

「こんなふうに人であふれた部屋を見ると何が見えますの、レディ・ミルデン?」ルシンダは訊いた。

「絶対に結婚すべきじゃなかった大勢の夫婦と、それと同じぐらい大勢のまちがった相手と婚約している人間よ」

「それってずいぶんと気が滅入ることでしょうね」

「たしかに」ヴィクトリアはオペラグラスを脇に置いてシャンパンをもうひと口飲んだ。「でも、縁結び人としての新しい仕事がうんと気分を高めてくれるわ。そう、うまく縁結びをすることが解毒剤になってくれているの」

「わたしが数えたかぎりでは、パトリシアは九人の候補者と踊りましたわ」とルシンダ。

「あと何人残っているのかしら?」

「わたしの資料に名前がある人はあとふたりね。でも、わたしの顧客じゃない人で、彼女のダンスカードにどうにか名前を書いた紳士がほかに何人かいるわ。それはそれでわたしはかまわない。いつだって予期せぬことも受け入れているの。ときどき、縁結び人の助けなしにふたりが互いを見つけることもあるから、そういう可能性も排除したくないのよ。結局、サディアスとリオーナが出会ったのもそうだったし」

「こんな舞踏会で?」

「まあ、正確にはちがうわね」ヴィクトリアは正直に言った。「じっさいは博物館で出会ったんだから」

「ああ、ふたりとも美術的なものに興味があったんですね」

「いいえ」ヴィクトリアは言った。「真夜中のことで、ふたりを引き合わせたのは芸術への共通の興味というわけではなかった。ふたりとも、とても悪い人間からある古代の遺物を盗み出すためにそこにいたのよ。それであやうく殺されそうになった」

「なんてこと。それって……」ルシンダはことばを止めた。ぴったりのことばが見つからなかったからだ。「ふつうじゃないですよね」

「ふつうの夫婦じゃないから。サディアスは催眠術の能力を持っていて、リオーナのほうは水晶占いができるの」

ルシンダは下にいるサディアスとリオーナに目を向けた。自分は縁結び人ではないが、この距離から見ても、ふたりのあいだに親密な絆《きずな》があるのはわかった。サディアスが婚約者のそばに寄り添い、その彼に彼女がほほ笑みかける様子からそれはたしかだった。

「ぴったりの相手が見つかって、おふたりともとても幸運ですね」彼女は静かに言った。

「そうね」ヴィクトリアは言った。「ふたりがいっしょにいるのを見て、すぐにぴったりの縁組だとわかったの」

「今夜ここにいる紳士の誰もパトリシアにぴったりの相手じゃないとわかったら、どうします？」

「来週も舞踏会はもちろん、お茶会や講演会や博物館見学やギャラリー訪問をたくさん計画しているわ。心配しないで。きっと誰か見つけるから」

「ご自分のお仕事にとても前向きでいらっしゃるんですね」

「あなたのいとこのように魅力的な顧客がいれば、そうなるのも簡単よ」とヴィクトリアは答えた。

「とくに魅力的じゃない顧客の場合はどうなるんです？」

ヴィクトリアはルシンダに探るような鋭い目をくれた。「どうしてそんなことを訊くの？」

ルシンダは赤くなった。「仮にそうだったらって話です」

ヴィクトリアはグラスを手にとり、また目をダンスフロアに向けた。「ケイレブ・ジョーンズのことを言っているなら、そういう問題はけっして起こらないでしょうね」

「どうしてですの？」

「ケイレブ・ジョーンズはとても複雑な人間で、日を追うごとにその傾向が強くなっているわ」

「それは彼にはふさわしい相手が見つからないだろうということを婉曲《えんきょく》に言っているんですか？」

「最近あなたも彼と少しいっしょの時間を過ごしたのよね。きっと気づいたと思うけど、彼はたいていの人がふつうの見方と考えるやり方では世界を見ていないわ。礼儀という点ではまったく予想のつかない人間だし」

ルシンダは毎朝ケイレブが玄関に現れるのが習慣となったことを思い出した。

「ふつうの礼儀作法にのっとっているとは言えないですね」彼女は言った。「それはたしかです」

「ふん、お行儀は心得ているのよ。なんといってもジョーンズ家の一員なんだから。でも、彼のお行儀はまるでなっていないわ。無作法なほどに他人には寛容じゃないし、できるかぎり社交の集まりは避けようとするしね。聞けば、家にいるときにも、起きているあいだずっと研究室と書斎にこもっているらしいわ。そんな男性で満足できる女性がどれほどいて？」

「そうですね――」

「もちろん、いつかは結婚するでしょうよ。ジョーンズ家の人間なんだから。それは義務だわ。でも、わたしに縁結びを頼んでくることはないでしょうね」ヴィクトリアは鼻を鳴らした。「ありがたいことに」

「どうしたって彼にぴったりのお相手を探すのは無理だと？」

「ケイレブ・ジョーンズがしまいにどんな女性と結婚するにしろ、幸せな夫婦になるとはどうしても思えないと言っておきましょうか。いずれにしても、そういう夫婦はめずらしくもないわ。じっさい、上流社会ではごくふつうのことよ」

「ミスター・ジョーンズにどこか無愛想なところがあるのはたしかですけど、あなたがむずかしい性格とみなしてらっしゃるのは、彼の能力とそれを抑制するための自制心がもたらしたものにすぎないと思いますわ」

「それはそうかもしれないけど、わたしの年になってごらんなさいな。ああいう極端な自制心を持つ人は、男性としてとくに望ましくないのがわかるから。頭が固くて、頑固で、柔軟性のない人間になりがちだもの」

あなただってパトリシアに同じような感想を述べたことはあったじゃないと、ルシンダは自分に言い聞かせた。それでも、ケイレブが幸せになれないあれこれの理由を考えると気がふさいだ。

「言わせてもらえば、ケイレブ自身が結婚の幸せに恵まれないかもしれないことに気づいているかどうか、とても疑わしいわね」ヴィクトリアはルシンダの心を読んだかのようにつづけた。「恋に落ちるのも彼らしくないし。彼はどこかの女性の指に指輪をはめ、その人をはらませたら、あとは研究室と書斎にこもるにちがいないわ」

「ミスター・ジョーンズは激しい情熱とは無縁だとおっしゃるんですか？」ルシンダは驚いて訊いた。

「ひとことで言えばそうよ」

「気を悪くしないでいただきたいんですけど、それはまるでまちがっていますわ」

今度は驚くのはヴィクトリアの番だった。「まさか、ケイレブ・ジョーンズがそういう繊細な感情を持てる人間だと言うんじゃないでしょうね？」

「繊細な感情というのとはちがうかもしれませんが、彼が親密な思いや深い感情を持てる人間であるのはたしかです」

ヴィクトリアは目をみはった。「ねえ、ミス・ブロムリー、なんて言っていいかわからないわ。ケイレブ・ジョーンズについてそんなことを言う人に会ったのはあなたがはじめてよ」

「たぶん、彼はひどく誤解されやすい人間なんです。身内のあいだでも」

「おもしろいわね」ヴィクトリアはつぶやくように言った。「ケイレブといえば、今夜はどこにいるのかしら。さっきも言ったように、彼は可能なかぎり社交の集まりは避けようとする人だけど、一族に対しての義理はたそうとするわ。少なくとも短いあいだだけでも現れると思っていたのよ。サディアスとはいとこ同士なんだから」

「きっとミスター・ジョーンズは今行っている調査でとても忙しいんですわ」とルシンダは言った。

ケイレブの弁護をし、彼の行動を釈明するのが癖になってきたわとルシンダは胸の内でつぶやいた。悪い癖にちがいないし、まったく必要のないことでもある。自分の面倒は自分で見られる人間、他人の目をまったく気にしない人間がいるとすれば、それはケイレブ・ジョーンズだ。

じっさい、ルシンダにも彼がどこにいて何をしているのか見当もつかなかった。その朝、朝食のとき以来彼の姿を目にしていなかったのだ。彼は八時半きっかりに現れ、卵とトーストをたっぷり平らげ、スペラー警部と話をしなければと言って辻馬車で急いで帰っていったのだった。

見るからに以前よりはよく眠っているらしかったが、ルシンダは不安を募らせていた。というのも、彼のオーラにはかすかながら、不穏な乱れがまだあったからだ。煎じ薬の材料を変えるべきだろうかと思わずにいられなかったが、彼の症状にぴったりの薬だったはずだと自分の感覚は告げていた。

突然はっと気を引かれるものがあって、ルシンダは物思いから覚めた。舞踏場へ目を落とすと、すぐにケイレブが目にはいった。壁のくぼみの暗くなった場所で派手なついたてになかば身を隠すようにして立ち、ライオンが水飲み場にやってくる不注意なレイヨウの群れを見つめるように、踊る人々をじっと見つめている。

「ミスター・ジョーンズがいますわ」とルシンダは言った。

「どのミスター・ジョーンズ？」ヴィクトリアがぼんやりと訊いた。「今夜はジョーンズ家の人間がここに大勢来ているのよ」

「ケイレブです」ルシンダは扇を振った。「ヤシの木の陰に」

「ああ、いたわ」ヴィクトリアは身を乗り出してオペラグラス越しに目を凝らした。「彼らしいわね。正面の入口を使って堅苦しい挨拶を交わすのがいやで、横の扉からこっそりはいってきたのよ。さっきも言ったように、あの人はこういう社交の集まりが大嫌いなの。過去の経験から言って、五分いたらすぐに姿を消すわよ」

長くいるつもりはないのかもしれないが、白と黒の夜会服に着替える手間はとっていた。優美な仕立ての上着とズボンと雪のように真っ白なリネンのシャツのせいで、いつも彼のまわりで燃え立つように思われる、目に見えないエネルギーのオーラがさらに強く感じられた。

ケイレブはくぼみを出ると、人が集まっている場所を迂回するようにして進んだ。通り過ぎる際に誰彼に一度か二度会釈はしたものの、どうにか会話は避けた。サディアスとリオーナのところへやってくると、彼らと短く話をし、それからバルコニーに目を向けた。

すぐにルシンダに気がついたようだ。ルシンダは息を呑んだ。どこにわたしがいるか正確に知っていたかのようね、と彼女は胸の内でつぶやいた。

サディアスにまた何か言ってリオーナに丁重に会釈すると、ケイレブは歩み去り、厨房へと通じる通路らしき場所へと姿を消した。ルシンダは椅子に背を戻し、心にわずかに失望が湧くのをしっかりと抑えつけた。何を期待していたの？　彼が自分を探し出して少しのあいだでも会話を交わしてくれることを？

ヴィクトリアは指を鳴らした。「ふう、もういなくなってしまったわ。いつものようにね。ご婦人にダンスを申しこむことすらしない殿方に良縁を見つけるなんてこと、想像してみて」

「骨を折ることになるでしょうね」ルシンダも同意した。でも、彼が去ってくれたほうがわたしはよかったわ。下にいるご婦人たちの誰かとダンスを踊る彼を見なきゃいけないよりは。そう胸の内でつぶやきながら、その自分の思いに胸が騒いだ。思わずたたんだ扇を手でにぎりしめる。ケイレブ・ジョーンズと恋に落ちるなど、あってはならないことだ。

「ああ、ミスター・リヴァトンがパトリシアに声をかけているわ」ヴィクトリアが言った。声に興奮が現れている。「彼にはおおいに期待をかけているの。学者肌で若いリヴァトン。おまけに女性の権利についてとても進んだ考えを持っている」

ルシンダは手すりの鉄の棒の隙間からリヴァトンをじっと見つめた。「見た目もすてきな紳士ですね」

「そうよ。超能力も強いわ」ヴィクトリアはしばらく若いふたりを眺めていた。「ふたりのあいだのエネルギーは少なくとも協調しているようだわ」そう言ってオペラグラスを下げ、小さな手帳に何か書きつけた。「もっと近くで見なくては」

ルシンダはもっとよくリヴァトンを見ようと身を乗り出そうとした。が、また何かに注意を引かれて全身に震えが走り、動きを止めた。振り返ると、ケイレブが明かりの乏しい廊下の暗がりから現れた。

「いったいここで何をしているんだ、ミス・ブロムリー？」礼儀正しい挨拶を装うことすらせずに彼は言った。「下にいると思ったのに」

「こちらからもご機嫌よう、ミスター・ジョーンズ」ヴィクトリアがそっけなく口をはさんだ。

「ヴィクトリア」ケイレブはたった今彼女がそこにいるのに気づいたというような顔で言った。彼女の手袋をはめた手をとると、驚くほど上品にその上に顔を近づけた。「すみません。そこにいらっしゃるのに気づかなかったので」

「もちろん気づいてはいたわ」ヴィクトリアは言った。「ただ、ミス・ブロムリーばかりに気をとられていたせいよ」

ケイレブの眉がわずかに上がった。「たしかに彼女を探してはいました」

「何か新たにわかったことでも?」とルシンダが訊いた。

「ああ、じつは」

ケイレブはバルコニーの手すりをつかむと、突然ダンスフロアで円を描く人々の踊り方に興味を惹かれたように、下を見下ろした。ルシンダのほうへ顔を戻したときには、抑制されたエネルギーが目のなかで若干熱く燃えているように見えた。

「光栄にもきみが私と踊ってくれるなら、わかったことを教えるよ」と彼は言った。

驚きのあまり、ルシンダはおそらくはひどく無作法に口をぽかんと開け、彼を見つめるしかできなかった。

「え」永遠とも思える時間ののち、ようやく声を発する。

「行ってらっしゃいな」と言って、ヴィクトリアがルシンダの手袋をはめた手の甲を扇でぴしゃりと叩いた。「パトリシアのことはわたしが見ているから」

扇で叩かれた痛みがルシンダを茫然自失《ぼうぜんじしつ》から現実に引き戻した。彼女はごくりと唾を呑みこみ、どうにか正気に戻った。

「ありがとうございます、ミスター・ジョーンズ。でも、ワルツはしばらく踊っていないので。練習不足だと思うわ」

「私もだ。しかし、踊りのパターンは単純だ。きっとどうにかふたりとも互いの足につまずかずにすむだろうよ」

ルシンダが言い返すことばを思いつく前に、彼は彼女の手をとってクッションのきいたベンチから立たせた。ルシンダは肩越しに一度ちらりと後ろを見たが、振り返って見た相手は救いの手を差し伸べてはくれなかった。ヴィクトリアはひどく妙な表情でふたりを見ているだけだった。

ルシンダは気づいたときには長く薄暗い廊下から狭い使用人用の階段へとすばやく導かれていた。階段を降りると、ケイレブは扉を開け、彼女をまばゆい舞踏場へと引き入れた。それから、彼らしくこうと決めたら絶対にやり遂げるといった様子で、人ごみを押し分けるようにして進んだ。

めくるめく一瞬ののち、ルシンダはあの日書斎でキスされたときのように、彼の腕に抱かれていた。

ケイレブはゆっくりとしたワルツの官能的なステップへと彼女を導いた。ダンスフロアでもそれ以外でも、自分たちを人が振り返って見ているのがわかった。なんとしても避けたいと思っていた注目を、自分とケイレブが集めているのだ。しかし、もうそんなことはどうでもよかった。腰にあてがわれたケイレブのたくましい手はあたたかく、力強く、彼の目はこの部屋にふたり以外誰もいないかのように彼女を見つめていた。熱とエネルギーが音楽とからみ合いながらふたりをとりまいている。

「わかったかい?」ケイレブが言った。「ワルツのパターンは忘れるものじゃないんだ」

わたしは踊っているんじゃなく、飛んでいるんだわと彼女は胸の内でつぶやいた。「そうみたいね、ミスター・ジョーンズ。さあ、わかったことを話して聞かせて」

「ここへ来る直前にスペラー警部と話した。彼は取引を記録したデイキンの手帳に残っていた証拠から、フェアバーン事件の容疑者を逮捕したそうだ」

「レディ・フェアバーン?」

「ちがう、姉のハンナ・ラズボーンさ。スペラーが手帳を見せたら、すぐに降参して白状したそうだ。ラズボーンの名前が手帳に載っていた」

「そうなの。きっと妹に裕福な未亡人になってもらいたくてフェアバーンを殺したのね」

「きっとそれが理にかなった動機だろうな。しかし、スペラーによると、ラズボーンが義理の弟を殺したのは、ふたりの情事に終止符を打たれたからだそうだ」

「なんてこと。つまり、お金じゃなく、愛憎がらみの犯罪だったのね」

「言ったように、理にかなった動機ではないが、そういうことだ。フェアバーン殺しの罪できみが逮捕される危険はもうない」

「ミスター・ジョーンズ、いくらお礼を言っても言い足りない――」

「しかし、まだきみのシダがデイキンが売った毒に使われたという問題が残っている」

不安がルシンダの心をよぎった。「でも、ミセス・デイキンが亡くなっている以上、彼女の毒にシダが使われていることを知っている人間はいないわ」

「少なくとも、ひとりはいる」とケイレブ。

「ああ、なんてこと、ドクター・ハルシーのことね」

「今はハルシーがミセス・デイキンと親しかったのはまちがいないと断言できる。少なくとも、彼女が売っていた毒のいくつかは彼が作ったものだった」

ふとある考えが浮かんだ。「ハルシーが彼女を殺したかもしれないと思っているの？」

「いや」ケイレブは答えた。

「どうしてそんなに確信を持って言えるの？」

「ハルシーの専門は危険な薬品だ。誰かを殺したいと思ったら、自分が使い慣れた武器を使おうとしたはずだ」

「毒ね」

「ああ」

背筋に冷たいものが走った。「でも、死体には毒が使われた形跡はなかったわ」

「つまり、殺したのは別の人間ということだ」

「彼女が強請っていた誰か？」

「考えられる」ケイレブも認めた。「しかし、手帳によると、彼女は毒を売るようになって久しい。最近になって誰かが彼女を殺そうと思ったというのは——」

「そうね。偶然にしてはできすぎだわ。父がいわゆる自殺をしたときにも同じことを思ったの。パートナーが死んでいるのが見つかってすぐに、自分の頭に銃をつきつけたなんて信じられなかったから」

「なんだって？」ケイレブはダンスフロアのまんなかで突然足を止めた。「きみのお父さんは毒を呑んだんじゃなかったのか？」

まわりの人々が興味津々の目を向けてくるのを意識し、ルシンダはささやくほどに声をひそめて言った。

「ちがうわ」

「くそっ。殺されたんだな。いったいどうして教えてくれなかった？」

ケイレブはルシンダの手首をつかむとダンスフロアから引っ張り出し、人ごみのなかを抜けて夜の闇に包まれた庭へと出た。ふたりきりになると、彼女の肩をつかんだ。

「きみの父上の身に何が起こったのか、正確に知りたい」と彼は言った。

「父は拳銃で撃たれて亡くなったの」ルシンダは答えた。「自分で引き金を引いたように見せかけてあったわ。でも、わたしは誰かに撃たれたんだと確信しているの」

夜気のなかでエネルギーが震えた。ルシンダはケイレブが超能力を働かせているのを感じた。

「もちろん、きみの言うとおりだ」とケイレブは言った。

信じられないほどの安堵《あんど》の波に包まれる。

「ミスター・ジョーンズ、なんて言っていいかわからないわ。わたしのことばを信じてくれたのはあなただけよ」

17

「全部がつながっているんだ」ケイレブが小声で言った。

「何が？」とルシンダは訊いた。ダンスとまわりで冷たい炎を上げる彼のエネルギーのせいで少し息が切れていた。「何か見通しみたいなものがついたの?」

「ああ、きみのおかげでね」彼の顎《あご》がこわばった。「この件を請け負ったときに明白な疑問を感じてしかるべきだったんだ。ハルシーを追跡することにあまりに注意を向けすぎていた」

「明白な疑問って？」

「きみの父上が殺されたことと、彼の相棒が殺されたことが、シダの盗難とどう関係しているかということさ」

「え？」身震いしてルシンダは陰影のついたケイレブの顔を探るように見つめた。「わからないわ。その三つがどうつながっているっていうの？」

「ミス・ブロムリー、それを私が解き明かさなきゃならないのさ」

「でも、あなたはそこにつながりがあると感じたのね」

「さっきも言ったが、もっと早く気がついてしかるべきだったんだ。ほかに気をとられていたとしか言いようがないね」

「そう、あなたも手一杯だったわけですものね。邪悪な狂信者集団をつぶしたり、前々からあなたが探していて、わたしがドクター・ノックスとして知っている科学者を見つけたりするのに。ミセス・デイキンの死体を見つけてわたしが殺人の容疑でつかまらなくてすむようにしてくれたのは言うまでもなく。ここのところずいぶんと忙しかったわ。一年半前に亡くなったふたりの殺人事件のことにまで頭がまわらないのも無理のない話よ」

「殺人そのものはさほど問題じゃない」とケイレブは言った。「問題なのはもうひとつの出来事だ」

「もうひとつって？」

「殺人と言えば、きっときみの婚約者の死もこの件と結びついているはずだ。そうにちがいない」

ルシンダは驚きを新たにした。「まさか、ミスター・グラッソンが殺された一件もこれとつながりがあるなんていうんじゃないでしょうね」

「みなつながっているんだ」彼はあっさりと言った。「今やパターンがはっきりしたからね。問題は、そう、大きく気をそらすものがあって、それが私の思考回路に干渉してくることだ」

「そうなの？」ルシンダは眉を上げた。「とても能力の高いケイレブ・ジョーンズが失敗を犯すほどに気をそらさせる、その驚くべきものっていったいなんなの？」

「きみさ」彼はあっさりと言った。

ルシンダはことばを失った。

「え？」としばらくしてことばを押し出す。

ケイレブはたくましい手で彼女の顔をはさんだ。「きみが気をそらしてくれるんだ、ルシンダ。きみのように私の思考回路を乱してくれる人はこれまでいなかった」

「褒めことばには聞こえないわね」

「褒めようと思って言ったわけじゃない。事実を述べているだけだ。さらに言えば、きみも同じぐらい私に気をそらされていると確信が持てないうちは、集中などできないと思う」

「あら」ルシンダは小声で言った。「そうよ。そう、あなたもわたしの気をそらしてくれますわ。とんでもなく」

「そう聞いてとてもうれしいよ」

彼の口が彼女の口に寄せられた。

超常感覚に突然火がつき、夜に向けて大きく開かれた。暗闇のなかで庭が生気をとり戻し、虹色の光をあたりに放って燃え出した。少し前にはテラスの端で咲いている花は暗がりにあって見えなかったのだが、今は小さな妖精のランタンに姿を変え、名状しがたいさまざまな色に光って点滅している。草はエメラルド色のオーロラを発し、背の高い生垣は光り輝く緑の壁となっている。命のエネルギーが超常感覚に響いた。

ケイレブは彼女をさらに近く、きつく引き寄せた。口はゆっくりと口から喉へとすべり落ちていく。

「私がほしいかい、ルシンダ？」ケイレブはぶっきらぼうに訊いた。「その答えを聞かせてもらわなくてはならない。答えをもらえるまでは仕事にちゃんと集中できるようになるとは思えないからね」

ルシンダは自分も情熱の力を経験することがあるかもしれないという希望は捨ててしまっていた。しかし今、その恐ろしいほどの力が大きな嵐のように身の内で渦巻いていた。その強い風にさらわれて飛ばされてしまっても当然という感じだった。唯一心にとっては危険だった。それも大きな危険。しかし、ケイレブの腕のなかで待っていると思われるすばらしい感触を知らずに終わると考えると、よりいっそう恐ろしかった。何もないよりも、愛して失うほうがいい。

ルシンダは手袋をはめた手を彼の顔に上げた。「あなたがほしいわ、ケイレブ。あなたがほしがっている答えはそういうこと？」

「生まれてこのかたこれほどにほしいと思ったものはないほどだ」

また口が近づく。焼けつくように飢えた口。舞踏場から聞こえてくる音楽とくぐもったざわめきが薄れ、異次元へと吸いこまれていく。焼けつくエネルギーが夜の闇のなかで脈打っていた。明るく激しいエネルギーの波がうっとりするような混乱のなかへとルシンダをさらに深く引きこむ。

彼女は腕をケイレブの首にまわし、口を開けて彼を受け入れた。まわりで空気がきらきらと光って動く。ケイレブの腕に抱かれ、テラスから青光りする庭の奥へと運び去られようとしているのに気づいたのは少したってからだった。

「きみの熱を感じるよ」ケイレブは言った。「感覚が熱くなっているんじゃないかい?」

「ええ」ルシンダは彼の顎の線を指でなぞった。「あなたのも」

「この庭はきみの世界だ。きみにはどんなふうに見える?」

「奇跡のようだわ。生き生きとしている。一番小さな草の葉にいたるまで、植物という植物がかすかな光を発しているの。葉の色はほんとうにさまざまな色合いの緑だし、花はみずから光を発して輝いている」

「まるでおとぎ話の世界だな」

「そうね。あなたにはどう見えるの?」

「見えるのはきみだけさ」ケイレブは低く暗い建物の前で足を止めた。「ドアを開けてくれ」

ルシンダは手を伸ばしてノブを見つけ、まわした。ドアは内側に開いた。ありがたいあたたかさとさまざまな植物の香りが入り混じったにおいが外へ流れてきた。乾いたラヴェンダーやバラやカモミールやミントやローズマリーやタイムや月桂樹の強いエネルギーに超常感覚が揺さぶられる。月明かりのなか、薬草の黒っぽい枝や花が天井からつり下げられているのがわかった。床には香りのよい花びらや葉がはいった籠《かご》が数多く置かれている。

「乾燥小屋ね」ルシンダはうっとりしながら言った。「わたしもこういう小屋を持っているわ」

「ここなら誰にも邪魔されない」

ケイレブはゆっくりと彼女を下ろし、小屋の奥の木の椅子があるところまで行った。椅子を手にとると、それをドアノブの下においてドアが開かないようにした。それから彼女のそばに戻ってきた。

「万全の備えね」とルシンダ。

「そう努めている」

そう言って彼はそっと彼女の眼鏡をはずして脇に置いた。それからまた彼女を腕に抱いた。

期待と興奮に震えていたルシンダは、自分の体を支えるために彼の肩にしがみつかなければならなかった。

ケイレブはまたキスをし、ルシンダの体をそっとまわして背中を自分に向けさせた。硬いボディスのこまかいホックをはずしはじめる。すぐにもドレスの後ろが開いた。

ケイレブはむき出しになった肩にキスをした。「きみがあの鋼のようなコルセットをつけていなくてありがたいよ」

「合理服協会によると、とても健康に悪いそうだから」と彼女は説明した。

彼は笑った。低くかすれたうなり声のような笑い。「こういうときにえらくてこずるのもたしかだしね」

彼はまた彼女に前を向かせ、そっとボディスと繊細な襞を持つスカートのひもをいっしょに引っ張った。ドレスは彼女の足もとにたまった。ルシンダは薄いシュミーズと肌着とストッキングと靴だけという姿になった。

うっとりしたまま、彼女は彼の上着のボタンをはずし、なかに手を入れた。彼の体の熱さにわくわくするものを感じる。ケイレブはもどかしそうにすばやく上着を脱ぎ捨て、ネクタイをほどくと、シャツのボタンをはずした。ルシンダは彼の裸の胸に手をあてた。

「ベッドが要るな」

そう言ってケイレブは彼女から離れ、すぐそばの籠を手にとってさかさまにした。大量の乾いた薬草と花がそこから落ちた。ゼラニウムやバラの花びら、ユーカリやレモンバームの葉。彼はふたつめ、三つめ、四つめと籠を空にした。床に大きく香りのよい小山ができた。広く開ききった感覚がこれほど大量の植物のエネルギーに酔ったようになって頭がくらくらし、ルシンダはその山に飛びこまずにいるのが精いっぱいだった。

ケイレブはかぐわしいマットレスの上に上着をかぶせ、仮のベッドの上に彼女を引っ張りこんだ。乾いたもろい薬草や花びらが重さでつぶされ、さらにすばらしい、うっとりするようなエネルギーをあたりにまき散らした。

ケイレブは彼女のそばに身を横たえ、半分覆いかぶさるようにすると、片手を胸のふくらみにあてた。ルシンダのなかの何かがかきまわされ、感覚がさらに鋭敏になる。喉をつまらせたような小さな悲鳴が聞こえ、それが自分の喉からもれていることに気がついた。

「シッ」ケイレブがやさしく命じた。笑いをこらえているような声だ。もしかしたらうなり声かもしれない。彼は警告するように唇で唇をかすめた。「ここにはわれわれしかいないが、庭を散歩してみようと思った誰かの注意を引く危険は冒したくないからね」

ルシンダは喜ばしい恍惚《こうこつ》状態から瞬時に現実に引き戻された。世間の目から見れば、自分の評判はもうこれ以上落ちようがないかもしれないが、裸で男の腕に抱かれているのを誰かに見つかるなどということは、ぞっとするというだけでは足りなかった。悪い噂のなかには、女にはすすごうとしてもすすぎきれないものがある。

「心配要らないさ」ケイレブが言った。「この小屋の近くに誰かが来ればわかる。私は獲物を嗅ぎわける能力を持っているわけじゃないが、耳がいい血筋なんだ」

「ほんとうに？」とルシンダが訊いた。

「きみを守るという私のことばを信じてくれないかい？」

彼は御影石の塊ほども意志強固な人間だった。誓いを立てたらきっと守る人だわとルシンダは胸の内でつぶやいた。

「信じるわ」そうささやくように言うと、自分がそんなことばを口にしたことに自分で驚いた。それが本心であることに体の芯までが揺さぶられる。「わたし、あなたのことを信じているのよ、ケイレブ・ジョーンズ」

彼は首をかがめ、ゆっくりとうやうやしくキスをした。それが約束を交わすときの彼なりのやり方なのだとルシンダにはわかった。

彼女は彼の硬く重い体にわくわくするものを感じながら体の力を抜いた。彼はまるでめずらしい異国のランにでも触れるように触れてくる。ふたりのあいだでエネルギーが光って脈打ち、乾燥した薬草と花の強い香りと入り交じった。

ケイレブの手が脚のあいだにすべりこみ、衝撃が全身に走る。ルシンダは身を凍りつかせた。

「きみの熱を感じなければ」彼がささやいた。

ルシンダは最初は恐る恐る、やがて興奮が高まるのを感じながら、彼のために太腿《ふともも》を開いた。あたたかいてのひらがストッキングにそって動き、ガーターの上のむき出しの肌を撫でた。その親密さは耐えがたい気がするほどだった。体の奥で熱いものが脈打つ。

「きみは真の錬金術師が見つけたいと望むすべてを備えているんだな」ケイレブが言った。驚きに声が太くなっている。「真夜中と火がもたらすすべての秘密を」

そう言って感じやすい場所を見つけ、彼女に魔法をかけるようにそっと、しかし濃厚に愛撫した。ルシンダははっと息を呑み、筋肉という筋肉をこわばらせた。体の奥で抑えきれず張りつめた感じがたかまり、乾燥小屋の独特のエネルギーと混じり合った。ルシンダにはもはや何がふつうで何が超常的なものなのか区別がつかなくなっていた。

ケイレブに自分が知られてしまったのと同じだけ、親密に彼のことを知りたいと本能的に思い、彼女は手を硬い体に走らせた。手がズボンに達すると、すでに彼が前を開けているのがわかった。探る手が重く硬く長い物を見つけた。ルシンダはぎょっとして手をわずかに引っこめた。

ケイレブは身動きをやめた。

「気に入らなかったかい？」とささやく。問う声にはまったく抑揚がなかった。ルシンダは厳しい自制心の下に心の痛みがあるのを感じた。

「気に入る以上よ」彼女は彼の胸に顔を寄せた。頭のてっぺんから爪先まで真っ赤になっているのを暗闇が隠してくれるのがありがたかった。「ただ、それがそこまで……気に入るものだとは思ってなかったから」

彼の胸が震えるのがわかる。

「わたしのこと笑わないで、ケイレブ・ジョーンズ」

「笑わないさ」と彼は答えた。

「笑ってるのがわかるわ」

「ほほ笑んでいるんで、笑っているわけじゃない。そこには大きなちがいがある」

ルシンダはその点について言い返そうとしたが、また彼に撫でられて恍惚の波が全身に走り、もはや筋道立って物事を考えられなかった。自分が嵐のまっただなかに飛びこんでいこうとしているのがわかる。衝動的に彼女は彼に指をまわした。その大きさはもう気にならなかった。彼の息が荒くなるのがわかる。

「痛いのね」ルシンダはすぐに手を離した。

「ちがう」歯を食いしばっているような声だ。

ルシンダはまたそっと彼に触れた。彼は彼女の喉に顔を寄せてうなった。

「私のために達してくれ」

彼はまた手を動かしたが、そんな必要はないぐらいだった。発したことばの熱に、ルシンダを渦巻く波へと放りこむ力があったからだ。体のなかで張りつめていたものが、これまで経験したことのない白く熱いエネルギーになって放出された。

ケイレブは彼女に覆いかぶさるようにし、ゆっくりとみずからを彼女のなかに沈めた。その耐えがたい瞬間、痛みとえも言われぬ悦びが混じり合い、さらなる炎をあたりに放った。暗い波が全身を突き抜ける。ケイレブのエネルギーが力いっぱいに流れこんでくる。その瞬間、彼がふだんは自制心の鎖できつく抑えこんでいるエネルギーが解き放たれたのだとわかった。

まるで水門が開けられたかのようだった。力の奔流が彼女を呑みこみ、痛みを鈍らせた。圧倒されるような感覚。ケイレブが何度も突くたびに、その圧倒的な流れはどんどん強くなった。ルシンダはなぜかなんらかの形で反応しなければと思った。

そこで彼の肩に爪を食いこませ、身の内に残ったありとあらゆる力を呼び起こした。双方の奔流が暗闇のなか、激しくぶつかり合った。抱擁は意志と意志の闘いになった。ケイレブのほうが力は強かったが、ルシンダはすぐに自分にも女らしい力があることを知った。

その闘いのあいだ、超常的なエネルギーが何度もぶつかり合い、互いを滅ぼしてしまうのではないかと不安になるほどだった。

しかし、そんな危険にさらされながらも、ふたりのエネルギーの流れが協調しはじめるのがわかった。互いに相手のエネルギーを高め、補ううちに、ふたりが産み出す力はひとりで発するものよりも強いものとなった。

「ルシンダ」彼の声はかすれていた。欲望に駆られているか、ひどい痛みを覚えているかのような声。

ルシンダは目を開けた。彼はやけどしそうなほど熱いまなざしで見つめてきていた。小屋に火がつかないのが不思議なほどだった。

「ルシンダ」

今度はその声に驚嘆の響きがあった。

彼の背中の筋肉が御影石のように硬くなった。開いた口からは抑えた歓喜の声がもれている。彼が絶頂に達すると、ルシンダの体の奥で再度、先ほどよりは穏やかな悦びの波が高まった。体が粉々になりそうなほどに親密なその光り輝く瞬間とふたりのオーラが溶け合った。

ふたりはきらきら波打つ奔流に乗って、夜の底へと流されていった。

18

男のささやきと女のなまめかしい小さな笑い声が聞こえ、調和のとれた心地よい楽園に浮かんでいたケイレブは現実に引き戻された。しばらく耳をそばだて、声の主の男女がどこにいるかをはかろうとした。まだそれほど近くには来ていないが、乾燥小屋に向かってきているのはたしかだ。

ケイレブはそっとルシンダから離れ、身を起こした。乾燥した薬草と花は上着の下でつぶれて粉々になっていた。愛の行為の残り香が薬草や花の香りと混じり合っている。

ルシンダが目を覚まし、まぶたを持ち上げた。月明かりのなか、彼女は当惑したようなぼんやりとした顔をしていた。それから満足しきった顔でほほ笑むと、彼の口に指をあてた。

ケイレブはその手をつかんですばやくキスをすると、ポケットからハンカチをとり出した。彼女をそっと拭いてやると、引っ張り起こし、眼鏡を手渡した。

「きみに服を着せなくては」彼は耳打ちした。

「んん」

ルシンダは急ぐ素振りを見せなかった。ケイレブは身をかがめてドレスを拾い上げると、彼女に着せようとした。これまで何度か女のドレスを脱がせたことはあったが、着せようとしたのははじめてだった。してみると、思ったよりも複雑であることがわかった。経験のなさがすぐにも明らかになる。

「いったいどうしてご婦人たちはこんなくそ重い衣装を身に着けているんだ？」ホックをはめながら彼は不平をこぼした。

「これはたしかだけど、このドレスはあの舞踏場でおしゃれな女性たちの多くが着ているものよりもかなり軽いわ。それからお教えしておきますけど、わたしはコルセットを着けていないし、肌着もペティコートも合理服協会の規準にかなうものよ。合わせて七ポンドもないぐらいなんだから」

「覚えておくよ」と彼は答えた。

彼女が笑いをこらえているのがわかった。まだ見つかる危険を気にしていないように見える。そこでふと、ほかの恋人たちがそこまで来ていることに彼女が気づいていないのだとわかった。

「ふたり連れがすぐそばにいるんだ」彼女の耳に口を寄せてケイレブは言った。「こちらへ向かっている。この小屋をわれわれと同じ目的で利用しようと考えているのはたしかだ。ドアは開かないようにしてあるが、ドア越しの声ははっきりと聞こえるだろうからね」

それを聞いて彼女ははっとした。

「なんてこと」急いで身を折り曲げ、スカートを穿くとストッキングを直した。

ケイレブはズボンの前を閉めるのに注意を集中させた。それからシャツとウエストコートのボタンを留め、長年の習慣から楽々とネクタイを結んだ。ジョーンズ家の人間に従者を雇うほど忍耐強い人間はいなかった。つぶれた花の上にある上着をつかむと、すばやく引っ張り上げる。ルシンダの体が発する豊かで刺激的なにおいがして、思わずわずかに顔がゆるんだ。

「わたしの髪」ルシンダがぞっとして小さな声を発した。複雑なシニョンからほつれた長い髪をピンを使って必死でまとめようとしている。「直しようがないわ」

今や外の声ははっきりと聞こえるようになっていた。彼はルシンダの口を手でふさいだ。

彼女は即座に静かになった。

ドアノブが揺さぶられる。

「ちくしょう」外の男がうなった。「このくそ小屋には鍵がかかっているようだ。ほかにふたりきりになれる場所を見つけなきゃならないよ」

「庭のはずれに行くなんておっしゃらないでね」女の声が鋭くなる。「このドレスに草のしみをつけて台なしにするつもりはないから」

「きっとどこかぴったりの場所が見つかるさ」男はすぐに答えた。

「ふん。舞踏場に戻ったほうがいいわね。いずれにしてもその気が失せたわ。シャンパンをもう一杯飲むほうがいい」

「でも……」

ふたりは邸宅のほうへ戻っていったらしく、声がすぐに遠くなった。

「あの男の夕べは私のほど喜ばしいものにはならないようだな」とケイレブが言った。

ルシンダはそのことばは無視した。「こんな格好で舞踏場に戻れないわ。馬車をまわさせてくださらなくては。パトリシアはレディ・ミルデンに家に送ってもらわないと」

「動揺しなくても大丈夫さ、ルシンダ」この状況は自分がどうにかできるとこのうえなくい い気分でケイレブは椅子をノブの下からとり除いた。「私がすべてうまくおさめるから」

問題を解決するのは自分の得意とするところだ。ケイレブは多少ならず自負を持って胸の内でつぶやいた。それから彼女の腕をとり、乾燥小屋の外へ導いた。

ウェア家の邸宅のことは自宅と同じぐらいよくわかっているという強みがあった。ルシンダを家の脇へと連れていき、キッチンと裏口の脇を通って邸内路へと出た。

大きな家の前には数多くの四輪馬車といくつかの二輪馬車が列を成していた。ほかのふたりの御者と会話を交わしていたシュートがケイレブとルシンダの姿を見ると、帽子を傾けて挨拶した。

「もうお帰りですか?」と彼は訊いた。ちらりと目を向けた以外は、努めてルシンダの髪は見ないようにしている。

「ええ」ルシンダははきはきと答えた。「できればすぐに」

シュートは扉を開け、踏み台を下ろした。「ミス・パトリシアは？」

「ミスター・ジョーンズがレディ・ミルデンに家に連れ帰ってくれるよう頼んでくださるわ。そうですわね、ミスター・ジョーンズ？」

「もちろん」ケイレブは狼狽《ろうばい》している彼女の様子をおもしろがりながら言った。

「ああ、それと、わたしの外套《がいとう》を従者から受けとってくるようパトリシアに頼んでくださいな」

「了解」ケイレブは約束した。

ルシンダは段飾りのついたスカートをつまみ上げ、踏み台をのぼって馬車の暗がりのなかへ急いで姿を消した。ケイレブはドアの端をつかんでなかをのぞきこみ、最後に彼女の香りとエネルギーをたのしんだ。

「明日いつもの時間に訪ねていくよ」と彼は言った。

「え？」彼女はなぜか息を呑んだ。「ええ、そうね。日課の報告ね」

「それから朝食とだ。とても重要な食事だからね。ではおやすみ、ミス・ブロムリー。よい眠りを」

ケイレブはそう言ってドアを閉めると一歩下がった。シュートが彼に会釈をして御者台に乗り、手綱をとった。

ケイレブは馬車がうっすらとただよう霧の向こうに姿を消すまで見送っていた。馬車が見えなくなると、振り返って裏口から家のなかへはいっていった。

バルコニーに通じる使用人用の階段をのぼっているときに、聞き慣れた声が後ろの廊下から聞こえてきてはっと足を止めた。

「ポートワインを一杯どうだい?」ゲイブの声。「ビリヤードをひと試合どうだと誘いたいところだが、最近きみがあまり賭けごとに興味を惹かれないのはわかっているからね」

ケイレブが振り向くと、いとこがビリヤード室の入口にたたずんでいた。その後ろにはサディアスが片手にビリヤードのキューを持って立っている。ふたりとも夜会服の上着を脱ぎ、ネクタイをゆるめてシャツの袖《そで》をまくり上げていた。

「いったいふたりでこんなところで何をしているんだい?」ケイレブが訊いた。「きみたちは舞踏場にいなきゃならないと思っていたよ」

「リオーナとヴェネシアがわれわれを気の毒に思ってくれてね。自分たちは年輩の既婚婦人たちをもてなしているから、そのあいだ休憩していいとお許しをくれたのさ」サディアスが答えた。

「ポートワインを一杯というのはすばらしい考えだな」ケイレブはふたりのほうへ戻った。「ビリヤードも悪くない。賭《か》け金はそれなりなんだろうな?」

サディアスとゲイブは無表情に目を見交わした。

「きみとビリヤードをするのは何カ月かぶりだな」とゲイブが言った。

「忙しかったんだ。ビリヤードをする暇がなかった」ケイレブは上着を脱ぎ、椅子の背にかけた。「賭け金の額は?」

またもゲイブとサディアスは目を見交わした。

「きみが賭けるのははじめてだな」ゲイブが言った。「たしか、そもそもいい加減な運試しの遊びだから、予測がつくものじゃないとかなんとか言っていた」

「ビリヤードはいい加減な運試しの遊びじゃないさ」ケイレブは壁のラックからキューを選んだ。「勝つ見こみがあれば、たまに賭けをすることには反対じゃない」

「いいだろう」サディアスが広いビリヤード・テーブル越しにケイレブに目を向けた。「百ポンドでどうだ？　結局、これは親しいいとこ同士のお遊びなんだから」

「千にしてくれ」ケイレブが言った。「そのほうがより親しいお遊びになる」

サディアスはにやりとした。「そんなに勝つ自信があるのか？」

「今夜は負けられないんだ」とケイレブは答えた。

しばらくして、ケイレブはキューをラックに戻した。「ありがとう、いとこ殿。爽快《そうかい》な気晴らしだったよ。さて、よければ、レディ・ミルデンを見つけなくちゃならない。それから家に帰ることにするよ。最近早起きしなくちゃならなくてね」

「調査のためかい？」とサディアスが訊いた。

「ちがう」とケイレブ。「朝食のためさ」

ゲイブはテーブルに寄りかかった。「きみは数カ月ぶりでビリヤードをやったというのに、今夜われわれからそれぞれ千ポンドずつとり上げたな。どうしてそんなに勝つ自信があったんだい？」

ケイレブは椅子の背から上着を手にとってはおった。「幸運に恵まれる予感があったんだ」そう言ってドアへと向かった。

「帰る前にひとつだけ、ケイレブ」ゲイブが声をかけた。

ケイレブは入口のところで足を止め、肩越しに後ろを見た。「なんだ？」

「舞踏場に戻る前に上着の背中から乾いた葉っぱを払い落としておいたほうがいい」サディアスがまじめな顔で言った。

「髪に差しているのはつぶれた花かな？」ゲイブも言った。「それもこの社交シーズンで紳士のあいだではやっているとは言えないぜ」

19

シュートが馬車を完全に停める前に、シュート夫人がタウンハウスの扉を開けた。ナイトキャップと寝巻を身に着けた彼女は、片手に黒い革のかばんを持って急いで石段を駆け降りてきた。近くにあるガス灯の明かりのもと、その顔に不安の色が濃いのがルシンダにもはっきりわかった。

「ようやくお戻りですね、ミス・ブロムリー」シュート夫人は言った。「もっと早くお帰りになると思ったのに。伝言を送ってもよかったんですけど、こんな遅くに届けてくれる人もいなくて」

「何かあったの?」ルシンダが急いで訊いた。

「グッピー・レーンのうちの姪《めい》っ子です」シュート夫人は言った。「一時間前に近くに住むちっちゃなハリーという男の子がひどい熱で、息も絶え絶えだって伝言をよこしたんです。母親が不安のあまり半分正気を失ったようになっているそうで」

「かばんをちょうだい」

「すぐに行くわ」ルシンダはなだめるように言った。「かばんをちょうだい」

「ありがとうございます」心底ほっとした様子でシュート夫人はルシンダにかばんを渡して一歩下がった。が、わずかに顔をしかめて足を止めた。「髪の毛が。どうされたんです?」

「事故よ」ルシンダはきっぱりと言った。

シュートが手綱をふるった。馬車は霧深い夜のなかへと走りはじめた。ルシンダはランプをつけ、かばんを開けると、急いで中身を調べた。いつも使う薬の小瓶や包みがすべてはいっていた。子供の肺の鬱血《うっけつ》をやわらげる吸入薬を作る成分もある。もっとちがうものが必要となったら、シュートがタウンハウスまでとりに行ってくれるだろう。

準備万端であることがわかってほっとすると、ルシンダは座席に背をあずけ、窓の外の不気味な景色を眺めた。霧のなかに建物やほかの馬車がふいに現れてはまた霧のなかに消えていく。渦巻く灰色の霧のせいで、馬の蹄《ひづめ》と馬車の車輪の音がくぐもって聞こえる。

舞踏会から家への帰途のあいだずっと夢のなかにいるようだったのだが、グッピー・レーンへの呼び出しを受けてその感覚が飛び散った。ケイレブ・ジョーンズとなんとも驚くべき情熱の行為におよんだのが信じられないぐらいだった。それも乾燥小屋で。官能的な小説は何冊も読んだが、覚えているかぎり、ヒーローとヒロインが乾燥小屋で許されない情事を持つという話はなかった。

許されない情事。自分がじっさいにそれを結んだのだ。そうはっきり認識すると、少しめまいがしそうだった。

しかし、たとえどんなに刺激的でうっとりさせられるものであったとしても、乾燥させた薬草や花のあいだで肉体的な結びつきをもったことが超常感覚を乱しているわけではなかった。はじめての経験がもたらした魅力的な驚きから体は回復していたが、心はまだ動揺し、妙にぼんやりしていた。超常感覚は少々高すぎるほどに高まっていた。ケイレブとともに引き起こした超常的なエネルギーの嵐の名残りがまだ心をざわめかせているかのようだ。その名残りが自分とケイレブを結びつけているのを本能的に感じる。彼も今、同じような奇妙な結びつきを感じているのだろうか。

シュートが小さな家の前で馬車を停めた。その通りで唯一その家だけに明かりがともっていた。ほかの家々は暗闇に沈んでいる。みなとっくにベッドにはいっているのだ。あと一、二時間で上流社会の人間たちはパーティーやクラブから帰ってくる時間で、この界隈《かいわい》の住人たちは起きる時間だった。みな簡素な朝食をとり、ロンドンの店や工場や裕福な雇い主の大きな邸宅へと出かけるのだ。それも運のいい人間はということだが。ルシンダは考えた。生計を立てるに足る賃金がもらえる職場はいつも不足している。

シュートが扉を開けた。「いつものようにあたしは馬といっしょにここで待ってますよ、ミス・ブロムリー」

「ありがとう」ルシンダはかばんをつかみ、彼に弱々しい笑みを向けた。「今夜はお互いまったく眠れそうもないわね」

「それもはじめてのことではないでしょう?」

小さな家の扉がさっと開いた。ナイトキャップと色あせた寝巻に身を包んだアリス・ロスが不安そうな顔で玄関に立っていた。

「ああ、ありがたい、あなたですね、ミス・ブロムリー」彼女は言った。「こんな時間にお越しいただいてすみません。でも、こんなに不安になったのはアニーがクリスマスに病気になって以来だったもので」

「時間のことは気にしないで、ミセス・ロス。遅くなってしまってごめんなさい。伝言が届いたときには外出していたの」

「ええ、そうでしょうね」アリスはコバルトブルーのドレスにはにかみながら称賛のまなざしを向けた。「とてもおきれいですもの」

「ありがとう」ルシンダはうわの空で応じ、アリスの脇をすり抜けて暖炉の前に置かれた寝台のなかにいる小さな人影のほうへと向かった。「ここにいたのね、ハリー。どんな気分？」

少年はルシンダへと目を上げた。顔は熱のせいで赤くなっている。「前よりはいいです、ミス・ブロムリー」

呼吸はぜいぜいと苦しそうだった。子供によくある症状だ。

「息子さんはすぐに元気になるわ」ルシンダはそう言ってかばんを暖炉の上に置いて開け、なかから包みをとり出した。「さて、ミセス・ロス、お湯を少し沸かしてくれたら、すぐにハリーの呼吸も楽になるわ」

ハリーは目を細めてルシンダを見つめた。「今日はとてもきれいですね、ミス・ブロムリ

―」

「ありがとう、ハリー」

「髪はどうしちゃったの？」

ケイレブは上着とウエストコートを脱ぎ、ネクタイをはずしてそこで手を止めると、四つの支柱のついた大きなベッドに目を向けた。愛の行為が数カ月ぶりに愉快で安らかな気分をもたらしてくれたのだった。そんなまれな感覚に乗じてめったに使わない寝室のベッドへとまっすぐやってきたわけだ。

今彼はためらいを感じていた。眠りたいと思い、睡眠が必要なのもたしかだが、肉体的な解放とそれにともなって生じた、慣れない浮かれ気分の名残りはすでに失せつつあった。

別の感覚がじわじわと広がり、最近どこへ行こうとも自分をとらえて離さなかった切迫感からの短すぎる休息は奪われた。その感覚はまだかすかで、いつも夜にとらわれる憂鬱な気分とは大きくちがったが、ベッドにはいっても眠れないのはたしかな気がした。

ケイレブは寝室を出て廊下を渡り、書斎兼研究所へ向かった。なかへはいると、ランプのひとつをつけ、迷路のような本棚のあいだを金庫のところまで縫うように進んだ。複雑な番号の組み合わせで鍵を開け、扉を開ける。暗い内部に手を入れると、エラズマス・ジョーンズの日誌と手帳をとり出した。

彼は火のはいっていない暖炉の前にすわり、縞瑪瑙《しまめのう》と金のカフスをはずし、シャツの袖を肘近くまでまくり上げた。そしてしばらくすわったまま二冊をじっと見つめた。どちらも最初から最後まで何度も読んでいる。重要かもしれない部分には、印に小さな紙切れをはさんであった。

はじめは期待をふくらませてその仕事にとりかかったのだった。複雑な問題や謎に直面したときのいつものやり方で。きっとパターンがあるはずだと自分に言い聞かせたものだ。パターンは必ずある。

日誌のために曽祖父が生み出した複雑な暗号の解読にはひと月を要した。シルヴェスターの手帳の暗号を解読するのにかかったのとほぼ同じ時間だ。その手帳の暗号はシルヴェスターがほかの日誌や書類に使っている暗号とはちがうことがわかった。

しかし、そうした期待の持てる発見のあとは、気持ちを浮き立たせるようなことはほとんどなかった。エラズマスの日誌を読むと、彼がじょじょに常軌を逸した考えや強迫観念を抱き、狂気へとおちいっていくのがわかったからだ。シルヴェスターの手帳に関しては、どんどん理解不能になっていった。何もかもが謎また謎となり、出口のない迷路がつづくだけになったのだ。しかし、死ぬその日まで、エラズマスは自分の狂気を治す秘密がそこに書かれていると信じつづけた。

ケイレブは手帳を適当に開き、短い文章を頭のなかで翻訳した。

……四つの物質の変化は、古代においてエーテルと呼ばれていた五つ目の物質の謎がまず解明されなければ、起こらない。火のみが謎を解明できる……

よくある錬金術のたわごとだな。ケイレブは胸の内でつぶやいた。手帳はそういうたわごとで埋め尽くされているようだった。しかし、自分が何かを見落としているにちがいないという感覚からは逃れられなかった。この忌々しい手帳の何がそこまでエラズマスを夢中にさせたのだろう？

不愉快で不安な気分が心のなかで急速に募り、抑えきれないほどの切迫感へと変わりつつあった。もはや集中できなくなり、ケイレブは手帳を閉じて立ち上がった。

しばらくそうして立ったまま、ハルシーの件に気持ちを集中させようと努めた。そんなことでは気持ちがおちつかないとわかると、ブランデーのデキャンタが置いてあるところへ向かった。気をそらす最後の手で、最近はその手に頼ることもかなり多くなっていた。

部屋をなかば横ぎったところでケイレブは足を止めた。ルシンダが乱れたオーラを治すものとしてくれた煎じ薬を呑んでもいいかもしれない。今夜気持ちが乱れているのはたしかだ。彼女の処方を全面的に信じる気にはならなかったが、その薬を呑むとしばらくは気分がよくなるのはまちがいなかった。

ルシンダ。乾燥小屋でともに過ごしたときの記憶も、もはや血を熱くはしなかった。それどころか、血管に氷が流れているような気分になった。

ルシンダ。

突然、彼は察したのだった。まちがいないと自分の超能力が告げていた。彼女は大きな危険に直面している。

20

吸いこんだ蒸気が即座に効いた。ハリーの肺の鬱血が解消されるのも時間の問題だ。

「効くはずよ」ルシンダはばかばかしいほど重いスカートのせいで少しばかり苦労しながら立ち上がった。アリス・ロスにほほ笑みかける。「危機を脱するまでに充分な量の薬を置いていくわ。でも、きっとすぐによくなると思うけど」

「どうお礼を言っていいかわかりません、ミス・ブロムリー」とアリスは言った。疲れはてた顔が安堵にゆるんだ。

「ハリーがよくなったらすぐに学校に戻るようにすると約束してくれるだけでいいわ」

寝台の上でハリーがいやそうなり声を発した。「街角で〈ザ・フライング・インテリジェンサー〉を売ってるほうが金になるよ」

「学校へ通うのは投資なのよ」ルシンダはかばんを閉じた。「今学校へ行っておけば、将来、新聞を売るよりずっと稼げるようになるわ」

大工として生計を立てている大男のギルバート・ロスがアリスの後ろにそびえるように立っていた。

「よくなったらすぐに学校に通わせますよ」ギルバートは約束した。「それはご心配なく、ミス・ブロムリー」

ルシンダは笑って手を伸ばし、ハリーの髪をくしゃくしゃにした。「それを聞いてうれしいわ」そう言って身を起こすと、かばんを手にとって玄関へ向かった。「おやすみと言いたいところだけど、どうやらもう朝みたいね」

ギルバートが玄関の扉を開けてくれた。「ありがとうございます。ご親切にはいつものやり方でお返しさせてもらいますよ。大工仕事が必要となったら、連絡をくださるだけでいい」

「わかっているわ。ありがとう、ミスター・ロス」

外へ出ると、ハリー・ロスの看病をしているあいだにかなり霧が濃くなっていた。華奢《きゃしゃ》な馬車が霧のなかに輪郭を浮かび上がらせている。

馬車に近づくと、超常感覚が目覚めた。夜明けの空気の湿った冷たさが強烈に意識される。ケイレブに舞踏会から帰らせてもらう前にマントをとってくるべきだったわ。何を考えていたの？　ああ、でも、その答えはわかっていた。愛の行為の高揚感とケイレブと超常的なつながりができたという妙な感覚に包まれ、それ以外のことは何も考えられなかったのだ。

熱いあいびきの記憶がまた頭をよぎったが、それでも体はあたたまらなかった。さらに、不自然なほどに寒く感じる。

柵のところにいた、分厚いマントをはおった人影が背筋を伸ばし、急いで馬車へとやってきた。男は何も言わずに扉を開け、踏み台を下ろした。

シュートなら必ず挨拶する。そして、誰を訪ねたにしろ、その人について何か言うのもつねだった。しかし、その男は玄関に立って見送っているギルバート・ロスに手を上げて挨拶することもしなかった。

何かがまちがっているという感覚が強くなる。

後ろで家の玄関の扉が閉まる音がした。ギルバートは彼女を無事シュートの手に渡したと安心したのだろう。心に動揺が広がり、胃がよじれる気がした。

馬車の毛布の居心地のよいあたたかさを心待ちにしていたのだったが、明確な理由はないものの、ルシンダは馬車から二ヤードも離れていないところで足を止めた。シュートの様子がどこかおかしい。外套も体にぴったり合っていない。肩のあたりが狭すぎ、裾が短すぎる。帽子もおかしかった。シュートはいつもはまったくちがう角度で帽子をかぶっている。

男が誰にしろ、シュートではなかった。

ルシンダはロス家の玄関に走って戻り、扉を叩くつもりで踵《きびす》を返した。

「だめだ」シュートの振りをした男が怒鳴った。

手袋をはめたたくましい手が口をふさぎ、分厚い筋肉のついた胸に彼女を引き寄せた。

ルシンダは必死に抗《あらが》い、男の脚に蹴《け》りを入れようとしたが、すぐに足がスカートとペティコートにからまってしまった。

「抗うんじゃない、ばか女。さもないとなぐって気を失わせるぞ」おいはぎらしき男は声をひそめて言い、彼女を馬車へと引きずった。「ちくしょう、手を貸せよ、シャーピー」と誰かに向かって言う。「スカートが邪魔で足をとられてばかりだ」

「足を持つよ」もうひとりが言った。「馬を驚かせないように気をつけろよ。馬車に勝手に暴走されるのだけはごめんだからな」

ルシンダは自分がまだ左手にかばんを持っているのに気がついた。必死にかばんを開ける。男たちはどちらもそれには気づかなかった。抗うのをやめさせることばかり考えていて、それだけで頭が一杯だったのだ。ルシンダは今やあとから現れた男に足をつかまれていた。男が足を地面から持ち上げる。ルシンダはかばんのふたつの革ひものひとつをほどいた。

「急げ」シュートの外套を着ている男が馬車の扉を開けて押さえた。「誰かが窓から外を見ようと思う前に、なかに放りこんでさるぐつわを嚙《か》ませろ」

あとから現れ、シャーピーと呼ばれた悪党は、小さな馬車の扉から彼女をなかに入れようとした。ルシンダはどうにかかばんのもう一方の革ひももほどいた。

かばんのなかに手を入れると、めあての包みを手探りした。正しい包みをつかみますようにと祈りながら。

「くそスカートが扉に引っかかっちまう」もうひとりの男が噛みつくように言った。

「気にするな。女はおれが押さえておくよ、ペレット。御者台に乗って馬車を出してくれ」

ルシンダはようやく包みを手にした。それを破って開け、息を止めて目をきつく閉じる。それから中身をつかんで、足を持っている男に投げつけた。

シャーピーは驚いて悲鳴をあげた。細かく挽《ひ》かれた刺激の強い乾燥トウガラシ粉が目と鼻と口にはいったのだ。彼はルシンダの足を放して甲高い声をあげた。悲鳴のあとには大きくあえいだり咳きこんだりとなった。

「いったい――？」ペレットが混乱し、苛立って言った。

目をまだきつく閉じ、空気を求めて肺が焼けつくようになっているのを感じながら、ルシンダはさらにその粉をペレットの顔があると思われる場所に投げつけた。

ペレットも悲鳴をあげ、彼女の体をつかんでいた手を離した。足を地面につく暇がなく、ルシンダは肩と腰を地面に思いきり打ちつけた。スカートが多少衝撃をやわらげてくれたが、多少でしかなかった。全身に痛みが走る。無意識に息をしてしまい、細かい粉をわずかに吸いこんだ。喉が焼けるようになる。ルシンダは馬車の下に転がり、トウガラシ粉が混じっていない空気を吸おうとしながら、恐る恐る目を開けた。

目に涙がにじむことはなかったが、すべてがぼんやりとしか見えなかった。抵抗しているあいだに眼鏡をなくしたのだ。

「あの魔女に目つぶしをかけられた」男のひとりが悲鳴をあげた。「息ができない。息ができない」

もうひとりも咆哮《ほうこう》をあげている。

夜の闇のなか、ルシンダの耳に別の声が聞こえてきた。ギルバート・ロスだ。

「ここにおいはぎがいるぞ」ロスが叫んだ。「ミス・ブロムリーを拉致しようとしている」

ほかの家々の扉が開く音がして、寝巻とナイトキャップ姿の男たちが現れた。みな見慣れた馬車のそばへと寄ってくる。

ルシンダを拉致しようとしていた男たちは、自分の命が怒り狂うグッピー・レーンの住人によって危機にさらされていると覚《さと》ったようだった。よろよろとその場を離れ、道の角へと向かった。

何人かの男たちが二人組のあとを追ったが、ごつごつした敷石の上を裸足で走っても追いつかないと気づき、すぐに追跡をあきらめた。

「ミス・ブロムリー」アリス・ロスが叫んだ。

スカートをつまみ上げ、石段を降りてルシンダのほうへ駆けてくる。

ルシンダは痛みに顔をしかめながら身を起こした。硬い小さな腰当てのせいでかなり不格好に見えることだろう。結局、舞踏会用のドレスはこういう激しい活動をするためのものではないのだから。愛の行為と拉致未遂を経て、このきれいなコバルトブルーのシルクのドレスはもはや原型をとどめていない。

「ミス・ブロムリー、大丈夫ですか?」アリスが心配そうに訊いてきた。

「ええ、たぶん」ルシンダは急いで自分の体の状態を確認した。脈は速く、少しトウガラシ粉を吸いこんだせいで喉はしめつけられるようにひりひりしている。歩道に荒っぽく尻もちをついた部分も痛んだ。それでも深刻な被害はないわと彼女は自分に言い聞かせた。

アリスが両手を差し出した。「さあ、手につかまって」

「ありがとう」ルシンダはどうにか立ち上がったが、男たちに抗った後遺症で震えていた。目下の問題に注意を集中させようとする。「シュートはどこ？　あのふたりの恐ろしい男たちにひどいことをされたんじゃないといいんだけど。おいはぎのひとりは彼の外套を盗んでいたわ。命を奪ってしまったのかもしれない」

蹄の音がし、急いでやってくる馬車の車輪の音にルシンダのことばはさえぎられた。彼女は手の甲で目をぬぐい、ぼやけて見えるあたりの様子に目を凝らした。

霧のなかから辻馬車が現れて停まった。馬車からひとりの人影が降りてくる。眼鏡なしに顔は見分けられなかったが、感覚のすべてが知っている人間だと告げていた。

「ケイレブ」ルシンダは小声で言った。

夜明けの渦巻く灰色の霧のなかを、彼はすばやく近づいてきた。長い外套が暗いオーラのように彼をとりまいている。道端の人だかりには気づいていないように見える。魔法のように人々は彼のために道を空けた。

ルシンダのところまで来ると、ケイレブは彼女の肩をつかんできつく抱きしめた。

「大丈夫かい？」とかすれた声で問う。

ルシンダは痛めた肩を指でつかまれ、あやうく悲鳴をあげかけた。

「ええ、でも、お願い、肩が」

「ちくしょう」彼はすぐに手を離した。「けがをしたんだな」

「ちょっと痛めただけよ。ここで何をしているの？」

そこではじめて、自分が受けた暴力の理由を考えることができた。顔をしかめ、気持ちを集中させようとする。「あの二人組はわたしを拉致しようとしたのね。わたしのお金を奪う目的で」

「娼館に売るつもりだったというほうがありそうですよね」アリスの隣に住む女性が陰気な声で言った。「昔から新聞によく載っているようなことですよ」

「あら、そうとは思えないわ」ルシンダはためらいがちに言った。

「ミセス・バジェットの言うとおりですよ」別の女性も言った。「そう、ついこのあいだも〈ザ・フライング・インテリジェンサー〉に尊敬すべきご婦人が誘拐されてはずかしめを受け、結局は娼館に行くしかなくなったって記事が出てましたから」

ルシンダはその女性をにらみつけた。「これだけはたしかだけど、わたしが誘拐されてはずかしめを受けたとしても、娼館で働こうとは思わないわよ、ミセス・チルダーズ。でも、怒り狂うでしょうね。うんと。それに反撃の手段がないわけじゃないし。さっきのふたりに訊いてみるといいわ」

女性たちは称賛に目をみはってルシンダを見つめた。

「おっしゃるとおりだわ」アリスがきっぱりと言った。「ふたりとも赤ん坊のように泣きながら逃げていったもの」

「シュートはどこ?」ルシンダがあたりの霧を見まわしてまた訊いた。

「いたぞ」誰かが叫んだ。

全員が声のほうを振り返った。隣人のひとりに付き添われてシュートが狭い路地の入口から姿を現した。彼がふらふらしつつも、自分の足で歩いていることにルシンダはほっとした。

前に進み出ようとしてすぐによろめいたルシンダは、ケイレブにつかまえてもらわなかったら、また歩道に倒れこむところだった。

「足もくじいたんだね?」まるでルシンダの落ち度だと言わんばかりの口調で彼は訊き、彼女を腕に抱き上げた。

「いいえ、靴の片方のヒールがとれたみたい。下ろしてくださいな。シュートが大丈夫かどうか見ないと」

「ほんとうにひどいけがはないんだね?」

「ええ、ケイレブ」ルシンダは答えた。「ほんとうよ。さあ、下ろしてくださいな」

ケイレブはしぶしぶ彼女を下ろした。ひとりの女性が急いで前に進み出た。

「眼鏡がありましたよ、ミス・ブロムリー」その女性が言った。「でも、壊れてますけど」

「家に帰れば予備のがあるわ」ルシンダは足を引きずるようにしてシュートに近づいた。すぐ後ろをケイレブがついてくるのがわかる。「連中に何をされたの、シュート?」

「すみません、ミス・ブロムリー」シュートは悔しそうに言い、恐る恐る頭に手をやった。「あいつら後ろから襲ってきたんです。何になぐられたのかわかる前に倒されていました」

ルシンダは薄暗いなかでできるだけ丁寧に彼の傷の具合を調べた。「意識を失っていたと思う?」

「いいえ、ちょっとくらくらしただけで。ただ、気がつく前に鶏のようにしばりあげられさるぐつわを嚙まされていました」

「血が出てるし、きっと肝をつぶしたことでしょうね。あたたかいところにあなたを連れていかなくちゃ。それからけがの手あてをしてあげる」

「うちへどうぞ」アリスが言った。「うちのなかはかなりあたたかいですから」

「そうね」ルシンダはアリスの家のほうへそっとシュートを押した。「わたしのかばんを持ってきてくださる、ミセス・ロス? 馬車のそばの歩道にあるはずよ」

「とってきます」とアリスが言った。

ケイレブの手を借りてルシンダはシュートを家の入口へと連れていった。

「きみを襲った男たちの顔はよく見たかい?」とケイレブが訊いた。

「残念ながら、あまり詳しくは説明できないわ」ルシンダが答えた。「一瞬の出来事だったんですもの。でも、どちらも煙草臭かった」

「ロンドンの四分の三の悪党がそれにあてはまるだろうな」ケイレブがつぶやくように言っ

た。

「ひとりはシャーピーって呼ばれてて、もうひとりはペレットだった」ルシンダは付け加えた。

「この界隈の人間じゃなかった」ギルバート・ロスが口をはさんだ。「それだけはたしかです」

「関係ないさ」ケイレブが言った。「絶対に見つけてやる」

「どうやって？」自信たっぷりの彼のことばを聞いてルシンダが尋ねた。どんな戦略で男たちを見つけるつもりなのか、純粋に興味を惹かれたのだ。

「いわゆる上流階級のクラブや応接間と同じように、犯罪社会にも噂が広まるのは速いものだからね」ケイレブの目に暗く残忍な光が宿った。「信じてくれ、ルシンダ。きっと見つけるから」

21

「そんなふうに男ふたりが逃げ出すとは、いったいきみは連中に何をしたんだい？」とケイレブが訊いた。興味津々の声だ。

ルシンダはお茶のカップの縁越しにケイレブに目を向けた。机のなかにはいっていた予備の眼鏡のおかげで今は彼の顔もはっきり見える。顔立ちはまだ冷たく険しいままで、怒りがおさまらないような目をしている。しかし、先ほどグッピー・レーンでつかのま見せた、身震いするほど危険な部分はうまく制御していた。

ふたりは書斎にいた。少し前に家に戻ってきたパトリシアもまだ舞踏会用のドレスのままでそこに加わっていた。

ケイレブは窓に背を向けて立っていた。長い外套は脱いでいる。その下が舞踏会で着ていたシャツとズボン姿だったことにルシンダは驚いたのだった。ベッドにはいらなかったのは明らかだ。シャツは襟が開いていて、袖は肘までまくり上げられている。

大急ぎで家を飛び出してきたのはまちがいないわね、とルシンダは推測した。困ったことに、彼がそういうくだけた格好をしているせいで、乾燥小屋で覆いかぶさってきた彼にかぐわしい寝床に押し倒されたときの情景が心に浮かんできた。彼女は懸命に目下の問題に気持ちを集中させようとした。

ケイレブの質問に答えたのはパトリシアだった。

「きっとトウガラシ粉を連中の顔に投げつけたのよ」そう言ってちらりとルシンダを見た。「そうじゃない?」

「そうよ」ルシンダはソーサーにカップを戻した。「父と海外へ旅行するときには、母とわたしは必ずトウガラシ粉を持っていったわ。習慣になっていた。もともと調合したのは母だったけど、その効果を高めるために、何年もかけてわたしが混ぜる物を変えてきたの」

「わたしも持ち歩いているわ」パトリシアがケイレブに言った。「うちの母も。淑女は用心してしすぎることはないから」

「ふつうは身につけているのよ」ルシンダはそう言ってから、しみだらけになり、あちこち破れた舞踏会用のブルーのシルクのスカートを見下ろした。「でも、このドレスにポケットをつけてくれとマダム・ラフォンテインに指示するのを忘れてしまったの。だから、かばんと格闘しなきゃならなかったわ。そのせいでとんでもなく面倒なことになってしまった」

ケイレブは首を振った。「驚くべきなんだろうが、驚かないね。この家のご婦人たちが独立独歩の人間であるのは明らかだから」

「今夜、あなたがあやうく誘拐されかけたということがまだ信じられないわ、ルーシー」パトリシアは身震いした。「考えるのも耐えられない。しかもこともあろうにグッピー・レーンで。あそこはうんと安全な場所だと思うっていつも言っていたのにね」

「安全な場所よ」ルシンダは言い返した。「これだけはたしかだけど、あの悪人たちはあのあたりに住んでいる人間じゃないわ。近所の人間だったら、ロス家の人もほかの人たちもすぐに誰かわかったはずよ。あのおいはぎたちは不用心な獲物のふいをついてやろうとあのあたりをうろついていたにちがいないわ。わたしの馬車を見て、わたしを簡単に狙える相手だと思ったのね。たまたまわたしが標的になったと言っていいんじゃないかしら」

「ちがうな」ケイレブの声は低く、険しかったが、確信がこめられていた。「偶然標的になったわけじゃない。今夜の出来事はきみを誘拐しようと慎重に計画されたものだ。成功していたら、きっときみは殺されていただろうね。明日かその翌日にはきみの遺体が警察の手で川から引き上げられていたはずだ」

ぎょっとしてことばを失い、ルシンダは彼を見つめるしかできなかった。

パトリシアのカップがソーサーにあたって音を立てた。彼女も驚愕のあまり口をぽかんと開けてケイレブを見つめている。

ルシンダが先にわれに返った。「どうしてあのふたりがわたしを殺したいなんて思うの？どちらにもこれまで会ったこともないのはたしかなのよ」

「グッピー・レーンの住人たちに聞いた話から判断して、あのふたりはよくいる街のごろつきで、腕力を買われて雇われた人間だろう。きみにはよくも悪くもどんな感情も持っていなかったはずだ。きみをつかまえるのにやつらを雇った人間が誰であれ、その人物がきみに死んでもらいたかったということだ」

ルシンダの肩にかすかに痛みが走った。「そうおっしゃるんじゃないかと怖かったのよ」

「質問には答えてくださってませんわ」パトリシアが言った。「どうして誰かがルーシーを殺そうなんて思うんです?」

ケイレブの表情は変わらず冷静だった。ルシンダは彼のまわりにエネルギーを感じた。彼は彼なりのやり方で犯人を追おうとしている。

「きみのいとこのために私が調査を行っていると知って、その人物が誘拐を指示したのはまちがいないだろうね」彼は答えた。「私がドクター・ベイジル・ハルシーの居場所をつきとめるのに必要な手がかりが、彼女によってもたらされるのを恐れているわけだ。そして、私がハルシーを見つけたら、やつがソサエティの創設者の秘薬の製法を研究するための資金を誰が出しているかもわかるはずだからね」

ルシンダはソファーの上で凍りついたようになった。「つまり、彼に資金を提供している人間が今夜わたしを誘拐させて殺させようとしたってことね」

ケイレブはわずかに首を縦に振った。「今回の件がそういうことだった可能性は九七パーセントだな」

ルシンダは身震いした。「ねえ、あなたって絶対に物事をやんわり伝えるってことをしないのね」

「それは私のやり方じゃないからね、ルシンダ。やんわり伝えたほうがいいかい？」

ルシンダは皮肉っぽい笑みを浮かべた。「いいえ、もちろん、いやよ」

ケイレブは満足してうなずいた。「そう言ってくれると思っていたよ。そういう意味ではきみも私と同類だ。虚飾のない真実を好む」

「たいていの場合はね」ルシンダは声を殺して言った。

パトリシアがルシンダのほうへ顔を向けた。「でも、つまりはあなたがとてつもない危険にさらされているってことよね、ルーシー。その恐ろしい二人組を雇ったのが誰であれ、またあなたを拉致しようと試みるかもしれないもの」

「それでも、昼日中にということはないだろう」ケイレブは深く考えこむような顔になって言った。「それに、この家からというのもありえない。近所の目があり、使用人がいるわけだから、危険が大きすぎる。きみが今夜グッピー・レーンに行くまではやつらが行動を起こさなかったことを忘れてはだめだ」

「この家を見張っていたにちがいないわ」ルシンダが言った。「機会をうかがってわたしのあとをつけていたのよ」

「そうだな」ケイレブは言った。「しかし、あのふたりのどちらかにまた遭遇することはないと思うね。今回もハルシーに資金を提供しているのがエメラルド・タブレット学会の人間だとしたら、あの学会が失敗を見過ごすことはない」

ルシンダは身震いした。「あの人たち、殺されると思うの?」

ケイレブは肩をすくめた。「そうだとしても驚きもしないね。ただ、少なくともしばらくは生き延びる可能性はある。生き延びてくれるといいと私も思うよ」

「どうしてです?」とパトリシアが訊いた。

「連中には尋ねたいことが山ほどあるからさ。そいつらが常識を多少なりとも持ち合わせているとしたら、大あわてで身を隠すことだろう。これまでわかったことから言って、エメラルド・タブレット学会は上流階級の人間しか会員にしない。そういう人間は、見つけられたくなくて地下にもぐった犯罪者を探し出すのに必要な人脈を持っていないはずだ」

ルシンダは眉を上げた。「でも、あなたにはそういう人脈があると?」

「ひとりかふたりだが」彼は答えた。「将来はもっと必要になるだろうから、充分とは言えないが。調査会社にそういう人脈が必要なのは明らかだ」

「ぞっとするような考えね」ルシンダが言った。

「ところで、私がきみやミス・パトリシアにしじゅう付き添っているわけにはいかない」彼はつづけた。「だから、きみたちふたりに目を配る護衛を雇うつもりだ」

ルシンダの心に動揺が走った。「パトリシアの身も危険にさらされているというの?」

「きみが一番の標的であるのは明らかだ」ケイレブは答えた。「しかし、今夜の一件の黒幕が誰であれ、そいつの身になって考えれば、きみのいとこもきみを罠《わな》にかける餌としてはうってつけに思えるはずだ」

「ええ、もちろん、そうね」ルシンダは小声で言った。「そんなこと、考えもしなかったわ」

パトリシアは強く興味を惹かれた様子だった。「お気を悪くしないでいただきたいんですけど、ミスター・ジョーンズ、あなたってずいぶんとまわりくどい考え方をなさるのね」

「私のそういう残念な癖を指摘してくれたのはきみがはじめてじゃないよ」ケイレブは足を止め、時計をとり出した。「もう七時になる。すぐに伝言を送らなくては。今朝できるだけ早く護衛をこの家に来させたいんだ。そうすれば、私はほかの側面から調査を進められる」

ルシンダはカップを置いた。「護衛なんてつけるのははじめてだわ。そういう人をどう扱っていいかよくわからないんですけど」

「従者だと思えばいい」とケイレブは答えた。それから、机の引き出しを開けて紙を一枚とり出した。「つまり、その男が護衛としての任務をいつでもはたせるようにしておいてくれということだ」

22

アイラ・エラベックは金とエメラルドで装飾された小さな嗅ぎ煙草入れの繊細なちょうつがいのついたふたを開けた。慣れた手つきで黄色っぽい粉をつまみ、鼻に持ち上げて吸う。嗅ぎ煙草は巻煙草や葉巻にとって代わられ、もはや煙草の吸い方としては時代遅れと言ってよかった。じつを言えば、どんな形で吸うにしろ、ニコシアナ・タバクムは大嫌いだった。しかし、小さな入れ物に入れて持ち歩いているのはそれを粉にしたものではない。嗅ぎ煙草入れにはいっている薬はもっと効力があり、きわめて危険なものだ。

嗅いですぐに知覚が研ぎ澄まされるぞくぞくする感じを覚え、大きな温室に渦巻く荒波にみずからを解放した。幻想を生み出すサボテンや、シビレタケ、アマリリス、トルキスタンのミント、ヒヨス、ケシ、その他諸々の並びが――すべて注意深く栽培され、それらの植物の毒性や陶酔作用を強める自分の才能を用いて交配を行ったものばかりだ――暗いエネルギーをあたりにまき散らしていた。すぐに神経がおちつき、じょじょに自信が戻ってきた。

　彼は息子に目を向けた。アリスターは作業台の端にけだるく優美な物腰で寄りかかっている。

「何がうまくいかなかったんだ？」エラベックは訊いた。またすっかり自信にみなぎっていた。少なくともしばらくのあいだは。

「雇った二人組の泥棒が失敗したんですよ」アリスターの口が軽蔑もあらわにゆがんだ。「グッピー・レーンで広まっている噂《うわさ》によると、ミス・ブロムリーが何かの毒で連中の気をそらしたそうです。やつらはそれで目を焼かれて息も絶え絶えになったとか。そうやって連中を攪乱《かくらん》しているあいだにブロムリーは助けを呼べたそうです」

　怒りが湧き起こる。やっとの思いでエラベックはその乱れた感覚を抑制した。秘薬には困った副作用がある。これもそのひとつだ。弱りつつある超常感覚を一時的に強める作用がある一方、野蛮な感情をかき立てるのだ。残念ながら、アリスターに秘薬を使いはじめるまでその問題には気づかなかった。今となってはどちらにとっても遅すぎる。希望は急速に失せつつあった。よくてもあと数ヵ月しか残されていない。ハルシーが改良された秘薬を作らなければ、一巻の終わりだ。

「そいつらはふたりとも始末せねばならん」彼は言った。「ジョーンズに見つかったりしたら――」

「ご心配なく」アリスターはほほ笑んだ。またふたり殺せるということで興奮しているのだ。「シャーピーとペレットのことは今夜片をつけます。やつらが警察に行くとは考えにくいですしね。誘拐の片棒を担いだことを認めるにひとしいわけだから。ジョーンズと話をしたからといって、われわれに危険はおよびませんよ。ぼくが誰であるか、やつらには知る由《よし》もないんだから。やつらにわかっているのは、ミス・ブロムリーを娼館に売る目的で拉致するために雇われたということです。じっさい、なんの問題もないと保証できますよ」

「くそっ、わからないのか？　問題はブロムリーを拉致しようとする人間がいるとケイレブ・ジョーンズに気づかれたということだ。女の家に護衛を置くことまでしているんだぞ」

薬屋を始末したことですべてに片がつくと確信していたのだった。デイキンが毒薬を売る副業をしていたことが明るみに出れば、ジョーンズも調査は完了したと考えるにちがいないと。

しかし、ジョーンズは調査をつづけているようだった。やむをえず、ルシンダ・ブロムリーを始末しようと決断したのだったが、その計画も失敗に終わった。

一時間前にザクスターから伝言が届いていた。今朝、クラブで出まわっていた噂によると、ケイレブ・ジョーンズがルシンダ・ブロムリーと深くかかわっているらしいとのことだった。論理的に言ってその理由はひとつしかない。ふたりが男女の仲になったということはありそうもなかった。そうではなく、ジョーンズが獲物を追っているということだ。

「エドマンド・フレッチャーが護衛だと考えるわけは？」アリスターが訊いた。「今日の午後、ランドレス・スクエアでメイドに話を聞いたかぎりでは、そいつはミス・ブロムリーとそのいとことしばらくいっしょに滞在する予定の家族の友人ということでしたが」

エラベックは温室のガラスの壁に重い水やり用の缶を投げつけてやりたくなる衝動と闘った。そのかわりガラスの入れ物を手にとり、食虫植物を集めた場所へと通路に沿って歩いた。ウツボカズラの大きな水差し型の捕虫袋がまだ餌である小さなネズミを消化中だった。彼は鮮やかな緑のハエジゴクの前で足を止めて言った。

「偶然というにはあまりにできすぎているからな。相手はケイレブ・ジョーンズなのだ。昨晩の出来事がどういうことか、もう感づいているはずだ。フレッチャーは護衛にちがいない」

「フレッチャーなら、すぐに始末してご覧にいれますよ」

エラベックはため息をついた。「ジョーンズがブロムリーの家に別の護衛をつけるだけのことだ」

「ジョーンズのことだって片づけられます」

「それについてはあまり確信をもって言うな」

アリスターは怒りに身をこわばらせた。自分の能力に限界があることを父にほのめかされるといつもそうだった。

「ジョーンズの持つ能力は直感に毛が生えたようなものにすぎないとおっしゃったではありませんか」アリスターは言った。「チェスは上手かもしれないが、彼の能力では私の能力から身を守ることはできない」

エラベックの全身が憤怒に焼かれた。熱く酸っぱいものがこみあげてきて叫びたくなる。

懸命にこらえたが、声に多少感情が混じるのを抑えることはできなかった。「ちくしょう、わからないのか？　ケイレブ・ジョーンズをおまえがどうにか始末したとしても、今直面している以上に厄介な問題が残されるだけのことだ」

「どういう意味です？」

エラベックは苛立ちを抑えようとした。秘薬によって息子を救えると信じたとはおめでたいことだった。アリスターは昔から危険な人間だった。まだ幼いころから狂気の兆しを見せはじめていた。それでも、秘薬を用いるようになって数週間は精神的におちつきを見せるようになったと思えたのだった。しかし、数日のうちに副作用が現れ出した。

「自分の言っていることを考えてみろ」エラベックは言った。「ケイレブ・ジョーンズを殺せば、アーケイン・ソサエティの会長や理事会やジョーンズ一族の注意を惹いてしまう。それだけはなんとしても避けたいことだ」

「しかし、ジョーンズが殺されたとは誰にもわからないようにしますよ」アリスターは言い張った。「ぼくの始末のつけ方はおわかりのはずだ。デイキンと同じように心臓発作で死んだように見せかけるんです」

「男盛りに心臓発作で突然死ぬのはふつうのことじゃない」

「たまにはあることです」

「ジョーンズ家の男にはない。健康な一族だからな。おまえのやり方は理事会を納得させることはできるかもしれないが、よほど筋の通った説明がなければ、ジョーンズ一族の人間にケイレブ・ジョーンズの死が自然死だと納得させることはできない。絶対にな。あの忌々しい一族は、会長をはじめとして、みな答えが見つかるまでロンドンじゅうの石をひっくり返してまわることだろう」

「そんなことをしても何も見つかりませんよ」

「それについてはあまり確信を持ちすぎないほうがいいな。そうやって調べられれば、われわれのどちらかが網に引っかかる可能性はある。ジョーンズ一族がわれわれを見つけられなくても、エメラルド・タブレット学会が怒り狂うことになるだろう。指導者たちが手をまわしてわれわれに秘薬がまわってこないようにしてしまうはずだ」

「われわれにはハルシーがいます。彼が秘薬を作りつづければいい」

「彼もすぐに学会にとりあげられてしまうさ」

アリスターは通路のひとつを歩き出した。「つまり、それなりの説明が必要というわけですね。くそっ、どうして異常なまでにジョーンズ一族を恐れるようになったんです？」

「創設者から代々アーケイン・ソサエティの会長がジョーンズ家の人間である理由もそこにあるのだ」

「もちろん、理由はあるでしょう。創設者自身もジョーンズ家の人間でしたし。彼の子孫がソサエティ内でかなりの影響力を行使してきた理由は秘密でもなんでもない。単にソサエティが伝統を重んじているからですよ」

たしかに伝統のせいでもあるとエラベックは胸の内でつぶやいた。しかし、力と能力を持つからでもある。ジョーンズ一族の血筋がその両方を濃く受け継いでいるのは否定しがたかった。とくに狩猟能力を持つ人間が一族に多かった。ケイレブ・ジョーンズはたまたまその能力を持ってはいないが、彼が殺されれば、異常なほどの狩猟能力を持つ者たちが犯人を追うことになるだろう。

一族にまつわる伝説のほんの一部でもほんとうならば、彼らが敵を地獄の門のなかへと追いやるのはたしかだった。

しかし、それをアリスターに説明しようとしても無駄だ。狂気の兆しに加え、二十代前半の若い男らしく、傲慢《ごうまん》な気性の持ち主でもあったからだ。父親が何を言おうと、そうした気性は揺らがないだろう。父と息子に希望が残っているとすれば、ハルシーが薬の改良版を調合することだ。

時間を稼がなければならない。

アリスターが言ったことを考えてみた。〝つまり、それなりの説明が必要というわけですね〟

彼はガラスの入れ物の底にいるクモをじっと見つめた。ぞっとするほど無機質な昆虫の目が見返してくる。これほど最悪の事態におちいっていると知れば、学会の会員たちもあわれみなどかけらも見せないことだろう。

それなりの理由。危険は大きいが、効果はあるかもしれない。失うものも何もない。自分は死にかけており、息子は狂気へとおちいりかけている。

「おまえの言うとおりかもしれないな」しばらくしてエラベックは言った。「おそらく、ケイレブ・ジョーンズを始末すべきなのだ」

「あなたがソサエティやジョーンズ一族との接触を避けたほうがいいと思っているのはわかります」アリスターは道が開かれたことを感じとって言った。「でも、もはや選択肢はない。好むと好まざるとにかかわらず、ルシンダ・ブロムリーのおかげで、ケイレブ・ジョーンズは今回の一件に引きこまれてしまっている。その彼が危険だとおっしゃるんですよね」

「ジョーンズ家の人間だからな」エラベックはそっけなく言った。

「わかりました。彼にこの件から手を引かせる方法が思いつかないなら、ハルシーへとつながる証拠が見つかる前に彼を始末するよりほかに選択肢はありません。あの学者は尋問を受けたら五分と持ちませんからね」

「この計画に関しては最初からハルシーが弱点だった。しかし、必要な人間でもあったのだ、アリスター。秘薬の副作用を弱められるかもしれない能力を持つ唯一の人間だったのだから」

「ぼくに関するかぎり、秘薬はとてもよく効いていますよ」

それはおまえがすでに正気ではないからだ。エラベックは胸の内でつぶやいた。大きな絶望の波に呑みこまれそうになる。たったひとりの息子が人殺しの能力を持つ異常者なのだ。

エラベックは作業台の上にガラスの入れ物を置き、嗅ぎ煙草入れを開けてまた秘薬を吸いこんだ。

すぐに押しつぶされそうなほどに重い陰鬱な心が浮き上がった。猶予を与えられれば、ハルシーが秘薬を完成させ、アリスターも救われるはずだ。そして私も。

重要なのは時間だ。

「おまえの提案だが――」期待の波が大きくうねる。「おそらく、これまではやり方が弱気すぎたんだな。やむにやまれぬ場合にはやむにやまれぬ手段が必要なのだ」

容認されてアリスターは一瞬驚いたが、すぐにわれに返った。「ご心配なく。手もなくケイレブ・ジョーンズを始末してご覧にいれますから」

「頼むぞ。ただし、ジョーンズ一族が納得するような形で事をはたしてもらわねばならない。調べなければならない謎などないと連中に確信させなければならないのだ。心臓発作や脳卒中に見せかけた死はうまくいかないだろう」

アリスターは顔をしかめた。「何かいい案でも？」

「ケイレブ・ジョーンズが死体で見つかったとしても、彼の一族が殺人者を探してロンドンじゅうをひっくり返すことにならないやり方がひとつだけある」

「それは？」

「殺人者自身が死ぬことさ」

アリスターの眉根が寄った。「ほかの誰かに容疑の目を向けさせるということですか？」

「そうだ」過去にも同じようなもくろみを実行に移したことがあるとエラベックは胸の内でつぶやいた。それがまたうまくいかない理由はない。

アリスターは疑うような顔になった。「悪くない考えだとは思いますが、容疑者に仕立てあげるには、証拠が差し示す人間が非常に強い動機を持っている必要があるでしょうよ」

「動機だけではなく、毒で人を殺した過去を持つ人間だ。言いかえれば、願ってもない容疑者というわけだ」

アリスターはしばらくぽかんとした顔になった。が、やがて理解した。

「ルシンダ・ブロムリーですか？」驚いたようにわずかに声が大きくなる。

「ジョーンズが彼女と親密な関係を結んでいるのはたしかだ。ミス・ブロムリーは前の婚約者にも毒を盛った。別の恋人に盛って何が悪い？」

アリスターはゆっくりと冷たい笑みを浮かべた。「なんとも賢い考えですね。ジョーンズが毒を盛られて死んだように見せかけるのは簡単でしょう」

「おまえは彼を簡単に始末できる相手と思っているようだが、ことは慎重に計画しなくてはならないぞ。もう失敗は許されないんだからな」

「ご心配なく。すべてうまくとりはからいますから」

エラベックはまたガラスの入れ物を手にとり、ふたをはずして逆さにした。クモがハエジゴクの血のように真っ赤な口へと転がり落ちた。とげのある葉が目にもとまらぬ速さで閉じ、昆虫の運命を封じた。

エラベックはしばらくクモの無駄なあがきを眺めていた。計画はうまくいくだろう。いってくれなくては困る。

23

「ミスター・フレッチャーは従者とは全然言えないわ」翌日の午後、パトリシアが声をひそめ、苛立ちもあらわに言った。「おまけに従者らしく振る舞うすべも知らないし。ご覧なさいよ。この家の客であるかのように壁にもたれてサンドイッチを食べているじゃない」

ルシンダはレディ・ミルデンとおもしろがるような目をすばやく見交わした。午後の三時半で、片手にあまるほどの優美な装いの若者たちが応接間に華を添えていた。窓の外へ目を向ければ、さらにふたり、二十代前半の真剣で不安そうな顔をした紳士が花を手に石段をのぼってくるのが見えた。

応接間はすでにありとあらゆる種類の切り花や花束でいっぱいだった。枯れかけた花の腐敗したエネルギーに耐えるため、ルシンダは感覚を鈍らせなければならなかったが、パトリシアとレディ・ミルデンは花の贈り物を喜ばしいものとみなしているようだった。ルシンダの感覚を乱しているのは大量の死んだ花が発するエネルギーだけではなかった。

部屋のなかにかすかに超常的なエネルギーが脈打っているのが感じられたのだ。パトリシアの崇拝者たちはみなソサエティの会員だった。つまり、それぞれがなんらかの超能力を備えているのだ。狭い場所に超能力を備えた人間を大勢集めれば、それほど感覚が鋭くない人でも、あたりに何かがただよっているのはわかるはずだと彼女は思った。

シュート夫人と、崇拝者が大勢訪ねてくることを見越して手伝いに来ていた彼女のふたりの姪が、淹《い》れたてのお茶やサンドイッチや小さなケーキをひっきりなしに応接間に運びこんでいた。若く健康な男性がどれほどの食べ物を消費するものかは驚くほどね、とルシンダは胸の内でつぶやいた。

結婚適齢期の若いご婦人と紳士のあいだで行われるこうした訪問には、非情に厳格な社交の決まりがあった。パトリシアはティーポットの前のソファーにすわり、その両側の椅子にルシンダとレディ・ミルデンが、脇を固めながらも、崇拝者たちがパトリシアに近づいて話ができるほどの空間を空けて陣取っていた。

若い男性たちは長くても十分か十五分しか留まってはいけないはずだったが、三十分が過ぎても誰も帰ろうとせず、刻々と訪問者の数は増えていた。彼らは順番にパトリシアに褒めことばを浴びせたが、レディ・ミルデンとルシンダが目を光らせていたせいで、長く会話することはできなかった。

「ミスター・フレッチャーを従者に見せかけるのは無理だという意見には賛成よ」ルシンダが穏やかに言った。「だからこそ、レディ・ミルデンとわたしは彼を家族の友人だと紹介することにしたの」

「でも、あの人は家族の友人じゃないわ」パトリシアが言い返した。「使用人みたいなもののはずなのに、全然命令に従わないのよ。彼には玄関の間に留まっているように言ったの。そこからでも問題なく見張れるはずだから。それなのに、この部屋にはいると言ってきかなかったのよ」

エドマンド・フレッチャーが護衛として期待していた人物とはまったくちがうことは、ルシンダも認めざるをえなかった。護衛を仕事とするような人間は下層階級の出だと思うものだ。しかし、ミスター・フレッチャーはしゃれた若い紳士のような装いをしているだけでなく、行儀もよく、雰囲気もあり、何よりも真似がむずかしいと思われるが、血筋がよく、教養の高い男性のような話し方をした。ルシンダが感じるに、かなり高い超能力の持ち主でもあった。

「ミスター・フレッチャーのことは気にしないでおいて」レディ・ミルデンは朗らかに助言した。「任務をはたそうとしているだけだと思うわ」

「命令に従わないだけじゃなく、命令しようとするのよ」パトリシアは小声で言った。「あつかましくも、窓のそばに近寄らないようになんて言うの。想像できる?」

血色のよい若い男性が空のカップを持ってためらいながら近づいてきた。パトリシアはその男性に、ルシンダが思うにとくに輝かしい笑みを向けた。

「お茶のおかわりですの、ミスター・リヴァトン?」パトリシアが訊いた。

「ええ、ありがとう、ミス・マクダニエル」ぼうっとなったままリヴァトンはカップを差し出した。「舞踏会ではたしか、考古学に興味があるとおっしゃっていましたね」

「ええ、そのとおりですわ」パトリシアは彼のカップに優雅にお茶を注いだ。「情熱を注いでいる学問です」

「私もその分野にはかなり情熱を抱いております」リヴァトンは真剣な顔で言った。

「そうですの?」パトリシアはまた輝く笑みを向けた。

部屋の端ではエドマンド・フレッチャーが目をむき、サンドイッチの残りを口に押しこんだ。その反応を見てパトリシアの笑みがさらに輝かしいものになったようにルシンダには思えた。

シュート夫人が部屋の入口に現れた。「ミスター・サットンとミスター・ダッドソンです」

新たな訪問者が応接間に導き入れられた。新たな競争相手の登場に、すでに応接間にいた男たちのエネルギーが高まるのがルシンダにはわかった。レディ・ミルデンは自分の成し遂げたことにきわめて満足そうな様子だった。エドマンド・フレッチャーはまたサンドイッチを頬張り、さらに退屈そうな顔になった。

注意を引くものがあって、ルシンダはまた窓の外へ目を向けた。ケイレブが辻馬車から降り、玄関の石段をのぼるのが見えた。数秒後、玄関の間から彼の低い声が聞こえてきた。

シュート夫人がまた現れた。「ミスター・ジョーンズです」

ケイレブは自然の力のように応接間にはいってきた。男たちのささやき声がぴたりとやんだ。若い男たちは新たな訪問者のために道を開け、子ライオンが成長したライオンを見つめるように、警戒と称賛と嫉妬の入り交じった目で彼を見つめた。応接間にたちこめるエネルギーが度合いを強めた。

ケイレブはエドマンド・フレッチャーにうなずいてみせ、それにエドマンドは静かに敬意をこめて会釈を返した。

応接間にいるほかの男たちのことは無視して、ケイレブはルシンダとパトリシアとレディ・ミルデンの前で足を止めた。

「ご婦人方」彼は口を開いた。「しばらくミス・ブロムリーをお借りしたいのですが。温室を案内してもらいたいので」

「ええ、もちろん結構よ」レディ・ミルデンはルシンダが口を開く前にかわりに答えた。「お行きなさいな。パトリシアとわたしはふたりで大丈夫だから」

ルシンダは立ち上がり、ケイレブといっしょにドアへと向かった。廊下に出るまで口は開かなかった。

「温室を案内してほしいですって、ミスター・ジョーンズ？」彼女はそっけなく訊いた。「きみをあの応接間から連れ出すのにもっともな言い訳に思えたんでね」

「それはありがたいわ。休憩がとれるのはうれしいことよ。あれだけの紳士たちがパトリシアと礼儀正しく会話しようと躍起になっているのをただ眺めているのは苦痛だわ」

「縁結びに関してはうまく事が運んでいるようだね」と彼は言った。

「ええ。レディ・ミルデンは数日のうちに彼女にぴったりの相手を見つけられるんじゃないかと思っているわ」

「ミス・パトリシアのほうはどうなんだ？　あそこにいた若い連中のなかに関心を持てる相手が見つかった様子かい？」ケイレブは訊いた。

「全員に魅力を振りまいて、たのしんでいるみたいだけど、唯一感知できた強い感情は、ミスター・フレッチャーに対するよくわからない敵意だけね」

「いったいどうして彼のことを嫌う？」

「ある意味、彼が悪いのよ。彼女の崇拝者たちのことをあまりよく思っていないのをあからさまにしているんですもの。それどころか、縁結びの計画自体が気に入らないみたい。夫を見つけるためのパトリシアのやり方があまりに事務的だと思っているのね。タッタソールズで行われる種馬の競売に参加している気分だというようなことを言っていたわ」

ケイレブは顔をしかめた。「変わった見方だな。レディ・ミルデンの助言を利用するのは、その目的を達成する、きわめて効率がよく、筋のとおった解決法なのに」

「ええ、ミスター・ジョーンズ、そうはっきりおっしゃっていたわね」ルシンダは先に立って書斎に向かった。

「今日は肩の調子はどうだい？」

「まだちょっと痛むけど、予想していたとおりよ。シュートもいい具合に回復しているわ。今日の午後訪ねてきたのは調査に進展があったからじゃないの？」

「ちがう」ケイレブはフレンチドアを開けて彼女を先に温室にはいらせた。「今日の午後こうして訪ねてきたのは、あれこれあって、ふたりできちんと話し合う機会がなかったからだ」

「話し合うって何を?」

「あの乾燥小屋でのことを」

ぞっとしてルシンダは彼のほうを振り向いた。顔に血がのぼるのがわかるが、冷ややかでおちついた声を保った。どこまでも世慣れた女らしく振る舞うために。乾燥小屋での出来事があったおかげで自分は世慣れた女になれたのだから。

ルシンダはそっとせき払いをした。「それについては話し合う必要はないと思うわ。ああいったことは成熟した男と女のあいだではよくあることよ」

「私にとってはそうじゃない。乾燥小屋での出来事のようなことは生まれてこのかた経験したことがない」ケイレブはフレンチドアを思いきり閉め、不穏なほど表情のない顔で彼女をじっと見つめた。その険しい顔はいつも以上に陰気だった。「あの出来事がきみにとっても新しい経験だったのは明らかだ」

「ああいった機会がそうそうあるわけじゃないのはたしかよ」彼女は怒って言った。「あのことについて何を話し合うっていうの?」

「ふつうの状況だったら、結婚についてさ」

「結婚」

「残念ながら、私はきみに結婚を申しこむ立場にはない」

ルシンダはひどくおちつかない気分になった。無意識に近くにあった頑丈なもの――作業台――につかまり、どうにかふつうに呼吸をしようと努めた。

「そんな申しこみは期待していなかったと保証しますわ」ルシンダはそんな考えを振り払うかのように片手を振った。「わたしはパトリシアのように無垢な若い女で、評判を守らなければならないというわけじゃないんですもの。そう、婚約者が亡くなったときに、わたしの評判は修復不可能なほどにぼろぼろになってしまったんだから」

「きみは無垢だった」まるで彼女が重い犯罪に手を染めたとでもいうような口調だ。「乾燥小屋に連れていく前にすでにそのことはわかっていたんだが、無視することにしたんだ」

そう聞いて理解できた。彼はわたしを責めているわけじゃない。自分で自分の罪を責めているのだ。

ルシンダは肩を怒らせた。「わたしは二十七歳よ。これだけはたしかだけど、無垢でいるのをたのしむにも限度があるわ。ある時点から無垢でいるのは喜びじゃなくなるのよ。昨晩の出来事は新たな世界を教えてくれて……とても教訓になったわ」

「教訓になった？」ケイレブは抑揚のない声で鸚鵡《おうむ》返しに言った。

「それに新たな世界を教えてくれた」

「乾燥小屋でともに過ごした時間をまったくの無駄だと思わないでくれてほっとしたよ」

ルシンダは目をぱちくりさせた。彼の声に変化はなかったが、自分のことばを聞いて彼が腹を立てているような気がしたのだ。いいわ。怒らせておけばいい。今は情けをかける気にはとうていなれないのだから。ルシンダはハサミを手にとってランの小枝から枯れた花を切りとりはじめた。

「乾燥小屋でのことはもう考えないことにしましょう、ミスター・ジョーンズ」と彼女は言った。

「それが問題なんだ。どうしても考えずにいられなくてね」

ルシンダは驚きのあまり若いつぼみを切り落としてしまった。脈が速くなる。彼女は慎重にハサミを脇に置いた。

「なんておっしゃったの？」と恐る恐る訊いてみる。

ケイレブは髪を指で梳《す》いた。「昨晩のことが頭から離れないことに気がついたんだ」

彼はそうとわかってわくわくしているようには見えなかった。

「それを問題だと思ってらっしゃるなら、お気の毒だわ、ミスター・ジョーンズ」ルシンダは今や辛辣《しんらつ》な口調でことばを発していた。「たぶん、乾燥小屋へ行こうと提案する前に、そういうことになるかもしれないと考えるべきでしたわね」

「思い出すことが問題だと言ったわけじゃない。ただ、それに慣れるのに時間がかかるというだけだ」ケイレブは眉根を寄せた。「これまでは、集中したいと思えば、気をそらされるような考えは頭から追い出せたんだ」

「今わたしは気をそらされる存在なの？」彼女は胸の下で腕を組んだ。「ミスター・ジョーンズ、あなたには不思議に思えるかもしれないけれど、親密な時間を持ったあとで男性からそんなことばをかけられても、女性はありがたいとは思わないわ」

「やり方をまちがったかな?」

「ええ」ルシンダは歯を食いしばるようにして言った。「まちがったわ」

「結婚という話題を避けようとしてのことであるのはまちがいない」

ルシンダは身震いした。「結婚という話題を持ち出したのはあなたのほうよ。わたしじゃない」

「ルシンダ、きみには当然ながら結婚の申しこみを期待する権利がある。私は自分を誠実な人間だと思っている。結婚の申しこみをすべきなんだ。できないと言わざるをえないのは残念だ」彼はそこでことばを止めた。「まあ、いずれにしても、今はだめだ。おそらくは一生」

怒りに痛みが混じり、ルシンダは胸をきつくしめつけられて息ができないほどだった。この人と結婚したいからじゃないわと胸の内でつぶやく。でも、あの乾燥小屋での出来事が、この人にとって不名誉な汚点や気晴らし以上の意味のあるものであったならよかったのに。

ルシンダは自尊心に救いを求めることにした。

「よくご覧になって、ケイレブ・ジョーンズ」ルシンダは手を伸ばして温室とその先の大きな家を示した。「誰とであれ、わたしが結婚する必要のないことは明らかじゃありませんこと?　これまでひどい噂を立てられても、自力で乗り越えてきたわ。両親から受け継いだ遺産をうまく管理して、それなりの生活を送ってもいる。植物への情熱もあるし、グッピー・

レーンで暮らす人たちの力になることにおおいに満足を感じているわ。それでもう女としての人生を満たすには充分すぎるほどなの。これはほんとうだけど、わたしのような状況に置かれた女にとって、情事のほうが結婚するよりもずっと都合がいいのよ」

「ああ、それはわかる」彼の目の上の黒い眉が寄せられ、険しい一直線になった。「きみが夫に求めるすべてとは言わないまでも、ほとんどの条件に私が満たないことはわかっている」

「そういうことが言いたいんじゃないわ」

「仮の話だが、私のような立場の男がきみに結婚したいと思わせるには何を差し出したらいいんだい？」

彼の冷たく真剣なまなざしの意味するところはルシンダにもわかるようになっていた。ケイレブはほかにも解くべき謎があることを感じとったのだ。

「差し出すとしたら愛情でしょうね」ルシンダは顎をつんと上げた。「それで、わたしのほうも同等の感情をお返しできなきゃならないわ」

「なるほど」突然ケイレブは、近くにあったウェルウィッチア・ミラビィスという植物に強い関心を持ったかのように、そちらに顔を向けた。「昔から、愛情というものは大きさをはかったり、明確で意味のある説明をつけたりするのが不可能なものだと思ってきた」

あなたにとっては心というものも理論や科学で説明できるものなのね。明確に説明できないものは、存在しないことにしてしまうほうが楽というわけ。ルシンダには彼が気の毒に思えるほどだった。

じっさいに気の毒に思うことはないが。

「ええ」と冷ややかな笑みを浮かべる。「愛情はことばで明確に言い表すことはできないわ。わたしが超常感覚を開いて見る花の超常的な色を説明できないのと同じで」

ケイレブは肩越しに彼女に目を向けた。「そうだとしたら、愛情を抱いているとどうしてわかる?」

そう問われてルシンダは一瞬ためらった。彼への秘めた思いを告白することはできなかった。ケイレブはもともと高潔な人物だ。だからこそ、今朝彼は良心がさいなまれる思いでいるのだ。その罪悪感を重くしたいとは思わなかった。結局、ふたりのあいだに起こったことには自分にも同じだけ責任があるのだから。さらには、今代償を払っているのだとしても、あの信じがたいほどの経験を後悔してはいなかった。

ルシンダは組んでいた腕をほどき、水やり用の缶を手にとって熱心にセイヨウメシダに水をやりはじめた。「レディ・ミルデンがそういうことは直感でわかるっておっしゃっていたわ。なんらかの超常的なつながりを感じとることだって」あの乾燥小屋でわたしがあなたに対して感じたように。

ケイレブは目を細めた。「きみは婚約者に対してそういう類いのつながりを感じとったのかい?」

動揺のあまり、ルシンダは水やり用の缶をかなり乱暴に下ろした。感覚を広く開き、温室内の鼓舞するようなエネルギーから力を得ようとする。

「いいえ」ルシンダはまた多少おちつきをとり戻して言った。「でも、あらゆる点で理想的な相手に思えたの。わたしがあげた条件のすべてにあてはまっていたから。ほんとうに何から何までぴったりだった。彼とならば愛をはぐくめると思ったのよ。どうしてそうならないわけがある？　だって、結婚の幸せについて書いてある本がみなそうだと言っているんですもの。慎重に夫を選べば、愛情はついてくるものだって」

「まいったな。そんなことについて書かれた本があるのか？」

ほかの状況だったら、彼が驚いたことを愉快に思ったことだろうとルシンダは胸の内でつぶやいた。

「何百とあるわ」彼女は陽気な声を出した。「女性向けの雑誌に載っている数かぎりない記事はもちろん」

「くそっ、知らなかったな。男向けにはそんな本や記事があるという話は聞いたことがない」

「男性はわざわざそんなものを読もうとしないからだわ、きっと」彼女は言った。「どうして読まなければならない？　結婚は男性にとっては女性にとってほど大きな賭けとはならないわけだから。男性はもっとずっと多くの権利や自由を享受しているんですもの。たとえ評判に瑕《きず》がつくような状況におちいっても、社交界から追放されるかもしれないと過度に悩む必要もないのよ。いつどこへ旅に出かけても誰も眉を上げたりもしないわ。どんな仕事を選ぼうとも自由よ。結婚生活が不幸でも、お金をかけて愛人を囲えばそれを補える。妻を捨てようと決心したら、離婚に関する法律がすべての面において夫に有利だとわかっているしね」

「講義してくれなくていいよ、ルシンダ」ケイレブはそっけなく言った。「ジョーンズ家の男たちは、そういうことを一族の女たちからいやというほど聞かされているんだから」

ルシンダは顔を赤らめた。「ええ、もちろんそうね。ごめんなさい。女性の権利ということにおいては、あなたがとても現代的な考えの持ち主だってことはわかっているのよ」おそらくそれも、わたしが彼を好きになったたくさんの理由のひとつだろう。

ケイレブは顔をしかめた。「きみの婚約者はきみの条件をすべて満たしていたと言ったね?」

彼女はため息をついた。「またさっきと同じ顔ね」

「同じ顔?」

「また別の謎が見つかったぞという顔よ。あなたの質問に対して答えはイエスよ。ミスター・グラッソンは完璧に思えたわ。あとから考えれば、あそこまで完璧だったのは驚きだったのよね。でも、わたしが真実を知ったのは婚約してからだった。彼はわたしの条件をひとつしか満たしていなかったの」

「それは?」

「たしかにかなりの能力を有してはいた」ルシンダは苦々しい口調で言った。「そばに寄るとそれが感じられたわ」

「植物に関する能力かい？」

「いいえ。植物に関する知識は持っていたけれど。結局、彼についてはほぼすべてが偽りだということがわかったの。それでも、彼は自分が理想の夫になると、わたしだけじゃなく、父にも信じさせていた」

「言いかえれば、彼には嘘をつく能力が備わっていたわけだ」

「ええ、じっさい、驚くほどだったわ」ルシンダは首を振った。イアン・グラッソンに自分がどれほどうまくだまされていたか思い出すと、いまだに当惑を覚えるのだった。「父でさえ、彼にだまされていた。これだけは言えるけど、父は人の性格を見抜くのがすばらしくうまかったのよ」

ケイレブの顔がさらに考えこむような表情になった。「どうやら、グラッソンにはカメレオンの能力があったようだな」

ルシンダは目をぱちくりさせた。「え？」

「私は暇なときには、さまざまな強い超能力の種類を分類する方法を考案しようと努めているんだ。強い超能力がどのように現れるか、それを分類して説明できる、より有効な方法がソサエティにも必要だからね」

「あなたには驚かされるわ」おもしろがるように彼女は言った。「あなたに暇なときがあるとは思わなかった」

ケイレブは新たに話題にのぼったことに一瞬注意を惹かれたらしく、そのことばは無視した。

「超能力を持つ大勢の人間のなかには、それが単に漠然と感覚が鋭いにすぎないという人もいる」

「直感ね」

「ああ。しかし、ソサエティの昔の記録やこの目で観察したことから言うと、強い能力が現れるときには、必ずそれはかなり特殊なものとなる」

ルシンダも興味を惹かれ出した。「植物のエネルギーを分析するわたしの能力みたいに？」

「そのとおり。もしくは催眠術とか、オーラを読む能力とかね。カメレオンはほかの誰かの望みを感じとるだけでなく、短いあいだなら、その望みを満たす幻想を生み出すことができるんだ」

ルシンダは眉をひそめた。「どうして時間がかぎられるの？」

「幻想を維持するのには多大なエネルギーを消耗するからさ。とくにだまそうとする相手が知性にあふれている場合や、かなり感覚が鋭い場合はね。遅かれ早かれその幻想は崩れ、カメレオンの本性が明らかになる」

「たぶん、だからこそ、ミスター・グラッソンは長時間わたしといっしょにいることがめったになかったのね」彼女は口ごもった。「いっしょに劇場や講義に出かけたりして、何時間かいっしょに過ごすことは何度かあったけど」

「そういうときには、きみの注意はほかのものに向いていたはずだ。長いあいだ強いエネルギーを放出する必要はなかっただろう」ケイレブは考えこむような顔になってルシンダを見つめた。「彼が見た目どおりの人間じゃないかもしれないと疑うようになったのはどうしてだい?」

ルシンダは頬を赤らめ、わずかに顔をそむけた。「わかっていただきたいんですけど、付き合い出したころは、彼が節度を持った男性であることをすばらしいと思っていたの」

「節度?」ケイレブは当惑した声を出した。

この人は賢い人だけど、ときおり驚くほど鈍くなるのねとルシンダは胸の内でつぶやいた。

「ミスター・グラッソンはどこまでも紳士だったの」彼女はことばを変えて言った。

「それがどうしてきみに疑いを起こさせたのかわからないな」

ルシンダは振り向いて彼と顔を合わせた。「まったく、わからないかしら? イアン・グラッソンはわたしが妹か年輩の叔母であるかのようなキスしかしなかったの。慎みがあるとか、情熱に欠けるなんてことばじゃ足りないぐらいに。もっとはっきり言わないといけないかしら?」

ケイレブはその意味がわかって唖然《あぜん》とした顔になった。「なんてことだ。きみが叔母であるかのようにきみにキスをしたって?」

「これだけは言えるけど、礼儀正しさという点では非の打ちどころがなかったわ」そう言ってルシンダは指輪をはめている手をこぶしに握った。「あの日の午後、カーステアズ植物公園でわたしに襲いかかってくるまでは」

24

即座にケイレブにもすべてがはっきりとわかった。

「その日、きみが婚約を破棄しようとしたのできみに襲いかかったというわけか」と彼は言った。

「父が亡くなってから、わたしたちの関係もどこか変わったの」ルシンダは静かに言った。「イアンの欠点が目につくようになった。一度目が開くと、多くのことが明らかになっていったわ。彼がどこかの未亡人と情事を持っていることもわかった」

「きみを失いそうだとわかって、彼は思いつく唯一のことをしたというわけか。きみの純潔を奪って彼と結婚するよりほかないようにしようとした」

すばやく言いあてられ、ルシンダはびくりとしたが、慎重にまたうなずいた。「ええ、そのとおりよ。それで、彼が真に望んでいたのはわたしが父から受け継いだ財産だということがわかったの」

「きみはそうして彼が襲いかかってきた植物公園の端から逃げていくのを目撃されている。髪は乱れ、ドレスは破れていた。結婚式が控えているとなれば、そうした行為も黙認される。しかし、婚約が破棄されたという噂が広まると、きみの評判は突然地に堕ちた」

「おめでとう。よく調べたのね」

その声の何かが、彼女が褒めているわけではないと示していたが、ケイレブは思考の迷路の奥まで迷いこんでしまっていたため、あまり注意を払わなかった。すぐそばの小石を敷いた通路を、密林の奥へと歩きはじめながら訊く。

「彼にもトウガラシ粉を使ったのかい？」

「いいえ、そんな必要はなかったわ」

「どうやって彼の手から逃れたんだ？」

「まず、扇で下腹部を思いきり叩いて、それから目を狙ったわ。たぶん、彼もひどく驚いたはずよ。少なくとも、そんな反応が返ってくることに心の準備ができていなかった。反射的に目を守ろうとして手を放したので、わたしは逃げたの」

ケイレブはたたんだ頑丈そうな扇を思い浮かべた。「ああいったものがどれほど危険か考えたこともなかったな」称賛の思いが湧き起こる。「賢明だったね、ルシンダ」

「ええ、そうね。植物探しの探検のおかげだわ。身をもって学ぶこともあるのよ」

「旅が世界を広げると言うからね」とケイレブ。「婚約を破棄して数日後、イアン・グラッソンは毒によって死んでいるのが見つかった」

ケイレブの耳に背後から、彼女のボタンのついた華奢なブーツが小石を踏みつける音が聞こえてきた。

「みんなわたしのやったことだと思ったわ」とルシンダは言った。

「みんながまちがっていた」

小石を踏みつける足音が速くなった。彼女が追いつこうとしているのだ。「どうしてそんなに確信を持って言えるの？ イアンが毒殺されたのは疑いないのよ」

「新聞記事によると、砒素《ひそ》によってだった」

「ええ」

「きみならちがう毒を使ったはずだ」ケイレブはうっそうとした植物を眺めた。「もっとずっと検出されにくい毒をね。この温室はそういう毒に使える材料にはこと欠かないはずだ」

背後に短く張りつめた沈黙が流れた。

「それはお褒めのことばとして受けとっておくわ」ルシンダは抑揚のない声で言った。

「ただ単純に明らかな事実を述べただけだ」

「ほかの誰も気づかなかった事実よ」

ケイレブは足を止め、鉄製のベンチに腰を下ろした。脚を伸ばし、扇型のシダの大きな葉をじっと見つめる。「きみの父上が拳銃で自殺したとみなされたことや、父上の相棒も植物の毒ではなく、砒素で殺されたという事実に、誰も注意を払わなかったようにね」

ルシンダは彼の隣に腰を下ろした。ドレスの複雑なドレープのはいったスカートが彼の脚に触れた。ケイレブは彼女のエネルギーに対して感覚を鋭くした。

「何が言いたいの、ミスター・ジョーンズ?」ルシンダは静かに言った。

彼女のエネルギーに乱れが感じられた。こちらの言おうとしていることはすでに見当がついているのだ。ときどき心を読まれているのではないかと思うことがある。自分の考えの向かう先を先読みされるのは彼女がはじめてだった。

「三つの死のどれにおいても、殺人者はその死が疑わしく見えるようにしようとしている。誰かに疑いの目が向けられるようにね。しかし、きみの父上を殺すにはまちがった方法をとってしまった」

「拳銃のこと? そうね、父を毒殺する次にありえない方法だったでしょうね。父の能力はわたしのと似ているの。砒素であれなんであれ、どんなにうまく隠してあっても、毒がはいっていたらそうとわかったはずよ」

「でも、きみの父上がほんとうにみずから命を絶とうと思ったなら、毒を服用したはずだ」

「それはほぼまちがいないわね」

「殺人者はほかのふたりの犠牲者には砒素を用いた。すばやく劇的な作用があるからだ。砒素を使ったと必ず気づかれるしね」

「現場に砒素のはいった瓶すら残されていたわ」とルシンダは言った。

「父上の学者仲間が毒を呑んで死んでいるのが見つかったときには、きみの父上が明らかな容疑者だった。それで、グラッソンが同じような状況で見つかると、今度はきみに疑いがかけられた」ケイレブはうなずいた。「そのやり方に共通点があるのは認めざるをえないはずだ」

「かなり巧妙でよくできたやり方よね」内心驚愕《きょうがく》している声で彼女も言った。

「ああ、そうだ」

そうして彼女と推理し合えるのは非常に喜ばしかった。じっさい、喜ばしいどころではなく、きわめて役にも立った。ルシンダに話すことで考えをはっきりさせることができたからだ。

「でも、あなたの推理にはひとつ欠けていることがあるわ」ルシンダが言った。

「殺人者が誰かということかい？」

「ええ、まあ、それもあるけど。わたしは動機って言いたかったの」

「動機がわかれば、殺人者が誰かもわかる」

ルシンダは彼をまじまじと見つめた。「三人ともひとりの人間に殺されたと考えているの？」

「殺害の時期や用いたやり方を考えれば、きみの父上とその相棒を殺したのが誰であれ、きみの婚約者の死もその人物の仕業である可能性は九七パーセントほどだろうね」

ルシンダは眉を上げた。「九五か九六パーセントでないのはたしかなの？」

理にかなった質問だったので、彼はすばやく計算し直した。

「九七であるのはまちがいない」と答える。

彼女の顔に浮かんでいたかすかにおもしろがるような表情が消えた。「真面目に言っているのね？」

「ああ」

「でも、そんなのおかしいわ。わたしの婚約者の死と、父やその学者仲間の死のあいだにどんなつながりがありうるというの？」

「まだわからないが、なんにしても、シダの盗難やミセス・デイキンの死と関係があるのはたしかだ」ケイレブは目の前の植物をじっと見つめた。「この温室がすべての鍵だ。答えはこのどこかにあるはずだ」

「そうね」

ケイレブははっと首をまわして彼女に目を向けた。「なんだ？」

「重要と言えるかどうかわからないんだけど、父とその学者仲間が殺される直前に、別の盗難があったの」

ケイレブの感覚がエネルギーを感知して火花を散らした。

「植物かい？」とたしかめたくて訊く。

「ええ。アマゾンに最後に行ったときに見つけた種類のわからない奇妙な植物よ。催眠状態を引き起こす異常な性質を持っているのがわかった。病気の治療に役立つかもしれないと思ったの。でも、その植物が旅から戻ってきてすぐになくなってしまった。名前をつける暇もないぐらいだったわ」

「戻ってきてどのぐらいたってからだった？」

「二週間ほどよ、たぶん。なくなっているのがわかってすぐに父に知らせたわ。父は盗まれたことにひどく動揺していた。でも、わたしが知るかぎり、それで事はおしまいだったわ。植物が盗まれたからってスコットランド・ヤードに通報もできないから」

「それはもちろんそうだな。そういう事件の調査は警察の能力を超えている。植物の盗難はジョーンズの調査会社のような専門の調査機関にまかせるのが一番だ」

ルシンダはほほ笑んだ。「ねえ、ミスター・ジョーンズ、それってちょっと冗談を言ってみたの？」

「私には冗談を言う能力はない。よそをあたってくれ」

「まあ、いいわ。あなたの推理があたっていると仮定しましょう」

「私の推理はたいていあたっている」

「ええ、もちろんそうね」ルシンダはそっけなく言った。「あなたの推理が絶対にあたっているとして、最初の三つの殺人がほぼ一年半も前に起こったという事実についてはどう説明するの？　わたしのシダが盗まれ、ミセス・デイキンが命を落とすずっと前だわ」

「それはまだわからない」ケイレブは自分の手に目を落とした。手は彼女の両手に包まれていた。「しかし、一定のパターンがあるんだ。日に日にそれが明らかになってきているよ」

ケイレブは自分の能力を用いてはっきりとわかったことを説明しようとことばを探したが、そのとき温室の端からシュート夫人が呼びかけてきた。

「ミスター・ジョーンズ？　こちらにいらっしゃいます？」

ルシンダがすばやく立ち上がり、フレンチドアへと通路を戻りはじめた。「こっちよ、ミセス・シュート。ミスター・ジョーンズに薬草をお見せしていたの」

温室の奥にいたことについて、彼女がなぜ小さな嘘をつかなければならないと思ったのだろうと不思議に思いながら、ケイレブも立ち上がった。ルシンダは頬を赤らめてもいた。彼女が植物のあいだで不適切な行為にふけっていたとシュート夫人に思われるのではないかと気にしてそう言ったことが、遅まきながらケイレブにもわかった。ルシンダとの関係は複雑なものになりつつある。

通路の角を曲がると、家政婦の姿が見えた。いつになく気を張りつめ、不安そうな様子でいる。

「どうしたんだい、ミセス・シュート？」と彼は訊いた。

「裏口に幼い男の子が来てまして、キット・ハバードという名前だそうです。重要な伝言があるとのことで。死んだ男についてだそうです」

25

死体は川のそばの狭い路地に転がっていた。明るく晴れた日でも、いつも薄暗い界隈だったが、霧に包まれたその日は、どこか不気味で奇怪な雰囲気がただよっていた。死にはぴったりの場所だなとケイレブは胸の内でつぶやいた。うなじの産毛が総毛立つ。超常感覚を鋭くし、あたりにただよう暴力の痕跡に波長を合わせる。

「幼いキットが言うには、街ではシャーピーとして知られる男だそうだ」ケイレブは言った。「あだ名からして、ナイフの達人のようだな」

「まちがいなく、わたしを誘拐しようとした男のひとりよ」とルシンダが言った。

「たしかかい?」とケイレブは訊いた。彼女のことばを疑っているわけではなく、いつものように彼女の解釈を聞きたいと思ったからだ。

いっしょに来るのを許すつもりはなかったのだった。短く辛辣な言い争いがあって自分が負けたのだ。しかし、論理的な相手に逆らおうとしても時間の無駄であるのはたしかだ。ルシンダに自分は残酷な現場に足を運んだ経験もあり、自分の専門知識が役に立つかもしれないと冷静に言われると、ケイレブは負けを認めるしかなかった。

ほんとうのところ、獲物を追うことに刺激を感じる心が、その冒険を彼女と分かち合えることに興奮していた。さらには、そんなふうに強く反応しているのが自分だけでないこともわかった。ルシンダと自分のあいだでエネルギーが共鳴していたのだ。これまでほかの誰ともこんな経験はなかった。

「たしかよ」ルシンダが答えた。「どちらの男の顔もじっくり見たわけじゃないけど、どちらも特別な調合の煙草を吸っているのがわかったの」

ケイレブは死体越しに彼女に目を向けた。マントのフードのせいで顔は暗くなっていたが、知性にあふれる顔に真剣な表情が浮かんでいるのは見てとれた。

「きみの能力には驚かされるな、ルシンダ」

「煙草は結局毒ですもの。効き目は弱いけど、毒にはちがいないわ」

「そうかな。神経にいいと聞いたことがあるが」

「新聞に書いてあることを鵜呑みにしちゃだめよ」

「しないさ」ケイレブは死んだ男にまた注意を集中させた。「まあ、でも、シャーピーが煙草の毒で死んだということはなさそうだ。ただ、デイキンのときと同じく、暴力を受けた痕跡もない。どう思う？」

「毒で死んだんじゃないわ」ルシンダは死んだ男を見下ろした。「それだけはわかる」

ケイレブは死体のそばにしゃがみこみ、目を見開き、恐怖にかたまっている表情をじっと見つめた。「死んだときにはひどい恐怖に駆られていたようだな」

「ミセス・デイキンと同じように？」

「ああ。居酒屋まで悲鳴が聞こえてきたそうだとキットが言っていたが、その説明にもなるな」

「それに、なぜこの人の連れがこの路地から、〝悪魔に追っかけられているかのように〟逃げ出したかの説明にもなるわ」ルシンダはキットのことばをそのまままくり返して言った。

「しかし、こいつらは誰を、もしくは何を見たんだ？」ケイレブはすばやくシャーピーの衣服をあらためた。「これが殺しであるのはまちがいないな」そう言って死んだ男の脚に見えないように結びつけられていた鞘《さや》からナイフを抜く。「でも、どんな方法で？　この男は世慣れた非情なごろつきだが、わが身を守るためにナイフを抜く暇さえなかったようだ」

「文字どおり、恐怖のあまり死んだと思うの？」

ケイレブは立ち上がった。「死因には超常的な力が関係していると思うね」

ルシンダは路地にただよう濃い霧越しに彼に目を向けた。ケイレブは彼女が驚愕しているのを感じとった。

「超能力を使って人を殺して痕跡を残さない人がいるっていうの？」心底ぞっとしている声だ。

「きわめてまれな能力だが」ケイレブは答え、死体を検分した。「しかし、ソサエティの機関誌や記録でそういう能力に関する記述を目にすることはたまにある。要するに、殺人者は犠牲者の恐怖を極限まで強め、脳卒中や心臓麻痺を起こさせるわけだ」

「でも、この男には逃げようとした形跡すらないわ」

「デイキンもそうだった。これまで調べたかぎりでは、犠牲者は恐怖にかたまってしまって、命からがら逃げるのはもちろん、わが身を守るために手を上げることすらできなくなるんだ」

「わたしの両親はソサエティの正式な会員だったわ。わたしも生まれながらに会員よ。でも、そんな恐ろしい能力があるなんて聞いたこともない」

「もっともな理由があって、理事会やうちの一族が権限を超えてまでもそういう情報が出まわらないように骨を折ってきたからさ」ケイレブは腕をつかんで彼女を路地の入口へと引っ張っていった。「創設者の秘薬の製法を神話や伝説の類いに思わせるように全力を尽くしているようにね」

「理由はわかる気がするわ」

「たいていの場合、一般の人は超能力者を余興や驚きを提供してくれる存在と考えている。超能力があると自称している連中の多くは、奇術師や見せ物師や、最悪の場合、詐欺師とみなされているわけだ。しかし、超能力を持つ人間のなかになんの痕跡も証拠も残さずに人を殺せる人間がいるとわかったら、一般市民がどう反応するか想像してみてくれ」

ルシンダは身震いした。指で肘をつかんでいたので彼にもそれはわかった。

「完璧な毒ね」彼女は小声で言った。「検出も追跡もできない」

「そうだ」

ルシンダは首をめぐらし、フードの陰の謎めいた暗がりから彼をじっと見つめた。「この件では警察は役に立たないわ。殺人事件であることを示すものが何も見つからないもの。わたしたちが殺人者を見つけなければ、あの気の毒な死者に対する正義がなされることはないのよ」

ケイレブは腕をつかむ手に力を加えた。「その気の毒な死者は最近きみを拉致して殺そうとした男だぞ」

「わたしを拉致しようとしたのはたしかだけど、殺そうとしていたかどうかまではははっきり言えないわ。それはあなたの推理であって、推理は推理にすぎないもの」

「それについては私の言うことを信じてくれ。犯罪者の心理についてはきみよりもずっと経験を積んでいるからね、ルシンダ」

「わたしだってスペラー警部の相談役を務めているんですもの。あなたの経験がわたしの経験よりもずっと幅広いとは言えないと思うわ」

「死者が毒殺されたかどうかを判断する仕事は殺人の捜査と同じとは言えない」

「それで、ジョーンズの調査会社は設立されてどのぐらいなの?」ルシンダは甘すぎる声で訊いた。「二カ月足らず? わたしはスペラー警部と働くようになってほぼ一年よ」

「こんなことを言い争っているなど信じられないな」ケイレブが陰鬱な声を出した。「われわれのどちらかでも品位や礼儀を重んじる人間ならば、犯罪者の心理にお互い夢中になっていることに衝撃を受けるはずだ」

「犯罪者の心理にはみんな関心があるわ」ルシンダはきっぱりと言った。「ほとんどの人はそれを認めたがらないけど。ロンドンの街で週にどれほどの新聞や犯罪小説が売られているか数えてみればわかる。そのすべてが犯罪や暴力的な死を扱ったぞっとするようなものよ」

「その点は認めるよ」ケイレブは肩越しに路地の死体に目を向けた。「しかし、この殺人がそれほど関心を集めるとは思えないな」

「そうね」ルシンダも憂いを帯びた声で言い、やはり後ろを振り返った。「新聞は刺激的なエピソードのからんだ事件を好むから。自然死に見える卑しい悪党の死を報じても、明日の朝食の席で眉を上げる人もいないでしょうしね」

26

翌朝の〈ザ・フライング・インテリジェンサー〉紙の一面の見出しは、路地で見つかった死体とはまったくなんの関係もないものだった。ルシンダははっと息を呑み、コーヒーにむせそうになった。ナプキンをつかむと、息ができるようになるまで口をナプキンで押さえた。

反対側にすわっていたパトリシアは警戒するように眉根を寄せた。「大丈夫、ルーシー？」

スクランブルエッグをお代わりして食べていたエドマンド・フレッチャーはフォークを下ろし、椅子を押し下げると、すばやくテーブルをまわってきた。それから、ルーシーの肩甲骨のあいだを思いきり叩いた。

「ありがとう」ルシンダはナプキンを振って彼を席に戻らせた。「大丈夫よ、ミスター・フレッチャー」せきこみながら言う。「ほんとうに」

パトリシアは眉を上げた。「朝刊に動揺するようなことが？」

「わたしの評判に瑕がついたわ」ルシンダは言った。「二度目ね、たぶん。正直、もう何度目かわからなくなっているのかもしれないけれど」

「そんなにひどいはずはないわ」パトリシアは言い返した。「なんであれ、読んでくれなくちゃ」

「いいわ」ルシンダは言った。「ロンドンじゅうの人たちが今まったく同じことをしているのはまちがいないもの」

ルシンダは声に出して記事を読み出した。パトリシアとエドマンドは呆然《ぼうぜん》とそれに聞き入った。

グッピー・レーンで誘拐未遂

犯人は被害者を娼館に売るために犯行におよぶ

——ギルバート・オトフォード

ある毒殺事件に関して本紙に大きく名前が載ったご婦人が、今週はじめ、グッピー・レーンで衝撃的な運命からあやういところで逃れた。

悪名高き毒薬使い、アーサー・ブロムリーの娘であり、後に婚約者の死に関して容疑をかけられたミス・ルシンダ・ブロムリーは、立派な淑女を恥多き人生へと売り飛ばして生計を立てていた二人組の悪党にあやうく拉致されかけた。目撃者によると、その場に居合わせた多くの人々の勇敢な行動によって、ミス・ブロムリーは死よりも辛い運命から救われたとのことである。

親愛なる読者諸兄の繊細な感情に礼儀とおおいなる尊敬を払う本紙としては、誘拐が成功していたらミス・ブロムリーを待ち受けていた、ぞっとするような未来について詳細を語ることはできない。男のなかでももっとも堕落した邪悪な類いの男たちの異常な欲望を満たす、卑しむべき場所に身を置くことになったのはまちがいないと言えば充分だろう。

しかし、誘拐未遂の犯人が自分たちの選んだ被害者の身元を知っていたなら、別の被害者を選んだだろうかと記者は思わずにいられない。結局、彼女の注いだお茶を飲んで婚約者が毒による中毒で亡くなった女性なのである。彼女を売り飛ばしても、娼館の主《あるじ》が命の危険にさらされることになったかもしれないのだ。顧客は言うまでもなく。


「私はそうは思わないね」入口からケイレブが真剣な口調で言った。「私が思うに、興味深い過去は若干のスパイスとなってくれるものさ」

ルシンダはぎょっとして新聞をテーブルに叩きつけ、彼をにらんだ。朝の間に驚愕した沈黙が流れた。ケイレブの表情は朝刊の新聞記事に対し、どこまでも理にかなった感想を述べた男の顔だった。しかし、目にはいたずらっぽく光るものがあった。彼流のきわめて奇妙な冗談としか言えないものを、かなり間の悪いときに披露したってことね、とルシンダは胸の内でつぶやいた。

「おはようございます、ミスター・ジョーンズ」彼女はそっけなく挨拶した。「ノックの音が聞こえなかったわ」

「遅れてすまない。少し前にメイドのひとりが私の来訪に気づいて親切にもドアを開けてくれたんだ」彼はサイドボードに歩み寄り、皿の並びを眺めた。「今朝の卵はすばらしいな」

「ほんとうに」エドマンドが急いで口をはさんだ。「それから、スグリのジャムを試してください。ミセス・シュートの特製です」

「助言をありがとう」

ケイレブは大きな給仕用のスプーンを手にとり、皿にスクランブルエッグを山盛りにした。

「コーヒーは?」パトリシアがポットを手にとって訊いた。

「ああ、ありがとう。少しもらってもいい」彼はテーブルの上座についた。「夜のあいだほとんどずっと書斎で調べ物をしていたんだ」

ルシンダは忌々しい新聞の見出しを指で叩いた。「ギルバート・オトフォードの記事は読んだんでしょう?」

「〈ザ・フライング・インテリジェンサー〉の記事はくまなく読むことにしているんだ」ケイレブは答えた。「街一番の噂の源だからね。バターをとってくれるかい?」

「とんでもない記事だわ」ルシンダは怒り狂って言った。「〈インテリジェンサー〉の事務所へ行ってオトフォードの上司に意見してきたいぐらいよ」

「事態を悪化させるかもしれないわよ」パトリシアがあわてて言った。

ルシンダは目を細くした。「これ以上悪くなりようがあるとは思えないわ」

また短い沈黙が流れた。みなさらに最悪の記事を思い描こうとしたのだ。

「誘拐が成功していたかもしれない」しばらくしてエドマンドが言った。

ほかのみなは彼に目を向けた。

エドマンドの顔が赤く染まった。「ぼくはただ、ミス・パトリシアと同じ意見だってことです。もっとひどい記事だった可能性はある」

パトリシアは顔をしかめた。「ミスター・フレッチャーはいいところをついたわ。その恐ろしい男たちがあなたの拉致に成功していたらどうなっていたかなんて、考えるのも耐えられないもの、ルーシー」

「まあ、でも、成功しなかったわけだから」ルシンダは陰気な声で言った。「それに、きっとそのうちあなたもオトフォードの記事の影響に対処しなきゃならなくなるわ。もしくは、レディ・ミルデンがと言うべきかもね。きっとこの記事は昔の悪い噂をまた掘り起こすことになるもの」

ケイレブがトーストに手を伸ばした。「ソサエティ内でも社交界においても、ヴィクトリアがどれほどの影響力を持つか、きみは見くびっているよ、ルシンダ」

「ジョーンズ家が力を持っているってこと？」パトリシアが訊いた。

「ひとことで言えば、そうだ」おごっているようでも、弁解するようでもなく、事実を淡々と述べる口調だった。

ルシンダはたたんだ新聞を彼に向かって振ってみせた。「ジョーンズ家の力をもってしてもどうにもならないこともあるわ」

「それはそうだ」ケイレブはあまり関心もなさそうに新聞に目をやった。「でも、オトフォードの記事ならどうにかなる」

ルシンダはため息をついて新聞をテーブルに戻し、かすかな笑みを浮かべてみせた。「あなたって必ずわたしをびっくりさせるのね、ミスター・ジョーンズ」と皮肉っぽく言う。

「よくそう言われる」ケイレブはジャム用のナイフを手にとった。「しかし、たいていはあまり好ましくない言い方で言われるな」

「ミスター・ジョーンズもレディ・ミルデンもその新聞があなたの評判におよぼす影響について心配していないというなら、わたしたちも気にする必要はないと思うわ、ルーシー」パトリシアが口をはさんだ。それから背の高い時計に目を向けた。「レディ・ミルデンと言えば、まもなくいらっしゃるわ。午前中の買い物からはじまって今日は予定がつまっているの」

エドマンドが顔をしかめた。「わくわくするな。待ちきれないほどですよ」

パトリシアが彼をにらみつけた。「誰もいっしょに来てなんて言ってないわ」

「いや、きみに付き添うよう彼に言った人物はいる」ケイレブは卵をフォークですくった。「私だが」

「まあ、いいわ」パトリシアはせき払いをして一日の予定をさらに述べた。「午後には考古学の講義に出席するつもりよ」

「あのリヴァトンのばかもきっといますよ」エドマンドが小声で言った。

パトリシアは顎をつんと上げた。「ミスター・リヴァトンは考古学にうんと関心があるって言っていたわ」

エドマンドは冷たい笑みを浮かべた。「リヴァトンがうんと関心があるのはあなたの財産を手に入れることですよ」

「そうだとしたら、レディ・ミルデンが彼を紹介してくれることはなかったでしょうよ」パトリシアは鋭く言い返した。玄関の間からくぐもったノックの音が聞こえてきた。「ほら、レディ・ミルデンにちがいないわ」

「考古学のどこがそんなにおもしろいんですか?」エドマンドが訊いた。「古代の遺物やら記念碑やらに関することだけなのに」

「今日の講義をよく聞いていたら、古代の遺物がどれほど魅力的なものかわかるかもしれないわよ」パトリシアはまた予定に戻った。「今夜はまた大きな社交の集まりがあるわ。ロスメア家の舞踏会よ」

エドマンドは顔をしかめ、ケイレブに目を向けた。「舞踏会に出ているミス・パトリシアをどうやって見張ればいいんです？」

「あなたも舞踏会に参加するしかないわね」ヴィクトリアが部屋にはいってきて言った。「家族の友人という設定なんだから、もちろん、その設定を見破られないために、ミス・パトリシアと少なくとも一度か二度踊らなくちゃならないし」

ケイレブとエドマンドはふたりとも立ち上がって彼女に挨拶した。エドマンドは彼女のために椅子を引いた。ぎょっとした顔になっている。

「何か問題でも？」ヴィクトリアは腰を下ろした。「夜会服を持っていないの、ミスター・フレッチャー？　そうだったら、ケイレブの仕立て屋に言ってきっと一着作らせられるわ」

「あ、その、夜会服なら持っています」エドマンドは低い声で言った。「以前の職業のときにあつらえましたから」

「つまり、奇術師として舞台に立っていたときってこと？」ヴィクトリアは言った。「なら、いいわ。そうだとしたら、何も問題はないわけでしょう？」そう言ってルシンダに顔を向けた。「マダム・ラフォンテインはあなたのために注文した二着目の舞踏会用ドレスを届けてよこした？」

「昨日の午後に届けられましたわ」ルシンダは答えた。「でも、きっと、今朝の新聞に残念な記事が載っていたのをご覧になったのでは？」

「ん？」レディ・ミルデンは〈ザ・フライング・インテリジェンサー〉をちらりと見た。

「ああ、そうね、あなたを拉致して娼館に売り払おうとした男たちについて書かれた記事ね。正直とても刺激的だったわ。今夜は集まった紳士の全員がダンスを申しこむためにあなたの前に列を作るわよ」

27

一時間後、ルシンダはまだ苛立《いらだ》ちと当惑の両方を感じていた。

「悪い女というわたしの評判が今夜の舞踏会で強みになるとレディ・ミルデンが信じている理由がどうしても理解できないの」と苛立った口調で言う。

「私に説明を期待しないでくれ」ケイレブが答えた。「社交界における微妙な心理なんてものには気づかないものでね」

ふたりはルシンダが足を踏み入れるなど思ってもみなかった謎めいた場所に立っていた。ケイレブの書斎兼研究室だ。レディ・ミルデンとパトリシアとエドマンドが買い物に出かけてから、彼にいっしょに家に来ないかと誘われたときには、まずは驚き、次には興味を惹かれた。年増の独身女性であることが、未亡人同様にある程度の自由を与えてくれているのもたしかだった。もはやパトリシアほど慎重に評判を守らなくてもいい。それでも、独身の紳士の自宅を訪ねるというのはかなり大胆な行動だった。

しかし、評判ということになれば、実質もはや失うものなど何もない。そうルシンダは心のなかでつぶやいた。

彼女はほこりのついた革表紙の本を並べたすぐ近くの本棚から目をケイレブに向けて言った。

「いいえ、ミスター・ジョーンズ、気づかないはずはないわ。その観察眼をもってすれば、何にしても気づかないわけがない。社交界が押しつけてくる決まりはあなたには退屈で、いやなものでしょうけど、それにあなたが気づかないなんてこと、一瞬たりとも信じないわ。上流の社交界で物事がどんなふうに動くのか、あなたにはよくわかっているけど、その決まりを守るのが自分の目的に合うとき以外は、無視しようと決めているだけなんじゃないかしら」

ケイレブは扉を閉めて振り向いた。たくましい片手はまだドアノブを握ったままだ。口の端がわずかに持ち上がる。

「それこそが、上流の社交界で力を持つためのほんとうの秘訣さ」と彼は言った。

「ご家族もみな同じ考えなの？」

「家訓と言ってもいい」ルシンダがまた古い本に目を戻すのを彼はじっと見つめていた。

「その棚は錬金術の専門書ばかりだ。錬金術に興味があるのかい？」

「昔の錬金術師はたいてい元素にばかり目を向けているでしょう？　水素とか、銀とか、金とか。あなたもご存じのとおり、わたしは植物のほうに興味があるわ」

「うちの祖先のシルヴェスター・ジョーンズは自分を錬金術師だと思っていたが、じっさい、その興味は科学の多岐の分野にわたった。植物についての研究も数多く行っている。彼ののろわしい秘薬の製法に載っている成分のほとんどは、薬草やさまざまな植物から抽出されたものだ」

「この研究室に創設者の日誌と実験の記録を置いてあるの?」とルシンダは訊いた。

「いくつかはあるが、全部ではない。アーケイン・ハウスの大金庫にはもっとずっと多くおさめられている。ゲイブは創設者の書いたものの写しを作る計画を立てたいと思っている。どれかがなくなったり破棄されたりしても写しは残るように。しかし、それはすぐに簡単に実行できる計画じゃないんだ」

「残されたものが膨大だから?」

「それもあるが、創設者がすべてを独特の暗号で書いているせいでもある。何冊かなくなっているものもあるのではないかと思うしね。シルヴェスターの墓を掘りあてたときには、手帳や日誌が数多く見つかったんだが、日付を見ると大きな開きがあった」

「なくなったものはどうしたの?」

「さあね。おそらくは彼が子を産ませたとされる三人の女性の手に渡ったものもあるのだろう。盗まれたものもあるかもしれない。敵も競争相手も多かったから」

「この家にある創設者の日誌はどこにしまってあるの?」

ケイレブは厚い石の壁にはめこまれた頑丈な鋼鉄の扉のほうへ目を向けた。「あの金庫のなかに、ほかの……手帳とともにしまってある」

その〝ほかの手帳〟がなんであれ、ケイレブがそれについて話したくないと思っているのが直感でルシンダにはわかった。

「ここっておもしろい場所ね」ルシンダは本棚に本を戻すと、ときおり背表紙に刻まれた題名を読むために足を止めながら、ふたつの長い本棚が作る通路をゆっくりと進んだ。「まるでわたしの温室みたいだわ。独自の世界を作りあげている。角を曲がるたびに何か独特でおもしろいものが見つかるのよ」

背後から沈黙が流れてきた。肩越しにケイレブに目を向けると、彼ははじめて見るかのように書斎を眺めまわしていた。

「そんなふうには考えてみたことがなかったな」しばらくして彼は言った。「でも、きみの言うとおりだ。ここは私の温室というわけだ」そう言って手を伸ばして古い本のひとつに触れた。「たいていの人はこの部屋を不快な場所だと思う。なぜここで私がこれほど多くの時間を過ごせるのか不思議というわけだ。まあ、この家全体がおちつかない気分にさせるらしいが」

ルシンダはほほ笑んだ。「あなたはたいていの人とはちがうもの、ケイレブ」

「きみもね」

彼女は本棚が作る別の通路を進んだ。彼はそのあとを追った。

「まだ今朝の新聞記事のことを気に病んでいるのかい？」と彼は訊いた。

「最初に読んだときほどじゃないわ」彼女は正直に答えた。別の本を棚から引き抜く。「何よりも心配だったのは、パトリシアの花婿探しに影響があるかもしれないってことだったの。でも、レディ・ミルデンが、顧客の親戚が娼館に売る目的で拉致されかけたことなど、つまらないことにすぎないと思ってらっしゃるとすれば、それにわたしがなんて言えて？」

「ここに私とふたりきりでいることについては？」ケイレブが言った。「それは心配にならないのかい？」

声と彼自身に危険なオーラが戻ってきて、ルシンダのうなじの産毛が立った。突然、彼だけが引き起こせるエネルギーがあたりに満ちる。彼女の超常感覚を高め、強めるエネルギー。ふたりのあいだで脈打つ親密なエネルギーの渦は、互いに近くにいるときには日に日に力を増していくように思われた。彼もそれを感じているのかしら？　ルシンダは胸の内で自問した。まさか気づいていないはずはない。

衝動的にルシンダはその場の空気を軽くしようとした。

「お忘れかもしれないけど、わたしは男性のもっともいやらしく、堕落しきった欲望に耐えなければならない仕事に身をおとしめるのをかろうじて逃れたのよ」手に持った本を開いてルシンダは言った。「これだけは言えるけど、そういう運命と比べたら、ここにあなたとふたりきりでいることはさほど心配することでもないわ」

「私だって男だ」とケイレブ。声には何も感情が現れていなかった。まるで抑揚のない声。

「ええ、わかってたわ」彼女はページをめくった。ラテン語が少しばかりにじんだ気がした。訳すのには意識を集中させなければならなかった――『錬金術の歴史』

「それに、きみのことを考えると、必ず激しい欲望にとらわれる」ケイレブがやはり抑揚のなさすぎる声で言った。

ルシンダはゆっくりと本を閉じて彼と向き合った。彼の目は、まわりに渦巻く目に見えないエネルギーの波と同じほど熱く激しかった。ルシンダは自分の脈がひどく速くなっているのを意識した。

「その欲望ってやっぱり堕落したものなの?」と小声で訊く。

「そうは思わないな」ケイレブはいつもと同じように不安になるほど真剣に答えた。「堕落しているとしたら、不自然なものということだろう?」

ルシンダは本をきつくにぎりしめた。「たしかに、そうなると思うわ」

「きみといっしょにいるときに私が感じているのはどこまでも自然な欲望だ」ケイレブは彼女のところまでやってくると、分厚い本をそっと彼女の指からとりあげた。「そして、欠くべからざるものでもある」

「そういうことなら、あまり心配しすぎなくても大丈夫ね」彼女はささやいた。

28

言い表しがたい高揚感と確信がまたケイレブの全身に走った。彼女のそばに近寄るといつもそうだ。彼女に触れると、金庫のなかののろわしい手帳のことも、手帳の中身を読むたびにすぐそこに待ちかまえているように感じられる不吉な運命のことも忘れられるのはたしかだった。『錬金術の歴史』を本棚に戻す手は、欲望のあまりの強さに震えていた。

ケイレブは彼女を腕に抱いた。ルシンダは燃えるような魅惑的な熱い目をしていそいそと抱かれた。

「このあいだの晩、乾燥小屋できみはしばし私を自由にしてくれた」口に口を寄せてケイレブは言った。「あの感覚をまた味わいたい」

彼の肩をつかむ彼女の指に力が加わった。「ケイレブ、何を考えているの?」

「何も。たいしたことじゃない。大事なのはきみだけだ」

甘い熱を帯びた彼女の目がくもった。その口から答えたくない答えを求めることばが発せられようとしているのを察し、ケイレブはそれを封じるようにキスをした。

ゆっくりと慎重に彼女の体に腕をまわす。ケイレブはできるだけそれを長引かせ、彼女といっしょにいるときに全身に満ちる正気の感覚と強い確信を心ゆくまで味わいたいと思った。しかし、ルシンダがため息をついて首に腕をまわしてくると、身を焼かれるほどの激しい情熱が燃え上がった。本能が叫び声をあげている。おまえが彼女といっしょにいられる時間はもうほとんどないかもしれない。一分一秒たりとも無駄にしてはならない。

ケイレブは彼女を抱き上げ、暖炉の前にある寝台に運んだ。彼女のヒールの高いブーツと厚手のドレスとその下に何枚も着ている下着を脱がせるのに永遠に時間がかかる気がした。ルシンダがストッキングだけを身に着けた姿になると、ケイレブは狭い寝台にかけられたキルトをはがした。

しばらくケイレブはその場にただ立ち、うっとりと彼女の姿を見つめていた。月明かりに照らされた薄暗い乾燥小屋では、彼女こそが自分にぴったりの女性だと教えてくれる指の感触と、互いに発し合うエネルギーに頼るしかなかった。しかし、今は目でも見ることができる。彼女がそこに横たわって自分を待っている様子には頭がくらくらした。

「きみはとてもきれいだ」と彼は言った。

ルシンダははにかむように弱々しい笑みを浮かべた。「あなたにそう言われると、自分がほんとうにきれいになった気がするわ」

「きみは私を自由にしてくれる」

ゆっくりとまわりをとり囲みつつある檻《おり》から解放してくれる存在。彼女に日誌と手帳のことを打ち明けてしまいたい思いに駆られたが、そうすることでふたりのあいだの魔法が解けてしまう気がして怖かった。同情されるのだけは避けたかった。運命から逃れられる可能性はまだあるのだから。彼女といっしょにいると、心に希望が芽生えた。くそっ、どうにかして逃れてみせる。

ケイレブは上着を脱ぎ、ネクタイの結び目をほどくと、シャツを肩からはずした。次には靴とズボンを脱ぎ、すべてを無造作に床に積み上げた。それから、彼女が自分をまじまじと見つめているのに気づいて気まずく動きを止めた。先ほど自分が彼女を眺めていたのと同じ目で見られている。

ルシンダが生まれてこのかた目にした裸の男は古代の彫像だけにちがいないとふと気づく。自分は冷たい大理石を磨き上げ、すべてにおいて完璧につくられたダヴィデ像とはまるでちがう。男らしいごつごつとした骨格で、硬い筋肉がついている。おまけに興奮を示す部分は痛むほどにそそりたっていた。

「男の体は女性の体ほど見て喜ばしいものじゃない」ケイレブは警告した。

ルシンダはゆっくりと笑みを浮かべた。「あなたは見るに充分値するわ、ケイレブ・ジョーンズ」

ルシンダが手を伸ばす。安堵《あんど》の思いがケイレブの全身に走った。彼は彼女の指をつかみ、引っ張られるまま、わが意を得たりというように寝台の彼女の隣に身を横たえた。またキスをし、彼女をあおむけにすると、隅々まで彼女の体を探れるように片方の脚を脚で押さえつけた。

胸のやわらかく繊細な曲線に心を奪われ、首をかがめて片方の胸の頂きを口に含む。ルシンダは彼の腕のなかで身を震わせた。尻の喜ばしい丸みを手で撫でると、彼女はほとんど聞こえないほどの声を発し、手を彼の裸の胸にあてた。彼女の指のあたたかさが自分の体の奥底に、そして心の奥底に、まっすぐ伝わるようにケイレブには思えた。

太腿《ふともも》のあいだの熱く濡れた秘部に指で触れる。彼女のエネルギーのすばらしさを思いきり感じたかった。ルシンダは身をよじらせ、くぐもった小さな声を発した。

彼女のほうもゆっくりと慎重に彼の感触をたしかめはじめた。ケイレブは触れられて身を震わせた。

募る互いの欲望が嵐となってふたりを包み、あたりの空気を乱した。その瞬間の親密さはこれまで経験したことがないほどに彼をわくわくさせた。彼女と過ごす時間はかぎられているかもしれないが、一分一秒をありったけの感覚を開いて味わいつくすつもりだった。これまでも自覚のないまま、ずっとこの感覚を求めてきたのだ。

しまいに激しい欲望に耐えられなくなり、ケイレブは彼女のなかにはいり、ゆっくりと深く突いた。力をもって彼女をわが物と主張しつつ、みずからを彼女のなかに解き放つ。

ルシンダとなら、自分の芯の部分で高まる危険なほどの熱を自由に解き放つことができた。ふたりのエネルギーの奔流はぶつかり合い、共鳴し合った。みなぎるエネルギーのオーロラがまわりを色とりどりの炎で照らしている。超常感覚を全開にしているときにしか、ほんとうの意味で味わえないものだ。

一瞬、嵐の中心にとらわれ、ケイレブは混沌《こんとん》とした原始的な力をかいま見、そこに見えるエネルギーのパターンに笑わずにいられなかった。

しばらくして、抱いている彼女が身動きするのがわかった。ケイレブは抱いている腕に力をこめたが、ルシンダが腕をほどこうともがいたため、目を開け、しぶしぶ腕をゆるめた。ルシンダは急いで身を起こして立ち上がると、すばやくてきぱきと服を着はじめた。その様子にケイレブは一抹の不安を覚えた。

「どうしたんだい?」と訊いて背の高い時計に目をやる。四十分もたっていない。ケイレブも身を起こすと、ズボンに手を伸ばした。「約束に遅らせてしまったかな?」

「ええ」ルシンダは頭からシュミーズをかぶり、鼻に眼鏡を載せると、険しい顔で彼に目を向けた。「約束は今よ。あなたとね。わたしから隠しているものがなんであれ、もうとっくに話してくれていいはずよ」

ケイレブは胃がしめつけられる思いだった。光り輝いていた余韻が、まるで何もなかったかのように消え失せる。

「いったいどうして私が秘密を抱えていると思ったんだ?」と訊く。

ルシンダは床に置かれていたドレスに足を突っこみ、ボディスを胸の上まで引き上げた。

「質問をはぐらかさないで、ケイレブ・ジョーンズ。あなたはたいていの男の人以上に秘密を抱えているわ。あなたにも秘密を守る権利があると自分に言い聞かせてきたけど、もうこれ以上隠されることには耐えられない。わたしたちは恋人同士なんだから。わたしにも知る権利があるわ」

「われわれは二度愛を交わしただけだ」ケイレブは不可解な怒りにとらわれながらズボンをつかんで穿きはじめた。「どうして自分に権利があるなんて思うんだ?」

「わたしはこういうことに経験が足りないかもしれないけど、まったくの世間知らずというわけでもないわ」ルシンダはドレスの前のボタンをはめながら、目を細くして彼を見つめた。「恋人同士というのは互いに秘密を持たないものよ」

「そんな決まりがあるとは知らなかったな。これまでは秘密を抱えていても問題はなかった――」彼はそこでことばを止めてせき払いした。

「親密になったほかの女性とはってこと?」ルシンダはあとを引きとってきっぱりと言った。「わたしはほかの女性とはちがうわ、ケイレブ」

ケイレブは自分の顔が赤くなるのを感じた。「そのことをわざわざ言ってくれなくてもいい」めったにないことだったが、癇癪《かんしゃく》を起こしかけていた。そこで荒っぽくシャツを手にとると、そのボタンを留めるのにひたすら神経を集中させた。

「このままではつづけられない」ルシンダは静かに言った。

ケイレブは身の内が冷たくなる思いだった。永遠に凍りついてしまうのではないかというほどに。

「わかった」そう言ってシャツのボタンをはめるのに集中した。なぜかボタンとボタンホールの合わせがありえないほどに複雑に思えた。「きみには結婚を求める権利がある。しかし、前にも言ったが、それだけはかなえてあげられない」

「ばかなことを。結婚のことを言っているんじゃないわ。もっとずっと重要なことよ」

ケイレブは腰に手をあてた。「それで、それはいったいなんなんだ?」

「真実よ」

ケイレブは深々とゆっくり息を吐いた。「それも与えられない」

「どうして?」

ケイレブは髪を指で梳いた。「そんなことをすれば、ふたりで共有しているものを台無しにしてしまうからだ。どうしてもそれはできない。きみをこれほどに必要としているのだから」

「ああ、ケイレブ、それがなんであれ、ふたりで直面できないほどにひどいものであるはずがないわ」ルシンダは寝台をまわりこんで彼に近づき、シャツを両手でつかんだ。「わからないの? ふたりで力を合わせて直面しなきゃならないのよ」

「なぜ?」

「わたしたち両方に影響をおよぼすことだから」

「私には影響があるが、きみにはおよばない。心配しなくていい、ルシンダ」

「いい加減にして」ルシンダは今や怒り狂っていた。「わたしたちふたりのあいだにつながりができたのに気づいていないなんて言わないでね。明日あなたが世界のはてへと旅立ってしまったとしても、わたしはあなたから逃れられない」

それを聞いてケイレブも怒りにとらわれた。彼は彼女の手首をつかんで身動きを封じた。「私がきみを逃さないさ」彼は言った。「私の身に何が起ころうとも、どれほど深く狂気に沈みこもうとも、きみを忘れることはないよ、ルシンダ・ブロムリー。魂にかけて誓う」

「狂気？」ルシンダは目をみはった。「なんの話をしているの？　たしかにあなたは何事にも真剣すぎるほどで、一途な人だし、ときどき少し極端なこともあるけど、狂っていないのはたしかだわ」

「今はまだね」

ケイレブは彼女の手を放し、本棚の迷路に飛びこんでいった。金庫の扉のところまでたどりつくと、頑丈な錠のダイヤルを合わせた。

ルシンダが彼のところへ追いつくころには、金庫の鋼鉄の扉は重々しく開いていた。その奥は暗闇に沈んでいる。その暗がりからエネルギーが脈打っているのがはっきりわかった。数多くの超常的な物がいっしょにつめこまれているせいだ。ケイレブは自分の感覚が乱されるのを感じた。ルシンダもこの不穏なエネルギーの波形に気づいているのはまちがいない。

扉がさらに大きく開くと、近くのランプの明かりがなかの暗がりを照らし、古い本や奇妙な古代の遺物をおさめた棚が見えた。ケイレブは手を伸ばして日誌と手帳のはいったどっしりとした作りの鋼鉄の箱をとり出した。

眼鏡の縁の上でルシンダの眉根が寄った。彼女は金庫のなかからただよってくる冷たい空気に凍えたというように自分の体を抱いて身震いした。

「それはいったいなんなの？」警戒する口調になっている。

「最近私が気を張りつめている理由さ」そう言ってケイレブは本棚の迷路を大股で戻り、鉄の箱を暖炉の前のテーブルの上に置いた。そして、ふたを開けると、なかから二冊の革表紙の本をとり出した。

ルシンダは強く興味を惹かれたという顔でその二冊をまじまじと見つめた。「それは何？」

「最近、ジョーンズの調査会社がかなり昔の殺人事件を解決したと知ったら、きみも興味を惹かれるだろうね。殺人者の名前はバーナバス・セルボーン。ほぼ一世紀も前に死んでいる人間だ。しかし、セルボーンは死のようなささいなことに邪魔を許すような人間じゃなかった。彼がまた殺人を犯す可能性は非常に高い」

「なんですって、いったい誰を？」

「どうやら彼の次の標的は私らしい」

29

わかったというようにルシンダの顔が輝いた。眼鏡の奥の目はとても青く、真剣だった。

「そのちっぽけな手帳に命を奪われると信じているの？」

「すでに奪われた人間もいると思っている。殺されたのは私の曽祖父のエラズマス・ジョーンズだ」

ケイレブは手帳を鋼鉄の箱のなかに戻し、ブランデーのデキャンタを手にとった。「真実を知りたいって？」そう言ってブランデーをグラスに勢いよく注いだ。「いいだろう、すわってくれ。教えてやろう」

ルシンダはゆっくりと椅子のひとつに腰を下ろし、ケイレブがグラスの中身の半分をひと息にあおるのを不安そうに見つめた。それから彼も椅子に腰を下ろし、鋼鉄の箱からまた手帳をとり出した。

「まず、このささやかで巧妙な殺人の詳細だが――」ケイレブはそう言って両手で手帳を持ち、革表紙をじっと見つめた。「エラズマスが自分の日誌のなかで使っている暗号を私が解読できたとたんに動機は明らかになった。三角関係のもつれからさ」ケイレブはあざけるようなまなざしを彼女に向けた。「私が愛を信じる人間じゃないという話はしただろう?」

「ええ、一度か二度そう聞いたと思うわ」

「エラズマス・ジョーンズが愛情深いタイプだったともあまり思えないんだ。それでも、欲望というものはわかっていて、若いご婦人を地獄のような結婚から救ってやりたいと思っていたのはたしかだ。イザベル・ハーキンの父親は娘をわれらが悪党と結婚させようとした」

「バーナバス・セルボーン?」

「そうだ。セルボーンは気性が荒いことで有名だった。イザベルの父親に多額の金を積んで娘をくれと頼んだときには、すでに三人の妻を失っていた。三人の前妻はすべて、ひどく短く、ひどく不幸せだと噂されていた結婚生活の後、早死にしたんだ」

「セルボーンが殺したというの?」ルシンダは静かに訊いた。

「エラズマスの出した結論ではそうだ。さっきも言ったように、彼はイザベルが同じ運命をたどらずにすむようにしようと決心した。それで駆け落ちしたんだ。戻ってきたふたりにイザベルの父親は怒り狂ったが、セルボーンの怒りには比べるべくもなかった。曽祖父は日誌に、セルボーンは自分の選んだ獲物を奪われた捕食動物さながらだったとつづっている」

「なんて恐ろしい表現かしら」

「エラズマスの日誌によると、セルボーンの前妻たちはみな生まれながらに超能力の持ち主だったが、外見が驚くほどによく似ていて、イザベルにもそっくりだったそうだ。髪や目の色も、体つきや年齢なども」

「つまり、セルボーンはイザベルによく似た女性たちに固執していたってことね」

「結婚式の翌年、曽祖父は二度命を狙われた。彼はセルボーンが黒幕ではないかと疑ったが、証拠がなかった。それから、セルボーンはイザベルを殺そうとした。その時点でエラズマスはもはやほかの選択肢はないと考えた。セルボーンを殺すしかないと」

「どうやって殺そうとしたの？」ルシンダは興味を惹かれた様子で訊いた。

「昔ながらのやり方さ。夜明けに拳銃で。セルボーンは重傷を負い、二日後に死んだ。しかし、すでに決闘を生き延びられなかった場合を考えて復讐の手はずを整えていた。それもひどくむごいやり方でやるつもりだった」

「何があったの？」

「決闘の二週間後、曽祖父がこの小さな手帳を手に入れることになった。それこそがシルヴェスター・ジョーンズの失われた手帳だという噂だった。もちろん、エラズマスは手帳に興味を持ち、すぐに暗号の解読にとりかかった」

「解読は成功したの？」

ケイレブは手帳をテーブルに置いた。「とりかかって何週間かたつころには、部分部分の解読はできていたが、それらを合わせてもなんの意味もなさなかった。そこで、最初に解読した暗号に別の暗号が隠されているのだと判断し、その暗号のパターンを見きわめようとしはじめた。それから何カ月もたたないうちに、じょじょにその手帳の暗号の解読にとりつかれたようになってしまい、急速に正気を失っていった。その後まもなく命を落とすことにもなった」

「彼の身に何が起こったの？」

「しまいに自分の研究室に火をつけ、窓から飛び降りて首の骨を折ったのさ」ケイレブは椅子の背に頭をあずけ、目を閉じた。「しかし、その前に、自分と同じ能力を持つ子孫のために自分の手帳と解読しようとしていた手帳を安全な場所に保管しておくのは忘れなかった」

ルシンダは身震いした。「なんておそろしい悲劇かしら」

ケイレブは目を開け、またブランデーを飲んだ。それから機械のように正確な動きでグラスを下ろした。「そうして一族に代々伝わる伝説が生まれたわけだ」

「あなたと同じ超能力を持つジョーンズ家の男は、自分の能力のせいで正気を失う運命にあるということ？　それがその伝説なの？」

「ああ」

「その手帳に書かれていることがあなたのひいお祖父様をおかしくさせてしまったと本気で信じているの？」

「ああ」

「その手帳がシルヴェスターのものだということも？」

「いや。おそらくはバーナバス・セルボーンがこしらえた偽物だろう」

「手帳のせいでどうやって人をおかしくできるというの？」とルシンダが訊いた。

「暗号に何か秘密があると思うんだ」ケイレブはブランデーのグラスを手のなかでまわした。「エラズマスはその暗号を解読せずにはいられなくなった。暗号のパターンを見つけようと、迷路にどんどん深くはまりこんでいったが、見つけることはできなかった。自分がおかしくなっていってることもわかってはいたが、そのうち、自分がその悪運から救われる秘密が手帳のなかに隠されていると信じるようになった。しかし結局、彼は負けたわけだ」

ルシンダは身を乗り出して彼の太腿に手を置いた。そのあたたかい感触が奇跡のように彼の感覚を鎮めてくれた。

「その手帳があなたのひいお祖父様になんらかの魔法をかけたかのように言うのね」彼女はやさしく言った。「あなたはきっと魔法なんてものを信じていないでしょうに、ケイレブ」

「ああ。それでも、何かにとりつかれるのがどれほど恐ろしいことかはわかる。ああ、ルシンダ、もう何ヵ月も私は自分がこののろわしい手帳の混沌とした世界に吸いこまれていくような感覚におちいっていたんだ」

「焼いてしまいなさいよ」ルシンダはきっぱりと言った。

「そうできればね。日々昼夜そうしようかと考えてはいるんだ。暖炉に火を入れて炎のなかに手帳を投げこもうとしたことは数えきれないほどある。ただ、どうしてもできなかった」

「何のせいでできないの？」とルシンダは訊いた。

ケイレブは彼女に目を向けた。「エラズマスがそうできなかったのと同じ理由さ。奇妙でばかげたことだとはわかっているんだが、手帳に隠された秘密を見つけるまでは手帳を燃やしてはいけないと私の能力が告げているんだ」

「どうしていけないの？」

「説明できない理由からさ。この手帳は私に死をもたらすものかもしれないが、呪いから逃れる唯一の希望でもあるんだ」

「ふうん」

ケイレブはブランデーを飲み終え、グラスをテーブルに置いた。「きみからどんな反応を期待していたのか自分でもわからないが、〝ふうん〟なんて気のないことばじゃないことはたしかだな」

ケイレブは妙に打ちのめされた気分だった。彼女に憐れまれたくないと自分に言い聞かせていたのはたしかだが、もう少し同情を示してくれてもいい気がしたのだ。そうやって打ちのめされた気分になったことからケイレブがどうにか気をとり直す前に、ルシンダが手帳を手にとって開いた。

「ああ、そういうこと」ゆっくりとページをめくりながら彼女は言った。「おもしろいわ」

ケイレブは椅子の肘かけをつかんで立ち上がった。もう一杯ブランデーが必要だ。

「その忌わしい手帳をおもしろいと思ってくれてうれしいよ」そう言ってデキャンタを手にとり、度の強いブランデーをまたグラスに注いだ。「きみには表紙の文字すら読めないと思うからなおさらだ。セルボーンが手帳のなかで使っているのと同じ暗号で書かれているからね」

「読めないわ」穏やかにページを繰りながらルシンダは言った。「でも、これがけっしてあなたの気をおかしくするものじゃないことはわかる」

ケイレブはデキャンタを手からとり落としそうになった。しばらくのあいだ、呆然として彼女をじっと見つめるしかできなかった。

「どうしてそうとわかる？」とようやくことばを発する。

ルシンダはさらに何ページか手帳を繰った。「手帳についてあなたの言ったことは正しいわ。これのせいであなたのひいお祖父様はおかしくなってしまわれた。でも、解読できない暗号が作り出す混沌とした世界に引きずりこまれたせいじゃないわ」

ケイレブはブランデーのことを忘れ、ぼうっとしてそこに突っ立ったまま彼女をじっと見つめた。

「だったら、どうして？」と訊く。自分の耳にも声がかすれているのはわかった。

「もちろん、毒のせいよ」

「毒？」

彼女は鼻に皺《しわ》を寄せた。「手帳のページにしみこませてあるわ。紙を毒の溶液にひたして、それが乾いてから暗号を書いたにちがいないわね。ページを繰るたびに、あなたのひいお祖父様は少しずつ毒を吸いこむことになった。意味をなさないことをこの手帳に書く際にセルボーンは手袋をはめていたんじゃないかしら。この手帳がほぼ百年も前のもので、あなたには幸運だったわね」

ふとケイレブはルシンダが素手で手帳を持っているのに気がついた。「くそっ、ルシンダ、手帳を下ろすんだ」

ルシンダは問うような目を彼に向けた。「どうして?」

「毒がついていると自分で言ったばかりじゃないか」ケイレブは彼女の指から手帳を奪いとると、それを火のついていない暖炉の炉床に投げ入れた。「さわってはだめだ」

「あら、そういう意味では、わたしにも、ほかのたいていの人にも、影響はないわ。その毒は超常的な効力を発揮するものだけど、あなたと同じ能力の持ち主にだけ効果があるように綿密に調合されたものだから。わたしには毒だとわかるけど、害はないのよ」

「ほんとうかい?」

「絶対に」ルシンダは手帳に目を向けた。「そんな巧妙なやり方で命を奪う毒を調合するなんて、セルボーンはある種の天才だったにちがいないわね。彼の能力はわたしが持つ能力にかなり似ていたんじゃないかしら」

「きみと似ていたはずはない。セルボーンは黒魔術に手を出していると噂されていた錬金術師だったんだ」

「彼が手を出していたのは、幻覚を呼ぶ、めずらしい種類の毒だと思うわ。この毒に調合されている材料のいくつかはわかるけど、全部はわからないもの。こんな手帳、燃やしてしまったほうがいいわね」

「すばらしい考えだ」ケイレブは暖炉のそばに寄り、火をつけにかかった。「奇妙なことだが、毒がついているとわかった今になっても、心のどこかでこの手帳を処分することに抵抗を感じている自分がいるよ」

「それに異常なほどの興味を抱いたとしても当然だわ。その毒は効力をほとんど失っているけど、まだあなたの超常感覚を揺さぶって、あなたを不健康な形で惹きつけることはできる。毒が新鮮だったときにさらされたあなたのひいお祖父様がそれに抗《あらが》えるはずもなかった」

ケイレブは燃え上がる炎が小さな手帳をなめはじめる様子をじっと見つめていた。「ひとつだけ私が正しかったことがある。この忌わしい手帳はほんとうに人殺しの道具だったんだ」

「ええ」

ケイレブは片手でマントルピースをつかみ、火がなかのページにすぐに達するように鉄の火かき棒で革の表紙を開いた。手帳を火からとり出したいという衝動と闘わなければならなかった。

「炎から離れていたほうがいいわ」ルシンダが言った。「煙にも毒が含まれている可能性は大きいから」

「そのぐらい予想してしかるべきだったな」そう言ってケイレブは椅子に戻り、腰を下ろして手帳が燃えるのを眺めた。「きみのおかげで正気も命も失わずにすんだよ、ルシンダ」

「ばかなことを言わないで。あなたならきっと毒の効果に屈することはなかったわ」

ケイレブは彼女に目を向けた。「私はそこまで確信は持てないね。正気を失うことがなかったとしても、人生が生き地獄になっただろうから」

「ええ、そうね、あなたが人並みはずれて強い心の持ち主でほんとうに幸運だったと言わざるをえないわ。精神的にもっと弱い人だったら、今ごろは精神病院送りになっていたかもしれないもの」

ケイレブは燃える本から無理に視線をはずした。「たとえ手帳が灰になっても、生涯この手帳にどうしようもなく惹きつけられたままなんだろうか？」

「いいえ、すぐにその影響力は失せるわ。でも、わたしがあなたのために煎じた薬を何杯か飲めば、より早く回復できるでしょうね。とくにあなたはもう毒にさらされていないんだから」ルシンダは彼に疑うような目をくれた。「煎じ薬は飲んでいるんでしょうね？」

「ああ」ケイレブはそばの棚の上に置かれたポットと小さな包みにちらりと目を向けた。「一杯か二杯飲むと気分がよくなることには気づいていたよ。でも、また手帳を手にとると、とりつかれたようになってしまっていた」

「手帳を開くたびに、毒を吸いこんでいたからよ」ルシンダはほほ笑んだ。「一件落着ね。おめでとう、ミスター・ジョーンズ」

「いや」ケイレブは言った。「解決したのはきみだ。どう礼を言っていいかわからないよ、ルシンダ。お返しできないほどの恩を受けた」

「ばかなことを言わないで」ルシンダの口調が突然そっけなくなった。彼女は膝の上で両手をきつく組み合わせ、燃える本に目を向けていた。「恩なんて何もないわ」

「ルシンダ――」

彼女は首をめぐらしてケイレブに冷ややかで内心の思いの読みとれない顔を向けた。「あなたがフェアバーンの一件を解決してくれたときに、それ以上の恩を受けたんだから。きっとこれで貸し借りなしよ」

「貸し借りがあったとは知らなかったな」ケイレブはまた苛立ちを感じはじめた。「重要なのは、われわれがお互いいい相棒だということだ」

「そうね。犯罪を解決することにどちらもおおいなる満足を感じているんですもの。このシダの一件が解決してからも、ジョーンズの調査会社のために喜んで相談にのるわ」

彼は指先と指先を合わせた。「じつを言うと、もっと正式な関係を結ぶことを考えていたんだ」

「そうなの？」ルシンダの眉が上がった。「まあ、たぶん、契約を交わしてもいいかもしれないけど、弁護士を立てる必要はない気がするわ。非公式にしておいたほうがうまくいくように思うの、そうじゃない？」

「くそっ、ルシンダ、私はわれわれふたりのことを言っているんだ。きみと私さ。お互いいい相棒だと認め合ったじゃないか」

ルシンダの目が見開かれた。「ええ」

ケイレブはほっと息を吐いた。「だったら、正式なものにしてどうしていけない?」

非常に満足のいく形でルシンダの顔が明るくなった。顔が輝く。

「すばらしい考えだわ」彼女は熱を帯びた口調で言った。「もちろん、よく考えなくちゃいけないけど」

「きみはいつもは決断力に長《た》けている人間のはずだが」

「そうよ。でも、これはいったん決断したら、拘束力が強いから。とても正式で、法的でもある」

「ああ、そうさ。そういうものだろう?」

「でも、わたしが断らないことは絶対にお約束できるわ」

ケイレブは少し気をゆるめた。「よかった」

「結局、あなたの会社と提携する機会をもらえるのはとてもわくわくすることだから、断れないもの」

「え?」

「ようやくわかったわ」ルシンダは両手を上げ、手振りで見えない枠を描いた。「ブロムリー・アンド・ジョーンズね」

ケイレブは耳にしたことが信じられず、身を乗り出した。「いったいなんのことだ?」

「わかってる、ジョーンズ・アンド・ブロムリーのほうがいいんでしょう。結局、会社をつくったのはあなたですものね。でも、こうやって提携関係を結ぶときには、顧客の反応ということも考えなくちゃならないわ。ブロムリー・アンド・ジョーンズのほうがぴんとくるもの。そのほうが語感もいいし」

「私が自分の会社をブロムリー・アンド・ジョーンズという名称にすると一瞬でも考えたなら、考え直したほうがいいな。そんな話をしているわけじゃないのはきみにもわかっているはずだ」

「あら、いいわ、それがむずかしいなら、ジョーンズ・アンド・ブロムリーでも。でも、それ以上の譲歩はなしよ」

「ちくしょう」

「あら、いやだ、この話はまたにしなくちゃ」ルシンダは勢いよく立ち上がった。「ずいぶんと時間がたったわ。帰らなくては」

「くそっ、ルシンダ――」

「今夜はロスメア家で舞踏会があるじゃない。準備しなくちゃならないことがたくさんあるの。たしか、ヴィクトリアが髪結いが二時に来るって言っていたし」ルシンダは生き生きとした笑みをケイレブに向けた。「心配しないで。ブロムリー・アンド・ジョーンズって響きに慣れたら、きっとあなたも気に入るから」

30

「問題は、あれほどに聡明な女性だというのに、ミス・パトリシアが――」エドマンドが言った。ことばの端々に苛立ちが現れている。「おべっか使いのしゃれ者たちの誰ひとりとして自分にふさわしい相手じゃないとどうしてわからないかってことです。半分は持参金狙いだし、あとの半分は外見にぼうっとなっているだけだ。どいつもこいつも心から彼女を愛しているわけじゃない」

「女性が夫に何をなぜ望むものか私に訊いているなら、訊く相手をまちがえているな」ケイレブはグラスにシェリーを注いだ「ベイジル・ハルシーのような頭のおかしい科学者が今この瞬間、創設者の秘薬を新たに調合している可能性といった単純なことなら、私に訊いてくれ。そういう問題なら得意分野だ」

ケイレブは身がまえつつシェリーを飲んだ。シェリーは大嫌いな酒だった。とくにルシンダが好んでいるらしい甘ったるい種類のシェリーは。しかし、選べる酒は少なかった。彼とエドマンドはルシンダの書斎にいて、そこには酒はシェリーしかなかった。ルシンダとパトリシアは二階で舞踏会のために着替えをしていた。ヴィクトリアも準備の最後の仕上げを監督しながら、彼女たちといっしょにいる。

エドマンドは部屋のなかをぐるぐると歩きまわっていた。ときおりうわの空で足を止めている。「ハルシーの行方については何かわかったんですか？」

「多少は」ケイレブはルシンダの机の端に腰かけていた。「しかし、充分とは言えない」そう言って懐中時計をとり出すと、時間をたしかめた。「今夜もう少しわかるはずだ」

「今夜何がわかるっていうんです？」

「ルシンダを拉致しようとしたもうひとりの男と会うことになっている」

「そいつを見つけたんですか？」苛立ちを浮かべていたエドマンドの目がつかのま興奮に輝いた。「それで、あなたと会うことに同意したと？」

「同意したとは言えないな。キットが一時間前に会いに来た。キットによると、その男は相棒が死んでから、毎晩とある酒場で酩酊《めいてい》しているらしい。つまり私は、今夜酒場でそいつをつかまえてやろうと思っているんだ。相手の虚をつけば、こちらに有利に働くはずだ」

エドマンドは眉根を寄せた。「ひとりで行ってはだめですよ。ぼくも連れていってください」

「いや。きみにはパトリシアとルシンダに目を配っていてもらわなくてはならない」

「だったら、別の誰かを連れていくんです。いとこの誰かとか」

「キットによれば、その男は当然ながら怯《おび》えきっているそうだ。相棒が命を落とすのを見て、ひどくびくついているのは明らかだ。知らない男がふたりで近づいてきたら、夜の闇のなかに逃げてしまうことだろう。そうなったら、また一からやつの居場所を探らなければならなくなる。いや、こういう状況には細心の注意を払って対処するのが一番だ」

「あなたがそうおっしゃるなら」エドマンドはすっかり納得した様子ではなかったが、それ以上は言い張らなかった。また部屋を行ったり来たりしはじめる。「レディ・ミルデンが縁結びのやり方を心得ているとあなたもほんとうに思っているんですか？」

「さあね」ケイレブはまずいシェリーをもう少し飲んでから、飲むのをやめ、グラスを脇に置いた。「まだ仕事をはじめてまもないからな。どのぐらいやり手なのか判断するには早い」

「ほんとうにそういう能力を持っているのかどうか見極めるには何年もかかるかもしれませんね。そのあいだにミス・パトリシアが野蛮な男や持参金狙いの男と結婚してしまう可能性もある。人生を台無しにしてしまうでしょうよ。とくにリヴァトンは胸糞の悪い男という気がする。持参金を持った娘と結婚するためなら、なんでもするんじゃないですかね」

ケイレブはそれについてしばらく考えをめぐらしながら、エドマンドがカーペットに道筋をつけるのを眺めていた。

「ミス・パトリシアの持参金はそれほど多くない」彼は抑揚のない声で言った。「たしか、それなりの収入は得られるが、莫大な額とは言えない」

「収入がどれほどであれ、ぼくが知るかぎりでは、リヴァトンにとってはとても魅力的みたいですよ。自分がどれほど考古学に夢中か、やつが彼女にもう一度言うのを聞くことになったら、やつは近くの窓から外へ放り投げられることになりますよ」

「ミス・パトリシアの将来の幸せがえらく気がかりのようだな」ケイレブは言った。「きみは彼女の結婚へのとり組み方がかなり冷たいと考えていたみたいだったが」

エドマンドの表情が暗くなった。「それだけですよ。ミス・パトリシアは冷たいご婦人じゃありませんから。それどころか、まったく逆です。感情に走ってまちがいたくないという思いのせいで、もともとはあたたかい心の持ち主なのに、それと反対のことをしようとしているんじゃないかと不安なんです。理想の夫を見つけるためのいわゆる科学的なやり方なんてのはばかばかしいものですよ。彼女がレディ・ミルデンに渡した、夫に求める忌々しい条件をご覧になりましたか？」

「そう、たしか、基準があるとは言っていたよ」そのことを思い出しながら、ケイレブは目を細めた。「ミス・ブロムリーのやり方を真似たのは明らかだな」

ブロムリー・アンド・ジョーンズ。いったいルシンダはどこからそんなことを思いついたのだ？　今日の午後、あれほどに知性にあふれた彼女がこちらの申し出をまちがって解釈したなどありえないことだ。私と結婚したくないなら、どうして素直にそう言わない？　会社の共同経営者になるなどというくだらない会話になったのはなぜだ？

ほんとうにこちらの言ったことをまちがって受けとったのでないかぎり、ありえない。なんてことだ。私のことばが足りなかった可能性があるのだろうか？

「彼女が求めているような男など存在しませんよ」エドマンドがきっぱりと言った。

「え?」ケイレブは意識してエドマンドに注意を戻さなければならなかった。「そう。条件に合った求婚者をそれなりの数集めることはレディ・ミルデンには手もないことだったようだな」

「でも、ミス・パトリシアにはふさわしくない相手ばかりですよ、どいつもこいつも」エドマンドは言い張った。

「そう確信しているのか？」

「もちろんです。ミス・パトリシアを救うのはぼくの義務だという気がするんですが、彼女はぼくの言うことになど耳を貸そうとしませんからね。そう、ぼくのことは番犬扱いですよ。いつも命令したり、頭を撫でたりするばかりだ」

「きみの頭を撫でるって？」

「たとえですよ」

「そうか」とケイレブは言った。

同じ男として大人らしい役に立つ助言を求められている気がして居心地が悪くなったが、頭には何も浮かばなかった。同じ問題で自分自身が役に立つ助言がほしいと思っているからかもしれない。

ブロムリー・アンド・ジョーンズ。

おそらく、その忌々しい条件が問題なのだ。ルシンダが夫に求める条件のすべてに自分があてはまらないことは喜んで認めるつもりだが、互いがぴったりの相棒であることは彼女も認めていた。超常感覚で惹かれ合っているのもたしかだ。

彼女に妥協させるにはそういった要因だけでは足りないのだろうか？　彼女が性格的な条件としてあげているものをすべて示してみせなければならないのか？　ちくしょう。陽気で前向きな性格にならなければならないと？　どれほど強い超能力の持ち主であっても、できないことはあるものだ。

つかのまの関係であれば、情事にふけるのもまったく問題ないが、結婚となれば、そういう不確かな要素はあってほしくなかった。ルシンダの条件にぴったり合う男がいつか現れ、シダの繁殖の秘密や、雌しべや、授粉といった官能的な話題について魅惑的な話をし、彼女をさらっていってしまったらどうする？

ヴィクトリアが部屋にはいってきた。その後ろにルシンダとパトリシアもいる。

「準備完了よ、紳士のみなさん」一個大隊を戦闘に向かわせる司令官のような口ぶりでヴィクトリアが宣言した。

ケイレブは無意識に机から腰を上げていた。エドマンドが突然足を止め、女性たちのほうに顔を向けたのがぼんやりとわかる。

ふたりが女性たちをじっと見つめているあいだ、つかのまの静寂が流れた。

ルシンダが顔をしかめた。「どうかしたの、ミスター・ジョーンズ？」

ケイレブは自分が彼女を凝視していたことに気がついた。そうせずにいられなかったのだ。ヴェルヴェットのリボンと光を反射する水晶を慎ましく飾った深い紫色のドレスに身を包んだ彼女は、うっとりするほど魅惑的だった。ぴったりした長い手袋が彼女の腕の優美な形を強調している。首につけたヴェルヴェットのチョーカーには、輝きを放つ水晶がさらに飾られていた。

そのときケイレブは悟った。今後一生、彼女が部屋にはいってくるときには必ず、刺激的なエネルギーと親密さを感じることになるだろうと。これでいいんだ、きみは私のものなのだから。理想の夫などくそくらえだ。今後そんなやつが愚かにも現れたりしても、絶対にこの手で消してやる。

まるでフレッチャーのような言い草ではないか。しかし、嘘はひとつもなかった。とはいえ、それを声に出して言うには、今はあまりいいときではないだろう。物事が不確かなときには、お行儀よくしているにかぎる。

ケイレブは気を引きしめて入口に近寄り、ルシンダの手袋をはめた手をとってお辞儀をした。

「いや」彼は言った。「どうもしないさ。一瞬驚いただけのことだ。きみとミス・パトリシアが今晩はなんとも言えず華やかなんでね。そうは思わないかい、フレッチャー？」

エドマンドはやはり恍惚《こうこつ》状態から覚めたばかりというようにはっとした顔になった。パトリシアの手をとりに前に進み出ると、どうにか堅苦しくお辞儀をした。

「きれいです」と彼は言った。喉を突然絞められたような声になっている。「その淡い青緑色のドレスを着ていると、おとぎ話のなかから抜け出してきた王女様のように見えますよ」

パトリシアは顔を赤らめた。「ありがとう、ミスター・フレッチャー」

ヴィクトリアがせき払いをして一同の注意を惹いた。「ミスター・フレッチャー、わたしとパトリシアといっしょの馬車に乗ってね。ミスター・ジョーンズは彼女の馬車でルシンダをエスコートして。〈ザ・フライング・インテリジェンサー〉に最近載った記事のことがあるから、ケイレブがルシンダを今夜舞踏場にエスコートする姿をみんなに見せつけるのが重要よ」

ルシンダは顔をしかめた。「まったく、こんなこと、しなくてもいいと思うんですけど」

「専門家の意見に逆らってはだめだ」とケイレブ。彼はつかんだままだった彼女の手を引っ張って自分の腕に彼女の腕をからませた。

一行が玄関の間に出ていくと、シュート夫人が扉を開けてくれた。表では二台の馬車が待ちかまえていた。ケイレブはルシンダのあとから彼女の小さな馬車の暗い車内へと乗りこみ、彼女と向かい合ってすわった。

「何があったの？」ルシンダが即座に訊いた。

「え？」

「何かあったのがわかるわ」ルシンダは言った。「あなたのオーラにこれまでとはちがう乱れがあるもの。わたしの指示どおり、今夜一杯か二杯の煎じ薬を飲んだのはたしかよね？」

「きみの煎じ薬に驚くべき効用があるのはたしかだが、今私のオーラを乱している原因にはあまり効かないと思うね」

「でも、癒されるって言っていたじゃない」

「毒に対処するときにはたしかにそうさ。しかし、今私が感じていることは、あの忌わしい手帳とはなんの関係もない」

「だったら、何？　たぶん、別の治療法があるかもしれないわ」

ケイレブは笑みを浮かべた。「たしかにね。残念ながら、今はほんの少ししかそれを試す時間はないが」

そう言って彼は身を乗り出してルシンダにキスをした。自分のものと刻印するようなすばやく激しいキス。

「今のところはこれで我慢するしかないな」ケイレブはそう言って、ルシンダに反応する暇も与えずに身を起こした。「新しい情報がはいった」

彼はキットからの伝言とルシンダを拉致した男と会うつもりでいることについて話して聞かせた。ルシンダはすぐに警戒するような顔になった。

「ひとりで会いに行ってはだめよ。ミスター・フレッチャーをいっしょに連れていって」

「彼も同じことを言っていた。彼に答えたのと同じ答えをきみにも返すよ。彼の仕事はきみとミス・パトリシアに目を配ることだ。私はひとりで大丈夫だから」

「武器は持っていくの？」

「ああ。しかし、きっと武器に頼る必要はないだろう。私のことは心配しなくていい。舞踏場へはエスコートするから。みんなに見えるようにダンスフロアで一度ダンスを踊り、それから一時間かそこら、舞踏場を抜け出す。きみを家に送り届けるには充分まにあう時間に戻ってくるよ」

「あなたは舞踏会用の装いだわ。港町の悪党と会うにはふさわしくない」

「信じないかもしれないが、それについては多少考えておいた」ケイレブは言った。「正装を隠すような外套《がいとう》と帽子を持ってきた」

「なんだか気に入らないわ」馬車のランプの明かりを受けたルシンダの顔は不安にくもっていた。「いやな予感がするの」

「少しは私の能力を信じてくれよ、ルシンダ。その男と会って何も起こらずにすむ確率は九三パーセントの高さだと私は見積もっている」

「それでも、七パーセントはそれがまちがっている可能性があるわけでしょう」ルシンダは扇をきつくにぎりしめた。「気をつけると約束して、ケイレブ」

「気をつける以上のことを約束するよ。舞踏会から家に帰る前にワルツをもう一度踊る時間があるころに戻ってくると約束する」

31

「そう、やつは悪魔だ」ペレットはそこでことばを止め、ジンを大きくあおった。上着の汚い袖《そで》で口をぬぐうと、テーブルにさらに少し身を乗り出して声をひそめた。「地獄からまっすぐやってきた悪魔さ。この目で見たんじゃなかったら、おれも信じられなかっただろうよ。大きなコウモリみたいな羽まで生やしてやがった。指はとがった爪だったし、目は熱い石炭のように光ってたしな」

そのことばが正確にその人物を言い表しているとはケイレブには思えなかったが、ペレットがひどく怯えているのは明らかだった。驚いたことに、彼は見知らぬ人間にその恐ろしい経験について話さずにいられないようだった。仲間たちからは正気を失ったとみなされ、異常者扱いされているのではないかという気がした。自分の話をまじめに聞いてくれる人間を見つけたら、堰《せき》を切ったように話さずにいられないというわけだ。

ふたりは少し混み合った居酒屋の奥の仕切り席にすわっていた。ケイレブには厚手のスカーフと浅い帽子と長い外套とブーツでは変装として不充分であることはよくわかっていたが、それでどうにかごまかせるはずだった。居酒屋にいる誰も、あとになって彼の人相を詳しく説明できないのはまちがいない。重要なのはそれだけだ。

「つまり、その悪魔があんたを雇ってミス・ブロムリーを誘拐させようとしたわけかい？」とケイレブが訊いた。

ペレットは顔をしかめた。「おいおい、誰が誘拐なんて話をした？　あれは単なる請負仕事にすぎなかったんだ。そいつは紳士をたのしませるためにそれなりの女を用意するある種の店の仲介人だという話だった。それがどういうものかはあんたにもわかっているはずだ。顧客のなかには、上流の女を求める連中もいるんだ」

「なるほど」

「おれにはわからないがな。おれには街で商売を学んだ色っぽい女をあてがってくれればいい。男を悦ばせることにかけちゃあ、誰よりもよくわかっている女さ。ふつう、上流の女たちはやり方がわかっていないもんだからな。おれに言わせりゃ、金の無駄ってやつだ」

「それでも、あんたを雇った男は上流の女なら誰でもいいって言ったわけじゃなかったんだろう？　ミス・ブロムリーを連れてこいと言って金を払った」

ペレットは肩をすくめた。「たいていそんなものさ。客が特定の女を指定する。ふつうは身寄りや金がなく、警察に届けを出すような夫のいない女が指定される。ごくふつうのとり決めだ。金は前金で半分、残りは商品を届けたときに支払われる」

「ミス・ブロムリーを届けられないとわかっていて、どうして再度客に会ったんだ?」

「何があったか説明すれば、困ったことになったのをわかってくれて、ブロムリーじゃない別の女を指名してくれるんじゃないかと思ったのさ。彼女をつかまえられなかったのはおれたちの落ち度じゃない。女に目が焼けるような粉を顔に投げつけられたんだから。シャーピーとおれは目が見えなくなって、息がつまり、あの街なかで死ぬんじゃないかと思うほどだった」

「しかし、客はほかの女を指名しようとはしなかった、そういうことか?」

「ああ」ペレットは肩をすくめた。「失敗したって聞いてえらく怒っちまった。サークルの仕事に失敗した代償は死だとかなんとか、わけのわからないことを言っていたよ。ほんとうのところ、シャーピーとおれはそいつが少しばかりいかれていると思っていたんだ。それからそいつは何か魔法のような技を使ってシャーピーの息の根を止めた」ペレットの目がうるんだ。「そんなことしなくてもいいじゃねえか。おれたちがやつに危害を加えたわけじゃねえのに。くそっ、この仕事のせいで被害をこうむったのはこっちだってのに」

今回の黒幕がわかり、ぞくぞくするものがケイレブの全身に走った。これまで頭のなかに築き上げてきた透明の迷路の奥深くで、突然ある通路が輝き出した。結局、正しい方向に進んでいたわけだ。

「悪魔はサークルということばを使ったのか?」彼は慎重に訊いた。

「そうさ」ペレットの広い肩が震えた。彼は神経を鎮めるためにまたジンを飲み、瓶を下ろした。「たぶん、何かの集団なんだろう」そう言って嫌悪に口をゆがめた。「紳士方ってのもおれたちと同じで、何かの目的で徒党を組むものだ。唯一のちがいは、連中は計画を練るのに、居酒屋や路地じゃなく、秘密のクラブに集うってわけだ。おまけに自分たちの集団を言い表すのに、〝組〟というかわりに、〝協会〟だとか〝ソサエティ〟だとか、上品なことばをつかう」

「そうだな」ケイレブが言った。「そのとおりだ」最近、ベイジル・ハルシーやアーケイン・ソサエティ内で活動している裏切り者の集団について考える際に心に浮かぶのは、〝秘密結社〟ということばだった。

「しかし、シャーピーとおれはサークルなんて呼ばれる紳士方の集団に雇われたなんて知りもしなかった。ちくしょう、悪魔ひとりが雇い主だと思っていたんだ。ただ、もちろん、やつが悪魔だってことも知らなかったが。知ってたら、仕事を請け負ったりしなかったさ」

「そいつはサークルについてほかに何か言っていたかい？」

ペレットは首を振った。「いや、何も。ただえらく険しい目でシャーピーを見ていた。そのときさ、シャーピーが悲鳴をあげ出したのは。おれは突然生まれてはじめてってほどに怖くなった。そいつがシャーピーに何をするつもりでいるにしろ、次はおれの番だとはっきりわかったからな。これだけはたしかだが、あたりの空気が変わるのがわかったよ。電気が走るみたいな感じだったんだ。シャーピーを助けることはできないとわかったから、命からがら逃げ出したんだ」

「悪魔はシャーピーにさわったのかい？　何か食べ物とか飲み物を与えたとか？　何かの武器を使ったのか？」

「いや、そこのところをおれは説明しようとするんだが――」ペレットは静かな居酒屋を見まわし、ささやくほどに声をひそめて言った。「誰も信じちゃくれねえんだ。おれがおかしくなっちまったって思われるだけだ。でも、あんたには教えてやるよ。その怪物はナイフも銃もとり出さなかった。シャーピーに魔法を使ったときも、少なくとも十歩分は離れたところにいた」

「その悪魔についてほかに何かわかっていることは？」ケイレブは訊いた。「目が光っていて、羽が生えていて、鋭い爪があるってこと以外に」

ペレットは肩をすくめ、またジンを飲んだ。「ほかにはあまりないな」

「教養の高い人間みたいな話し方だったかい？」

ペレットの広い顔がこわばった。「ああ、そう考えてみりゃあ、あんたの話し方に少し似ていたな。さっきも言ったが、紳士だったんだ。悪魔が労働者ふぜいの振りをするとは思わないだろう？」

「ああ、そうだろうな。身なりも紳士の装いだったのかい？」

「そうさ」

「顔ははっきり見たのか？」

「いや。やつに会ったのは二度とも暗い夜道でだった。やつは帽子とマフラーと襟を立てた外套を身につけていた」ペレットは当惑して顔をしかめ、ことばを止めた。「今のあんたみたいに」

「個人用の馬車で来たのか？」

ペレットは毛むくじゃらの首を振った。ジンがもたらした霧を不安が貫き出したようだ。

「辻馬車さ」そう言って彼は目を細めた。「なあ、やつがどんな馬車を使っていたか、どうして気になるんだ？」

ケイレブはその質問は無視した。「宝石は身につけていたかい？」どれほど酔っ払っているとしても、泥棒を生業としている連中は高価な物に関するかぎり、細かいことを忘れるはずはなかった。

ペレットの目がつかのま興奮にきらめいた。「えらく立派な嗅ぎ煙草入れを持っていたよ。ポケットからとり出したときに、ランタンの明かりを受けて光ったんだ。まるで本物の黄金のようだった。てっぺんに何かの宝石もついていた。暗すぎて何かはわからなかったが。ただ、ダイヤモンドじゃなかった。もしかしたら、エメラルドかもしれない。サファイアだってこともありうる。そいつを故買屋に持ちこんだら、かなりの値がつくだろうな」

「悪魔が嗅ぎ煙草を嗅いだのか？」

「そうさ。シャーピーを殺す魔法を使う前にひとつまみ嗅いでいたよ」

「おもしろい」

ペレットはまた朦朧《もうろう》とした酔っ払いの絶望の淵へと沈みこんでいった。「あんたもほかのみんなと同じだな。おれの言うことを信じていない」

「あんたの言ったことはひとこと残らず信じるさ、ペレット」ケイレブは上着のポケットに手を入れ、何枚か紙幣をとり出した。そしてそれをテーブルの上に放った。

ペレットは金を目にしてすぐさまわれに返った。「何のためだ?」

「なんとも役に立つ情報をくれたことへの報酬さ」ケイレブは立ち上がった。「それから、ただで助言してやるよ。私があんたなら、もう絶対に悪魔に会うまいとするだろうな」

ペレットは身をこわばらせた。「心配要らないさ。やつには絶対に見つからない」

「どうやって身を隠す?」

ペレットは肩をすくめた。「やつは悪魔かもしれないが、さっきも言ったように、紳士でもある。ああいった手合いは街のこのあたりにはやってこない。そう、こういう界隈《かいわい》には詳しくないからな。おれはここにいれば安全だ」

「あまりそう思いこまないほうがいいな」ケイレブは小声で言った。「やつがあんたのような人間相手に本気で用事をはたそうと思ったら、ここまでやってくるかもしれないぜ」

ペレットは凍りついたようになった。ジンのせいでぼんやりした目がはっと見開かれ、やがてそこに動揺があらわになった。その晩、目の前の紳士がレッド・ハウンドにある居酒屋までやってきたという事実をペレットが呑みこむまで、しばしの沈黙が流れた。

「あんたは誰だ?」ペレットは小声で訊いた。

「グッピー・レーンで拉致しようとしたご婦人を覚えているだろう?」

「そのご婦人がどうした？」

「彼女は私の女だ」ケイレブは言った。「あんたが命拾いしたのは、私があんたから情報を引き出す必要があったからだ。しかし、これだけは誓って言えるが、今後彼女に近づくようなことがあったら、今夜と同じようにまた楽々とあんたを見つけ出してやるからな」

ケイレブは笑みを浮かべた。

ペレットの口が何度か開いては閉じた。ことばは発せられなかった。抑えようもなく体が震えはじめている。

満足してケイレブは居酒屋の入口へと向かった。ジョーンズ一族に数多くいる狩猟者の能力を備えていれば、より劇的な効果があったかもしれないが、その能力を持っていなくても彼も本質的には狩猟者だった。それを笑みでもって相手に伝えたのだ。

32

一時間後、ルシンダはヴィクトリア、パトリシア、エドマンドといっしょに大広間の端にあるくぼみのところに立ち、優雅に着飾った人たちを眺めていた。

「あなたがおっしゃったとおりね、レディ・ミルデン」パトリシアがおもしろがるように言った。「この部屋にいるありとあらゆる紳士がルシンダと踊りたがっているように見えるわ。きっとわたしよりもダンスフロアに連れ出された回数は多いと思う」

「わけがわからないわ」ルシンダは通りがかった給仕のトレイからまたレモネードのグラスをとった。喉がからからだった。ダンスの申しこみをこれほど多く受けたのは、体を動かしていれば、不吉なことが迫っているという予感からつかのま気をそらすことができたからだ。ルシンダはケイレブが誘拐犯と会うなど、大きなまちがいだという感覚を心から振り払えずにいた。「娼館に売られかけた女の魅力っていったい何かしら?」

ヴィクトリアが満足げに穏やかな笑みを浮かべた。「悪名高きご婦人の魅力をあなどってはだめよ。とくにそのご婦人がジョーンズ一族の人間から求められている場合は」

ルシンダはレモネードにむせた。「求められている？」唾を飛ばさんばかりに言う。「求められているですって？　いったいなんの話をしてらっしゃるの？　ミスター・ジョーンズは今夜わたしとダンスを一度踊ってすぐに帰ってしまったんですよ」

「これだけはたしかだけど、あなたとケイレブ・ジョーンズの噂《うわさ》はもう何日も前から飛びかっているの」ヴィクトリアは陽気に言った。

ルシンダは顔に火がつく思いだった。「彼には、専門的な能力を駆使してわたしの個人的な問題を調査してくれるようお願いしただけです。わたしたちの関係はあくまで仕事上のものですわ」

ヴィクトリアは忍び笑いをもらした。「このあいだの晩と今晩、あなたと踊っている彼を見た人なら、あなたたちの関係が仕事上にかぎられているなどと思うはずはないわ」

「なんだか困ったことになってきましたわ」とルシンダが言った。

「ばかなことを」ヴィクトリアはすべてを振り払うように扇を軽く振った。「困ったことなど何もないわよ」そう言ってエドマンドに眉を上げてみせた。「あなたももうとっくにパトリシアをダンスフロアに連れ出していいころよ、ミスター・フレッチャー。わたしたち、あなたがパトリシアの家族の友人だという振りをつづけなくちゃならないんだから」

ルシンダが思うに、エドマンドはうっすらと赤くなった。パトリシアは真っ赤になり、突然ドレスの裾《すそ》をとめているホックを直すのに忙しい様子になった。

エドマンドは身をこわばらせ、ひどくかしこまってお辞儀をした。「ミス・パトリシア、お相手願えますか？」

パトリシアはドレスを直すのをやめ、深呼吸すると、手袋をはめた手を彼にあずけた。エドマンドは人ごみを縫って彼女を導いた。

ヴィクトリアは興奮に顔を輝かせた。「とってもお似合いだと思わない？」

ルシンダはエドマンドとパトリシアがダンスフロアへ出るのを見守った。「言い争っていないときにはそうですね。正直言って、若い男女があれほどひどい口げんかをするのは聞いたことがありませんわ。きっとあなたも……」彼女はそこでことばを止め、ヴィクトリアに顔を向けた。「ああ、まさか、あのふたりが夫婦としてぴったりだとおっしゃるつもりじゃないでしょうね？」

「完璧にぴったりよ。もちろん、いっしょにいるのを目にした瞬間にわかったわ。さあ、どうなるか、見守ることにしましょうよ。ワルツほど恋の鼓動を速めるものはほかにないんだから」

ルシンダはエドマンドがパトリシアをほんの少し引き寄せ、長く大きなターンをするのを見つめた。遠目でも、パトリシアが見るからに生き生きとしているのはわかった。

「ふうん」とルシンダ。「まあ、だからこそ、つまらないことで言い争ったり、忍び笑いをもらしたりしていたわけですね。でも、困ったことになるのも目に見えているわ。ミスター・フレッチャーはとてもすてきな人で、献身的にパトリシアを守ろうとしているみたいだけど、パトリシアが夫に求める条件は満たしていないと思いますもの。たとえば、それなりの確実な収入があるようにも思えないし。わたしの知っているかぎりでは、彼がミスター・ジョーンズのためにしている仕事は不定期で、予測のつかないものですわ。それに、考古学についても何も知らないし」

「言っておくけど、そんなのささいなことよ」

「パトリシアと彼女のご両親がそれをささいなこととみなすとは思えませんわ」

「超常的なエネルギーがぴったりなら、愛は成就するわ」

ルシンダはヴィクトリアに目を向けた。「愛は成就するかもしれませんが、最悪のことになる可能性もあります。それなりに年のいった女性であれば、不道徳な関係を結ぶのも許されることかもしれませんが、わたしのいとこのような若い女性にとっては許されることじゃありませんわ。そのことはあなたにもよくわかっているはずです」

「これだけは言っておくけど、わたしは不道徳な関係を勧める仕事をしているわけじゃないわ」ヴィクトリアは本気で腹を立てた様子だった。「わたしは結婚の縁結びをしていて、その仕事の責任をとても真剣に考えているのよ。覚えておいて、パトリシアとミスター・フレッチャーはきちんと結婚することになるから」

「障害がはっきりわかっていても?」

「いいえ」とヴィクトリア。「障害があればこそよ。愛を育てるのは上等のワイン用のブドウを育てるのに似ているんだから」

「つまり、ブドウの木が困難な状況で伸びようともがかなければならないほど、甘い果実が実るのといっしょということですか？」

「そのとおり」

33

レッド・ハウンドの居酒屋のまわりの闇に包まれた通りでは、辻馬車も貸し馬車も走っていなかった。馬車が見あたらないのは濃い霧のせいではなかった。その明かりの乏しい界隈の住民には馬車を使う贅沢《ぜいたく》を許される人間が少ないと御者にはわかっているのだ。

ケイレブは霧のなかでガス灯の明かりがひとつ光っている角へと向かった。そのまぶしい光がかがり火の役割をはたしてくれたが、夜の闇のなか、その明かりもさほど遠くまでは届かなかった。背後に足音が響くその前に、直感が誰かにつけられていると告げた。自分が出たあとに居酒屋の扉が再度開くことはなかった。背後の闇のなかにいるのが誰であれ、通りの反対側から居酒屋の入口を見張り、自分を待っていたのは明らかだ。

おそらく、ロスメア家での舞踏会からずっとつけられていたのだ。ここ一時間ほど、超常感覚が鋭くなっていたのもそれで説明できる。

脈打つエネルギーと熱が全身を貫く。以前は暗かった迷路の一部が突然光ったときと同じ刺激的な感覚だ。尾行してきた人間が手ごろな標的を探しているふつうのおいはぎということもありうるが、彼の超常感覚はそうではないと告げていた。九九パーセントの確率で、ペレットの悪魔に遭遇することになる気がした。

ケイレブは慎重にしっかりした足取りを保ち、後ろの人間に気づいていない振りをした。足音は近くなる。振り返って尾行者の顔を見ようとしても無駄だった。この霧が濃く立ちこめた暗闇のなかで何かを見分けることができるのは、超常的な夜の視力を持つ真の狩猟者だけだろう。

彼は片手の手袋をはずし、外套のポケットに手をつっこんで銃をとり出した。銃を脚に隠れて見えないようにしたまま、ケイレブは街灯のまわりをとり囲む光る霧のなかを進んだ。

衝撃的な恐怖のエネルギーがどこからともなく叩きつけられた。一瞬息が止まり、感覚がばらばらになり、神経が切り裂かれる気がした。大きな音がした。自分が銃を落としたことにぼんやりと気づく。

ケイレブは言い表しようのない恐怖に凍りついたようになり、よろめいて足を止めた。頭の片隅では、理由も根拠もないとわかっている恐怖。鼓動が大きくなり、肺がしめつけられる。ケイレブは呼吸をつづけるのがやっとだった。

突然、彼は最悪の悪夢のなかに投げこまれ、混沌とした深淵を前に、そこに落ちそうになってぐらついていた。ひりひりとした恐怖が血管を焼く。

無意識に、そして直感的に、ケイレブはその攻撃に対して超常感覚を鋭くした。超能力に火がつく。身に迫る混沌とした感覚がわずかにゆるみ、呑みこまれそうな暗い底なし沼からいくつかたしかなものをつかみとることができた。

やつの仕業だ。こうやってシャーピーとデイキンは殺された。やつは犠牲者をとてつもない恐怖へと追いやるのだ。それを押し戻さなければならない。さもないと、混沌とした恐怖のなかで溺《おぼ》れてしまう。

こんなふうに、でたらめで無意味なエネルギーの渦に巻きこまれてこの世から追い出されるわけにはいかない。明瞭で筋の通った確実なパターンを見つけ出すのだ。それが自分の能力なのだから、それを使ってしっかりとつかまるものを見つけなければならない。たとえその過程で命を落とすことになったとしても。

持てる意志の力を総動員することになったが、ケイレブはどうにか振り返って殺人者と直面した。筋肉を反応させるために精一杯意識を集中させなければならなかったため、永遠に時間がかかる気がした。

ペレットの悪魔が霧のなかから姿を現し、ぼんやりとした明かりのなかに進み出た。目に炎は燃えておらず、長い爪やコウモリの羽も持っていない。それでも、直面している相手が怪物であるのはたしかだった。

「今夜ここできみに会うとは驚きだな、ジョーンズ」その怪物は数フィート離れたところで足を止めた。「きみのような立場の紳士に出会うとは思えない界隈じゃないかい？　こんなところになんの用だい？　もしかしたら、上品な界隈では満たされないおたのしみを求めてかな？　気に入りのアヘン窟でもあるとか？」

ケイレブは答えなかった。自分が話せるかどうかもわからなかった。煮えたぎるようなエネルギーに感覚を焼かれ、舌が麻痺したように思える。しかし、超能力は意志に応えてくれていた。心の奥底で迷路が鋭く明確になり、理解可能なものになっていた。透明な壁や床があちこちで光る。あとはその光る部分をつなぐ方法を見つけるだけだ。

「自己紹介させてもらおう」そう言って悪魔はゆったりとした仕草で手袋を脱ぎ、上着のポケットに手をつっこんでぼんやりした明かりのなかで金色に光る何かをとり出した。「ぼくの名前はアリスター・ノークロス」

男は嗅ぎ煙草入れを開け、粉のようなものをひとつまみ手にとった。それを鼻にあてると、思いきり吸いこむ。

そのすぐあとで鋭い恐怖がケイレブの感覚を焼いた。その情け容赦のない恐怖に体はぶるぶると震え、歩道に倒れこまずにいるのが精一杯だった。

「ああ、そう、新たに調合した秘薬はとてもよく効く」ノークロスは言った。「ハルシーの言ったとおりだ」

迷路のなかでさらに光る通路があった。ケイレブは恐怖の波を押し戻し、そのパターンに注意を集中させた。不可能なことではなかった。超能力を働かせているあいだは感情を抑えておくことができたのだ。生まれてからほぼずっと、超能力の源となっている荒々しくも危険なエネルギーの核を抑制する方法を学んで過ごしてきたのだから。

「きみにはがっかりだと言わざるをえないな」ノークロスは嗅ぎ煙草入れを閉じ、ポケットに戻した。「伝説的なジョーンズ家の一員なんだから、もっとすごいと思っていた」

「私になんの用だ？」ケイレブはやっとの思いでことばを口に出した。

「ようやく口がきけるようになったのかい？」ノークロスは愉快そうだった。「いいね。やっと感心したよ。ぼくが超能力を使っているときに意味のあることばを発せる人間はとても少ないからね」

ケイレブは何も言わなかった。

「なんの用か教えてやろう、ケイレブ・ジョーンズ」ノークロスの声が興奮を帯びた。「きみが恐怖におかしくなってしまうのを見たい。それから、恐怖のせいで命を落とすのが見たい」

「どうしてだ？」

「もちろん、それがたのしいからさ。こんなことを言ってもなぐさめになるかどうかはわからないが、きみは最新の秘薬の効果を試すのにぴったりの人間だ。ハルシーに今日の午後もらったばかりで、まだ実験する機会がなかったんだ。でも、これで実験結果を目にできる。残念ながら、ぼくが精神力でどれほどのことができるのか、ほんとうのところを知って評価してくれる人たちは非常にかぎられている」

「エメラルド・タブレット学会のサークルのひとつか？」

しばし、恐怖の波が引いた。ケイレブには自分のことばがノークロスを驚かせ、つかのま集中力をそいだことがわかった。これほどに高い恐怖を引き起こすにはかなりのエネルギーと集中力が必要なのだろう。

しかし、すぐにまた恐怖の波が襲いかかってきた。心の準備をしていたにもかかわらず、ケイレブはその混沌とした波に溺れそうになった。

「つまり、きみは学会についてある程度知っているということだな」とノークロスが言った。「まあ、気づいている人間は少なくないんだろう。いいさ、ミスター・ジョーンズ。きみの質問に答えると、ぼくは第七超能力サークルの会員だ。しかし、それももうすぐ変わる。われわれはすぐにより高い地位へと昇りつめる」

「高い地位を得るのに私の命を奪う必要があるのか?」

ノークロスは笑った。「ちがうさ、ジョーンズ。サークルにとって脅威となる存在だから、きみを殺す必要ができたわけだ。きみがハルシーの足取りを見つけたのが明らかとなった今、きみを消すほか選択肢がなくなった。そう、彼を見つけさせるわけにはいかないからね。そうなったらすべてが台無しになってしまう。きみをあの世に送ったら、ミス・ブロムリーのことも処分する。それで一件落着というわけだ」

それを聞いて、迷路のさまざまな側面で通路が光った。新たな恐怖の波がケイレブを揺さぶる。こうなると、息絶えるまで正気を保つだけの問題ではなくなる。ルシンダを守るためにこの対決を生き延びなければならない。そうとわかってケイレブは新たな力をもってパターンに集中できた。

「ミス・ブロムリーはあんたにとって脅威ではないはずだ」と彼は言った。

「たぶんね。でも、これ以上の危険は冒せない。世間も新聞も、彼女が婚約者にしたのと同じようにあんたに毒を盛ったと知っても、それほど驚かないだろう。そうなれば、彼女は父親と同じようにみずから命を絶つしかないというわけだ。非常によくできた筋書きだとは思わないかい？」

「ルシンダはきみの忌わしいサークルのことは何も知らない」

「ほかの誰よりもきみにはわかっているはずだ。何事も徹底的にやらないといけないとね。さて、こうやって会話を交わしているのはたのしいが、もう終わりにするときだ。ご機嫌よう、ミスター・ジョーンズ」

深淵から混沌とした波が高まってきた。統制のきかない暗い力の波。ケイレブは迷路のもっとも明るい部分に逃げこんだ。そこでは太陽ほども強い光を発してもっとも重要な真実が輝いていた。自分だけが悪魔とルシンダのあいだに立ちはだかれるのだから、自分は生き延びなければならない。答えはわかってみれば、つねに驚くほど単純なのだ。

渦巻く暗闇は彼の心の超常的な迷路の上やまわりでぶつかり合った。それをケイレブは安全な輝く迷路のなかで見つめていた。奇妙な高揚感に包まれる。純粋な混沌の力を目にする機会に恵まれることは多くない。ケイレブは心奪われる思いだった。

夜の暗闇のなか、男が悲鳴をあげるのが聞こえた気がしたが、その悲鳴は無視し、ケイレブは荒れ狂う渦に全神経を集中させた。さらに集中力を高めると、今やエネルギーの嵐の中核にかすかに光るパターンが見える気がした。

そこにあるすべての答えが自分を待っているのがわかった。これほど巨大な真実を理解しながら、正気を保っていられる人間などいないことは絶対的にたしかだった。それでも、それをちらりと目にするだけでも、命絶えるその日まで、興奮が消え失せることはなさそうだった。

「やめろ、くそっ」

悲鳴となって発せられたそのことばには気を引かれたが、ケイレブはそれを無視した。混沌のなかにこんな目もくらむほどの美しさがあるといったい誰が想像するだろう？　自分にはそれを統制するのはもちろん、分析することもできない。しかし、自分の能力に力を与えてくれる荒れ狂う激しいエネルギーを味わうことができるのはたしかだ。

「心が。心が。こんなことがあるはずはない。やめるんだ」

最後のことばはまた恐怖に満ちた叫びとなった。

もはやそうやって気をそらされることには耐えられなかった。ノークロスをどうにかしなければ。ケイレブはうっとりするような混沌の渦から目をそらした。

ノークロスは銃をとり出していた。両手で握りをつかんでいたが、銃身はぶるぶると震えていた。顔は恐怖にゆがんでいる。

「ぼくに何をしているんだ？」ノークロスはあえいだ。「爆発する。あんたに殺される」ノークロスはケイレブの心臓に銃口を定めようとした。「死ぬのはあんたのはずなんだ、くそ野郎、ぼくじゃない」

ノークロスはルシンダに危害を加えるつもりでいる。為すべきことはただひとつだ。

ケイレブは混沌をひとつかみし、うるさい虫をつぶすようにノークロスに投げつけた。

アリスター・ノークロスは最後に一度口を開いたが、悲鳴は発せられなかった。彼は歩道に体を叩きつけると、ぴくりとも動かなくなった。

34

「死んだのはたしかなの？」とルシンダが訊いた。

「判断をまちがうような状況じゃなかった」とケイレブが答えた。声にはなんの感情も現れていない。

「意識不明の状態が死んでいるように見えることもあるわ」

「死んだのはたしかだ、ルシンダ。きみもすぐにその目でたしかめることになるよ」

ふたりはルシンダの馬車でノークロスが襲撃してきた場所に向かっていた。その少し前、ケイレブが舞踏場にはいってくるのを見て、ルシンダはほっとするあまり、泣き崩れずにいるのが精一杯だった。しかし、彼がすぐそばまで来ると、彼のまわりに今にも爆発しそうな暴力的なエネルギーが渦巻いているのがわかった。

そのときに、夜じゅうずっと自分を悩ませていた不安が想像の産物ではなかったことがわかったのだった。ケイレブはあやうく命を落としかけたのだ。そうとわかって揺さぶられた神経がもとに戻るまでにはかなりの時間がかかりそうだった。

しかし、心配なのはケイレブの神経のほうだった。何かがひどくまちがっている。ルシンダにはそれがわかった。彼は命がけの戦いをしてきたばかりなのよとルシンダは自分に言い聞かせた。そして、相手を殺した。そうしたことにはひどく神経を揺さぶられずにいられないものだ。

「その人、アリスター・ノークロスと名乗ったのね？」とルシンダは訊いた。

「ああ」

「知っている人だった？」

「いや」

「死体はどうしたの？」

「廃屋のなかに残してこなければならなかった」ケイレブは窓から霧に包まれた夜の闇をのぞきこんだ。「そうするよりほかなかったんだ。辻馬車や貸し馬車が走っていたとしても、あの界隈では見つけるのがむずかしいからね。死体を馬車に乗せるのを許してくれる御者がいるとも思えなかったし」

「どうしてわたしに死体を見てほしいの？」とルシンダが訊いた。

「きみの能力をもってすれば、私にははっきりわからないことがわかるかもしれないからさ」ケイレブは彼女のほうへ顔を向けた。「こんなことをさせてすまない、ルシンダ。ただ、重要なことだと思うんだ」

「わかったわ」ルシンダは肩にはおったマントの襟をさらにきつく引き寄せた。体が震えていた。夜の寒さのせいではなく、彼のオーラが放つ凍るような炎のせいだった。

シュートが暗闇に沈む建物の前の人気《ひとけ》のない通りで馬車を停めた。ケイレブが最初に降り、そのすぐあとにルシンダがつづいた。

「ここに残って見張っていてくれ」ケイレブはシュートに頼んだ。

「了解」シュートが答えた。「さあ、ランタンがお入り用でしょう」

ケイレブはランタンを受けとって火をつけた。燃え上がった炎が彼の目を底知れぬ暗い沼のように見せた。またルシンダの体に寒気《さむけ》が走った。何かがまちがっているという感覚が強くなる。

ことばを発することなく、ケイレブは振り返って狭い路地を廃屋のほうへ向かった。玄関の扉のところで足を止めると、扉をなかへ押した。ルシンダは死体と対面するときにいつもそうするように、神経と感覚を集中させ、用心しながら家のなかへはいった。

ノークロスが意識を失っているだけかもしれないという可能性を考えたなどばかげたことだった。床の上に転がっている男が絶命しているのは疑う余地がなかった。

「知っている人間かい？」とケイレブが訊いた。

「いいえ」

「会ったことのある植物学者か科学者じゃないかい？　講義や講演で会ったことは？　きみの父上が知っている誰かとか？」

ルシンダは首を振った。「知らない人だわ、ケイレブ」

「彼の死について何がわかる？」

ルシンダはその質問に驚いて目を上げた。「あなたが殺したっておっしゃったじゃない」

「ああ」

「わたしは……あなたが拳銃を使ったんだと思っていたわ」ためらうように彼女は言った。

「ちがう」

「ナイフ？」

「よく見るんだ、ルシンダ」彼はひどく小さな声で言った。「血が出ていないだろう」

いやいやながらルシンダは死体のそばに寄った。「もしかして、もみ合っているうちに頭を打ったとか？」

「ちがう」彼は同じように抑揚のない静かな声で言った。

ルシンダは慎重に超常感覚を開き、死体に残っている超常的なエネルギーの残滓《ざんし》にそれを向けた。残っていた奇妙で危険な薬草のエネルギーがすぐさま感覚にぶつかってきた。ルシンダは鋭く息を吸い、一歩あとずさった。

「なんだ？」とケイレブが訊いた。

「毒があるのはたしかよ」彼女は静かに答えた。「でも、これまで遭遇したことのない毒だわ。超常的なものであるのはまちがいないし、この人の能力に予測不可能な形で影響をおよぼしている。一時的に超常感覚を鋭くしながらも、その効果を発揮する過程でひどく神経をむしばむ性質のものだわ」

「創設者の秘薬だ」ケイレブの声は確信に満ちていた。「ハルシーに今日の午後、新しく改良された秘薬をもらったと言っていた」

「あなたが殺さなくても、きっと毒のせいで命を奪われていたと思うわ。それもたぶん、かなり早い段階で」

ケイレブはハンカチをとり出し、ノークロスの死体のそばにしゃがみこんだ。彼の手は革の手袋で守られていたが、さらに厚手の四角いリネンを使って死んだ男の上着から小さな物をとり出した。

ランタンの明かりがその優美な金色の嗅ぎ煙草入れに反射して光った。煙草入れのふたには小さな緑色の石が三角形を成すように飾られている。

「嗅ぎ煙草を使ったの?」ルシンダが顔をしかめた。「煙草の痕跡は感じられなかったけど」

「この箱のなかには粉がはいっているんだ。それが秘薬だと思う」

ルシンダは眼鏡を直し、箱のふたをさらにじっと見つめた。

「きっとそうだな」ケイレブはそれが小さな起爆装置であるかのように嗅ぎ煙草入れをじっと見つめた。「この装飾そのものが錬金術だ。火を象徴する形だよ」

ルシンダは超常感覚を鋭くした。

「その嗅ぎ煙草入れのなかに何がはいっているにせよ、この人が呑んだ毒であるのはたしかよ」と彼女は言った。

「箱を持っても大丈夫なのか？」

「ええ。その粉に直接触れることでしか、深刻で長引く影響を受けることはないと思うわ。その粉が超常感覚に対して恒久的な効果を発揮するためには、少なくとも多少肺に入れる必要がある。最初はその効果はとても刺激的よ。これを吸いこんだ人はまちがいなく、この薬が自分の力を高めてくれると思うでしょうね」

「しかし、じっさいは命を奪う作用がある」

「ええ」ルシンダはその粉の危険な要素がなんであるか判断しようとしながら言った。「ノークロスのように若くたくましい男性でも、長くて三日か四日しか生き延びられないわ。年寄りで弱っている人なら、もっとすぐに命を奪われるかもしれない」

ケイレブはエメラルドと黄金で作られた嗅ぎ煙草入れをじっと見つめた。「この箱の粉をどうやって処分したらいいと思う？」

「ほぼなんでもそれを無害にできるわ。秘薬の組成がきわめて弱く、不安定なのがわかる。酢のような酸の強い物質を加えれば、粉を処分できるわ。アルコールとか強いお酒でも同様よ。熱を加えることでも、粉の毒性をなくすことができる」

「これを食べたらどうなるんだい？」

「ほんの少しなら大丈夫だと思う。消化の途中で効果が弱まるわ。でも、摂取はしないほうがいいわね」

「そんなつもりはなかったさ」ケイレブは嗅ぎ煙草入れを慎重にハンカチに包むと、立ち上がった。「できるだけすぐにこれは処分しよう」

ルシンダはノークロスに目を向けた。「この人はどうするの?」

「スペラー警部に知らせよう。彼が処理してくれるだろう」

「でも、死因についてはなんて説明するの?」

「それはスペラーの問題で、私には関係ない」ケイレブはランタンを手にとった。「状況を考えれば、ありがたいことだ」

ルシンダはケイレブのあとからドアに向かった。「あなたが殺人の容疑をかけられたくないと思っているのは理解できるけど、これって結局は正当防衛じゃない」

「問題はそういうことじゃないんだ、ルシンダ」

「どういうこと?」

「問題は、自分がどうやって彼の命を奪ったのかわからないということなんだ」

35

ふたりはケイレブの研究室で作業台に載せた透明なゴブレットを見つめていた。ゴブレットになみなみと注がれたブランデーが暖炉の炎を受けてあたたかく輝いている。ゴブレットの底にはふたが開いて空になった嗅ぎ煙草入れが沈んでいた。エメラルドと黄金が琥珀色の液体のなかにとらわれている。

ケイレブが小さな箱を何度かブランデーに沈めることで、粉状の薬をそこに浸し、それを無害にしたのだった。ルシンダは強い酒に最初につけたときに秘薬の効果は完全に失われたと保証したが、ケイレブはどんな危険も冒したいとは思わなかった。酒を交換するたびに、彼は使ったブランデーを鉄の鍋に移し、暖炉の燃える火で蒸発させた。

「もう手で持っても大丈夫なのはたしかかい？」とケイレブが訊いた。

「ええ、もちろん」ルシンダは答えた。「最初につけたときから大丈夫だったわ。言ったでしょう、この秘薬はとても不安定なものなの。いったん効力を失ったら、超常感覚に効果をおよぼす特性をなくすわ。こうやって処置しなくても、その効力はもって数日だったんじゃないかと思う」

ケイレブは作業台の反対側から彼女を見つめた。「そうと感知できるのか？」

「ええ。この粉は切花のようなものよ。すぐに枯れはじめるわ。でも、こんなに危険で、効果がこれほどすぐに薄れる秘薬をわざわざ服用しようと思う人がいるのはなぜかしら？」

「さっきも言ったが、ノークロスはこれが新たに作られた秘薬だと言っていた。おそらく、実験を行う暇がなかったのだろう」

「もしくは、ノークロスが実験台だったとか？」とルシンダが言った。

「そうかもしれないな。薬の効果にえらく満足しているようで、それが自分の命を奪いつつあるとは気づいていない様子だった」

ケイレブはしばらく黙りこんだ。ルシンダは彼が自分の殻に閉じこもっていくのを見守っていた。

「秘薬の解毒剤を作れると思うかい？」しばらくしてケイレブは訊いた。

ルシンダは首を振った。「ごめんなさい。その嗅ぎ煙草入れにはいっていたものがなんであれ、その奇妙なエネルギーの効果を弱めるような薬草がわからないわ。永遠に解毒剤を作るのが不可能ということじゃないけど、わたしの能力は超えている。研究や実験もうんと要るけど、化学の分野の進歩も必要だと思うわ」

「謝らないでくれ。シルヴェスターは自分のつくった秘薬に対し、効果的な解毒剤を見つけたと言っている。自分の金庫の表面を覆う金箔《きんぱく》にその成分を刻むまでした。しかし、彼によると、その解毒剤は秘薬といっしょに服用しなければならないそうだ。理由は明らかだが、これまでその効果を試す現実的な方法はなかった」

好奇心がルシンダの心を浮き立たせた。「解毒剤の成分を書いたものがあるの？」

「現物はアーケイン・ハウスにあるが、写しは持っている」

ケイレブは本棚の迷路のなかに姿を消した。しばしの後、ルシンダの耳に金庫の扉が開く音が聞こえてきた。ふたたび姿を現したケイレブは片手に手帳を持っていた。

「金箔に刻まれていたとおりに成分を書き写しておいたんだ」

そう言って手帳をめくり、あるページを開くと、ルシンダに見えるようにそばに寄った。

ルシンダは眼鏡を直すと、わずかに身をかがめ、さまざまな植物や薬草のラテン語名が書かれたページにすばやく目を走らせた。

「ふうん」と言う。

「どうした？」

「この成分のほとんどは知っているもので、一般的な効用も超常的な効用も熟知しているわ。そのどれも、嗅ぎ煙草入れにはいっていた粉にも、そういう意味ではほかの毒にも、効果をおよぼすものじゃないのはたしかよ。それどころか、まったく逆だわ」

「どういうことだ？」

ルシンダは身を起こした。「このいわゆる解毒剤を服用すると、ものの数分で命を落とすことになるでしょうね」

ケイレブはゆっくりと息を吸い、一度うなずいた。「そうではないかという気がしていたんだ。忌々しいほどに明々白々だった。狡猾《こうかつ》な錬金術師は敵や好敵手に最後の罠《わな》をしかけておいたというわけだ」

「この成分表を自分の金庫に刻んでいたというの？」

ケイレブは手帳をぴしゃりと閉じた。「シルヴェスターはいつか誰かに自分の貴重な秘薬の製法が盗まれるかもしれないとわかっていた。だから、それがゆっくりと効果を発揮する毒だという警告を残し、ご親切にも解毒剤を用意したんだ。それも金箔に刻むまでしてね。錬金術師だったら、それを見つけて試さずにいられるかい？」

「あなたのおっしゃりたいことはわかるわ」

ケイレブは暖炉の前に立ち、炎を見つめた。

「できるだけ急いでノークロスの住まいとやつがつながりを持っていた人間を見つけなければならないな」彼は言った。「ハルシーとセヴンス・サークルのほかの会員を見つける唯一の手がかりだ」

ルシンダの全身に寒気《さむけ》が走った。「見つけたらどうするの、ケイレブ？　その人たちが殺人にかかわったという証拠は見つからないんじゃないかしら」

ケイレブは火から目を離さなかった。「この問題についてはゲイブと相談するつもりだが、答えははっきりしていると思うね。ハルシーと秘薬の調合のために彼を雇った連中を止めなければならないんだから」

ルシンダは腕を胸の前で組み、ケイレブをじっと見つめた。「つまり、殺さなければならないってこと?」

ケイレブは何も言わなかった。

「だめよ」彼女は腕をほどいて急いで彼のそばに寄った。「わたしの言うことをよく聞いて、ケイレブ。アーケイン・ソサエティのために調査を行うのは大事よ。でも、ソサエティのお抱えの処刑人のような存在になってはいけないわ。そういう役目をはたすようになれば、危険な毒を服用するのと同じだけ、確実にあなたがだめになってしまう」

彼はマントルピースをつかんだ。「だったら、ハルシーのような人間や、やつを雇った連中に私が何をすればいいというんだ? 秘薬が生み出す怪物をどうするというんだ?」

「そういう頭のおかしい連中を止めなきゃならないのはたしかよ。でも、秘薬がこれほどに人を惹きつけることを考えてみれば、また必ずその力を求める人間が現れるわ。あなたがそのすべてを殺す役目を引き受けるなんてだめよ。わたしが許さない」

ケイレブは厳しい目を彼女に向けた。「許さない?」

ルシンダは顎をつんと上げた。「わたしはあなたにそんなことを言う立場にないとお思いでしょうけど、あなたが人殺しを専門とするようになるのをただ傍観して何も言わないでいるなんてできないわ」

「もっといい解決法があるというのかい?」

彼女は大きく息を吸った。「秘薬の特性そのものに答えがひそんでいる気がするわ。あなたの話からして、どんな調合であれ、それを服用した人間は秘薬なしに長く生きられないわけだから」

「見つけしだい秘薬を処分すれば、秘薬を服用した人間も命を永らえられない。それがきみの答えかい？」

「秘薬を再現しようと夢中になっている人たちを止めるのがソサエティの義務だということはわかるわ。あなたが今夜のような行動をとらざるをえない場合もときにはあるかもしれないということも。でも、できるかぎり、秘薬そのものが恐ろしい役目をはたすのにまかせるべきだと思うの」

ケイレブは彼女から目を離さなかった。「きみの考えでは、そうすることで、今後失われるであろう命に対する私の責任が軽くなるというのかい？」

「ええ」ルシンダは今や激しい口調になっていた。「ほんとうにそう思うわ。完璧な解決法とは言えないけど。何が原因にせよ、誰かの死はあなたにとって容易に受け入れられるものじゃないはずよ。必ずあなたを悩ませることになるわ。でも、秘薬を調合しようとする人間は無実とは言えないのよ、ケイレブ。禁じられた危険な研究に手を出しているとはっきり自覚しているはずだわ。その結果、命を落としたとしたら、それはそれでしかたのないことよ。罪にふさわしい罰を受けさせましょう」

「きみは驚くべき女性だな、ルシンダ・ブロムリー」

「そう言うあなたこそ驚くべき男性だわ、ミスター・ジョーンズ」

ケイレブはしっかりとつかんでいたマントルピースから手を離し、両手で彼女の顔を包んだ。

抗いがたいほどに熱く激しいキスにルシンダは虚をつかれた。エネルギーが燃え上がったが、前に愛を交わしたときとはちがう感じがした。そこには官能的な力のみならず、非常に強い渇望もあった。彼女の病を癒す人間としての顔が表に出る。

「ケイレブ、具合が悪いの？」

「そうかもしれない。はっきりしないんだ。わかっているのは、今夜きみが必要だということだけだ、ルシンダ」

ケイレブは彼女のスミレ色のドレスを脱がしはじめた。繊細な留め金が音を立ててはずれ、薄いシルクが裂ける音がした。

ルシンダは不安になって彼の顔を両手で包んだ。彼の発する熱にはっと息を呑む。その熱は体だけでなく、オーラからも発せられていた。

「あなた、熱っぽいわ」と彼女はささやいた。

そう言いながらも、その熱が体ではなく、超常的なエネルギーから発するものであるのはわかっていた。

「あなたが今夜殺したと思っているあの人――」

「殺したのはたしかだ。さらに言えば、同じ状況におちいったら、一瞬のためらいもなく同じことをするだろう。しかし、ああいった形で自分の超能力を使うことには代償がつきものだとわかってきたよ」

ルシンダは驚いて彼の顔を探るように見た。「ケイレブ、あの人を殺すのに、超能力を使ったというの？」

「ああ」

突然ルシンダは理解した。彼のなかで渦巻く超常的な熱は、今夜彼が行ったことの後遺症なのだ。ほんとうに超能力を使ってノークロスを殺したのだとしたら、まちがいなく持てる力を限界まで発揮することになったはずだ。そのすぐあとで疲れはてて倒れてしまっていてもおかしくない。しかし、彼は膨大なエネルギーを使ったせいで荒れ狂い、乱れるエネルギーのパターンをどうにか制御しようとしていたのだ。

「いいのよ、ケイレブ。わたしといっしょにいるんだから」

「ルシンダ」彼は永遠につづく夜の端に立つ人間の目をしていた。「生まれてこのかた感じたことがないほどにきみが必要だ」

ルシンダは腕を彼の体にまわし、自分の光とエネルギーを彼のなかに注ぎこもうとした。

「わたしはここにいるわ」とささやく。

ケイレブは彼女を寝台に押し倒し、すばやい動きでズボンの前を開いた。服をすべて脱ごうともしなかった。次の瞬間には、ルシンダは倒れかかる彼の体に薄いマットレスの上で押しつぶされる格好になっていた。彼の体の重みで寝台がきしむ音を立てた。

今度ばかりはやさしい愛撫などまったくなかった。ケイレブは激しい欲望のまま、容赦なく彼女を扱った。彼女を傷つけまいと彼が必死で自制しているのがルシンダにはわかった。しかし、その熱い渇望がこれまで知らなかった、まったくちがう形の興奮を呼び起こした。ルシンダは彼の肩にしがみついた。「わたしは壊れ物じゃないわ」

「わかってる」ケイレブは熱くなった顔を彼女の胸に寄せた。「わかっているさ。きみは強い。とても強い」

ケイレブは手を彼女の脚のあいだにすべりこませ、彼女を包むと、そこが濡れているのをたしかめた。それから、ふたりのオーラそのものに火をつけるような焼けつくエネルギーをほとばしらせながら性急にはいってきた。

一度、二度、三度とつくと、みずからの種をなかに放ちながら、ケイレブは彼女に覆いかぶさったまま動かなくなった。

終わったときには、倒れかかってきたケイレブは深い眠りに落ちていた。

36

ルシンダは何分か待ってから、彼の重い体の下から身を引き出した。ケイレブはわずかに身を動かしたが、目は開けなかった。彼女は彼の喉の脈に触れてみた。力強く、安定した脈を感じてほっとする。今は熱も引いていた。

ルシンダは立ち上がって服を着はじめた。ぼんやりとした夜明けの光が窓を明るくしている。自宅に戻るべきだとはわかっていたが、ケイレブが目を覚ますまで彼を置いていくことはできなかった。彼女は暖炉の前の椅子にすわって待った。

しばらくしてケイレブはようやく目を開けた。超常的な熱の兆候がなくなっているのを見て、ルシンダは安堵の思いに包まれた。

「何時だ?」と彼が訊いた。

「五時になるところよ。ここに連れてきてもらったときに、シュートを帰しておいてよかったわ。わたしを待って馬車のなかでひと晩を過ごさせるなんて考えるのもいやだもの」

ケイレブは身を起こし、床に足を下ろした「心配は要らないさ。上流社会では舞踏会のあと、夜明けに家に戻るなんてのはふつうのことだ。近所の人もほとんど気づかないさ」

「どうやらうちの近所の人を知らないようね」

ケイレブは立ち上がって下に目を向け、自分が服のほとんどを着たままでいることに驚いた顔になった。それから顔をしかめ、ズボンの前を留めた。

「本気で近所の目を気にしているのかい？」と訊く。

「いいえ」とルシンダは答えた。

「そうだと思った」彼は服を直し、彼女に目を向けた。「無粋なことをしてしまったみたいで謝るよ、ルシンダ。私は……？」

「わたしを傷つけたりはしなかったわ」彼女はやさしく言った。「あなたがわたしを傷つけることは絶対にない」

ケイレブは大きく息を吐いた。「突然熱病に襲われたみたいだった。説明できないが」

「そのことを考えていたんだけど、あなたが昨日の晩、あの異常な人に何をしたかわかれば、説明できると思うわ」

ケイレブはぴたりと身動きをやめた。「言っただろう、自分が何をしたのかわからないって」

「でも、あなたの超能力が彼の命を奪ったのは絶対たしかなわけでしょう」

「それはまちがいない」彼の顎がこわばった。「そう……そのときにそれはわかった」

「その前に彼を殺すことを考えた？　意志の力で彼を殺そうとした？」

「そんなことは不可能だ。意志の力で他人の命を奪える人間などいない」

「彼のほうはあなたに対してそういったことをしようとしていたみたいだけど」

「いや、やつは意志の力で私に死をもたらそうとしていたんじゃない」ケイレブは首の後ろをこすった。「なんらかの形で高めた超能力を用いて私のオーラを乱そうとしていただけだ。昨晩起こったことはすべて魔力ではなく、超能力のなせる技だった」

「どんなふうにそれが起こったのか正確に教えて」

ケイレブは手を下ろした。「殺されかけていることはわかった。自分が死んだら、やつがきみを狙うこともわかっていたが、そんなことをさせるわけにはいかなかった。体はほとんど動かなかった。落とした銃を拾うこともできないほどだった。何かの直感が、唯一の希望は自分の超能力を最大限に発揮することだけだと告げた。やつのエネルギーの流れに対抗する盾としてそれを使おうとしたんだろうな」

「言いかえれば、火で火を制そうとした」

「たぶん、そういうことだったと思う。ただ、超能力を最大限に高めたときに、突然どうすればいいかわかった。まるで嵐の目に達したような感じだったんだ、ルシンダ。混沌とするエネルギーを手でつかんだかのようだった。説明できないやり方で、あの男にそのエネルギーを投げつけてやり、やつのオーラを乱してやったわけだ。やつはすぐに息絶えた。さらには、そうしながら、私にはやつが死ぬのがわかっていた」

ルシンダはしばらくそのことを考えていた。

ケイレブはそれをじっと待った。

「ふうん」しばらくして彼女は口を開いた。ケイレブは顔をしかめた。「それはいったいどういう意味にとればいい？」

「そう、あなたが自分の超能力を武器として使えるよう、波長を合わせたようにわたしには思えるわ」

「信じてもらえないかもしれないが、そのぐらいは自分でも考えたさ」彼は苦々しい口調で言った。「問題は、どうやってそれができたかだ。それと、なぜあの瞬間まで自分がそうできると知らなかったか」

「答えはわからないけど、だいたいの想像はつくわ」

「どんな？」

「その瞬間まであなたが自分の超能力のエネルギーをそんな形であやつれると知らなかった理由は、ほかの武器が使えないところで、生死をかけた戦いにのぞむことがこれまでなかったからよ」ルシンダは両手を広げた。「死を目前にして、本能が働いたんだわ」

ケイレブは消えかけた暖炉の火をじっと見つめた。「ああいった形で自分が人を殺せるとわかるのは奇妙な感じだな」

「あなたが一番気になっているのは、あの瞬間、自分自身と自分の能力を制御できないと感じたことじゃないかしら。知性や分別じゃなく、本能と直感に頼りきりになったこと」

長い沈黙が流れた。火から目を上げたケイレブは本気で驚いている顔をしていた。

「前から気づいていたんだが、きみはすばらしい慧眼《けいがん》の持ち主だね、ルシンダ」

ルシンダはまわりをとり囲む本棚の迷路を身振りで示した。「超常的なエネルギーで人の命を奪える強い超能力の例がほかにもあるってあなたが教えてくれたのよ」

「ああ、でも、記録に残っているなかでも、そういった能力を持つソサエティの会員は伝説や言い伝えにすぎないと思われるほど、非常にまれなんだ」

ルシンダはほほ笑んだ。「あなたはジョーンズ家の人間よ。錬金術師のシルヴェスターの直系の子孫だわ。それだけでも、あなたは伝説や言い伝えになるにふさわしい人じゃない」

「そうは言っても、それほど並外れた能力を持っているわけじゃないからね。私の能力は単にパターンを読みとるこつと結びついた鋭い直感といったものだ。そんな能力がどうして武器の役割をはたせる?」

「わからないわ」彼女は答えた。「でも、どんな形で用いられるにせよ、超能力は超能力よ。あなたはそういう超能力を多大に持ち合わせている」

ケイレブはしばらくそのことについて考えをめぐらした。

「きみの言うとおりだな」しばらくして彼は言った。「説明としては不完全だが、それで満足するしかない。このことはわれわれふたりだけの秘密にしよう、ルシンダ。いいかい?昨晩じっさいに何があったのか、一族の人間にも知られたくない」

「つまり、この新たに発見したあなたの能力が、ジョーンズの調査会社の暗く大きな秘密のひとつになるってこと?」

「きみも秘密を守ることに慣れるよ」彼は言った。「今後この調査会社は数多くの秘密を抱えることになる気がするんだ」

37

「あなたがミスター・ジョーンズの仕事仲間になるっていうの？」パトリシアはルシンダに追いつこうと、温室の通路を急いで進んだ。「でも、あなたは植物学者であり、植物で人を癒す人間であって、調査員じゃないわ」

「彼の会社の共同経営者になることを考えているところだって言ったのよ」ルシンダは足を止め、アナナス類の植物に水やりの缶を傾けた。「わたしが毒を感知する能力を持っていることはあなたも知っているでしょう。その能力は調査の世界ではとても役に立つわ」

「ええ、でも、ほんとうにジョーンズの調査会社の共同経営者になるっていうの？　とんでもなくわくわくするわね」パトリシアは心から称賛するような顔になった。「あなたって昔からわたしに刺激を与えてくれる存在だったわ、ルーシー」

「お褒めいただいてありがとう」小さな満足感がルシンダの心に広がった。「ミスター・ジョーンズはこの新たな秘密結社の問題のせいで、今後わたしの能力が彼の会社にとってとくに重要になると感じているの」

「それはたしかに理解できるわね。エドマンドも言っていたわ。彼もミスター・ジョーンズの会社の相談役としてうんと協力することになるだろうって」

ルシンダは水やりの缶の口を上げた。「エドマンド？」

パトリシアは顔を赤らめた。「ミスター・フレッチャーよ」

「そう。朝食の席であなたとミスター・フレッチャーが今日はずいぶん仲良しだと思わずにいられなかったわ」

「あの人はとても興味深い紳士よ」パトリシアは言った。「話がとても刺激的なの」

「そうなの？」

「もちろん、あの人がわたしの条件のすべてにあてはまっているわけじゃないのはわかっているわ」パトリシアは急いで言った。

「ふうん」

「持っている超能力はかなりめずらしいものだし」

「ミスター・ジョーンズもそう言っていたわ」

「それに、過去の経験も人並外れているの」

ルシンダはいとこに目を向けた。「どんなふうに？」

「そう、舞台の奇術師になる前は、あちこちで貴重品を失敬して生計を立てなければならなかったんですって」

「なんてこと、泥棒だったの？」

「わたしにはすべて話してくれたのよ、ルーシー。盗みって言っても、ほかの泥棒や故買屋からしか盗まなかったそうよ。気づかれないぐらいささやかな物を盗るように気をつけていたんですって」

「つまり、標的は警察に通報しないとわかっている人ばかりだったってわけね」

パトリシアは顔を輝かせた。「そのとおり。彼は鍵のかかった扉をすり抜けたり、貴重品が隠してある場所を感じとったりする能力を持っているの。そういう能力の持ち主だからこそ、ミスター・ジョーンズにとってとても役に立つ人間ってわけ」

「ジョーンズの調査会社でのミスター・フレッチャーの将来がひどく気がかりの様子ね」

パトリシアは肩を怒らせた。「彼と結婚するつもりでいるからよ、ルーシー」

「ああ、パトリシア」ルシンダは水やりの缶を脇に置いて両腕を広げた。「あなたがかつて泥棒や奇術師だった男性と結婚するつもりだと知ったら、あなたのご両親はなんて言うかしら？」

パトリシアは目をうるませてルシンダの腕のなかに身を投げた。

「わからない」とすすり泣きながら言う。「でも、彼を愛しているの、ルーシー」

「知ってるわ」ルシンダはいとこを抱きしめた。「レディ・ミルデンもあなたが彼を愛していることに気づいているわ」

パトリシアは驚いて涙で濡れた顔を上げた。「気づいている？」

「昨日の晩、舞踏会であなたとミスター・フレッチャーは理想的な夫婦になるって言っていた」

「ああ、なんて」パトリシアは上品なハンカチをとり出して目をぬぐった。「どうしたらいいかしら？　ミスター・フレッチャーとの結婚を許してくれなくちゃならないって、どうやってママとパパを納得させられる？」

「あなたに夫を見つける指南役としてわたしたちはレディ・ミルデンを雇ったのよ。ミスター・ジョーンズがよく言うように、専門家のことは信用しなくちゃならないわ。あなたのご両親の問題は縁結びの専門家にまかせましょう」

パトリシアは濡れたハンカチをドレスのポケットにしまい、顎を上げた。「ママとパパが許してくれなかったら、絶対にミスター・フレッチャーと駆け落ちするわ」

「ふうん」

「彼を受け入れてくれるようレディ・ミルデンがうちの両親を説得できると思う？」

「彼女はこうと決めたら、なんであれ成し遂げる能力を持った人だとは思うわ」

パトリシアは笑みを浮かべ、最後の涙をまばたきで払った。「ああ、ルーシー。彼のこと、ほんとうに愛しているの」

「わかるわ」ルシンダはやさしく言った。「あなたには想像もできないほどに」

38

宝石店の裏の暗がりからエドマンドが現れた。ケイレブはまわりでエネルギーが沸き立つのを感じた。フレッチャーの目的によこしまなところはないかもしれないが、彼が自分の能力を発揮するのをたのしんでいるのはたしかだった。われわれはみなそうなのでは？

「宝石店っていうのはもっとちゃんとした鍵をかけているものだと思うじゃないですか」エドマンドが言った。勝ち誇った冷ややかな満足感の現れた声だ。

「手にはいったのか？」とケイレブが訊いた。

「もちろん」エドマンドは革表紙の本を掲げた。「宝石の取引に関してラルストンがつけている帳簿です。去年の分です」

「よくやった」ケイレブは帳簿を受けとった。「馬車のなかでたしかめられる。そうしたら、見つけた場所に戻してくるんだ。運がよければ、朝見ても宝石屋はそれに誰かがさわったことにも気づかないはずだ」

「まかせてください、ミスター・ジョーンズ」エドマンドはそんなこともできないかもしれないとほのめかされたことに気を悪くしたようだった。「明日の朝は誰も何にも気がつきませんよ」

「きみのことは信用してるさ。行こう」

ふたりはシュートが馬車を停めて待っている路地へと戻った。その晩、ケイレブは数多くいる親戚のひとりで狩猟能力を持つ若者に頼み、ランドレス・スクエアでの護衛の役割を務めてもらう手はずを整えていた。宝石店に忍びこむ仕事は自分でもできただろうが、そういったことにおいては、フレッチャーの能力のほうがすぐれているのはまちがいなかった。

嗅ぎ煙草入れの底についている宝石店の純分検証印に気づいたのもエドマンドだった。ケイレブは彼が高価な宝石店の純分検証印にそれほどに詳しくなった理由については訊かないことにした。フレッチャーが舞台に立つようになる前にどのようにして生計を立てていたのか、かなりはっきりと想像はついていた。

狭い馬車のなかで、ケイレブはカーテンをしっかりと閉め、ランプをつけて帳簿を開いた。探していたものを見つけるのに時間はかからなかった。

「高品質のエメラルドで三角形の装飾をつけた金の嗅ぎ煙草入れひとつ」ケイレブは帳簿を読んだ。「以前のふたつの取引と同様のもの」

「こういう嗅ぎ煙草入れがひとつ以上あると?」とエドマンドが訊いた。

「少なくとも三つはあるようだな」

「購入者は?」

ケイレブはページの上で指を動かした。超常的な迷路が突然さらに輝いた。高揚感にあふれるエネルギーの噴出を感じるのは今度はケイレブの番だった。「ザクスター卿。住所はホーリングフォード・スクエア」

「知っている人ですか」

「よくは知らないが、会ったことはある」ケイレブは目を上げた。「アーケイン・ソサエティの裕福な会員だ。たしか、植物にかかわるある種の能力を持っている。この陰謀がソサエティの奥深くまで達していることはゲイブにも話したが、ほかにソサエティの会員が何人エメラルド・タブレット学会にかかわっているのかは想像するしかない」

「これからどうします?」

「ホーリングフォード・スクエアを訪ねる」

「もう夜もかなり更けた時間ですよ」

「ザクスターとお茶を飲むわけじゃないからな」

ホーリングフォード・スクエアは月明かりに満ちていた。ケイレブとエドマンドはシュートと馬車を真っ暗な暗がりに残して大きな邸宅の裏庭へまわった。エドマンドはすばやく鍵のかかった門を開けた。

「家に明かりはともっていませんね」エドマンドは静かに言った。「みなベッドにはいっている。幸運でしたね。犬もいないようだから、居酒屋から持ってきた肉を使う必要もない」

「そうだとしたら、その肉はきみがあとで食べればいい。ジョーンズの調査会社のために働く役得だと思ってくれ」

エドマンドは答えなかった。これからの仕事に全神経を集中させているのだ。

「一番大きな危険は使用人たちですね」エドマンドは言った。「そのうちの誰かが夜食をとりに突然厨房へやってくるかもしれない。それに加えて、家の主人がえらく心配性で、ベッドサイドのテーブルに拳銃を置いている可能性も考えておかなければなりません。でも、たいていの場合、目を覚ます者はいないはずです」

「助言をありがとう」ケイレブが応じた。「専門家と仕事ができるのはいつも助かるよ」

「ええ、まあ、ぼくが一度か二度、こういった類いの仕事の経験があることは言っておくべきでしょうね、ミスター・ジョーンズ」

「そうだと思っていたよ」

「あなたが昔から狩猟能力を持つ家系の出で、あなた自身、音もなく動けることはわかっていますが、それでも、ここはぼくがひとりで侵入するのが一番だと思いますね」

「だめだ」ケイレブは暗闇に沈む邸宅をじっと見つめた。期待が全身に広がる。そこに答えが待っていると感覚が告げていた。「私もなかへはいらなければ」

「何を見つけるつもりでいるのか教えてください。ぼくが見つけて差し上げますから」

「そこが問題なんだ」ケイレブが言った。「じっさいにこの目で見るまで、何を探せばいいのか私にもわからない」

「わかりました」エドマンドはまわりに目を配った。「この庭はすごいですね」

「ザクスターの能力が植物に関係するものであることは言っただろう。秘薬を再現しようと思う者がいたら、そういった超能力の持ち主の力を借りるのはとても理にかなったことだ」

「アリスター・ノークロスが植物にそれほど興味を抱いていたようには思えませんが」

「ああ、やつは興味などなかっただろう。セヴンス・サークルでのやつの役割はちがった類いのものだったはずだ」

「薬屋とミス・ブロムリーを拉致しようとした犯人のひとりを殺したのはやつでしょう？」

エドマンドが静かに訊いた。

「そうだ」

ふたりは厨房からなかへはいったが、どちらも即座に足を止めた。エドマンドも家のなかに誰もいないわけではないという不気味な感覚に襲われたのだとケイレブにはわかった。

「階下《した》に使用人はいません」エドマンドが小声で言った。「それはたしかです。でも、家のなかには誰かがいる。それは感じます」

「私もだ」

「ジャスパー・ヴァインの邸宅に忍びこんだ晩に、彼の死体を見つけたときの感覚を思い出します。その晩、使用人たちは不在でした。邸宅には誰もいなかったはずなのに、ひどく奇妙な雰囲気がただよっていた」

「きみはロンドンの裏社会でもっとも力を持つ貴族の家に泥棒にはいったのか?」

「何度も。気づかれたことはないと思いますよ。そう、古い懐中時計とか、指輪とか、ささいな物しか盗《と》らないようにしていましたから」

「裕福な人間はそういった物は置き場所をまちがえたと思うものだからな」

「そのとおりです」とエドマンド。「ヴァインが警察に通報するのを恐れたわけじゃありませんでした。ただ、盗んだ人間を探されたらいやだと思ったんです」

「死体をどこで見つけた?」

「書斎です。お話ししてもいいですが、死体を見つけてひどく不安になりましたよ。死ぬ前に幽霊を目にしたというような死に顔でした。恐怖に顔がねじ曲がっていたんです。ぼくは上等の時計と彼が愛人のひとりのために買った真珠のネックレスをいただいてその場をあとにしました」

「ちくしょう」ケイレブは小声で言った。迷路の別の部分が輝く。「それもアリスター・ノークロスの仕業のようだな」

「ヴァインが今回のことにどのようにかかわっているというんです?」

「まだわからない。しかし、関係はあった。そんな気がする」

ふたりは厨房をすり抜けて長い廊下に出た。ケイレブは書斎の扉の前で足を止めた。机の引き出しが開いたままになっている。そこに書類か紙挟みがはいっていたとしても、ほとんどが持ち去られていた。

「われわれの前に誰かがここへ忍びこんだんだな」とケイレブが言った。

「ずさんなやり方ですね」エドマンドが感想を述べた。

「そいつが誰であれ、急いでいたのはまちがいない」

朝の間と応接間は静まり返っていた。月明かりと街灯の光がカーテンを開いたままの窓から部屋のなかへ射しこんでいる。使用人たちはカーテンを閉めずに引きとったようだ。

ふたりは広い階段をのぼりはじめた。どんよりと静けさが広がる二階からかすかに声が聞こえてくる。

男が誰かに話しかけているようだなとケイレブは胸の内でつぶやいた。しかし、それに答える声はなかった。

ケイレブは外套のポケットから銃をとり出し、静かに廊下を渡った。そのすぐあとにエドマンドが従った。

左側のつきあたりにある寝室に近づくと、声が大きくなった。その部屋からは冷たい空気が流れてきている。窓が開いているのだ。

「……そう、毒を盛られたんだ。だから幽霊と話ができるのだ。ハルシーが私を殺した。あの女の死を私のせいだと言ってな。いったいどうして私にわかるという……」

そのことばは不気味に何気ない口調で発せられていた。クラブで天気の話でもするかのような口調。

「……選択の余地があったわけじゃない。ジョーンズがかかわってきてからは。そう、わかりようはなかったのだ。あの薬屋が何を知っているかはわかりようがなかった。ハルシーがあの女に何を明かしたかなど、わかりようがなかったのだ……」

ケイレブはつきあたりにある寝室の開いた扉の前で足を止め、壁に身を押しつけた。エドマンドは静かな影のようにその脇をすり抜け、入口の反対側に陣取った。

ケイレブは部屋のなかをのぞきこんだ。火のついていない暖炉の前に置かれた読書用の椅子に男が腰をかけていた。脚を膝のところで組み、椅子の肘かけに肘をついている。男は両手の指先を合わせ、開いた両開きの窓から射しこむ月明かりに向かって話しかけていた。

「……思い返せば、あの男をサークルに加えたのは大きなまちがいだった。もっと分別があってしかるべきだったんだ。しかし、そう、彼の能力が必要だと思ってしまった。もちろん、あの一族に狂気がひそんでいることなど知らなかった。これだけはたしかだが、それに気づいていたら、彼を会員に加えることに同意などしなかった……」

エドマンドに姿を隠したままでいるよう身振りで命じ、ケイレブは銃を脚の脇に下ろして部屋のなかへはいった。

「こんばんは、ザクスター」抑揚のない、脅威を与えない声を保って彼は言った。「お邪魔して申し訳ない」

「これはどうしたことだ?」ザクスターは若干驚いたものの、警戒するふうでもなく首をめぐらした。「つまり、別の幽霊が現れたということかな?」

「まだ幽霊ではない」ケイレブはそう言って月明かりが射しこんでいる場所まで行って足を

止めた。「私の名前はジョーンズ。お会いしたことがあるはずだが」

ザクスターはじっとケイレブを見つめ、それからうなずいた。「ああ、もちろん」相変わらず何気なさすぎる口調のまま彼は言った。「ケイレブ・ジョーンズ。きみを待っていたんだ」

「待っていた？　それはなぜです？」

「遅かれ早かれきみが現れるとわかっていたからね」ザクスターは人差し指でこめかみを叩いた。「われわれのように超能力を有する者はそういったことを感知するものだ。しかし、それについてはきみも同じようにわかっていると思っていたんだが。きみ自身、かなりの力の持ち主だからね。まあ、残念ながら、今ではもう遅すぎるが。そう、私は毒を服用してしまっている」

「創設者の秘薬だ」

「ばかなことを。ドクター・ベイジル・ハルシーの作った毒だ。そう、昨晩、調合したばかりのものをくれた。前のものよりも安定していると言って。前のものにいくつか問題があったのはたしかだ。服用した者みなそうだった」

「ハルシーから新たに調合した秘薬をもらったと？」

「ああ、そうだ」ザクスターは苛々と片手を動かした。「われわれがデイキンを始末したことで、ハルシーはひどく怒り狂ったのだ。しかし、じっさい、ほかにどうしようがあった？　あれは彼の失敗だったのに」

「失敗とは？」

「ハルシーはミス・ブロムリーの温室から盗んだシダで、デイキンのために毒を調合するべきではなかったのだ。そのせいで今度のことにきみがかかわってくることになった。そうなると、きみがいつか薬屋を見つけ出す危険があった。彼女を始末しなければならないのは自明の理だったのだ。ハルシーには教えなかったのだが、もちろん、彼はすぐにそのことを知った」

ケイレブはデイキンの部屋にあった写真を思い出した。「デイキンとハルシーは恋人同士で、彼女こそ、彼の息子の母親だった。ハルシーは恋人を殺したあなたに復讐するために毒を盛った」

「ハルシーのような出自と立場の人間とかかわりになるなど、愚かしいことだったのだ。あいった輩《やから》は信用が置けないからな。立場をわきまえもしない。問題は、ハルシーのような能力と技術を持った人間がきわめてまれだということだ。救護院に出向いていけば、超能力を持った科学者を雇えるというものでもないだろう？」

「デイキンを殺したのはあなたではないだろう、ザクスター？　自分の代わりにアリスター・ノークロスを送りこんだ」

「それが彼の能力だからね。彼をサークルの一員に迎えた理由でもある。そばに置いておけば、役に立つ人間だとわかっていた」

「ノークロスの出自は気にならなかったと？」

「もちろんさ。ノークロスは紳士の生まれだからな。さっきも言ったが、狂気の家系だとは知らなかったのだ。まあ、すんだことはしかたない、そうだろう？　みなまちがいは犯すものだ」ザクスターは金の懐中時計をとり出し、時刻をたしかめた。「そう、あまり時間は残されていない」

「ハルシーはどこだ？」とケイレブが訊いた。

「なんだって？」ザクスターはうわの空でそう言うと、椅子から立ち上がり、開いた窓のそばに置かれた、引き出しのついたタンスのところへ行った。「ハルシー？　彼と息子は今夜早い時間に訪ねてきたよ。実験の経過を見たいとかなんとか言ってな。どうやら毒に命が奪われるまで二日ほどかかるらしい。ハルシーが言うには、あの世へ行く前に私に多少考える時間を与えたかったそうだ」

「ハルシーと息子が今夜ここに来たと？」

「帰るときに、私の日誌や記録を盗っていったよ。言っただろう、ああいった連中は信用ならないのだ」

「ふたりがどこへ行ったかわかるか？」

「スレイター・レーンにある彼らの研究室にいなければわからないな。ハルシーはじっさいその研究室で暮らしている。さて、私は行かなければ。計画はことごとく失敗に終わった。エメラルド・タブレット学会の一員で、こんな最悪の事態を引き起こして生き延びられる者はいないからな。それだけは明確にされている」

「学会について話してくれ」とケイレブが言った。

「学会は紳士のためのものだ。こういう状況におちいった紳士がそこから逃れるには方法はひとつだろう?」

ザクスターは引き出しに手を伸ばした。

「だめだ、くそっ」ケイレブはザクスターのほうへ突進した。

すばやい動きではあったが、間に合わなかった。ザクスターは引き出しから拳銃をとり出すと、一瞬のたくみな動きで銃口をこめかみにあてて引き金を引いた。

暗闇のなかで小さく稲妻が光った。銃声は耳を聾《ろう》するほどだった。

そしてあとには、死がもたらす突然の深い静寂が残された。

39

研究所からはかつて置かれていたはずの高価な道具や手帳がすべてなくなっていた。残っていたのは壊れたガラスと、いくつかの簡単に手にはいるありふれた化学品の瓶だけだった。

「ハルシーと息子はザクスターとノークロスに毒を与えてから、かなり急いで姿を消したにちがいないですね」とエドマンドが言った。

ケイレブはランプをつけ、混沌《こんとん》とした部屋のなかを眺めまわした。「つい最近、ここで死んだ生き物がいる」

「部屋の奥に檻《おり》がありますよ」エドマンドが恐る恐る前に進み出た。嫌悪のあまり鼻に皺を寄せている。「ネズミですね。六匹ほど」そう言って振り向いた。「これで、ジョーンズの調査会社はふたりの頭のおかしい科学者の足取りを追わなくちゃならなくなったようですね」

「どちらもすぐに研究への資金提供者を探すことになるのはたしかだな。そこが科学を追究するうえでの問題点だ。資金なしには追究できないからな。遅かれ早かれ、ハルシーは新しい資金提供者を見つけるだろう。そうなったら、やつの行方もわかるさ」

「ハルシーと息子とサークルのほかの会員たちの行方を探るのに手伝いが必要なんじゃないかと思いますが」

「これから壮大な追跡作戦が待ちかまえていることは言われなくてもわかっている」ケイレブはうなるように言った。

「ぼくはただ、この機会を利用してお知らせしておきたかっただけですよ。今後いつなんどきでも、ぼくの専門的な力をあなたの会社のためにお役に立てる用意があると」

「この会社は人材派遣会社じゃないんだ、フレッチャー」

「たしかに」エドマンドはせき払いをした。「ただ、お知らせしておこうと思って。これからどうします？」

「この部屋をくまなく調べるんだ。前回ハルシーが逃げ出さなければならなくなったときには、やつは書類をいくつか残していった。運がよければ、やつがどこへ逃げたかわかるような何かを残していっているかもしれない」

「やつがここにミス・ブロムリーのシダを置いてないかと思うんですが」エドマンドはまわりを見まわしながら言った。「見あたらないようですね」

「すぐにルシンダをここに連れてくるさ。植物に関することなら、何か証拠を見つけてくれるかもしれない」

「彼女にしても、ここで何かを見つけられるとは思えませんね」

ケイレブは部屋を横切って檻に近づいた。なかには六匹のネズミの動かない死体があった。

「それはどうかな」と彼は言った。

「わたしのアメリオプテリス・アマゾニエンシスがここにあったのはたしかよ」ルシンダが憤慨しながら言った。「それはわかるわ。あのいやらしいこそ泥のドクター・ハルシーが研究室を見捨てるときにいっしょに持っていったのね。つまり、二度盗んだということだわ」

「ネズミだ、ルシンダ」ケイレブが我慢強く言った。

ため息をついてルシンダは部屋の奥に置かれた檻に近寄り、死んだネズミを検分した。感覚が震える。彼女はマントを体にきつく引き寄せた。

「ザクスター卿とアリスター・ノークロスの嗅ぎ煙草入れにはいっていた毒と同じものを与えられているわ」と彼女は言った。「まずはネズミで試して、まちがいなく命を奪うものかどうかたしかめたのよ」

「ハルシーは復讐をたしかなものにしたいと思っていたんだな」とケイレブが言った。

40

「新しく調合した秘薬をここに持ってきました」ハルシーは皺くちゃの外套のポケットの底から包みをひとつとり出し、それを作業台に置いた。「今朝、ミスター・ノークロスが私の研究室にとりに来ると思っていたんですが、いらっしゃらなかったので、自分でお届けすることにしたんです。最近あなたがご自宅を離れられないことはわかっていますから」

エラベックは包みに目を向け、心に絶望が湧き起こってくるのに抗おうとした。アリスターはケイレブ・ジョーンズを尾行するつもりだと言って二日前の夜に出かけたまま、戻っていなかった。

何かひどく悪いことが起こったのだ。エラベックは胸の内でつぶやいた。しかし、それを調べるすべがなかった。これまで外の世界の情報をもたらしてくれたのはアリスターだった。自分ひとりでできることはほとんどなかった。ロンドンの街でどこぞの紳士の遺体が見つかったかどうか、スコットランド・ヤードに問い合わせる危険も冒せない。ジョーンズの調査会社に接触して援助を頼むわけにいかないのもたしかだった。

エラベックは頭をしぼったが、息子がランスリー・スクエアの自宅へとつながる何かを身につけていたとは思えなかった。アリスターがほんとうに命を落としたとしたら、最初にそのことを知るのは、身元不明の人物の謎の死を報じる新聞記事となるだろう。

「この新しい秘薬に効果があるのはたしかなのか？」彼はハルシーに訊いた。

「ええ、たしかです」ハルシーは首を縦に何度か振った。「ネズミたちは元気です。副作用のようなものは何も現れていません。一日か二日でずっとご気分もよくなるはずです。お試しくだされば、私の言う意味がおわかりになりますよ。非常に効果が高いながら、これまでになく安定したものになっています」

エラベックは包みを手にとって開いた。ひとつまみつまむと、吸いこむ前に、残された自分の超能力でその効果を推し量ろうとするかのように、じっくりと検分した。強いエネルギーは感じられたが、それだけだった。問題は自分の超常感覚が弱るあまり、もはや植物のエネルギーを感知することができないということだった。

「ずっと効果の高いもののようだな」彼は言った。心に小さな希望の火がともる。おそらく、遅すぎることはないのだ。

「ええ、たしかに」ハルシーは言った。「この新しい秘薬はその効果がずっと長つづきすることも保証できます」

「どのぐらいだ？」

「そう、一カ月か二カ月といったところでしょうか」ハルシーは興味津々で温室を眺めた。「ほう、非常に興味深い植物を収集されていますね。見てまわってはいけませんか?」

「別のときにな」エラベックはきっぱりと言った。「今日はあまり気分がよくないのだ。温室を見せる気にはならない」

ハルシーははっきりとした拒絶に身をひるませたが、すぐに気をとり直した。「ええ、そうでしょう。すみません。ずうずうしいお願いでした」

エラベックは粉をひとつまみ吸いこんだ。失うものは何もない。身の内でダイヤモンドほども鋭い感覚が花開き、不安を振り払った。粉は超常感覚全体に勢いよく広がった。何週間かぶりに温室じゅうに広がるエネルギーの波形をありありと感じられた。幸福感に包まれる。結局、遅すぎることはなかったのだ。

命を永らえるだけでなく、学会においてもっとも力を持つ会員になれるはずだ。スティルウェルの残した書きつけによれば、秘薬は服用した人間の潜在能力と活力を回復させる効力を持つとのことだった。スティルウェルは秘薬には寿命を二十年も長くする力があると信じていた。おそらく、アリスターの代わりとなる息子――健康な息子――を作る暇もあることだろう。

「おまえの言うとおりだ、ハルシー」エラベックは閉ざされていた感覚を押し開く純然たる恍惚感を抑えようとしながらささやいた。「どうやら、すばらしく効果があるようだ」

「そうです。お約束したとおりに」ハルシーはせき払いをした。「もしよろしければ、ミスター・エラベック、報酬のお支払いをお願いしたいんですが。秘薬を作り上げるのに必要な新しい成分やら何やらで、最近研究室でかかる費用が非常に高くつきまして」

侮蔑《ぶべつ》の思いがエラベックの心に走ったが、やがてそれがおもしろくなった。「おまえはすばらしい科学者かもしれないが、ハルシー、ザクスターの言うとおり、根は商人にすぎない、そうだろう？　薬屋とまったく同じでな」

「ええ」眼鏡のレンズの奥でハルシーの目が光った。「薬屋とまったく同じです」

41

ケイレブはルシンダの温室の作業台にもたれ、彼女が小さな道具でシダの裏側を調べるのを眺めていた。この明るく小さな密林で彼女が仕事に励む姿を眺めるのは愉快だなと彼は胸の内でつぶやいた。彼女のまわりで生き生きとしたエネルギーが渦巻いている。しかし、彼女が朝のコーヒーを飲むのを眺めるのも同様に心に活気をもたらしてくれるのだった。くそっ、彼女のことを考えるだけで元気が出るのはたしかだ。

「いったいそれはなんだい？」と彼は訊いた。

「キムノグランマ・トリアングラリスよ」目を上げずにルシンダは答えた。「金色のシダ」

「シダじゃなく、シダを調べるのに使っている道具のことさ。小さな虫眼鏡のようだが」

「折りたたみ式の真鍮《しんちゅう》のリネン調査器よ。商売で布を扱っている人が四角い布一枚に何本の糸が織られているか数える道具。シダの胞子を見るのにとても役に立つの。ポケットに入れて持ち歩けるし。ミスター・マーカス・E・ジョーンズが著書の『西方のシダ』のなかでおおいに勧めている道具なの」

ケイレブはほほ笑んだ。「そうなのか？」

ルシンダは顔に考えこむような表情を浮かべて手を止めた。「その人、あなたの親戚じゃないかしら？」

「マーカス・E・ジョーンズが？　ちがうと思うな」

「残念ね」彼女は言った。「そう、とても評価の高いシダ学者だから」

「ジョーンズはありふれた名前だからね」

「たしかに」とルシンダ。「そうね。じっさい、あんまりありふれた名前だから、超常的な問題の調査なんていうふつうじゃない領域を専門とする会社には、ジョーンズ・アンド・カンパニーなんて名前より、もっと印象的な名前のほうがいいんじゃないかしら」

「賛成しかねるね。今のままあまり目立たない名前のほうが、将来有益だとわかるだろうさ」

「ふうん」ルシンダはまた手に持った虫眼鏡をのぞきこむ作業に戻った。「ハルシーについて何かわかったことは？」

「くそっ、何もない。息子といっしょに行方をくらましたままだ。きっとすぐに別の資金提供者を見つけることだろうが」

「前の資金提供者に毒を盛ったという噂が立ったら、見つからないわよ」

「運がよければ、噂は立たないさ。ザクスターとノークロスに与えられた毒についてゲイブに報告したんだが、理事会には報告しないことに決めたようだ。その秘密結社にはソサエティの上層部のほかの会員もかかわっているにちがいないと彼は確信している。ハルシーが信用ならない人間かもしれないと警告を与えるようなことはしたくないそうだ」

「つまり、秘薬を装った毒についても、調査会社の暗く大きな秘密になるってことね」

「このままでいったら、ジョーンズの調査会社のすべての秘密を記憶しておくのもむずかしくなるだろうな」

ルシンダはまた小さなレンズを持った手を途中で止めた。「ふうん」

「なんだい？」とケイレブが訊いた。

「ドクター・ハルシーと息子は秘薬を使っているのかしらと思ったの」

「いい質問だ。私自身そのことは考えた」

「それで？」ルシンダがうながした。

「三番目の嗅ぎ煙草入れのことが頭から離れないんだ」

「どういう意味？　ザクスターがハルシーに渡したにちがいないわ。たとえ秘薬を入れるのに使わなくても、逃げるときに持っていったはずよ。結局、とても高価なものなんだから。ハルシーはいつも資金を必要としているようだし」

「おそらくね」とケイレブ。

ルシンダは眉を上げた。「あなたっておそらくなんて言わない人じゃない、ケイレブ・ジョーンズ。可能性や確率について話すときには、必ず数字で答えるわ」

「ときにはね」

ルシンダは苛立ちを抑えられますようにと祈って目を温室の屋根のほうへ向けた。「それで、ハルシーと息子はロンドンを離れたと思うの？」

「離れたとしても、一時的なものになるのはほぼ九九パーセントたしかだね」

「どうして一時的なものになるの？」

「彼らが必要とするような資金提供者をスコットランドやウェールズの荒野で見つけるのはむずかしいからさ。問題はジョーンズの調査会社が警察ではないということだ、くそっ。いなかはもちろん、ロンドンの街を何百人もの調査員にしらみつぶしに探させるわけにもいかない。ほかにも気を配らなければならない案件もないわけじゃないからね。じっさい、今朝新しい案件を依頼されたばかりなんだ」

ルシンダはすばやく目を上げた。好奇心に目が輝いている。「毒がかかわること？」

その熱意あふれる様子は見ていて愉快だった。

「残念ながらちがう。かなりの超能力を持った誰かが霊媒を気取っているんだ」

「それのどこがそんなに異常だというの？　最近、ロンドンでは何千という人が霊媒を気取っているわ。みんな詐欺師だけど」

「この女がほんとうになんらかの超能力を持っているのは明らかだ」

ルシンダは淑女らしく鼻を鳴らした。「でも、きっとあの世の魂との交信にその能力を使っているってことはないわ。そんなこと不可能だもの。死者と話ができるという人はまったくのペテン師よ」

「この霊媒は自分で幽霊を用意しているらしい」

「どういうこと？」

「その霊媒が交霊会の会員のひとりを殺したと、この件を依頼してきた顧客は確信している。被害者が命を落としたのはたしかだから、依頼を受けて状況を調べてみることにしたんだ」

ルシンダは小さなレンズをポケットにしまい、彼に目を向けた。「全部の案件をあなた自身が調べる時間はないでしょう、ケイレブ・ジョーンズ。誰かにまかせることも学ばなくちゃならなくなるわ。加えて、わたしたち、さまざまな形で調査に手を貸してくれる調査員の登録名簿も作らなきゃ」

ケイレブはルシンダをじっと見つめた。

「わたしたち？」彼は慎重にくり返した。

「共同経営者にならないかというあなたの提案を受け入れることにしたの」ルシンダは穏やかに笑みを浮かべた。「もちろん、会社の名前にわたしの名前を入れてくれればの話だけど」

「私がブロムリー・アンド・ジョーンズという会社名を入れた名刺を注文すると一瞬でも思うなら――」

「あら、わかったわ」ルシンダは降参というようにてのひらを上に向けて手を上げた。「妥協するわよ。ジョーンズ・アンド・ブロムリーでいいわ。でも、ケイレブ、語感がよくないのは、認めないと」

「いや」ケイレブが言った。「絶対にだめだ」

「ジョーンズ・アンド・カンパニーも絶対にだめよ」

「くそっ、ルシンダ――」

入口で人の気配がして、ケイレブは振り返った。ヴィクトリアが入口に立っていた。決意もあらわな顔をしている。

「ヴィクトリア」とケイレブ。「今日お会いできるとは光栄です。ただ、いきなりいやな予感に襲われたのはなぜでしょう?」

「きっとあなたが超能力の持ち主だからよ」ヴィクトリアは温室にはいってきた。顔を明るくしながらあたりを見まわしている。「ここに来たのははじめてだわ。とてもさわやかな気分になるわね」

「ありがとうございます」ルシンダが言った。「たぶん、ケイレブにお話があっていらしたんですね。おふたりでお話できるよう、わたしは失礼します」

「その必要はないわ」ヴィクトリアは足を止めて大きなシダの群れを眺めた。「この用件にはあなたの力添えもありがたいから」

ケイレブは警戒するようにヴィクトリアに目を向けた。「私になんの用です、ヴィクトリア?」

ヴィクトリアはシダから振り向いた。「ソサエティのなかでミスター・フレッチャーに常勤の仕事を見つけてほしいの」

「すでに彼は会員ですよ」

「そういう意味じゃないことはあなたにもよくわかっているでしょうに。彼にはそれなりの定期収入が必要なの」

「どうしてです」ケイレブが訊いた。

「すぐに結婚することになるからよ」

42

その日、温室の一件のあと、ルシンダは書斎でヴィクトリアとお茶を飲んだ。

「一週間以内にはミスター・フレッチャーをパトリシアのご両親に紹介する計画でいるの」ヴィクトリアが言った。「そのときまでにはすべてを整えておくつもり」

「ミスター・フレッチャーの過去についてマクダニエル家にどう説明するんですか？」ルシンダは興味津々で訊いた。

「一番重要なことについてはそれほど説明する必要はないわ。ミスター・フレッチャーはとても有能な紳士で、いい家柄の出だけど、両親を亡くしている。もちろん、パトリシア同様、生まれながらにアーケイン・ソサエティの会員よ。ソサエティの理事会のために内密の調査を行うようになってしばらくになるわ。ごくごく内密の調査よ。会長は彼を非常に貴重な人材だと思っている」

「まるで政府の秘密情報員みたいに聞こえますね」

「まあ、それも嘘じゃないわ。その分野での彼の過去の経験については詳しくは説明しないつもりよ」ヴィクトリアはカップを持ち上げた。「パトリシアとミスター・フレッチャーにもそれについては詳しく話さないようきつく言い含めておくわ」

「きっと話しませんわ」

「ミスター・フレッチャーがジョーンズ家の著名な一員の家に受け入れられていることも強調するつもり」

「つまり、ミスター・フレッチャーが人脈を持っているということですね」

「とても地位の高い人のあいだでね」ヴィクトリアはなめらかな口調で言った。「そうすれば、マクダニエル家が彼の社会的立場について疑問を抱いたとしても、すべて払拭できるはずよ」

「すばらしいお手並みですわ。ほんとうにすばらしい。感心しました」

ヴィクトリアはかすかに満足の笑みを浮かべた。「こういうことには解決の方法があるって言ったでしょう」

ルシンダは自分のカップを手にとった。「ひとりでに解決はしませんもの。わたしのいとことミスター・フレッチャーに幸せな結末をもたらしてくださったのはあなたですわ」

「まあ、ご両親が結婚を許さないからって、ふたりの若者が悲しいことになるのを黙って見ていることはできないから」

「わたしと同じだけあなたもご存じでしょうけど、とても多くの人がそれをやむなしとするものです。たいていの人は社会的地位とか、財産とか、収入とかをもっとずっと重要視するものですわ」

「ええ、まあ、わたしにそういった問題をうまくさばく能力が備わっているのはたしかね」

「ほんとうに」ルシンダは称賛をこめて言った。「専門家が能力を発揮するのを目のあたりにするのはどんなときでも喜ばしいものです」

「もちろん、ソサエティの会長と理事会がミスター・フレッチャーの能力を非常に重要だと考えていて、新しく設立されたミュージアム・セキュリティ社の責任者に任命したとマクダニエル家に知らせるのが最後のひと押しになるわね。その会社はジョーンズの調査会社の傘下にはいるの」

「そうとなれば、ミスター・フレッチャーには独自の収入があって、お金のために娘と結婚するわけではないと、マクダニエル家を安心させられるはずです」

「でも、その最後のひと押しにケイレブの力を借りたのはたしかね」ヴィクトリアは眉を上げた。「そしてきっとあなたの力も」

「これだけは言えますけど、ケイレブを説得してミュージアム・セキュリティ社を設立させるのはむずかしいことじゃありませんでしたわ。ジョーンズの調査会社が責務をはたすためには、より幅広い手段や数多くの相談役や調査員が必要だとケイレブも気づきつつありますから。いつまでも彼ひとりですべての調査を監督することはできませんもの」

「それはそうね」ヴィクトリアはお茶を上品に飲み、カップの縁越しにルシンダに目を向けた。「パトリシアとミスター・フレッチャーのことには片がついたわけだけど、あなたとミスター・ジョーンズはどうなの？」

「わたしたち？」

「ねえ、ルシンダ。あなたとケイレブが恋人同士であることはわたしにもわかっているのよ」

　ルシンダは顔を赤らめた。「そんなことをおっしゃるなんて変ですわ。まあ、たしかにおっしゃるとおりですけど。でも、ミスター・ジョーンズはまだ本来の自分をとり戻しつつあるところなんです」

「そう」

「彼がすっかり元どおりになるまでのあいだ、わたしがジョーンズの調査会社の共同経営者になると言ったら、おもしろいと思っていただけるんじゃないかしら」

「あらあら」ヴィクトリアが言った。

「これから会社はブロムリー・アンド・ジョーンズという名称になるんです。もしくは、ジョーンズ・アンド・ブロムリー。会社名についてはまだ同意に達していないんです」

　ヴィクトリアは驚いてことばもない様子だった。

「あらあら」彼女はまた言った。「どちらにしても、ケイレブ・ジョーンズが会社の名称変更に同意するとは想像もできないわ」

　ルシンダはほほ笑んだ。「わたしもです」

43

「今日訪ねてきてくださるとは、なんともご親切なことですな、ミス・ブロムリー」アイラ・エラベックが言った。

「伝言を受けとってすぐにまいりました」ルシンダが言った。「あなたが重い病気にかかってらっしゃると知って、とてもお気の毒に思ったものですから」

ふたりはエラベックの広い書斎の重苦しい暗がりのなかにすわっていた。パラディオ式の高窓以外の窓はブルーのヴェルヴェットのカーテンで覆われていて、昼過ぎの陽光はほとんどさえぎられていた。ルシンダが訪ねてきてすぐに、お茶のはいったポットが運ばれてきていた。

「ご心配いただきありがたい」エラベックは言った。大きな家具の支えが必要とでもいうように机の奥の椅子に腰を下ろしていた彼は、お茶を飲んでカップを下ろした。「正直、ここ何カ月かは客に会うこともしていなかったんだが、どうやら終わりが近いようでね。親しい友人や学者仲間にお別れを言いたいと思ったわけです」

「そのなかにわたしを含めていただいて光栄ですわ」

「かつてもっとも親しかった知り合いのお嬢さんを含めないわけにはいきませんからな。あんなことがあっても、父上のことはずっと尊敬していたとお伝えしておかなければ」

「ありがとうございます」

「正直に言えば、お別れを言うだけでなく、今日おいでいただいたのは、あなたの助言をいただきたいと思ったからです。医者によると、もう打つ手はないそうです。たしかに、私の超能力もそのとおりだと告げている。だからもちろん、治せる方法があるなどとは思っていません」

「そうですか」とルシンダは言った。

「あなたと私は同じような超能力の持ち主だが、そこには大きなちがいもある。そこで、痛みをやわらげる効力を持つ薬草か植物を教えてもらえないかと思ったわけです」

「できるかぎりのことをいたしますわ。ご病気の症状を教えてくださいな」

「超常的なものと肉体的なものと両方あります。超常感覚は急速に衰えつつあるんです、ミス・ブロムリー。むらがあって、頼りにならなくなってきている。最悪の幻覚と悪夢にも悩まされている。神経はずたずたです。おまけにひどい頭痛もある」

「きっとすでにモルヒネやアヘンを調合したものはお試しですわね」

「はっ。ケシの煎じ物についてはどんなものかあなたもおわかりでしょう。肉体的な症状をやわらげるために必要な量を服用すれば、深い眠りに落ちるだけです」彼は顔をしかめた。「そうなると、悪夢が襲ってくる。悪夢に悩まされて人生を終えたくありませんからな。ほかの手段を探しているわけです」

ルシンダは足もとの絨毯《じゅうたん》の上に置いたかばんに目を落とした。それから目を上げてまた彼と目を合わせた。「すみません。あなたの症状をやわらげるのに効き目のあるものを思いつきませんわ」

「そうじゃないかと思っていた。まあ、訊いてみる価値はありました」

「お茶のおかわりを注ぎましょうか?」そう言ってルシンダは立ち上がった。

「ありがとう、お嬢さん。立てなくてすみませんな。今日はひどく疲れきっておりまして」

「お気遣いなく」ルシンダは机のところに行き、彼のカップとソーサーを手にとってお茶のトレイのところへ持っていった。「そのめずらしい症状が何によるものかは想像がついていらっしゃいますの? 高熱や何かの感染によるものとか?」

「いや。最初の症状が出たのが数カ月前で、しばらくはどうにか抑えておけたんだが、じょじょに悪くなりましてね。医者にはわけがわからず、それは私も同じです。しかし、もうそういう気の滅入るような話はうんざりでしょうな。聞くところでは、あなたはミスター・ケイレブ・ジョーンズと親しいご友人になられたとか」

ルシンダはカップとソーサーを机に運んだ。「ご自宅からお出かけになれなくても、最新の噂はお耳にはいるようですね」

「噂はどこへでも広まっていくものでしょう？」

ルシンダは椅子に戻って腰を下ろし、自分のカップを手にとった。「ほんとうにそうですわ」

「父上の旧友としてうかがってもいいかと思うんだが、ミスター・ジョーンズはまじめにあなたとにお付き合いしているんですかね？」

「ミスター・ジョーンズはとてもまじめな方ですわ」ルシンダは礼儀正しく言った。

エラベックの口がこわばった。ためらっているような顔だ。やがて彼は深々とため息をついた。「こんなことを言って申し訳ないが、あなたがジョーンズ家の人間との結婚を考えているのなら、非常に不愉快な話題を持ち出さなければならない気がしますよ」

「なんですの？」

「昔から、ケイレブ・ジョーンズの家系には精神的に不安定な人間が現れるという噂がある」

「たぶん、話題を変えたほうがよさそうですわ」ルシンダは冷ややかに言った。

エラベックは顔を赤くした。「ああ、もちろん。私は父親がわりの助言をする立場にないようですな」

「とくにあなたが父とゴードン・ウッドホールとわたしの婚約者の殺害にかかわっていることを考えれば」

エラベックは驚愕《きょうがく》のあまりお茶を机の上にこぼしてしまった。じっとルシンダに目を向ける。「なんの話をしているのか見当もつきませんな」

「最近、ミスター・ジョーンズの命を奪おうとした試みに関与しているのもたしかだと思いますわ。たぶん、その話をするほうがいいのでは？」

「きみには驚かされるな、ミス・ブロムリー」

「どうして嘘をつこうとなさるのかしら。死にかけていらっしゃるのに」

「ああ。きみの言うとおりだ。まさしく」

「ハルシーが新たに調合した秘薬をあなたが服用しているのも知っています。この部屋に足を踏み入れた瞬間にあなたのオーラからそうとわかりました。それはあなたを死にいたらしめるものです」

「きみはほんとうになんとも驚くべき能力の持ち主だな」

ルシンダは手袋をはめていない手でそのことばを振り払うようなかすかな仕草を見せた。

「毒だからですわ。わたしは毒を感知するのが得意なんです」

エラベックはあざけるように鼻を鳴らした。ポケットに手をつっこむと、小さな金の嗅ぎ煙草入れをとり出した。ふたには緑色の石が光っている。その箱を机の上に置くと、それがあの世からもたらされた奇妙な遺物であるかのようにじっくりと眺めた。

「ハルシーが新たにもっと安定したものができたと言って昨日の午後にくれたものだ」彼は言った。「三度吸ってみて、非常に満足した。前のものよりもずっと強力に思えたからね。昨晩、四度目に吸ってあの男に何をされたのか気づいたというわけだ。おそらく、われわれ全員に同じことをしたのだろう」

「あなたの言うわれわれというのがザクスターとノークロスということなら、彼らにも毒を与えたのはたしかです。両方とも命を落としました」

「そうだと思っていた。私にも多くて一日か二日しか残っていないはずだ」

「最初に作られた秘薬も毒だったんです。数ヵ月前に症状が現れ出したとおっしゃいましたよね」

「最初の秘薬の効果はもっとゆっくり現れた」彼は手をこぶしににぎった。「猶予があった。今はない猶予が」

「創設者の秘薬が危険なものだとわかっていたなら、どうしてそれを服用なさったんです?」

エラベックは彼女に冷ややかな目を据えた。「偉大なる科学の進歩には危険がつきものだからね。秘薬がどれほどの力を持つものか、きみには想像もつかないだろう。なんとも刺激的な感覚にひたれるのだ。私の超能力は以前の限界を超えるほどに高まった。植物の世界にこれまで目にしたことのないほどの色が見えた。私の理解を超えていた植物の特徴もわかるようになった。私は偉大なことを成し遂げられたかもしれないのだよ、ミス・ブロムリー」

「その秘薬があなたの命を縮めるという残念な事実がなければの話ですね」ルシンダがあとをひきとって言った。

「私が秘薬に過敏に反応してしまうことがわかったのだ」

「つまり、その秘薬は学会のほかの人たち以上にあなたの命を早く奪ってしまうものだった」

「ずっと早くね。ほとんどの人には何年か猶予があるはずだ。もっと安定した秘薬を生み出す時間もあるわけだ。しかし、すぐに私にはほんの数カ月しか残されていないことがわかった」

「秘薬にそこまで過敏に反応するとしたら、どうやってこんなに長く生き延びたんです？」

「ハルシーが秘薬を改良しているあいだ、自分の能力を使って時間を稼いでいた。昨日、そのハルシーが最新の研究の成果をくれた」エラベックの口がゆがんだ。「やつはそれを服用すれば、秘薬に対する反応をすぐに軽減できると保証したんだ。しかし、その薬は四十八時間以内に私を棺《ひつぎ》におさめる類いのものだった。やつは確実に私の命を奪ったというわけだ」

「今日はどうしてわたしにここへ来てほしいと？」

「きみへの復讐をはたさないうちに死ぬのがいやだからさ、ミス・ブロムリー」

「こうなったことがわたしのせいだと？」

「ああ、そうさ、ミス・ブロムリー。きみのせいだ」

エラベックはひどく苦労して立ち上がった。手には銃がにぎられている。

「ご自分の書斎でわたしを撃つつもりですか？」ルシンダはゆっくりと立ち上がりながら訊いた。「そんなことをすれば、面倒なことになって、警察に説明するのもむずかしくなりません？」

「もはや警察などどうでもいいんだ、ミス・ブロムリー。もう手遅れだ。きみがすべてを台無しにしてくれた。しかし、これがこの世での最後の行いとなろうとも、きみへの復讐ははたすつもりだ。とはいえ、気力がひどく弱ってきている。特別な強壮剤が必要だ。いっしょに来るんだ。私が作り出したものを真に評価できるのは、ロンドンでもきみ以外にはいないだろうからね」

ルシンダは動かなかった。

エラベックは銃口を温室に向け、それをまた彼女に向けた。「扉を開けるんだ、ミス・ブロムリー。すぐにだ。さもないと今この場できみを撃ち殺す。絨毯が汚れようとかまわない」

ルシンダは部屋を横ぎり、温室へとつづく扉を開けた。衝撃に備えて身がまえたが、ゆがんだ邪悪なエネルギーがとてつもない強さでぶつかってきて、思わず体がよろけた。ルシンダはドア枠をつかみ、無意識に感覚を閉ざそうとした。

エラベックが背後にやってきて、彼女をおぞましい植物でいっぱいの、四方をガラスで囲まれた部屋に押しこんだ。

「私だけの地獄へようこそ、ミス・ブロムリー」

まだ体の均衡をとり戻せないまま、ルシンダはよろめきながら前に進み、あやうく転びそうになった。よろよろとどうにか作業台の端につかまって体を支える。スカートにも足をとられた。

鍵の閉まる音がして、ルシンダはまた身震いした。エラベックが温室の鍵を閉めたのだ。

ルシンダは驚愕し、恐怖に駆られながらまわりを見まわした。

ガラスと鉄でできた温室のなかは、ゆがんだ形の植物やけばけばしい色の植物でいっぱいだった。奇怪な異種混合の植物や変種の植物、さまざまな毒を持つ危険な植物が並んでいる。異種混合をくり返しすぎて種類が判別できない植物もあった。そっと超常感覚を開くと、もともとの植物のオーラも感じられたが、新たに作られた奇妙な変種のエネルギーはすさまじく、血が凍る思いにさせられた。

「ここで何をなさったの、ミスター・エラベック？」彼女は愕然としながら小声で訊いた。

「この温室のなかのものはすべてまちがっているわ」

「正しいかまちがっているかなど自然にはわからないものさ、ミス・ブロムリー。植物はただ生き残るだけだ」

「ここにあるものすべて、あなたがつくった変種ね」

「創設者の秘薬に過剰な反応を見せたあとで、この温室のなかのオーラが最悪の副作用をやわらげてくれることを知ったんだ。ここ数カ月、それが私を永らえさせてくれたのはたしかだ。多くても一、二時間以上ここを離れることはできなかった。眠るのもここでなければならなかった。じっさい、この温室は私の牢獄となったのだ」

「ここにある植物にこんなことをしたのはなぜ？」

「この温室には私の生涯の業績がつまっている。何年も前、私は息子の狂気を治す方法を見つけようと、超常的な植物の研究に没頭していた。きみが今目にしているのはその成果さ」

「治療法は見つかったんですの？」ルシンダは植物学者として訊かずにいられなかった。

「いいや、ミス・ブロムリー。私はその研究にも失敗した。そして今、アリスターは死んでしまった」

衝撃的な事実がルシンダの心に叩きつけられた。「アリスター・ノークロスはあなたの息子だったの？」

エラベックはあざけるようにうなずいた。「そうだよ、ミス・ブロムリー」

「どうして父と父の学者仲間を殺したのか教えて」

エラベックはハンカチをとり出し、汗ばんだ額をぬぐった。「きみたちがアマゾンから持ち帰った植物のひとつを盗んだのが私だとばれてしまったからね」

「ミスター・ジョーンズの言ったとおりだったのね」とルシンダ。「すべては最後の採集旅行に原因があったんだわ」

44

「ザクスターはしまいに正気を失ってはいたが、妙に理性的だった」ケイレブが言った。「彼がセヴンス・サークルの会長だったんだ。サード・サークルのときと同じように、ほかの分会とのはっきりしたつながりはなく、エメラルド・タブレット学会の上層部とのつながりも見あたらない」

ケイレブはゲイブとともに自分の書斎兼研究室にいた。彼はこれまでわかったことをいとこに事細かに報告しようとしていたが、不安な感覚が募り、心をむしばむのを感じていた。それは謎の重要な部分を見過ごしているとわかったときに心に広がるおちつかない気分とはまたちがった。それとは別物の、ルシンダにかかわる何かだった。

「スティルウェルの書きつけや書類のすべてを見つけたわけじゃなかったと考えざるをえないな」ゲイブが言った。「秘薬の製法の写しがほかにも出まわっているのは明らかだ。そこから秘密結社の人間が製法を手に入れた可能性は高い」

「もはや止めようのない状況だな、ゲイブ」

「たしかに」ゲイブは胸の前で腕を組んだ。「ハルシーがミセス・デイキンを殺された復讐のために、わざと秘薬の成分を変えて、ノークロスとザクスターの両方を殺したというわけか？」

「彼女はハルシーの長年の愛人であり、商売仲間であり、息子の母親だったんだ。彼はセヴンス・サークルがノークロスに彼女を殺させたことを知った。復讐しようと思ったハルシーの気持ちは理解できるね」

「ザクスターの分会にどのぐらいの会員が加わっていたのか、まだはっきりしないのか？」

「宝石店の記録によれば、嗅ぎ煙草入れは三つ注文されていた。さいしょのふたつは六カ月前に販売された。最後のひとつはその一カ月後に買われた。ザクスターがそれらをセヴンス・サークルの会員に与えたのは明らかだ」

「嗅ぎ煙草入れが三つということは、セヴンス・サークルの会員は三人ということになる」

ゲイブは辛抱強く言った。

「これまでのところ、見つかったのはふたつだけだ。ノークロスのとザクスターのと」

「最後のひとつはハルシーが持っているにちがいない。彼の行方がわかれば、もうひとつも見つかる」

ルシンダのところへ行かなければという思いがさらに強くなった。「ハルシーが最後のひとつを持っていないことは九七パーセントの確率でたしかだ」ケイレブは言った。おちつくんだ。彼女は家にいて無事なはずだ。

「どうしてそう思う？」

「ザクスターはハルシーを社会的に自分と同等とはみなしていなかった。彼にとってベイジル・ハルシーは技術を持った単なる使用人でしかない。エメラルド・タブレット学会はそれなりの社会的地位を持った人間しか会員に加えないと言っていた」

「つまり、ザクスターは能力を見こんでハルシーのような人間を雇いはするが、サークルの会員に加えようとは思わないということか？」

「ザクスターにとっては、庭師や御者をクラブに招くようなものだったのさ。彼が紳士のためにあつらえたとみなす高価な金の嗅ぎ煙草入れをハルシーに贈るはずはない」

「もしかしたら、ハルシーはサークルで同等の人間として扱うよう要求したかもしれないぞ。そして、報酬の一部として嗅ぎ煙草入れを求めた」ゲイブが言った。

「ハルシーという人間についてわかっていることから言って、彼は社会的立場など重要視していないと思うね。やつにとって重要なのは研究だけだ。ほかにも気にかかっていることはある。最後の嗅ぎ煙草入れは五カ月前に注文された。当時ハルシーはまだセヴンス・サークルにはかかわっていなかった」

「きみの言うとおりだとしたら、サークルの第三の人間はまだ判明していないということになる」

「もう一件、解決していない植物の盗難事件もある」ケイレブは作業台の上に置いた紙に目を落とした。「それはアマゾンへのブロムリーの最後の採集旅行とつながりがあるはずなんだ」

「そこにあるのはなんだ？」

「ブロムリーとウッドホールがアマゾンから戻ってきてすぐに、彼らが最後の採集旅行で手に入れた植物を見に来た植物学者の名前をルシンダが書き出してくれたものさ」

「何を探している？」

「一年半前に最初に植物を盗んだ人間だ。一年半前のある日に、誰がロンドンにいて、誰がいなかったか調べるのがどれほど骨の折れることか、見当がつくかい？」

「大変そうだな」ゲイブも認めた。

「大変なんてものじゃないさ。ほとんど不可能に近い。人手が必要なんだ、ゲイブ。資金もな」

「もう一件の植物の盗難事件の犯人を探すためだけにかい？」

「それだけじゃない。調査会社そのものに必要なんだ。ふつうの顧客は調査費用を払ってくれるが、エメラルド・タブレット学会の残りの分会について調査し、その分会の指導者たちを特定するには、大勢の相談役が必要だ。相談役というのは高くつくものなんだ」

「ジョーンズの調査会社の予算については了解ができているはずだが」

「増資してもらわないといけないだろうな」

ドアをノックする音がしてケイレブのことばはさえぎられた。

「ああ、ミセス・パーキンス、なんだ？」と彼は呼びかけた。

家政婦がドアを開けた。「スペラー警部がおいでです」

「すぐにお通ししてくれ」

「すでにここにいらしています」パーキンス夫人が背筋を伸ばした。「わたしが辞めるとお伝えしたのは覚えてらっしゃいますよね、ミスター・ジョーンズ。今週末にはおいとまをいただくつもりです」

「ああ、わかってるさ、ミセス・パーキンス」ケイレブが小声で言った。「たしかにそう聞いた」

「そのときに賃金をいただきたいんですけど」

「心配しなくていい、ミセス・パーキンス。金は払うから」

「ミスター・ジョーンズ」スペラーが部屋にはいってきた。菓子を頬張っている。彼はまずはゲイブに、次にケイレブに目を向けた。「それと、ミスター・ジョーンズ。おふたりともご機嫌うるわしいようで。ご覧のとおり、ミセス・パーキンスがご親切にもおやつをくださったもので」

「何かわかったことは、スペラー？」とケイレブが訊いた。

スペラーは菓子の最後のひと口を呑みこみ、かけらを手からはたき落とした。「アリスター・ノークロスの住所がようやくわかったと申し上げたら、ご興味がおありかと思いましてね。仕立屋から聞き出したんです」

「仕立屋がやつを覚えていたのか？」とゲイブが訊いた。

「仕立屋というのは高い買い物をしてくれる顧客のことは覚えているものですよ」スペラーは言った。「この仕立屋がノークロスへの請求書をランスリー・スクエアの十四番地に送ったと教えてくれました」

ケイレブは眉根を寄せた。「そのあたりは大きな邸宅が建ち並ぶ界隈だ。ひとり身の男が下宿する地域じゃない」

「ノークロスは重い病気にかかっているらしい伯父の家に滞在していたんですよ。ここへ来る途中に質問しようと寄ってみたんですが、家の主は病気が重くて訪問を受けられないと言われました」スペラーは笑みを浮かべた。「そこでおそらく、その家の玄関を突破するには、ジョーンズ家の人間のほうが容易じゃないかと思いつきましてね」

ケイレブは名前と住所の載った紙をじっと見つめた。迷路の最後の通路が突然光りはじめた。

「ランスリー・スクエア」と声に出して言う。「もちろん、そいつは死にかけているはずだ。ハルシーが最後に調合した秘薬を服用したとしたら、たしかにそうなっているはずだからな」

前にルシンダに、人々の行動の理由を必ずしも理解できるわけではないと言ったことがあったが、なかには非常によく理解できるものもあった。復讐もそのひとつだ。そしてエラベックのような状況におちいった男にはそれしか残されていないにちがいない。

ケイレブは直感のみに従い、考える前に立ち上がってドアへ向かっていた。

「どいてくれ、スペラー」と彼は言った。

「どこへ行く？」とゲイブが後ろから呼びかけてきた。

「ランスリー・スクエアだ。ルシンダがそこにいる」

45

「最初にわたしの温室から植物を盗んだのはあなただわ」ルシンダが言った。「どうして盗んだの？」

「きみも覚えているだろうが、きみたちが最後の採集旅行から戻ってきてすぐに、きみの父上とウッドホールが採集した植物を見せてくれたんだ。私は超能力でそのひとつが真に潜在能力を持つことを感知した。しかし、ブロムリーもウッドホールも、私が意図する目的でそれを栽培することを絶対に許すはずがなかった」

「それを使って毒を作ったの？」

「非常に興味深い薬を作ったのさ、ミス・ブロムリー。それを使えば、人間をきわめて高い催眠状態に置けるものだ。その状態にある人間は、命令に疑問を呈することなくなんでも従う。薬の効き目が薄れても、服用した人間は薬が効いているあいだに何があったのか覚えていない。きみにも想像できるはずだが、他人にそういう力をおよぼせるとなれば、大金を払う人間がいるものだ」

「その薬を売ったの？」

「そう単純にはいかなかった」エラベックは小声で言った。呂律《ろれつ》がまわらなくなってきている。「私は自分が驚くほどに価値のある薬をつくったと気づいたが、その買い手をどうやって見つければいいかわからなかった。結局、私は紳士であって商人ではないからな。ある日の午後、薬屋に行ったときに、ミセス・デイキンを見つけた。カウンターの陰に彼女が毒を隠しているのがわかり、きっと私の薬の取引を担ってくれるだろうと思った」

「彼女があなたに顧客たちを見つけてくれたってわけ？」

「最高の顧客をひとり見つけてくれたのさ」エラベックが訂正した。「私がその薬につけた高い値段を払ってくれる、裏社会で力を持つ貴族だった。その人物は私が作る薬をすべて買いとることに同意してくれた。取引しているあいだはどちらにとっても非常に有益な関係だった」

「それが終わったのは？」

「六カ月前に私がセヴンス・サークルに加わったときさ」

「あなたが薬の供給をやめるつもりだとわかったときには、その裏社会の貴族は強く反対したと思うんだけど」

「ジャスパー・ヴァインについてはアリスターが始末をつけてくれた」エラベックの口がゆがんだ。「だいぶ新聞をにぎわしたがね。あの悪党の仲間も、スコットランド・ヤードも、やつが心臓発作で死んだと信じた。社会への貢献になったのはたしかさ」

「エメラルド・タブレット学会とはどのようにかかわるようになったの？」

「ザクスター卿が会いに来た。彼は学会の会員で、新しい分会のために植物にかかわる超能力の持ち主を会へ勧誘する権限を与えられていたんだ」

「たぶん、学会はあなたに創設者の秘薬を作らせたかったのね」

「ジョン・スティルウェルが作った秘薬に大きな欠点があることは明らかになっていた」エラベックは言った。「学会の会員たちはそれをもっと安定したものにしたいと思っていた」

「それで、学会はその秘薬を改良するための研究を重ねていた？」

「ああ。私は喜んでその計画に加わった。高められた私の超能力を用いれば、すぐに答えは見つかるだろうと確信していたのだ。しかし、息子にも私にも副作用が現れ出したせいで、事を急がなければならなくなった」

「秘薬をご自分の息子にも与えたの？　どうしてそんなことを？　自分自身で実験するだけならまだしも、どうして息子さんまでを危険にさらしたの？」

「きみは私の息子のことを何も知らない」エラベックは小声で言った。「秘薬が彼の唯一の希望だった」

「どういうこと？」

「さっきも言ったように、息子はひどく異常だったんだ、ミス・ブロムリー。息子がたった十二歳だったころに、世間の目を忍ぶ精神病院に入院させなければならないほどだった。肉切り包丁で自分の母親と妹を殺したその日にね」

「なんてこと」

「警察には妻と娘を殺した誰とも知れぬ侵入者の手によってアリスターも命を落としたと説明した。入院させたときに姓も変えさせた。世間の目から見れば、アリスター・エラベックは何年も前に死んでいる。今やきみとケイレブ・ジョーンズのおかげで、息子はほんとうに私から奪われてしまったわけだが」

「秘薬が息子さんの狂気を治すと考えたのはなぜなの？」

「息子の病気が彼の不安定な超常感覚と結びついているのはたしかだと思ったからさ。秘薬によって超常感覚を強められれば、息子が正気になると考えたのだ。少しのあいだ、秘薬は効果があるように思えた。秘薬のおかげで息子は退院して私と暮らすことができるようになったからね。友人や学者仲間には甥《おい》と紹介した。死んだ息子が生き返ったとは言えなかったから」

「でも、すぐに秘薬の副作用が現れはじめたのでは？」とルシンダは訊いた。

「私の目の前で息子はまた狂気におちいりはじめたが、今度は前よりも危険な人間になった。秘薬によって超常感覚が高められ、超能力を用いて人を殺せるほどになってしまったからだ。秘薬がより安定し、副作用の少ないものにならないかぎり、われわれふたりが不吉な運命をたどることは明らかだった」

「でも、秘薬の改良にはなんの進歩も見られなかったんでしょう？　そんなときに、エメラルド・タブレット学会における失敗は死をもってつぐなわなければならないことを知ったんじゃない？」

「そのとおりだ、ミス・ブロムリー」

「そこであなたとザクスターは力を貸してくれる現代の錬金術師を探しはじめたのね？」

「信じてもらえないかもしれないが、きみを学会に招くことも考えたのだよ、ミス・ブロムリー。しかし、ザクスターは女が自分の分会に加わるなどということには耳を貸そうともしなかった。いずれにしても、父上とウッドホールの死の真相を知ったら、きみが警察かソサエティの理事会に訴え出るのではないかという不安もあった」

「わたしは秘薬を作る手伝いなんて絶対にしなかったわ」ルシンダがきっぱりと言った。

「きみは父上そっくりだな」エラベックは弱々しく言った。「そんなふうにひとりよがりの正論を振りかざされるのはうんざりだ。困りはてた私はミセス・デイキンに助言を求めた。彼女なら、ロンドンに植物に関する超能力を持ち合わせていて、多少人と倫理基準のちがう人間がいれば、知っていると思ったからね。彼女はドクター・ベイジル・ハルシーなる人物と問題を話し合ってみてはどうかと勧めてきた。それがたまたま新しい資金提供者を探している人間だったというわけだ」

「ハルシーをわたしの温室に送りこんでアメリオプテリスを盗ませたのはなぜ？」

「あの忌々しいシダを盗みに彼を送りこんだりはしていない」エラベックは怒りのこもった声で言った。「ハルシーがそれを自分の秘密の実験に使いたかっただけだ。デイキンが彼にシダのことを教えたんだ。そして彼はそれを手に入れなければならないと思ったわけだ」

「でも、ハルシーは創設者の秘薬の製造にとりかかっていたはずでしょう」

「彼の手助けを得るのに、取引をする必要があったんだ」エラベックは作業台にもたれ、また額をぬぐった。「秘薬の成分を安定させる研究に進歩があるかぎりは、彼の個人的な研究にも資金を提供すると同意したわけだ」

「でも、彼は成功しなかった、そうでしょう?」

「わからないよ、ミス・ブロムリー。私はすぐに死ぬわけだから、これからも知りようはない。今回のことにきみがケイレブ・ジョーンズを引っ張りこんでくれたおかげで、すべてがおかしくなってしまった」

銃を持つ手は震えていた。

「もうひとつだけ教えて」ルシンダは小声で言った。「わたしの婚約者を殺したのはなぜ?」

「選択の余地はなかった」エラベックは鼻を鳴らした。「グラッソンは最悪の便乗主義者だったのだ。彼はきみの父上とウッドホールを殺したのが私ではないかと疑いを抱いた。そこで、私を尾行してデイキンの店へ行き、私が毒の取引をしているのを知った。そのことで私を強請《ゆす》ろうとしたんだ。彼のことは始末するしかなかった。カーステアズ植物公園できみたちふたりのあいだに起こったささやかな揉《も》め事が、非常にいい舞台効果をもたらしてくれたがね」

「あなたのせいでこれまで数多くの人が命を落としてきたけど、ミスター・エラベック、もうそれもおしまいよ。あなたにわたしは殺せない」

「ちがうね、ミス・ブロムリー」エラベックの手のなかで銃があぶなっかしく揺れた。「これが最後の仕事になるとしても、私は復讐をはたす」

「もう銃の引き金を引くのはもちろん、わたしに狙いを定めることもできないじゃない。力を使いはたしてしまっているから、すぐに深い眠りに落ちることになるわ」

「な……なんの話をしている?」

「あなたのお茶に薬を入れたの」ルシンダはやさしく言った。「即効性のあるものよ」

エラベックは重い熱病にかかったかのようにぶるぶると震え出した。ぼやける視界をはっきりさせようとするように目をしばたたく。銃は手からすべり落ちた。彼はわけがわからないという目で彼女を見つめた。

「私に毒を盛ったのか?」と彼は小声で言った。

「今日あなたの家に足を踏み入れた瞬間、この温室から恐ろしいエネルギーがただよってくるのを感じたの。何かがひどくまちがっているのがわかった。それで、家政婦がわたしの到着をあなたに告げに言っているあいだに、かばんから睡眠薬をとり出したの。味も香りもない薬よ。それをあなたのお茶に混ぜるのはたあいもないことだった。あなたはそれをたっぷり二杯も飲んだわ」

「ありえない」彼はあえいだ。「きみがお茶を注ぐのはこの目で見ていたんだ。毒を入れた瓶も包みも目にしなかった」

ガラスが割れて飛び散った。ケイレブが温室に踏みこんできたのだ。手に持った銃はエラベックに向けられている。

「大丈夫か？」彼はエラベックから目を離さずにルシンダに訊いた。

「ええ」と彼女は答えた。

エラベックは膝をついた。「どうしてそんなことができた？」と訊く。「どうやって私のお茶に毒を入れた？」

ルシンダは手袋をはめていない手を持ち上げて、彼に瑠璃《るり》と琥珀の石がついた指輪を見せた。大げさな手振りで小さなちょうつがい式のふたを開け、隠し場所をあらわにする。

「わたしについて書かれた記事のなかにはほんとうのこともあるのよ、ミスター・エラベック」

46

「ハルシーにエラベックの住まいに戻って書類や記録を持ち去る暇がなかったのはよい知らせだ」ケイレブが言った。「私とフレッチャーとで押収してきた書類や手帳のなかには役に立つものがあるかもしれない」

ふたりはルシンダの書斎にいた。ケイレブは暖炉の前を行ったり来たりしていた。少し前に家に着いてから、何往復もしている。ルシンダは机につき、机の上で手を組んで精一杯忍耐力を働かせていた。

「ハルシーはおそらく毒が完全に効くまで待っていたのね」ルシンダが言った。「きっと昨日の晩、エラベックが死にかけていることがたしかになってから戻ってくるつもりだったのよ。わたしが昨日の午後、先にあそこへ行ったのは幸いだったわ」

「きみがエラベックの家に行ったことはまったくもって幸いとは言えなかったね」ケイレブは危険な目をくれた。「くそっ、ルシンダ、きみは殺されていたかもしれないんだぞ。ひとりで彼に会いに行くなど、いったい何を考えていたんだ?」

「その質問を聞かされるのはたしか十五回目よ」とルシンダ。「そしてわたしも同じ回数同じ答えを返してる。わたしがあそこへ行ったのは、彼から死にかけていてお別れを言いたいという伝言を受けとったからよ」

「私がいっしょに行けるときまで待つべきだったんだ」とケイレブは言った。

「お忘れのようね」ルシンダは終わりのないお説教に甘んじる口調で言った。「今話しているのはアイラ・エラベックのことよ。彼のことは父の友人だと信じていたんですもの。それにひとりで行ったわけじゃないわ。シュートもいっしょだった」

「そんなの意味がないね」ケイレブはつぶやくように言った。「シュートは家の外の通りで待っていたんだから。きみが危険にさらされても知る由《よし》もなかった。なかにはいって危険なエネルギーを感じた瞬間に家を出てくるべきだったんだ」

ルシンダは唇を引き結んだ。「そうしたほうがいいとは思ったのよ」

「そうかい?」ケイレブは机の前で足を止め、机に手をついて身を乗り出した。脅しているようにしか見えない態度だ。「弁解としてはなんともおそまつだな」

「弁解だとは言っていないわ。あの家に足を踏み入れた瞬間、父が殺された事件を解明できると感じたの。答えを手にせずには帰れなかった」

「これだけははっきりさせておこう、ルシンダ。今後こういう無茶な行動は容認できない。わかったかい?」

堪忍袋の緒もしまいに切れ、ルシンダは勢いよく立ち上がった。「無茶と思われる行動をとったのはわたしだけじゃないわ。わたしを拉致しようとした犯人に話を聞きに行ったときのことはどうなの？　あなたはひとりで行くと主張して、そのせいでアリスター・ノークロスに殺されかけたじゃないの」

「それは別問題だ」

「どこが別なのかわからないわ」

「ちくしょう、ルシンダ、きみがうちの会社の共同経営者になるつもりなら、命令に従うことも学んでもらわなくてはならない」

「わたしは共同経営者であって従業員じゃないわ。共同経営者は命令なんて受けないものよ」

「だったら、ああいう性急な行動をとる前に、もう一方の共同経営者にそのことを告げることを学んでもらわなくてはならない」

「まったく、ケイレブったら。過剰反応よ」

「まだ反応をはじめてもいないね。今後は私に相談なしにああいう危険なことをしてはだめだ」ケイレブは机をまわりこんでいって彼女の肩をつかみ、自分の胸にきつく引き寄せた。

「了解ということでいいかい、ルシンダ？」

　ルシンダは昨日の午後、エラベックの温室の扉を壊してなかにはいってきたときにケイレブが発していた苦痛に満ちたエネルギーを思い出した。その瞬間、自分の無事を心配して、彼がなかば正気を失いかけているのがわかったのだ。なかば正気を失ったケイレブ・ジョーンズは非常に危険な人間だ。ああいった苦悩に二度とふたたび彼をさらしたくはなかった。

「ええ」彼女は小声で答えた。「了解よ」

書斎の入口からひそやかなせき払いが聞こえてきて、ふたりは振り返った。エドマンドとパトリシアが努めておちつき払った顔をつくってそこに立っていた。

「重要な問題なんだろうな」とケイレブが言った。ルシンダのことは放そうとしなかった。

「スペラー警部から使いが来て、エラベックが夜のあいだに死んだとのことです」エドマンドが言った。「意識をとり戻すことはなかったそうです」

「くそっ」ケイレブが毒づいた。「つまり、彼を尋問することはできないということか」

「彼を殺したのはわたしよ」ルシンダは呆然《ぼうぜん》としてささやいた。「睡眠薬を大量に飲ませただけだけど、秘薬がすでにおよぼしていた作用と合わせたら、すぐにも命を奪うことになったはずだわ。ああ、神様、あのときにわかっていたことなのに」

「シッ」ケイレブが抱きしめる腕を強めて言った。「いずれにしても、あと一日か二日の命だったんだから」

「ええ、でも、この手で殺すことにはならなかった」

ケイレブはエドマンドとパトリシアに意味ありげにすばやく目配せした。ふたりはそれ以上ことばを発することなく入口から姿を消し、そっとドアを閉めた。

ケイレブは暖炉の前に置かれた二脚の椅子のところにやさしくルシンダを引っ張っていっ

た。そっと椅子のひとつに腰を下ろさせると、自分は隣の椅子にすわった。手を伸ばして彼女の手をとり、指と指をからめる。

しばらくふたりは固く手を結び合わせたまま、暖炉の火を見つめてそこにすわっていた。

やがてケイレブが口を開いた。

「このあいだの晩、こういうことがこの先何度もあると言ったきみのことばは正しかった。われわれの行動の結果が耐えがたいものになることもあるということだ」

「ええ」とルシンダは答えた。

「唯一この仕事をつづけていけると思えるのは、きみがずっと私のそばにいてくれるとわかっていればこそだ。結婚してくれ、ルシンダ」

「ああ、ケイレブ」ルシンダはやさしく言った。「会社が確実にジョーンズの名前だけを冠するように、わたしと結婚までするっていうの?」

「きみと結婚するためなら、地獄の業火のなかを歩いてもいいよ、ルシンダ」

すばらしい確信に全身が貫かれる。ほんとうに彼はそうするだろう。一瞬のためらいもなく。

「ケイレブ」彼女はささやくように言った。

ケイレブは立ち上がって彼女を椅子から引っ張り起こし、また腕に抱いた。

「前に私は、明確に定義できないから、愛なんてものがあるとは思えないと言った」彼は静かに口を開いた。「でも、今はわかる。きみにはじめて会ったときに襲われた、圧倒されるような感覚がそれだ。その前からそうだった。調査を依頼する伝言にきみの名前を見た瞬間に、なぜかはわからないが、説明できない形できみを必要とするようになるとわかった。愛してるよ、ルシンダ。今も、これからもずっと」

ルシンダは彼の首に腕をまわした。「わたしはあなたがこの部屋にはいってきた最初のときにあなたに恋していたわ。これからもずっとあなたを愛してる。もちろん、結婚するわ」

ルシンダは爪先立って唇を彼の唇に軽く押しつけた。ケイレブは彼女の体をきつく抱き、おごそかな誓いを刻みつけるようにキスをした。そしてそれからふたりはしっかりと抱き合ったまま、長いあいだそこに立っていた。

47

一カ月後

下の庭で行われている工事の音はうるさかったが、あまりに天気のよい日で、窓を閉めておくことはできなかった。

ケイレブは研究室の長い作業台のそばにゲイブといっしょに立っていた。ふたりでエラベックの家から持ってきた書きつけや、書類や、日誌や、記録を眺めていたのだ。

「ここにあるもののほとんどはエラベックの植物の研究に関係するものだ」ケイレブが言った。「秘薬について研究を試みたものもあるが、彼には力のおよばないことであったのは明らかだな。ザクスターもそうだ。だからこそ、彼らはハルシーと息子を雇うことにした」

「エメラルド・タブレット学会のさまざまな分会について説明し、指導者を記したわかりやすい一覧表が見つかるかもしれないというのは期待しすぎだったようだな」書類の山をまじまじと見つめながらゲイブが言った。

「今回の事件の黒幕である秘密結社は策略ということになると非常にすぐれている。じっさい、あまりにすぐれているので、指導者やその側近がこうした複雑な陰謀や秘密の保持という分野に超能力を持っているのではないかと疑いたくなるぐらいだ」

「策略を弄《ろう》する超能力か？」ゲイブは興味を惹かれた顔になった。「ありうるな」

「くそっ、ソサエティのさまざまな会員たちが持つ超能力についてのもっと詳細な記録が必要だな」

「それを作るのはたやすいことじゃない。それどころか、会員の一部についてすらも、その超能力を分類するのは不可能だと思う。アーケイン・ソサエティは二百年ものあいだ影の存在だった。きみと私を含むわれわれみんなが、異常なほどに秘密を守ろうとしてきたわけだ。その習慣が身にしみついているからな」

ケイレブは首の後ろをこすり、大きく息を吐いた。「超能力を分類する表作りに戻らなければ」

「ルシンダの言うとおりだ。何もかもをきみひとりでやるには時間が足りない。きみはもっとも重要な案件のみに集中するすべを学ばないといけないな」

軽やかな足音が外の廊下から聞こえてきた。心地よい期待がケイレブの感覚を揺らす。どこにいても、あのヒールの高い華奢《きやしや》なブーツの足音を聞きまちがえることはない。

扉が開いた。ルシンダがさわやかなエネルギーと日のあたたかさをまとって部屋にはいってきた。片手に小さな箱を持っている。彼女がご満悦であるのがケイレブにはわかった。

「こんにちは、おふた方」ルシンダは陽気に挨拶した。「とてもいいお天気じゃないこと？」

ゲイブはほほ笑んだ。「まさしく。今日の午後はご機嫌のようだね、ミセス・ジョーンズ」

結婚式は一週間前にとり行われたのだった。招待客にはジョーンズ一族全員とグッピー・レーンの住人たちが含まれていた。温室を埋めつくすほどの人が集まった。ケイレブが思うに、ルシンダが以前住んでいたランドレス・スクエア近辺では、何カ月も語り草になることだろう。

「やっと来たね」ケイレブは立ち上がり、彼女のそばに歩み寄った。妻にキスをすると、それにともなう小さな満足感を味わった。「作業員たちが私に指示を求めてうるさくてね。今建てているのはきみの温室なんだから、きみに指示をあおいでくれと何度も説明したんだが」

「少しは進んでいるといいんだけど」ルシンダはスカートをさっとつまみ上げると、窓辺に寄って下をのぞきこんだ。「ああ、よかった。薬草の棟がいい感じにできてきているわ」

ゲイブはケイレブに笑みを向けた。「温室とは、結婚の贈り物として花嫁に贈るにはなんとも風変わりなものだな」

「彼女が私にくれた驚くべき贈り物に比べれば、なんということはないさ」ケイレブは心の底からそう言った。

「彼女自身ということかい？」ゲイブはおもしろがる顔になった。「なんともロマンチックな考えだな、いとこ殿。きみがそんな詩的な想像力の持ち主だとは思っていなかったよ」

ルシンダは窓から振り向いてふたりのいるところへ戻った。「ケイレブが言っているのはわたし自身ということじゃないわ。わたしが彼に贈った結婚の贈り物はシュート一家よ。親切にも、この家の家事を引き受けてくれることになったの。幸い、風変わりな雇い主に仕えた経験も多少あるし。これからはケイレブも月初めに新しい使用人を見つけなければと頭を悩ます必要がなくなったのよ」

ゲイブはうなずいた。「それで彼も恍惚《こうこつ》とした表情を顔に浮かべているわけだ」

ケイレブはルシンダが手に持った箱に目を向けた。「何を持ってきたんだい？」

「わたしたちの会社の新しい名刺よ」ルシンダは箱のふたを開けた。「わたしたちふたりの名前が印刷されているわ」

ゲイブは忍び笑いをもらした。「つまり、戦いに勝ったのはきみのほうってわけかい？」

「もちろん」そう言ってルシンダは真新しい白い名刺をとり出し、彼が読めるように掲げてみせた。

「ジョーンズ・アンド・ジョーンズ」ゲイブは笑った。「語感もいい」

ケイレブはルシンダにほほ笑みかけた。彼女のまわりには明るく、あたたかく、生き生きとしたエネルギーが輝いていた。

「ああ、そうだ」ケイレブも言った。「いい響きだ」

訳者あとがき

ヒストリカル・ロマンスの名手、アマンダ・クイックの『禁じられた秘薬を求めて』（原題 *The Perfect Poison*）をお届けします。これは『運命のオーラに包まれて』『オーロラ・ストーンに誘われて』につづく、〈アーケイン・ソサエティ・シリーズ〉のヒストリカル・ロマンス、第三弾です。本書では、前の二冊にも登場し、ジョーンズ一族のなかでも一番の変わり者と噂される人物、ケイレブ・ジョーンズのロマンスが語られます。

ケイレブはアーケイン・ソサエティの改革を目指す会長のゲイブリエルの依頼で、超常的な問題を解決する調査会社を設立し、難事件の解決にあたっています。一見関係ない物事のあいだにつながりを見出し、そこにある種のパターンを見つける超能力を持つケイレブにとって、謎を解く仕事は天職と言えますが、人とかかわることが苦手なため、顧客とのやりとりが一番の悩みの種となっています。

そんな彼のもとへ、驚くべき人物から依頼が持ちこまれます。その人物の名前はルシンダ・ブロムリー。植物学者の両親のもとに生まれ、彼女自身、植物学者として有名ながら、学者仲間を殺してみずからも命を絶ったとされる父や、毒殺された婚約者にまつわるスキャンダルのせいで、社交界からしめだされている女性です。彼女は植物からつくった毒を感知する超能力を持ち、その能力を活かしてスペラー警部の相談役を務めているのですが、ある毒殺事件で使われた毒の成分のなかに、イギリスでも自分の温室でしか栽培されていなかったシダの成分が使われているのを知り、殺人事件の容疑が自分に降りかかるのを恐れて、その事件の調査をケイレブに依頼してきたのでした。

ルシンダはシダが自分の温室から盗まれたと確信しており、ケイレブに盗んだとおぼしき人物について説明しますが、その人物こそ、ケイレブが行方を探していた危険な化学者、ハルシーでした。化学の分野で超能力を持つハルシーは、『オーロラ・ストーンに誘われて』のなかで描かれているように、エメラルド・タブレット学会のサード・サークルに雇われて創設者の秘薬の研究をしていた人物ですが、サード・サークルが消滅したあとは姿を消しており、ケイレブがその行方を追っていたのでした。

ルシンダに容疑が降りかかるのをふせぐため、そしてハルシーの行方を追うため、ケイレブは調査を開始します。やがて無関係に思われたいくつもの事柄がつながりを持つことがわかり、創設者の秘薬を再現しようとするエメラルド・タブレット学会の新たな分会の存在が明らかになっていきます。そして、ともに謎を追ううちに、ケイレブとルシンダのあいだには熱い感情が芽生えていきます。

本書では、特異な超能力を持つケイレブが、その能力ゆえにひそかに苦悩していることも明かされます。彼は物事にある種のパターンを見つけ、その本質を解明する能力を持っていますが、同じ能力を持っていた曽祖父が正気を失い、みずから命を絶ったことで、自分も同じ道をたどるのではないかと悩んでいます。そんな彼の苦悩をルシンダは見抜き、彼の癒しとなっていきます。ケイレブのほうも悪い噂を立てられて孤立するルシンダの精神的支えとなり、彼女を窮地から救うために奔走します。ふたりの恋物語は、双方にとっての癒しの物語でもあると言えるでしょう。

アマンダ・クイックは〈アーケイン・ソサエティ・シリーズ〉において、ヒストリカルのみならず、ジェイン・アン・クレンツ名義でコンテンポラリー作品を、ジェイン・キャッスル名義で未来を舞台にした作品を精力的に発表しています。なかでも、ソサエティの創設者であるシルヴェスター・ジョーンズのライバルだったニコラス・ウィンターズの呪いが子孫へとつながっていく作品は、〈ドリームライト・トリロジー〉として、ヒストリカル、コンテンポラリー、未来物にまたがる壮大な三部作となっています。ジェイン・アン・クレンツ名義のコンテンポラリー作品、『夢を焦がす炎』（二見文庫）はすでに出版されていますが、アマンダ・クイックのヒストリカル、*Burning Lamp*もヴィレッジブックスから近々ご紹介する予定になっています。どうぞ、おたのしみに。

二〇一三年　一月

禁じられた秘薬を求めて

著者　アマンダ・クイック

訳者　高橋佳奈子《たかはしかなこ》

2013年2月20日　初版第1刷発行

発行人　鈴木徹也

発行所　ヴィレッジブックス
〒108-0072 東京都港区白金2-7-16
電話 048-430-1110（受注センター）
03-6408-2322（販売及び乱丁・落丁に関するお問い合わせ）
03-6408-2323（編集内容に関するお問い合わせ）
http://www.villagebooks.co.jp

印刷所　中央精版印刷株式会社

ブックデザイン　鈴木成一デザイン室＋草苅睦子（albireo）

 ISBN978-4-86491-038-5 Printed in Japan

ヴィレッジブックス好評既刊

「炎の古城をあとに」

アマンダ・クイック　高田恵子［訳］882円（税込）ISBN978-4-86332-183-0

怪しげな寄宿学校から4人の少女を救い出した女教師。彼女たちを守ろうとする私立探偵。二人の愛はロンドンの夜に燃えあがる……巨匠が贈る新たなベストセラー。

「レディ・スターライト」

アマンダ・クイック　猪俣美江子［訳］ 924円（税込） ISBN978-4-86332-234-9

19世紀ロンドン。27歳の美女イフィジナイアは叔母をゆする犯人を突き止めるため、さる伯爵の愛人を装った。実際に彼の腕に抱かれることになろうとは夢にも思わずに…。

「香り舞う島に呼ばれて」

アマンダ・クイック　高橋佳奈子［訳］ 924円（税込） ISBN978-4-86332-311-7

豊潤な島を相続した美女と、貴族の息子なのに非嫡出子のため領地を相続できない勇猛な騎士が織りなす波乱万丈の愛の軌跡。人気作家が中世を舞台に描く傑作。

「炎と花 上・下」

キャスリーン・E・ウッディウィス　野口百合子［訳］ 各798円（税込）

〈上〉ISBN978-4-86332-790-0 〈下〉ISBN978-4-86332-791-7

誤って人を刺してしまった英国人の娘ヘザー。一夜の相手を求めていたアメリカ人の船長ブランドン。二人の偶然の出会いが招いた愛の奇跡を流麗に描く!

「まなざしは緑の炎のごとく」

キャスリーン・E・ウッディウィス　野口百合子［訳］966円（税込） ISBN978-4-86332-939-3

結婚は偽装だった。でも胸に秘めた想いは本物だった……。『炎と花』で結ばれたふたりの息子をヒーローに据えたファン必読の傑作ヒストリカル・ロマンス!

「眠れる美女のあやまち」

ジュード・デヴロー　高橋佳奈子［訳］840円（税込） ISBN978-4-86332-733-7

1913年。若くハンサムな教授モンゴメリーは大農場主の娘アマンダに惹かれ、無垢な彼女に教えたくなった――ダンスやドライヴの楽しさを、誰かと愛し合う悦びを。

ヴィレッジブックスの好評既刊

超能力組織アーケイン・ソサエティを
舞台にした傑作ヒストリカル・ロマンス・シリーズ!

アマンダ・クイック　高橋佳奈子＝訳

運命のオーラに包まれて

彼こそ、わたしの理想の相手。
でも、ともに
過ごすのは今夜だけ。

超能力を隠し持つ男女が出会ったとき、
ふたりの胸の内に熱い情熱の炎が燃え上がった。
が、やがて男がわけあってみずからの死を偽装し、
女がわけあって彼の未亡人の役を演じたことから、
事態は思わぬ方向へ……。

882円（税込）ISBN978-4-86332-148-9

オーロラ・ストーンに誘われて

あなたと恋に落ちたのは、
いっしょに悪魔と
闘っていたとき…

不思議なパワーを秘めた水晶を探し求める
勇敢な男と美貌の女性が出会ったとき、
熱い官能のひとときがはぐくまれ、
その水晶を手に入れんとする邪悪な人物が
現れたとき、非情な死の罠が張りめぐらされる……。

903円（税込）ISBN978-4-86332-331-5